LES THÉBAINES

*Les Dieux Indélicats******

Née au Mans, Jocelyne Godard a été journaliste d'entreprise et photographe. Après avoir publié des poèmes, elle a créé et dirigé une revue de poésie et fait paraître deux esais : *Elles ont signé le temps* et *Léonor Fini ou les métamorphoses d'une œuvre*, ainsi qu'un roman historique *Dhuoda la Carolingienne*. Passionnée par les femmes célèbres du passé, elle est l'auteur de la saga des *Thébaines* qui comprend dix volumes.

W0370732

Paru dans Le Livre de Poche :

Les Thébaines :

LA COURONNE INSOLENTE
DE ROCHE ET D'ARGILE
VENTS ET PARFUMS
L'OMBRE DU PRINCE
LA SECONDE ÉPOUSE

JOCELYNE GODARD

Les Thébaines

Les Dieux Indélicats******

ROMAN

LE SÉMAPHORE

© Le Sémaphore

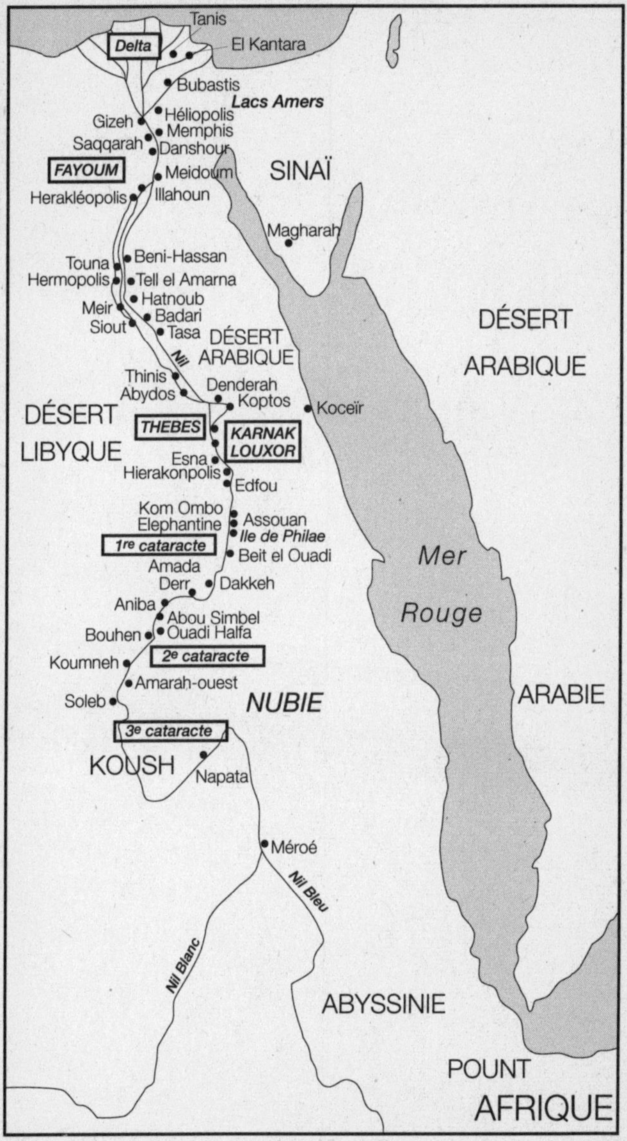

L'Égypte au temps de la XVIIIe dynastie

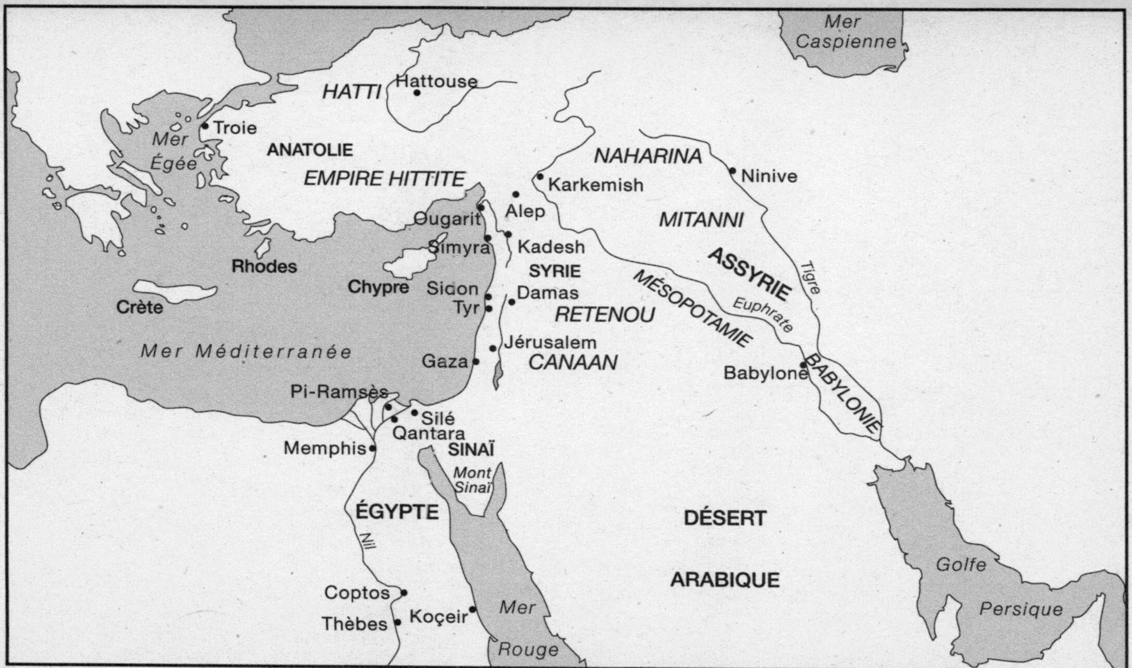

Les pays du Nord au temps de l'Égypte ancienne (XVIIIe dynastie)

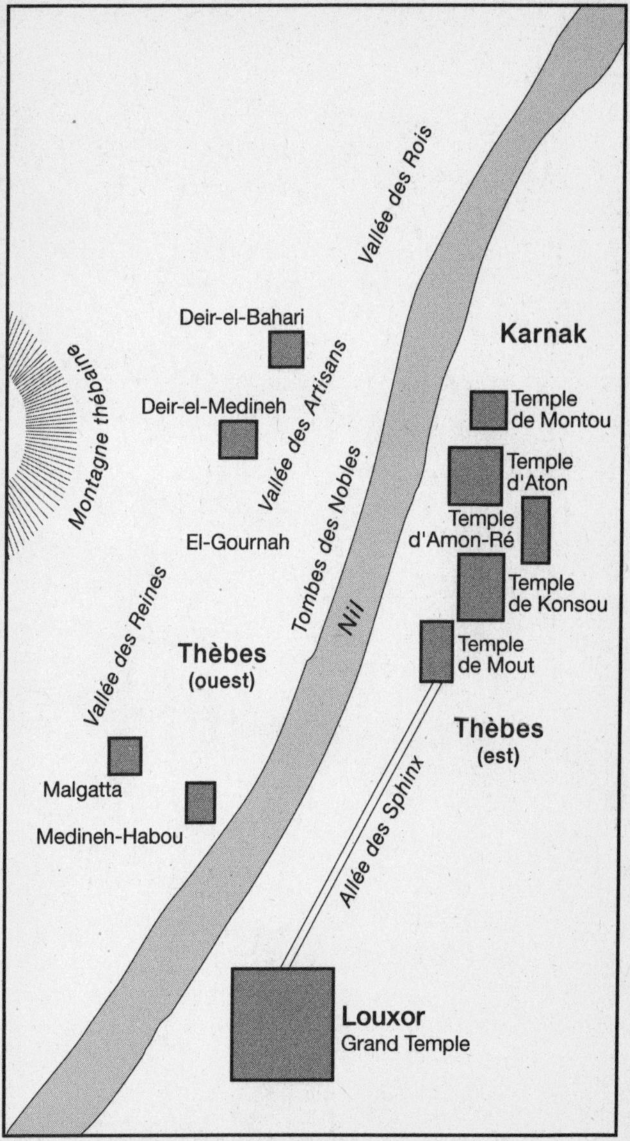

Ensemble de la Vallée thébaine
XVIIIe dynastie de l'Égypte ancienne

LA XVIIIe DYNASTIE ET SES PHARAONS

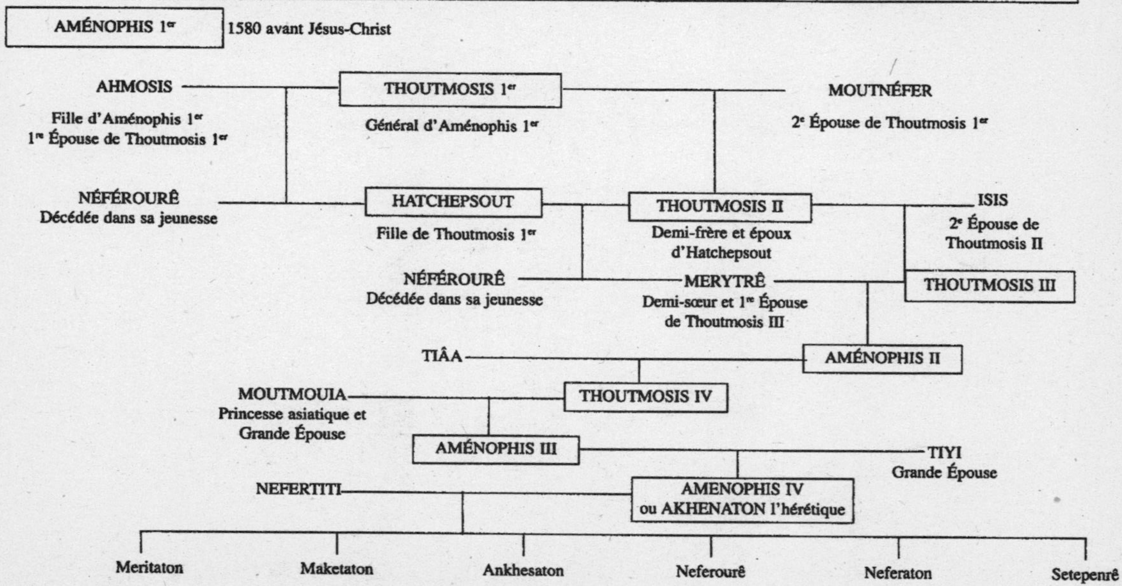

LES THEBAINES - *personnages fictifs* -
Généalogie de SÉCHAT (la scribe)

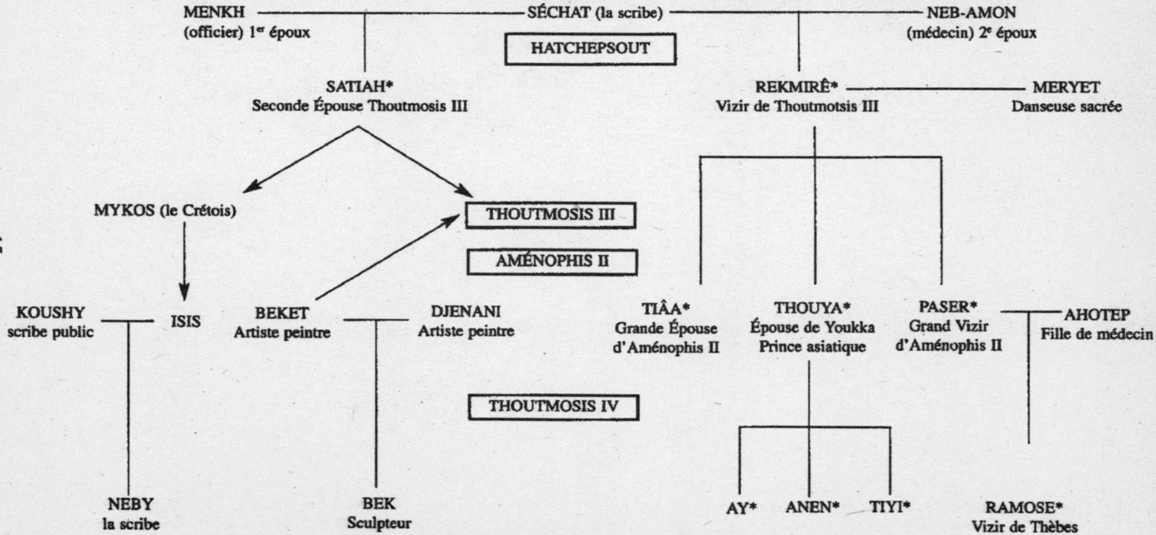

* Personnages dont les noms, fonctions ou titres sont authentiques

« Je sais que tu as demandé ma fille pour épouse et que mon père t'a déjà envoyé ma sœur mais personne ne sait si ma sœur est toujours en vie. »

\- -

« Mes messagers ont été présentés à la princesse et aucun d'entre eux ne l'a reconnue. »

\- -

« Mes autres filles qui ont épousé des rois étrangers parlent avec les messagers que je leur envoie et elles leur donnent des présents pour moi. »

\- -

« Tu n'as pas respecté les paroles de ton père, car tout comme lui, tu devais entretenir des relations de bonne fraternité avec mon pays. »

(Messages envoyés par le roi Kadashman de Babylone à Aménophis III gravés sur des tablettes et reconstitués en ces termes.)

RÉSUMÉ HISTORIQUE

Quand le père d'Hatchepsout — Thoutmosis Ier — meurt, ne laissant que sa fille héritière du trône, celle-ci décide de régner en co-régence avec son époux et demi-frère qui, de son règne assez bref, laisse peu de traces dans les annales de l'Égypte ancienne.

A cette époque de la XVIIIe dynastie, les envahisseurs sont tous repoussés des frontières, Hyksos au Nord et Nubiens au Sud. Seul demeure le royaume du Mitanni qui, par la suite, devait devenir un redoutable adversaire.

Dans cette poussée plutôt favorable, reste à développer l'agriculture et l'artisanat qui, depuis longtemps, subissaient les aléas des guerres, accroître le commerce des matières premières : le calcaire, l'albâtre et les turquoises ; enfin reprendre les échanges avec les pays voisins en favorisant davantage les transports et la navigation. Et, pour satisfaire ce vaste programme, il fallait un règne de paix qu'Hatchepsout s'apprête à suivre.

Ahmosis, Aménophis et Thoutmosis, les prédécesseurs d'Hatchepsout, avaient ainsi ouvert une nouvelle dynastie qui, de prestige en prestige, devait durer des siècles.

Quand Hatchepsout se fait sacrer Pharaon des Deux Égypte, endossant la double couronne, tenant le sceptre et le fouet symbolique, posant la barbe postiche sous son fin menton, elle prend conscience que son pays n'a plus besoin de guerre, mais d'harmonie intérieure.

Elle s'entoure de quelques vieux fidèles ayant servi son père et s'adjoint de loyaux collaborateurs tels que Hapouseneb le Grand Prêtre d'Amon, Pouyemrê le Grand Trésorier, Senenmount l'Architecte et Néhésy, le Chef de toutes les Polices.

Le règne de la pharaonne Hatchepsout se partage entre le temps des constructions et le temps des voyages.

C'est en abordant cette époque de paix où l'armée n'a plus sa place qu'Hatchepsout agrandira, fortifiera Karnak et son temple d'Amon, élèvera des obélisques à pointe d'électrum, rénovera les villes de Thèbes, Edfou, Abydos, Denderah et, descendant jusqu'à la deuxième cataracte, multipliera les temples aux frontières nubiennes. Puis, sur sa lancée de bâtisseuse, elle ordonnera la construction de sa demeure éternelle sur le site prodigieux de Deir-el-Bahari à Senenmout — son architecte et fidèle conseiller dont on soupçonna toujours qu'il fut son amant — qui se chargera avec succès de la réalisation des travaux.

Une autre partie de son règne concerne les voyages. Une expédition dirigée par Néhésy partira d'Égypte pour le célèbre Pays du Pount, pays étrange qu'il fallait trouver en accédant par l'une des embouchures du Nil ou directement par le port de Quoser, sur la côte de la mer Rouge. L'expédition en rapportera les parfums indispensables au plaisir des dieux, ceux-là mêmes qui ont placé Hatchepsout sur le trône et qu'elle ne veut pas trahir.

De son époux disparu très vite de l'histoire de l'Égypte ancienne, Hatchepsout aura deux filles. La première, Néférourê, décédera dans sa jeunesse, la seconde, Mérytrê, deviendra la Grande Épouse du pharaon suivant, Thoutmosis III.

Après un règne d'environ dix-huit ans, Hatchepsout

disparaîtra dans des circonstances que nous ignorons — trop de textes inscrits sur les bas-reliefs ont été effacés après sa mort pour que l'on puisse en savoir plus — laissant la place au troisième des Thoutmosis, fils bâtard de son époux qui, bien entendu, n'attendait que ce jour.

Ces multiples inscriptions disparues, retrouvées parfois, ajoutées à toutes celles qui malgré tout sont restées, peuvent témoigner de la grandeur et de la longévité du règne d'Hatchepsout.

Quand Thoutmosis III monte sur le trône, il ne songe qu'à étendre les frontières de l'Égypte. Ce sont les pays en bordure de l'Euphrate qu'il convoite : la Babylonie, l'Assyrie, le Mitanni, ainsi que le Naharina, contrée florissante et prospère qui grandit en puissance. Quant à l'empire Hittite, il jette un œil concupiscent sur la riche Égypte que le règne d'une femme a peut-être rehaussé au niveau du commerce et de l'agriculture, mais affaibli au niveau de l'armée.

Thoutmosis III, avide de batailles et de gloire, part pour les pays d'Asie. Il fera dix-sept expéditions étrangères, toutes légendaires, soumettant les pays conquis en leur imposant de lourds tributs. Il rapportera aussi d'impressionnants butins — dont le recensement n'est pas une mince affaire — accompagnés de princesses asiatiques et d'esclaves. Il fait de l'Égypte un empire solidement appuyé sur la vassalité des pays qu'il domine.

A sa mort, son fils Aménophis II lui succède, continuant sur la même lancée : ses expéditions guerrières ramèneront aussi butins et esclaves. Des colonnes d'hommes, de femmes et d'enfants épuisés et affamés vont sillonner les terres de l'Euphrate jusqu'au Nil, les pieds ensanglantés. Les survivants se verront enrôlés chacun selon son rang et ses capacités, esclaves, artisans, soldats.

Avec le retour de ces expéditions s'installent d'autres

idées, d'autres dieux, et les prêtres d'Amon deviennent méfiants, s'opposant farouchement à tout ce qui se heurte à leur culte.

Mais Aménophis II, plus acharné encore que son père, exige que son fils Thoutmosis IV épouse une Mitannienne, faisant ainsi du futur pharaon Aménophis III un demi-asiatique. Ce dernier, prenant exemple sur ses proches aïeux bafoue, lui aussi, les usages établis depuis des siècles en refusant de prendre pour Grande Épouse une fille pharaonique. Il choisira Tiyi, fille de Thouya, une Thébaine noble, et de Youkka, un prince asiatique.

Tiyi, par son sens aigu de la diplomatie, mènera une ferme politique extérieure entre l'Égypte et les pays d'Asie.

Régnant en co-régence avec son époux Aménophis III qui se repose sur les exploits accumulés de ses prédécesseurs, Tiyi verra naître un vrai commerce de princesses asiatiques entre l'Égypte et les pays d'Asie. Quand celles-ci n'arrivent pas à destination, les rois étrangers se sentent déshonorés.

Durant ce temps à Thèbes, les prêtres d'Amon installés à Karnak sentent leurs pouvoirs s'amenuiser et leurs richesses diminuer.

RÉSUMÉ DES THÉBAINES
(Personnages fictifs)

Séchat, l'héroïne avec laquelle commence la saga, est une jeune thébaine de la XVIIIe dynastie. Issue de la haute noblesse, elle suit les cours de l'école de Thèbes aux côtés de son amie la princesse Hatchepsout. Très éprise de son compagnon d'enfance Menkh, qui devient grand capitaine de la Charrerie royale, elle l'épouse. Mais à peine a-t-elle donné naissance à sa fille Satiah que déjà elle apprend la mort de Menkh, tué à la guerre du Mitanni dans les armées du pharaon Thoutmosis Ier. Nommée Grande Scribe Intendante des Artisans par la pharaonne Hatchepsout montée sur le trône, elle ne peut élever elle-même sa fille et la laisse à la garde de ses nourrices à Bouhen.

Veuve, Séchat va se consacrer à son métier de Grande Scribe avec ardeur. Elle maîtrise une révolte d'artisans, déjoue un complot de pilleurs de tombes, rénove des fabriques de papyrus, visite des mines d'or l'entraînant dans un lointain village nubien, assiste à la construction du temple de Deir-el-Bahari qui nécessite le rapatriement en masse de paysans, soldats, artisans, prisonniers pour travailler sur le chantier. Des millions d'hommes élèvent et transportent les gigantesques blocs de granit, s'échinent, suent et s'épuisent dans un désert où le soleil n'a nulle pitié. La position hiérarchique élevée de Séchat suscite des jalousies qui vont la heurter de plein fouet : sa fille Satiah est enlevée, prise en otage par des hauts dignitaires. Séchat va sillonner l'Égypte, de la Nubie au delta, pour tenter de la retrouver. Seul son amant Djéhouty, le Grand Vizir de Thèbes, très épris d'elle, l'aidera dans ses recherches. Enfin, tandis que Séchat retrouve sa fille cachée chez une vieille gardienne de chèvres dans les marais du delta, Djéhouty se voit contraint de prendre femme — Aména, une musicienne du temple — sur l'ordre de la pharaonne qui, pour satisfaire ses desseins, a décidé de séparer leur couple.

Séchat revenue à Thèbes, Hatchepsout lui propose de laisser la petite Satiah au harem du palais où elle sera élevée en sécurité. En exigeant l'assentiment de la jeune femme, elle s'assure de son soutien d'autant plus que sa présence en tant que Grande Scribe est indispensable pour la grande expédition maritime qu'elle projette. En effet, la pharaonne veut partir pour le Pays du Pount sur les côtes africaines, afin de rapporter épices et parfums qui plaisent aux dieux.

Hatchepsout et les Thébaines devront surmonter les dangers d'un océan qu'elles ne connaissent pas et guetter les pièges d'une jungle africaine dont elles ignorent tout. Le voyage est long et périlleux, seule Séchat détient, d'un vieil astrologue, les précieuses cartes maritimes menant au Pount mais on les lui vole. Neb-Amon, le médecin des pauvres de Thèbes engagé sur l'ordre d'Hatchepsout, lui sera d'une aide efficace pour contrer ses ennemis. Leur entente se mue bientôt en une forte et lente passion qui va les rapprocher au large de la mer Rouge jusqu'en Afrique, où de multiples aventures les attendent avant le retour, espoir pour eux d'un avenir meilleur.

Au retour du Pount, Séchat renonce à son titre d'Intendante des Artisans, mais reste Grande Scribe. Elle demande d'enseigner à l'école du Palais afin de poursuivre le nouveau chemin qu'elle se trace, celui de l'amour et de l'harmonie familiale. Elle a repris à ses côtés sa fille Satiah qui est devenue une adolescente destinée à être la Seconde Épouse de Thoutmosis, le futur pharaon. Puis elle met au monde un garçon, Rekmirê, fils du médecin Neb-Amon. La crue qui tarde engendrant la sécheresse suivie d'une invasion de sauterelles va entraîner famine, épidémie et mort de milliers d'hommes parmi les plus défavorisés. Séchat est ainsi le témoin charnière de son temps. Après ces sombres heures, le règne d'Hatchepsout faiblit, mais se lève celui du prince qui, dans l'ombre, attendait.

Satiah, la fille de Séchat devenue Seconde Épouse du pharaon Thoutmosis III, préfère sa liberté à l'existence étriquée du harem. Délaissée par le pharaon dont elle a une fille, Beket, elle vit une passion partagée avec un navigateur crétois. Celui-ci disparaîtra dans une crue qui déferle sur le pays, franchissant inexorablement terres et villages, emportant sur son passage dévastateur bien des vies humaines. Satiah aura la douleur de perdre non seulement Mykos, son amant, mais aussi sa mère, Séchat, qui avait élevé en partie Beket.

Ainsi les années défilent et passent trois générations de pharaons glorieux et vainqueurs, ramenant butins, esclaves et nouveaux dieux asiatiques. Les Thébaines se propulsent dans un vent qui ne souffle pas de façon habituelle, enlevant un peu de terre à leurs profondes racines égyptiennes. Mais, il y avait eu tant de sang rebelle, côté femmes, depuis que l'audacieuse Séchat avait été Grande Scribe du pharaon Hatchepsout que la lignée des Thébaines ne pouvait s'éteindre sans amorcer une aube nouvelle pleine de fougue et d'énergie. La désinvolte Satiah, la Seconde Épouse, bafoue les règles établies du Palais et du harem pour vivre sa vie comme elle l'entend, le navigateur crétois dont elle a partagé la passion lui a laissé une fille qu'elle doit cacher pour ne pas scandaliser la cour. L'indomptable Beket préfère suivre une carrière d'artiste peintre plutôt que de fonder une famille tandis que Thouya, l'aventurière, épouse un prince asiatique pour la seule joie de vivre les turbulences d'un voyage exotique et voir les bords de l'Euphrate plutôt que ceux du Nil.

Quant à Neby la jeune scribe publique, fille de Koushy et d'Isis, elle-même issue de Satiah la Seconde Épouse de Thoutmosis III, elle sillonne le Nil, toujours à la recherche d'un travail. Contrainte de passer pour un garçon afin de fuir les prêtres de Karnak et également pouvoir exercer son métier en toute quiétude, elle se propulse au cœur du peuple du pharaon.

CHAPITRE I

La vieille Beket ouvrit les yeux, respira lentement et, du regard, fit le tour de la pièce. Un sursaut de conscience arrêta sa pupille encore ensommeillée sur la jeune femme qui se tenait à son côté.

— Ai-je dormi longtemps?

— Ne t'inquiète pas, Beket, je reste auprès de toi.

— Je ne m'inquiète pas, assura la vieille femme. J'attends simplement que les dieux viennent me chercher pour m'emporter dans l'au-delà. Alors, j'irai rejoindre mes ancêtres.

— Qui te parle de l'au-delà? protesta Lydie. Les deux médecins qui sont passés ont diagnostiqué un engorgement pulmonaire. Ce n'est pas la mort, il me semble.

Beket leva la tête et la tourna avec lenteur. Ses gestes étaient précis, mesurés, comme si elle tentait d'économiser ses forces. Elle esquissa un pâle sourire à la pensée de sa mère qui, autrefois, s'était désolée de n'avoir pu vieillir aussi bien que Séchat, son aïeule.

— Bek est-il venu me voir? questionna-t-elle d'un ton las.

Lydie s'approcha d'elle et ramena sur son buste un pan du drap de lin tombé à terre pendant son sommeil. Puis, elle redressa l'oreiller sous sa tête.

— Il est resté la nuit dernière à tes côtés. Puis, tranquillisé à ton sujet par les médecins, il est reparti très tôt à l'aube. Ne t'en souviens-tu pas ?

Beket secoua la tête.

— N'a-t-il rien dit dont je ne me souvienne plus ?

Lydie s'approcha plus près de sa compagne, effleura de ses doigts la vieille main qui, restée étendue sur le drap, offrait encore une étonnante jeunesse malgré les multiples besognes qu'elle avait accomplies.

Oui ! Les mains de Beket avaient taillé, ciselé, martelé, brossé, peint, décoré tant de temples, de murs et de colonnes, de bas-reliefs et de plafonds qu'elles se refusaient à prendre de l'âge. Et pourtant, du moins le croyait-elle, voilà qu'un trop tenu souffle de vie venait la surprendre dans ses derniers retranchements.

A nouveau, elle prit sa respiration et, cette fois, sentit qu'un flux régénérant passait au travers de son corps. Allons ! Les médecins avaient raison. Le dieu Osiris ne l'emporterait pas encore.

— Non, précisa Lydie, ton fils n'a rien dit d'autre que des mots encourageants sur ta santé qui s'améliore de jour en jour.

La jeune femme se leva, fit quelques pas dans la grande pièce éclairée par une baie qui laissait largement filtrer la lumière, hésita et revint à Beket.

— C'est plutôt moi qui devrais te révéler quelque chose, reprit-elle en se penchant vers la vieille femme.

Beket hocha la tête en émettant un raclement de gorge, sans doute pour éclaircir sa voix qui, depuis quelque temps, avait perdu de son intensité.

— T'es-tu enfin décidée à m'apprendre ce que tu me caches depuis presque vingt ans ?

Mais, un coup d'œil qui n'avait rien perdu de son acuité lui fit comprendre que Lydie hésitait encore. Il fallait pourtant qu'elle révèle ce terrible secret avant que Beket ne quitte définitivement la vie terrestre. Elle en réchappait peut-être cette fois-ci, mais qu'adviendrait-il la fois prochaine ?

— Les choses auraient été plus simples si je t'avais tout raconté le jour où Djenani m'a trouvée inanimée sur les berges du Nil, murmura Lydie.

— Je ne t'ai jamais forcée.

— Tu aurais dû.

— Allons, fit la vieille femme d'un ton las, Osiris me laissera bien le temps d'écouter ce qui t'étouffe depuis si longtemps. Que faisais-tu, ce jour où Djenani et moi t'avons recueillie à demi morte d'épuisement? Venais-tu vraiment de Crète?

— Oui, souffla la jeune femme.

— Et où allais-tu?

Beket ferma les yeux, puis sentant que le regard de Lydie restait rivé au sien, elle les rouvrit et décida de ne plus quitter le visage de sa compagne.

— A la mort de ma mère, confia Lydie, je suis partie de Crète pour retrouver ma demi-sœur.

— Était-elle en Égypte?

Lydie secoua ses boucles brunes qu'elle avait remontées en un savant chignon retenu par un grand peigne en argent.

— C'est une Égyptienne, jeta-t-elle d'un ton saupoudré de mélancolie et de prudence.

— L'as-tu trouvée?

— Non.

— Pourquoi?

Lydie entrouvrit la bouche. De ses grandes lèvres minces, bien dessinées, sortit un souffle à peine audible qui retenait encore quelques réserves dont elle devait absolument se libérer.

— Parce que je ne pensais pas trouver auprès de toi un foyer qui m'accueille aussi chaleureusement, une famille qui devienne la mienne, un bien-être affectif que, nulle part ailleurs, je n'aurais pu découvrir. Je ne voulais pas perturber votre famille.

Surprise, la vieille femme se redressa :

— Perturber!

— Oui, soupira Lydie. Être intégrée dans votre foyer et, parallèlement, poursuivre cette recherche aurait été inconvenant.

Beket ouvrit la bouche, mais voyant que sa compagne poursuivait, elle se tut.

— Et pourtant, poursuivit Lydie, je regrette de ne pas avoir suivi mon projet.

— Il n'est peut-être pas trop tard, murmura la vieille femme.

Elle releva lentement son buste. Sa voix devenait moins faible, mais son souffle demeurait aussi fragile que les fleurs de lotus qui flottaient dans la petite coupelle d'albâtre qu'on avait posée devant ses yeux.

— Pourquoi dis-tu que cela nous aurait perturbés ?

— Parce que la sœur que je recherche est la fille de ta mère.

Beket pâlit, sursauta, s'étouffa, toussa. Lydie s'affola et regretta aussitôt sa confidence. Dieu d'Isis ! Pourquoi n'avait-elle pas gardé son secret jusqu'au bout ? Voilà vingt ans qu'elle se taisait et voilà que, tout à coup, elle parlait.

Elle passa son bras dans le dos de la vieille femme pour la soutenir. Comment pouvait-elle, à présent, atténuer le choc de sa révélation ? Elle réfléchit juste le temps de s'assurer que Beket avait retrouvé ses esprits.

— C'est impensable, je sais, souffla-t-elle à son oreille. Malgré les vingt ans qui nous séparent toi et moi, l'ombre de cette inconnue nous lie maintenant l'une à l'autre.

— Ah ! Lydie, répliqua la vieille femme, crois-tu qu'il faille cette ombre pour nous lier l'une à l'autre ? Tu es pour moi l'amie la plus chère qui existe en ce bas monde.

Elle prit la main de sa compagne et la serra chaleureusement.

Puis, sur ses lèvres pâles, un sourire ténu se dessina.

— Ainsi, dit-elle, cette ombre que nous ne connaissons pas serait ta sœur par ton père, et la mienne par ma mère ?

Hochant la tête, Lydie acquiesça.

— Et tu ne m'as jamais rien dit, murmura Beket.

— Comment voulais-tu que je révèle ce secret sans provoquer un scandale dans ta famille ?

— Oh ! Dieu d'Horus. A présent, je comprends pourquoi ma mère partait toujours au port de Thèbes et pourquoi elle y restait plusieurs jours. Seule, Cachou, notre servante était dans la confidence.

La stupéfaction passée, la vieille femme paraissait à présent terrassée.

— Pourquoi n'a-t-elle jamais rien voulu me dire ? Ce poids a dû la briser, l'anéantir. Ensemble, nous aurions pu l'alléger.

Elle posa un regard vague sur les lotus pastel qui flottaient dans la coupe d'albâtre comme si la pâleur de leur teinte devait déteindre sur les mots qu'elle ne pouvait dire.

— Je comprends aussi, fit-elle, pourquoi tu as cessé tes recherches.

— Ta mère, Beket, était la Seconde Épouse de Thoutmosis et tant qu'il régnait sur l'Égypte, un scandale aurait pu briser la carrière de Djenani, la tienne et celle de Bek, ton fils. Un mot de moi et vous étiez tous embourbés dans une vilaine histoire qui vous jetait dans le discrédit le plus complet.

Le visage de Beket, tendu, blanc, devint tout à coup d'une rougeur excessive : un retournement intempestif se faisait en elle. L'émotion la bouleversait. Son sang bouillonnait, empoignait ses veines, lui redonnait presque la vigueur qu'elle avait perdue.

— Que faisait ton père ? jeta-t-elle brusquement.

— Il commandait un navire de la flotte crétoise.

— Que transportait son bateau ?

— Des objets de luxe, poteries, parfums, bijoux et bois précieux. Il sillonnait toute la Méditerranée et faisait du commerce avec la Grèce, l'Égypte, la Babylonie, la Canée.

A présent, les mots venaient naturellement aux lèvres de Lydie. Et, comme si elle voulait se débarrasser de tout ce qui l'avait encombrée durant tant d'années, les détails affluèrent.

— Ses voyages étaient longs, souvent périlleux. Ses missions parfois délicates. L'océan est plus dangereux que le fleuve. Le vent y est sournois, inattendu, mortel quand il soulève des vagues d'écume aussi hautes que des maisons.

— Qu'est-il devenu ?

Lydie soupira. A parler ainsi, elle semblait reprendre confiance.

— Te souviens-tu de ces terribles inondations du Nil, celles qui remontent à la seizième année du règne de Pharaon, ton père ?

— Comment pourrais-je ne pas m'en souvenir ? C'est l'année où ma grand-mère Séchat est morte. Je me suis toujours demandée pourquoi ma mère n'était pas là.

Beket étira ses lèvres en un mince sourire. Son front se barrait de rides profondes dont les plus hautes étaient cachées par une maigre mèche teintée de henné.

— Elle était donc partie sur le port, reprit-elle. Elle devait chercher ce Crétois, ton père.

— La crue du Nil dans ses éléments déchaînés avait broyé son navire. Il ne s'en est jamais remis. A son retour, il a tout avoué à ma mère. Notre chute a commencé ce jour-là.

— Votre chute !

— Sans vaisseau, mon père n'était plus rien. L'argent nous manquait. Il fallut quitter notre belle maison, travailler, chercher une masure, car nous n'avions plus d'argent.

Une larme perla à sa paupière.

— Et, privé de Satiah qu'il devait aimer comme un fou, je crois qu'il ne désirait plus que mourir.

— Et cette fille qu'il avait eue d'elle ! Ne le savait-il pas ?

— Justement, cette naissance a dû creuser son malheur. Il s'est senti misérable, inutile, loqueteux.

A présent, le dos de Beket s'était entièrement redressé. Un sursaut d'énergie lui fit même poser un pied sur le sol mais un vertige la prit et elle dut se rallonger.

— Pourquoi ton père n'a-t-il pas dit où elle était ?

Lydie hocha la tête.

— Le savait-il lui-même ? Plusieurs fois, je lui ai posé la question. Mais, après avoir tout avoué, il n'a plus voulu en parler.

— Et ta mère ?

— Je pense qu'elle refusait de m'en dire plus, craignant sans doute que je recherche aussitôt cette enfant qui devait avoir une dizaine d'années de moins que moi. Cette petite sœur égyptienne qui me tombait subitement du ciel était indésirable pour ma mère.

— Cette réalité a dû la faire souffrir.

La jeune femme acquiesça et se passa la main sur les yeux. Ils étaient humides de chagrin, tristes à la pensée de révéler toute cette histoire enfouie en elle depuis si longtemps.

— C'est vrai, ma mère a beaucoup souffert. Cette idée la hantait plus encore que d'avoir peu de pain à manger. C'est pourquoi j'ai attendu. Quand elle est morte d'épuisement et de chagrin, je suis partie de Crète et tu connais la suite.

— Et ton père ?

— Ce fut la honte de notre vie. Dans l'impossibilité de racheter un navire, il s'est mis à boire. Puis, un jour, on nous l'a ramené ivre-mort. Il est décédé quelques mois plus tard.

— C'est bien triste, fit Beket.

— Ma mère et moi avions trouvé une place dans une fabrique de poterie. C'est là que j'ai appris à dessiner et à peindre. Le travail me plaisait, mais il était très mal payé et je voulais tant retrouver cette sœur que plus rien d'autre ne comptait pour moi.

Beket se tourna vers la jeune femme. Elles étaient si proches l'une de l'autre qu'il lui fut aisé de la serrer dans ses bras. Puis, elle la berça comme une enfant.

Certes, la vieille femme était déstabilisée. L'assurance, l'audace et le sang-froid qu'elle s'était forgés au cours de sa carrière de peintre-ciseleur étaient bien pauvres face à l'étendue de cette histoire.

Cependant, elle devait se ressaisir et surtout se persuader que sa mère avait été heureuse dans les bras de cet homme qu'elle ne connaissait pas. Combien de fois Beket s'était laissée aller à des réflexions trop audacieuses, mais tellement justes, sur le destin d'un pharaon comblé, saturé, repu de caresses excessives des femmes de son harem alors que sa mère et elle attendaient la visite, si courte fût-elle, d'un maître qui souvent ne venait pas !

— Sais-tu, Lydie, dit-elle en s'écartant un peu de sa compagne, que Cachou m'avait fait une proposition étrange lorsque je décorais le temple funéraire de Satiah, ma mère.

Elle tourna les yeux vers la baie qui éclairait la pièce, cilla des paupières et revint à la jeune femme.

— Celle de peindre sur un mur d'angle un vaisseau, toutes voiles déployées dans les flots déchaînés. Elle en connaissait la signification, mais ne m'a rien dit. Te souviens-tu ? Je t'ai montré ce navire.

Lydie voulut parler, mais Beket lui coupa la parole.

— La sœur que tu cherches est une femme qui, à présent, doit avoir environ vingt-cinq ans. Ciel ! Où peut-on la trouver ?

Elle fixa le mur décoré d'oiseaux s'agitant dans la flore épaisse des marais du delta.

— Nous la chercherons ensemble, jeta-t-elle d'un ton tranquille. A présent, nous ne craignons plus rien.

*
**

Les ateliers de Mériptah, le joaillier, étaient séparés par de grands bâtiments en pisé recouvert de plâtre. Ils s'étendaient de la courbe qui partait des dernières maisons de Thèbes jusqu'à la boucle du Nil où commençait la route d'Abydos.

Côtoyant la large voie, droite et bien tracée qu'empruntaient les chars passant à toute allure et les caravanes de chameaux en partance pour le désert du nord, les premiers bâtiments des ateliers de Mériptah apparaissaient à vue d'œil. On y travaillait la poterie vernissée, cette faïence dont la fabrication se pratiquait depuis les époques primitives de l'Égypte.

La poterie vernissée était un artisanat que l'Égyptien maîtrisait donc parfaitement et l'on pouvait dire que Mériptah se distinguait dans son savoir-faire. Composée surtout de sable siliceux, la masse poreuse était recouverte d'une glaçure opaque de couleur verte ou bleue qui contenait du cuivre. La spécialité de Mériptah qui ne fabriquait ni vases ni figurines ou autres objets divers était les perles, et en particulier celles qui servaient à confectionner les colliers, les gorgerins et les scarabées, bien que ceux-ci fussent souvent fabriqués en perles de turquoises.

Les ateliers qui jouxtaient la faïencerie étaient eux aussi d'origine très ancienne.

Toute la technique du verre en Égypte avait été mise au point depuis le Moyen Empire. A cette époque, le verre n'était ni soufflé ni coulé dans des moules. Il se fabriquait à partir d'un noyau composé de sable argileux et cuit au four. Par fusion, on parvenait à souder des fils ou des fragments de verre entre eux qui se fixaient sur le noyau central pour donner la forme définitive.

Là encore, Mériptah avait maîtrisé la technique des perles de verre. Les siennes avaient des couleurs exceptionnelles. Elles étaient dures, brillantes, taillées parfois aussi gros que des œufs de cailles. Rouges, ocre, bleues comme le ciel de la saison du chemou, vertes comme les tiges de papyrus sortant de terre, elles offraient des éclats incomparables où la lumière s'accrochait chaque fois qu'elle venait s'y poser.

Plus loin, un endroit vaste et carré, encerclé dc petits bâtiments bas à ciel ouvert, servait à contenir les creusets dans lesquels on fondait le métal. Au centre, les ouvriers activaient les brasiers au moyen de soufflets et travaillaient avec de longues tiges de bois pour ne pas se brûler. La masse du métal, or ou cuivre, qui ressortait en fusion était mise dans de larges moules en terre glaise, puis étendue, battue, transformée en plaque et, enfin, disposée sur des sortes d'enclumes afin d'être polie, ciselée ou sertie. Mises ainsi à plat, les plaques d'or et de cuivre servaient surtout à faire des battants de porte pour les temples de Karnak ou des habillages de sarcophages pour les pharaons, leurs familles et les plus hauts dignitaires. Mériptah travaillait surtout les petits objets d'orfèvrerie comme les manches de couteaux, de dagues et de poignards, les broches, les pendentifs, les médaillons, les anneaux, les chaînettes qui servaient à relier les perles de cornaline ou de lapis-lazuli. Depuis que Thoutmosis III avait asservi les pays de l'Est, le cuivre venait en abondance des monts du Sinaï et Mériptah pouvait passer des marchés fort intéressants qui, certes, lui rapportaient plus qu'il ne dépensait.

Depuis le Moyen Empire, les Égyptiens travaillaient un alliage fait de cuivre et d'étain. Selon la densité des formules, ils obtenaient du bronze noir, jaune ou rouge dont chaque objectif avait son utilisation.

Quand Mériptah disposait d'une petite quantité d'argent, métal rare dont les mines ne se trouvaient que sur les hauts plateaux d'Asie, il fabriquait de l'électrum, un très coûteux alliage que la pharaonne Hatchepsout avait utilisé pour recouvrir les pointes de ses obélisques.

Aussi Mériptah rêvait-il, depuis que les marchés étaient ouverts du côté de la Syrie, d'acquérir ce minerai en plus grande quantité pour le travailler brut avec l'or et le cuivre afin de réaliser cet étrange métal dont les pharaons égyptiens raffolaient.

Une petite boutique rectangulaire, située à l'arrière des entrepôts de faïence et d'argile, était encastrée entre les réserves d'eau qui servaient à durcir les métaux. C'était la boutique de la pesée des anneaux d'or. Chez Mériptah, cette pesée se faisait au moyen d'appareils extrêmement précis, différents selon l'origine du métal. L'or jaune venait du désert de Coptos, l'or rouge de Nubie et le plus pâle arrivait d'Asie. Chacun avait son poids distinctif, ce qui déterminait sa valeur.

La fortune de Mériptah ne s'arrêtait pas là. Passé les ateliers où l'on pratiquait la fonte, le battage, le moulage, le ciselage, plusieurs autres bâtiments suivaient. C'étaient ceux des forages de perles et ceux des sertissages. Les ateliers de pierres précieuses, tout comme ceux qui enfermaient l'or, étaient gardés par des milices qui se relayaient nuit et jour. Des gardiens casqués ouvraient l'œil et, dague au point, javelot piqué au sol, ils observaient les alentours en permanence.

Dans les ateliers de forage, les ouvriers travaillaient assis devant un trépan qui consistait en une longue tige de bois dont l'extrémité inférieure se terminait par une petite fourche dans laquelle une baguette en métal était insérée transversalement. A sa partie supérieure était adaptée une manivelle qui permettait d'actionner la tige, de trouer et d'enfiler les perles.

Mériptah faisait venir ses turquoises du Sinaï, ses cornalines et ses malachites du désert libyque et, du nord, venaient ses améthystes, ses lapis-lazulis et ses jaspes. Maât, sa fille, s'était passionnée pour la joaillerie depuis sa plus tendre jeunesse. C'était sans doute — disait fièrement son père — la seule qui sût aussi bien ciseler les scarabées de turquoise. Elle les montait sur des chatons à pivot et, sur le plat de la pierre, elle gravait avec finesse et précision les noms et les titres du personnage, ce qui servait souvent de sceau au propriétaire qui n'avait plus qu'à apposer la marque sur le document.

Parfois, elle gravait quelques hiéroglyphes qui signifiaient une idée directrice, une croyance, une volonté qu'imposait le pharaon à son peuple. Avec un scarabée ciselé et diffusé dans tout le royaume, le couple royal pouvait annoncer un événement, prévenir d'un projet, ordonner un décret. Maât ciselait aussi les cartouches d'or qui servaient d'identité aux personnages du royaume, aux nobles et aux dignitaires. Elle façonnait en forme de talisman les bijoux les plus fins, s'appliquant à donner aux hiéroglyphes un sens de protection contre les forces du mal. Elle perçait délicatement pour les enfiler les coquilles nacrées qui venaient des bords de la mer Rouge. Elle décorait les perles de verre, les perles de grès et d'argile. Maât était une artiste que son père avait bien modelée.

Maât arrêta le geste qu'elle esquissait sur le diadème d'or qu'elle sertissait de pierres fines. Elle en avait elle-même dessiné les motifs avec un décor floral de lotus en cornaline, de rosettes en lapis-lazulis et de feuillages en malachite.

Elle se retourna brusquement.

— Bek, que viens-tu faire ici ? s'exclama-t-elle en se hâtant de déposer le gorgerin sur la table.

Derrière elle, l'homme posa ses lèvres dans son cou et les y attarda quelques instants.

— Je viens t'enlever.

— Les filles sont-elles souffrantes ? questionna-t-elle d'un ton vaguement inquiet.

En principe, les servantes ne venaient la chercher que lorsque Seita ou Sekmet attrapait un de ces petits maux d'enfant qui, jusque-là, s'était toujours soigné promptement. Ses filles étaient saines et robustes et s'élevaient comme des pousses de papyrus.

— Ne crains rien, répliqua Bek son époux. Quand je suis parti, Seita babillait dans son couffin d'osier sous l'œil extasié de la nourrice et Sekmet jouait à traîner son cheval articulé derrière le lévrier qui jappait de joie.

— Alors, que viens-tu faire ?

— Te parler d'un projet.

Maât saisit délicatement le cercle d'or qu'elle était en train de sertir et le fixa sur un reposoir pour juger de l'effet.

— Mon chéri, le dernier projet en date qui te concernait n'était-il pas celui de ta nomination de Grand Sculpteur Royal auprès de la reine Tiyi ?

Bek parut gêné.

— C'est plus compliqué que tu ne le penses.

Maât reprit le cercle d'or et le posa dans un coffret en bois d'ébène à côté du gorgerin qu'elle n'avait pas encore achevé de sertir. Puis, elle rangea ses outils de précision, ses pinces, sa loupe, ses colles, ses rivets d'or, ses ciseaux, ses pointes et se tourna vers son époux.

— Sortons, dit-elle en se levant, nous parlerons à l'extérieur.

Un souffle d'air chaud et sec les submergea, car l'heure du plein zénith était à peine passée. Le ciel était chargé de ce bleu lourd qui ne laisse passer aucun souffle de fraîcheur.

Quand Bek la mit au courant du sujet qui le préoccupait depuis plusieurs jours et qu'il n'avait pu encore aborder avec elle, il se sentit plus serein. Cette histoire de parente inconnue dont sa mère et Lydie venaient de lui annoncer l'existence sans ménagement commençait à prendre une ampleur qui dépassait la simplicité habituelle de son discernement.

— Cette femme ne doit pas être beaucoup plus vieille que toi, remarqua sa femme après un long silence car, à vrai dire, elle ne savait comment conclure une affaire aussi délicate.

— Sans doute.

Maât prit le bras de son époux et le serra contre elle. Ils marchaient côte à côte. La courbe de la route qui donnait sur les premières maisons de Thèbes s'atténuait et le fleuve apparaissait dans toute sa largeur, bordé de ses berges asséchées.

— Qu'est-ce qui te gêne, interrogea Maât d'un ton tranquille, si ce n'est que ta mère se découvre soudain une moitié de sœur?

Bek hocha la tête et eut un sourire amer.

— Elle s'est mis en tête que je devais l'aider à retrouver cette femme. Je ne m'y oppose pas, bien sûr, mais...

— Mais, coupa aussitôt son épouse, tes nouvelles fonctions vont t'absorber l'esprit plus que tu ne le souhaites et, dans cette débandade de choses que tu devras accomplir, peu de temps te restera pour satisfaire l'exigence de ta mère. Ai-je bien cerné ton tourment?

D'un signe de tête, Bek acquiesça et jeta aussitôt :

— Lydie qui se trouve mêlée à cette affaire de bien plus près que moi peut fort bien effectuer les démarches préliminaires.

— Et tu agiras ensuite.

— Si je peux, oui, soupira Bek.

— Mais, tu penses que ta mère va te harceler jusqu'à ce que tu cèdes, répliqua Maât en tournant son visage vers son époux qui l'entraînait d'un pas nerveux vers la villa qu'ils avaient fait construire près des ateliers, quelques années auparavant, quand ils avaient décidé de s'unir et que les familles respectives avaient donné leur consentement.

— Je ne puis, actuellement, lui consacrer tout mon temps.

— Lui as-tu expliqué que la proposition de la reine allait te mobiliser pendant de longs mois?

— Tu sais comment elle réagit lorsqu'elle se met en tête une idée dont elle ne peut ou ne veut plus se défaire.

Il se frappa le front du poing.

— Et si cette histoire était fausse ?

— Je ne pense pas, rétorqua Maât. Lydie est incapable de mentir.

— Hélas ! Je le sais.

Puis, il laissa retomber sa main qu'il fit pendre mollement le long de son corps. Son pagne impeccablement blanc tombait en plis droits sur ses cuisses brunes et musclées. Son buste était nu. Il portait des sandalettes en cuir fauve, des anneaux d'argent remontés sur ses avant-bras et un collier de turquoises assorti à la boucle de sa ceinture qui retenait son pagne à la taille.

Comme beaucoup d'Égyptiens sportifs, Bek avait les épaules développées, un buste carré et puissant, des hanches assez minces attachées sous une taille fine.

— Veux-tu que je parle à Beket ? proposa Maât avec prudence. Peut-être puis-je lui expliquer que, hélas, tu ne disposes plus d'un repos suffisant pour distraire ton esprit ailleurs et que la reine te réclame à plein temps.

— Non, c'est inutile. Déjà, cela ne lui plaît pas que je travaille exclusivement pour Tiyi dont les idées avancées vont à l'encontre des siennes.

— Pourquoi est-elle si butée envers les projets novateurs de la reine ? Ce palais de Malgatta que veut bâtir Tiyi n'est pas une provocation ouverte à Karnak. Nous y adorerons quelques dieux supplémentaires, voilà tout.

— C'est justement ce qui ne lui plaît guère.

— Mais, pourquoi ? Où est le mal ?

— Ma mère n'aime pas beaucoup Tiyi. Tu le sais bien Maât et elle s'énerve à l'idée qu'elle m'a choisi pour décorer Malgatta. De plus, elle rejette mon style.

— Ce style est le tien, Bek. C'est ta personnalité de peintre, ta vision de sculpteur.

— Mes formes ne lui plaisent pas. Elles ne correspondent pas à l'esthétique traditionnelle des peintures égyptiennes.

Maât eut un éclat de rire :

— Parce que tu peins les femmes un peu plus rondes qu'elles ne sont, plus épaisses des hanches et moins filiformes et que tu leur fais une coiffure en hauteur qui n'existe pas et que tu inventes ?

Elle s'arrêta le temps d'une seconde et reprit son éclat de rire.

— Bientôt, elles voudront toutes avoir la tête que tu leur fais, à commencer par la reine qui t'approuve !

D'une pression de main sur l'épaule ronde de sa femme, Bek la remercia de ses encouragements.

— Je crois que les origines asiatiques de Tiyi ne plaisent pas à ma mère et que c'est là sa vraie raison de ne pas la comprendre. L'idée même du nouveau palais de Malgatta l'indispose.

— Mais, personne ne l'obligera à venir saluer le couple royal dans sa nouvelle résidence. D'ailleurs, elle ne mettait jamais les pieds à Medineh-Habou, là où vivaient Moutmouia et les princesses asiatiques. Il n'y a que le palais de Thèbes qui compte pour elle.

Ravalant son rire, elle reprit une attitude sérieuse.

— Bek ! Je t'en prie, travaille en paix au palais de Malgatta. Je vais proposer mon aide à ta mère.

— Sans doute as-tu raison. C'est peut-être la solution la plus adaptée, bien que je ne sache comment entreprendre les démarches sans avertir la police privée de Thèbes. Je ne veux pas attirer l'attention. Bien des gens seront malveillants et iront ébruiter cette affaire auprès des oreilles avisées de Tiyi.

Bek se tut un instant. Un pli amer se forma autour de sa bouche et ses yeux sombres maquillés de khôl lancèrent une lueur étrange.

— Il ne faut pas oublier qu'il s'agit là d'un adultère. Et, pire encore, de celui d'une Seconde Épouse.

— Mais, rétorqua Maât, il paraît que Satiah avait toute sa liberté. Le pharaon la lui avait accordée.

— Ma chérie, tu divagues. Il ne lui avait pas dit d'aller faire un enfant avec un autre homme.

Maât se tut. La réaction de son époux la surprenait. Lui, d'habitude si libéral, au point qu'il en oubliait parfois ses devoirs les plus stricts envers les dieux, laissait transparaître soudain un côté de sa nature qu'elle ne connaissait pas. Qu'avait-il à se carapacer soudain de morale et de principes désuets et passéistes ? Elle n'y vit qu'une seule raison, celle d'un homme gêné dans son orgueil de mâle. Satiah, sa propre grand-mère, était l'objet du délit.

*
**

Tiyi observa ses deux frères. Redressés l'un et l'autre, le buste droit, l'œil sombre, ils s'opposaient dans toute la force de leur personnalité bien distincte.

— Les prêtres ne te suivront pas.

Anen fit un bond le bras levé vers son frère et s'arrêta brusquement, assez menaçant pour montrer que sa contrariété était grande.

— Ils écouteront ce que j'ai à leur dire.

Ay eut un sourire ironique. Une expression enjouée, mais à la fois hautaine et mordante, que son frère n'aimait pas.

Une attitude qu'Ay prenait souvent lorsqu'ils étaient enfants. Un air qui marquait la supériorité de l'aîné sur le cadet.

— Tu es trop jeune, fit Ay. Tu manques d'expérience.

Anen ricana.

— Nous ne sommes plus des adolescents, Ay, et tu n'as plus à me commander.

Tiyi observa ses frères avant de trancher leur désaccord.

C'était ainsi depuis toujours. Elle prenait le temps de les laisser aller jusqu'au bout de leurs arguments avant d'abaisser les siens. Elle tourna la tête vers Ay, puis vers Anen sans dire un mot.

Ay était grand, fort, musclé comme un athlète dont il suivait les exigences afin de ne perdre ni la main ni le pied pour être toujours prêt à l'attaque, fidèle au poste de combat.

Compagnon fidèle d'Aménophis, il ne se laissait jamais impressionner et, le plus grand des généraux de son armée, si endurci fût-il, n'avait aucune prise sur lui. Les plus irréductibles ne le déconcertaient pas. Inflexible, mais compréhensif car, pour preuve de justice, il pouvait féliciter le dernier des fantassins pour accepter de suivre un bataillon qui ne le concernait pas. Pire ! qui ne l'enthousiasmait guère et le fantassin repartait le baume au cœur.

Ay avait un franc visage. Le menton carré, le front haut et droit, le regard grand ouvert sur les autres, exigeant de chacun une loyauté de tous les instants. Aussi vif à affronter qu'à maîtriser, il pouvait discerner chaque embûche avec une acuité sans égale selon le cas qui se posait à lui. Ay était un de ces hommes au caractère bien trempé, volontaire, décidé.

Anen était tout à l'opposé de son frère. Long et mince, son corps n'offrait que des sinuosités. Sa carrure n'était guère étoffée et son buste semblait creux, car il gardait toujours cette attitude bien caractéristique qu'ont les introvertis à laisser tomber en avant leurs épaules.

Anen avait les yeux fendus en amande de son père. Le même regard noir et allongé qu'avait aussi pris Tiyi dès sa naissance. Ses traits offraient une régularité parfaite, presque trop beaux pour un homme. Un sourire étrange, qu'il s'efforçait peut-être de rendre ambigu, venait sans cesse fleurir sur ses lèvres fines que surmontait un nez droit aux ailes délicatement déployées. Celui d'Ay était plus grand, plus fort. Celui de Tiyi petit, plus épaté et sa bouche était plus épaisse.

Ay et Anen ne s'affrontaient que rarement. Ne frayant pas les mêmes gens, les mêmes lieux, ils évitaient ainsi des rencontres soudaines susceptibles de développer leur désaccord. Orphelins depuis leur enfance, Tiyi et ses deux frères aînés sortaient de la plus haute noblesse. Cette qualité de sang héréditaire leur avait donné le privilège d'être élevés au palais avec le jeune Aménophis.

Certes, à présent que Tiyi avait épousé le jeune pharaon, sa supériorité se faisait sentir. Ses ordres et ses désirs ne pouvaient plus être ni discutés ni repris. Mais Tiyi avait toujours eu cette intelligence mesurée, ce juste équilibre qui n'amenait jamais aucun excès, aucune outrance qui eût pu déstabiliser l'ensemble de la situation.

Tiyi n'était pas grande, mais bien proportionnée. Sa taille restait fine, ses seins petits et son cou délicat reposait sur des épaules rondes et lisses. Elle avait un visage avenant, mais quand il s'absorbait dans ses devoirs de reine, il devenait sévère au point qu'elle paraissait plus âgée qu'elle n'était.

Pour recevoir ses frères, Tiyi s'était vêtue d'une simple robe d'intérieur qui enveloppait ses formes souples et minces.

Sa coiffure rehaussée sur le haut de la tête accentuait son allure et lui conférait la majesté de son rang.

— Si Thouya, notre mère, vivait encore, dit-elle dans un demi-sourire, elle ne serait pas en accord avec tes propos, Anen.

— Mais, elle n'est plus là, répliqua sèchement son frère.

— C'est bien pour cette raison que tu dois respecter ses idées.

Tiyi se leva du tabouret à trois pieds sur lequel elle s'était assise et fit quelques pas dans sa chambre.

— Le père d'Aménophis, reprit-elle, feu Thoutmosis IV, voulait te voir au temple d'Amon. Il ne cessait de dire que c'était là ta place. Je comprends que tu t'y plaises comme Ay se plaît sur un champ de bataille. Vous êtes faits l'un et l'autre pour assumer le travail que l'on vous a inculqué depuis que vous êtes enfants.

Elle regarda le visage d'Anen et soupira.

— Oui, Karnak t'attendait et je comprends que tu t'y sentes à l'aise, reprit-elle. Mais tu réclames soudain bcaucoup trop. Élever un temple dédié au dieu Amon alors que notre mère voulait l'élever en l'honneur du dieu de notre père est tout simplement profane.

— Profane ! s'exclama Anen, les yeux écarquillés d'horreur. Mais, c'est toi l'hérétique !

— Cela suffit, Anen, jeta sèchement Tiyi. Notre mère voulait que ce soit ainsi et cela sera ainsi.

— Je parlerai aux prêtres. Ptahmose m'approuvera.

— Ptahmose ne t'encouragera pas. Pire, il te sanctionnera.

Anen émit un petit rire allongé tel un sifflement.

— Tu te trompes, ma sœur.

Ay qui n'avait encore rien dit depuis que Tiyi était intervenue dans le différend qui les opposait eut un sourire jovial.

— Ma reine, ma sœur bien-aimée, fit-il d'un ton protecteur, oublierais-tu que je suis aussi le Grand Prêtre de Min à Héliopolis ?

— Ce n'est qu'une distinction honorifique, mon cher frère. Et d'ailleurs, il me semble que tu considères ce privilège comme tel, car d'après ce que l'on me rapporte, tu n'y vas guère, à Héliopolis.

Elle se tourna vers Anen, étira ses longs yeux en amande et lui sourit en guise de conciliation.

— C'est à toi que l'on aurait dû donner ce titre. Tu aurais pu cumuler tes fonctions de prêtre de Karnak et celles de prêtre d'Héliopolis. Cela aurait peut-être évité que tu ne privilégies autant le dieu Amon.

— C'est le seul dieu qui compte à mes yeux, fit le jeune homme buté.

— Renierais-tu tous les autres ?

— Seulement ceux qui nous viennent d'Asie.

Ay fit face à son frère le regard sombre et la voix saupoudrée de colère :

— Le mariage de l'Asie et de l'Égypte s'est harmonieusement déroulé avec la reine Moutmouia, dit-il en levant le poing à son tour. Les dieux asiatiques n'ont jamais détrôné ceux de notre pays.

— Et, que tu le veuilles ou non, insista Tiyi, cette union se perpétue avec moi, Grande Épouse d'Aménophis III.

Anen haussa l'épaule et leva la main pour repousser une mèche de cheveux qui lui tombait sur le front. Un geste qu'il faisait depuis qu'il était enfant. D'un mouvement sec, Tiyi arrêta la course de son bras.

— Pourquoi ne veux-tu pas admettre que nous sommes à demi Syriens ?

Elle enfermait l'avant-bras de son frère entre ses doigts et le serrait avec fermeté. Il la regarda, un mauvais sourire aux lèvres, et se dégagea violemment.

— Tu sais bien qu'Anen n'a jamais aimé notre père, jeta Ay d'un ton ironique.

— Pourquoi dis-tu cela ? rugit Anen en s'élançant vers son frère.

— Parce qu'il t'obligeait à tenir sur un cheval et que tu avais peur. Parce qu'il te forçait à te battre, glaive en main, et que tu exècres le combat. Parce qu'il voulait que tu sois un homme et non une femmelette toujours en prières.

Anen eut un de ses rictus malveillants qui, chez lui, annonçait bien des hypocrisies et des pièges à venir. Mais Ay ne paraissait nullement ému et s'en souciait comme de sa première dent.

Son frère fit un brusque tour sur lui-même et vint se planter devant lui, arrachant presque la manche de sa tunique.

— Monter à cheval, te battre, éviter les devoirs

envers les dieux, ricana-t-il à nouveau. Tout ce que, toi, tu aimes.

Il leva un poing agressif que sa sœur arrêta au vol. Ay avait raison. Tiyi savait qu'Anen n'aimait pas son frère et que la haine qu'il portait à son père résultait moins de ses origines asiatiques que des contraintes qu'autrefois il lui avait imposées. Anen exécrait tout ce qui n'était pas en lui, force, bravoure, courage.

Tiyi soupira. Elle gardait un si bon souvenir de celui qui avait été l'époux de son impulsive mère, morte dans les marais du delta pour avoir été trop audacieuse. Ce père au visage long et osseux, à l'allure dégingandée et filiforme, aux yeux fendus en amande dont Anen et elle-même avaient incontestablement hérité.

Oui, Tiyi avait aimé ce père qui l'emmenait faire de longues et folles courses à cheval le long du fleuve, bravant parfois les crues du Nil, se moquant des principes et des traditions, enfourchant à cru sa monture et lui criant d'aller toujours plus vite. Et Thouya galopait joyeusement derrière eux, s'accrochant à la crinière blanche de sa jument.

A présent que Tiyi était Grande Épouse du pharaon, elle se devait de quitter ce fol enthousiasme qu'elle tenait de ses parents pour apprendre à devenir sage, réfléchie, prudente, afin de guider son peuple avec bon sens et justice. Enfant, puis adolescente, ses maîtres disaient que son intelligence débordait de vivacité et d'exaltation et, depuis qu'elle était l'épouse d'Aménophis, Tiyi avait décidé qu'elle s'investirait pour son peuple et la politique qui en découlait.

Si Tiyi n'avait pas hérité de cette beauté classique qui se rencontrait souvent dans la haute noblesse égyptienne, elle attirait et retenait l'attention par un charme particulier qu'elle savait cultiver. Son visage était anguleux et ses pommettes haut plantées remontaient sur des yeux sombres à la prunelle chatoyante. Son teint mat n'avait pas la blancheur habituelle des Grandes

Épouses, mais sa peau semblait douce, fine et, le plus étrange, dans ce physique très personnel, était ce menton pointu qui indiquait l'état d'âme dans lequel Tiyi se trouvait. Elle arborait alors un air tour à tour mutin, joyeux, sérieux, revêche lorsqu'elle était soit contrariée soit préoccupée.

— Vous êtes venus me voir pour régler un différend qui vous oppose, fit Tiyi en retournant s'asseoir sur son tabouret à trois pieds; cette idée de commémorer le souvenir de notre mère, dont nous n'avons jamais retrouvé le corps, par un monument élevé à son image me semble, en effet, indispensable. D'ailleurs, j'y pensais depuis fort longtemps.

Elle fit pointer son petit menton en avant dans un léger tremblement, ce qui, chez elle, dénotait une émotion assez forte. Puis, se tournant vers Anen, elle poursuivit :

— Mais, je crois que l'idée d'élever ce temple à Héliopolis où elle a tenu, quelque temps, le poste de Grande Prêtresse et celui de chanteuse d'Amon du harem de Min est préférable.

— Je te l'ai déjà dit, rugit aussitôt Anen, je refuse. C'est à Karnak que son temple doit être élevé.

Il pointa un index dans sa direction.

— Méfie-toi, je te le répète, tu auras tous les prêtres de Karnak contre toi.

Sentant que le désaccord reprenait et qu'il allait les entraîner vers d'interminables discours, plus violents encore, Tiyi hocha la tête et la retourna vers Ay. Sa décision était prise.

— Alors, trancha-t-elle enfin, je donnerai les instructions au Grand Trésorier afin qu'il donne à chacun de vous les finances nécessaires pour élever deux temples, l'un à Héliopolis, l'autre à Karnak. Après tout, notre mère méritait bien cela.

Un sourire se figea sur les lèvres d'Anen. Visiblement, il ne s'attendait guère à cette réponse. Il ne sut si la conclusion de sa sœur devait le satisfaire ou non et prit le parti de se courber maladroitement devant elle et de quitter la chambre sans un mot de plus.

Quand Tiyi se retrouva seule avec Ay, elle sembla se détendre. Elle quitta son tabouret pour aller s'allonger sur un petit sofa d'osier disposé dans un angle de sa chambre.

— Dieu! murmura-t-elle, que ces instants en votre compagnie me semblent difficiles à surmonter. Allez-vous donc vous heurter la vie entière?

— Anen n'est qu'un poltron qui n'agira que dans l'ombre et la dissimulation.

Tiyi fit la moue.

— Méfie-toi de lui, mon frère. Sous son air timoré et anxieux, Anen est un exalté, un fanatique. Il n'a aucune mesure et discerne sans nuance. Je sais qu'il brigue le titre de Ptahmose. Or, il me serait désagréable qu'il soit au plus haut poste du temple de Karnak.

— Alors, fais en sorte de plaire à Ptahmose. J'approuve ta décision finale. Elever deux temples n'engendrera aucune discorde entre toi et les prêtres, même si le coût est très onéreux.

Sous son apparente tranquillité, Tiyi eut un air dubitatif, presque inquiet.

— Je ne suis pas de ton avis, répliqua-t-elle. Cette décision ne lui convient pas. As-tu vu son air étrange lorsqu'il nous a quittés? Quant à Ptahmose, je le trouve insupportable et sa vue m'indispose. Pardonne-moi, Ay, je n'ai nulle envie de lui plaire.

— Alors, fais comme bon te semblera. C'est toi la reine, Tiyi. Je t'ai juste donné un conseil. Pourtant, poursuivit Ay en plissant les yeux, je ne crois pas me tromper en affirmant que c'est surtout son épouse que tu exècres.

— C'est vrai. Ipény est une intrigante de la pire espèce.

— N'exagères-tu pas?

— Certes non, insista Tiyi. Ipény est capable de tout pour sa propre ascension et celle de son époux. Elle irait jusqu'à tuer ses amis.

— Mais Ptahmose est le premier Grand Prêtre d'Amon ! Que peut-il réclamer de plus ?

— Il n'a la mainmise que sur le clergé de Karnak, expliqua Tiyi. Or, sa femme le pousse à diriger les greniers à blé et l'exploitation des champs regroupés autour du temple. Bientôt, il plantera ses propres vignes sur les terrains de Karnak.

— Mais Tiyi, objecta Ay, c'est un privilège accordé aux Grands Prêtres. Nakht, le porte-étendard de Pharaon, l'a fait avant lui.

— Nakht a acheté des terres à Karnak pour investir, pas pour intriguer.

— Allons, ma sœur. Ta clairvoyance t'emporte parfois vers des faits sans importance. Crois-moi, Ptahmose ne te veut aucun mal et tu as tout intérêt à t'allier avec lui, même si tu ne peux supporter son épouse.

— Alors, viendra un temps où nous en reparlerons. Nous verrons bien qui, de nous deux, a raison.

Elle se leva et prit le bras de son frère.

— Mais discutons d'autre chose. Il faut penser aux obsèques de Néfret, la femme de Ramose. Pauvre Néfret, elle était si jeune !

Elle poursuivit sur un ton plus impulsif :

— Veux-tu m'envoyer ta jeune épouse ? Elle me plaît et je sympathise avec elle. Je vais demander à ce qu'on la place à mon côté au banquet d'honneur de ces funérailles. Nous aurons ainsi l'occasion de parler. Theyi est vive, intelligente et pleine d'humour. Tu as bien fait de l'épouser, elle saura tenir ton foyer au rang qui s'impose.

CHAPITRE II

Les obsèques eurent lieu dans les premiers jours du mois de Toth. Ramose suivait avec tristesse le convoi mortuaire qui se dirigeait vers Karnak. Néfret, sa jeune épouse, était morte en couches, un rictus de souffrance au coin des lèvres, un pli amer et insoutenable que Ramose n'avait pu voir que bien plus tard, quand l'âme de Néfret était partie rejoindre le dieu des morts.

Il avançait le corps vidé de toute substance essentielle. Le regard éteint, le pied malhabile se posant là où il devait aller. Quand il ne voyait pas l'image de Néfret, il pensait à l'enfant qu'on avait prénommé Bastet et qui, à cet instant, respirait tranquillement dans les bras de sa nourrice Inhit, sous l'œil vigilant de sa grand-mère Ahotep.

Bastet ! C'était une idée de Néfret. Bastet ! La déesse des chats, de la clairvoyance, de la santé, celle aussi de la méfiance et de l'attaque. Bastet ! Sa fille à la peau rose et satinée, au regard clair et mordoré comme l'était, autrefois, celui d'une aïeule dont il avait tant entendu parler et qui, elle aussi, portait le nom d'une déesse : Séchat, la divinité de la sagesse et de la connaissance, l'épouse du dieu Toth.

Sortant de la grande allée des béliers et bifurquant vers les pylônes aux bas-reliefs ciselés de hiéroglyphes retraçant la vie des pharaons précédents, ancêtres d'Aménophis, le convoi avait dépassé les premières tombes thébaines et s'approchait de celle qu'on avait creusée pour Néfret.

Un instant, les pleureuses avaient arrêté leurs lamentations pour faire place aux chants et aux prières que récitaient les prêtres-lecteurs et aux offrandes que déposaient dans les temples les religieux préposés à cette fonction. C'est ainsi que, depuis le départ du cortège, les sanctuaires que l'on avait dépassés avaient tous été approvisionnés en dons multiples : pain, volailles, rôtis, poissons séchés, fruits, vins et bière auxquels on ajoutait, bien entendu, les parfums, bijoux et objets précieux qui restaient les présents les plus coûteux.

Près du Lac Sacré, les onctions avaient été faites et le convoi reprenait sa lente marche vers la tombe où Néfret irait rejoindre sa vie dans l'au-delà.

Aux côtés de Ramose, Bek avançait. Il avait tenu fermement à soutenir son cousin dans le deuil qui le frappait. Anen et Ptahmose étaient en tête du cortège funèbre, entourés de quelques prêtres auxquels de hautes fonctions donnaient certains privilèges. Ceux-là mêmes qui se tenaient pour les plus grands personnages de Karnak et qu'aucune puissance, à part celle du pharaon, ne pouvait atteindre, relevaient le buste et portaient la tête haute. Ils avaient revêtu la tenue en peau de léopard qui s'imposait dans une telle circonstance, mais seul Ptahmose qui cumulait d'autres fonctions que celle de Grand Prêtre n'avait pas rasé son crâne et portait une perruque.

Les prêtres-lecteurs enfouissaient leurs rouleaux de papyrus dans leurs manches et les prêtres-scribes tenaient en mains leur palette d'argile et leur calame.

Décrire la hiérarchie formée par les prêtres d'Amon restait complexe. Ils étaient une multitude à suivre les dédales des labyrinthes de Karnak, du poste le plus haut à celui du subalterne le plus bas, comptant et recomptant, notant sur leurs tablettes les plus menus détails qui composaient leur vie d'officiants.

Les prêtres porteurs d'offrandes, vêtus de leurs longues tuniques jaunes, suivaient en balançant dans un rythme parfait leurs encensoirs de myrrhe, tandis que d'autres brûlaient dans des coupelles d'albâtre les huiles odoriférantes.

Ramose ne voyait ni n'entendait rien. Il avançait tel un somnambule à la recherche d'un lieu tranquille. Parfois, Bek lui prenait le bras pour lui signifier qu'il fallait s'arrêter ou reprendre le pas du cortège.

Ramose ne pensait qu'à Néfret, sa jeune et belle épouse qui ne lui laissait pour tout souvenir qu'une jolie fillette, saine et bien portante. Qu'allait-il faire, à présent, seul avec cette enfant nouveau-née ? Certes, sa mère Ahotep, encore dans la force de l'âge, malgré ses quarante ans passés et Inhit, la jeune nourrice nouvellement engagée, pourvoieraient aux soins les plus importants. Et, certes aussi, les servantes et le nombreux personnel de Ramose feraient le reste.

La veille, Bek avait glissé à son oreille que son travail lui ferait oublier sa peine. N'était-il pas l'un des personnages les plus importants du royaume ? Vizir de Thèbes, il avait acquis ce poste distinctif de son propre père, Paser, le grand conseiller du pharaon précédent, Thoutmosis. Une charge qui pouvait se transmettre de père en fils et Ramose avait déjà montré ses compétences pour en assumer la fonction.

Ramose était aussi l'un des plus riches nobles de Thèbes. Le domaine familial qui provenait de son aïeul Rekmirê, le Général des Armées du grand Aménophis II, était l'une des habitations les plus cossues de la ville. La petite Bastet ne serait pas sans héritage. Plus tard, son père lui trouverait un riche parti pour fonder sa propre famille.

Ramose eut un ricanement sinistre. La future famille de sa fille ! Quelle dérision quand la sienne se cassait subitement en deux pour ne laisser que des blessures suintantes ! Néfret ! Néfret son épouse qui, avec ses yeux clairs et sa peau douce, se laissait aller à tant de caresses et tant de baisers lorsqu'ils étaient tous deux étendus sur leur couche dans la fraîche chambre située à l'est de la maison.

Ramose posa son œil vague sur la chanteuse qui entonnait sa prière au dieu. C'était Ipény, la femme de Ptahmose, qui avait une voix pure et cristalline. Son chant montait haut dans le ciel immensément bleu et pur, un ciel qui narguait la souffrance de Ramose.

Ipény fit monter sa voix jusque dans ses derniers retranchements et chacun put en admirer les effets. Quand elle reprit du souffle, sa main s'éleva dans l'espace et, lentement, elle se mit à scander un nouvel air plus bas et plus profond. Cette fois, on eût dit que sa voix descendait jusque dans les profondeurs, là où Anubis gardait farouchement les nécropoles thébaines.

Des yeux, Ipény fit un signe. Aussitôt, deux musiciennes l'accompagnèrent d'un luth, deux autres d'une petite flûte aigrelette et les trois qui fermaient le cercle agitèrent leurs sistres et leurs crotales.

Mais, tout ceci sonnait faux aux oreilles de Ramose. La hâte de rejoindre sa mère et son enfant menaçait de se lire sur son visage. La momie de Néfret que l'embaumeur lui avait présentée au dernier jour du temps requis pour commencer les obsèques l'obsédait, le harcelait. Certes, la peau était aussi lisse et paraissait aussi douce, mais l'air étrange et inconnu qui flottait sur le visage de la morte ne ressemblait en rien à celui de son épouse.

Enfin, les chants s'arrêtèrent. Ipény, dans une attitude de déesse, jeta un œil hautain sur l'assemblée pour s'assurer de son succès. Puis, d'un geste étudié, juste deux doigts relevés, les autres refermés sur sa paume, elle fit signe aux musiciennes qui l'avaient accompagnée de s'éloigner afin qu'elle pût marcher seule sur la ligne tracée par les fleurs qui jonchaient le sol. Les yeux toujours à l'affût du succès qu'elle suscitait, elle suivit la lente marche du convoi vers la tombe de Néfret alors que les pleureuses reprenaient leurs lamentations.

Sur la droite de l'allée, les hauts fonctionnaires défilaient dignement. Ay, Nakht, Mérymose, Khaemhat, Kherouef, Houy, Mériptah, ils étaient tous là, gainés de compassion et de solennité. Vêtus d'un double pagne d'une blancheur immaculée, celui du dessous long et plissé, celui du dessus fait d'un morceau de fine toile de lin, l'ensemble était enroulé autour des hanches et retombait sur le devant. Une chemise courte et large, maintenue par une ceinture, laissait les bras libres pour agiter plus amplement les chasse-mouches et, puisqu'il s'agissait des nobles de la cour, pas un n'avait omis de porter ses sandales.

Sur la gauche, leurs épouses qui défilaient n'étaient pas moins dignes. Theyi, Maât, Taoui, Tî et même la vieille Beket qui, par affection pour Ramose, avait tenu à assister aux funérailles de la jeune Néfret, avaient elles aussi revêtu leurs costumes d'apparat. Les longues robes blanches plissées aux épaules et retombant le long du corps ajoutaient leur luminescence à celle déjà trop forte du soleil.

Les Syriennes se distinguaient toujours par leurs vêtements colorés aux bandes alternées de teintes diverses sur le devant desquels figuraient de chatoyantes et riches broderies.

Les perruques aux dessins et aux formes complexes se rehaussaient d'un cône d'onguent. De souples sandalettes tressées enfermaient leurs pieds délicats. Bras et chevilles étaient cerclés d'or et des gorgerins de perles scintillaient à leurs cous. Il fallait, cependant, que le nombre et le coût de leurs bijoux ne dépassât pas ceux de la Grande Épouse Tiyi. C'eût été un grave manquement à l'étiquette de la cour pharaonique de Thèbes.

La litière d'Aménophis et de Tiyi précédait le cortège des dignitaires. Deux rangées de gardes casqués marchaient au rythme du convoi.

A la suite des fonctionnaires et des nobles de la cité avançait la longue file des commerçants et des artisans de Thèbes dont certains avaient une aisance notoire. Puis enfin, venait tout le petit peuple qui, connaissant le père de la défunte, se faisait un devoir d'accompagner le cortège jusqu'à sa phase finale.

Il faut dire que l'épouse de Ramose, Néfret, était la fille d'un médecin qui n'avait pas consacré son temps qu'aux riches de Thèbes. Il avait soigné des artisans, des commerçants, des paysans et le peuple se rappelait des gestes de générosité qu'il avait eus souvent à son égard.

Le peuple était donc nombreux à suivre le convoi mortuaire de Néfret. Parmi les plus aisés, on avait revêtu un pagne propre, parfois une perruque parfumée et l'on portait à la main ses sandales pour ne pas les user. Parmi les plus pauvres, le pagne gris et poussiéreux devait faire office de vêtement acceptable. S'il n'était pas déchiré, et si l'homme n'avait pas l'air d'un voleur, d'un miséreux ou d'un pauvre hère à la recherche d'un abri, la police qui sillonnait les alentours d'un œil vigilant le laissait suivre le convoi.

Les hommes du peuple attachaient à leur ceinture une gourde d'eau fraîche, car les ablutions dans le Lac Sacré et les différents points d'eau du temple leur étaient interdits. Les enfants suivaient en bout de file en se querellant, ce qui amenait souvent une taloche sur la tête des plus indisciplinés. D'autres mordaient à pleines dents dans une galette de froment ou un gros oignon frais. Enfin, les plus jeunes qui n'avaient personne pour les garder et dont les mères tenaient à suivre le cortège s'agrippaient de toutes leurs forces à leurs tuniques dépenaillées.

En ces jours de grandes funérailles, le temple de Karnak était ouvert à tous et la ville se trouvait prise d'assaut. Fait inhabituel car, en temps ordinaire, les hauts murs de l'enceinte empêchaient toute intrusion indésirable.

Le dernier de la foule qui, dans le flot, avait réussi à

passer l'enclos de Karnak était un enfant d'une huitaine d'années. Resté en retrait, il regardait devant lui, l'œil tourné vers les tables d'offrandes.

***

Le crâne rasé, vêtue d'un pagne de garçon, l'enfant était une fille. Au grincement des crotales qui reprenaient de l'ampleur, Neby tourna la tête. Elle avait dans les yeux cette inquiétude qu'ont les enfants de cet âge lorsqu'ils s'apprêtent à commettre un délit qu'ils n'ont pas pour habitude d'accomplir.

La veille, en suivant le convoi mortuaire de ce noble thébain qui enterrait son épouse, Neby avait étudié chaque détour, chaque arrêt, chaque endroit dont il fallait se rappeler pour atteindre l'un des temples où la nourriture destinée à la défunte avait été déposée.

Ses yeux écarquillés, ébahis tout d'abord, attentionnés ensuite, avaient observé, là où ils étaient placés, les aliments tentateurs. Les pains, les fruits, les cailles et les oies grillées, les poissons en saumure, les jarres de lait caillé et tant d'autres nourritures désormais inutiles pour une bouche qui ne pouvait plus les absorber, alors que la sienne, trop sevrée depuis quelques jours, ne demandait qu'à y mordre à pleines dents.

Mais, que diraient les dieux ? Se vengeraient-ils d'un sacrilège dont Neby ne connaissait qu'à peine la portée ? Bah ! A quoi bon croire en leurs pouvoirs quand ils délaissaient tant de pauvres gens, dont Neby était issue, sans même leur permettre d'avoir droit à des funérailles décentes ? Non ! Neby n'avait rien à craindre. Les dieux se mettaient en colère contre les riches. Jamais contre les pauvres puisque ceux-là n'avaient rien. Que pouvaient-ils leur prendre ? Et puis, les dieux ! Que connaissait-elle en matière de divinité ? Rien ! Ou si peu. Autrefois, sa mère lui avait chuchoté des noms à son oreille. Mais tout ceci était si loin.

Sa mère ! S'en rappelait-elle encore ? Il était si loin le temps où ils vivaient à trois, sans gros souci pécuniaire parce qu'une femme inconnue, de la plus haute noblesse et dont il fallait cacher le nom, leur apportait l'argent nécessaire pour bien vivre. Mais, depuis que sa mère était morte et que son père ne parlait plus de l'inconnue, les vivres manquaient. Neby se souvenait qu'alors tout avait tourné au désastre. Certes, un désastre maîtrisé, calculé, les entraînant sur les chemins poussiéreux, de ville en ville et sur les berges du Nil, de port en port, pêchant dans le fleuve pour survivre les jours où le travail manquait et abrités parfois par une famille complaisante, dans un hangar, la nuit, pour y dormir.

Puis, dans un élan qu'elle n'avait pas compris, son père avait décidé qu'elle serait un garçon. Comment pouvait-il enseigner à une fille le métier qu'il pratiquait, celui de scribe public ? Une profession qui, certes, offrait une liberté totale, mais qui entraînait souvent la contrainte de dormir à la belle étoile. Conscient qu'une fille, exposée plus qu'un garçon aux agressions extérieures, ne pouvait suivre ce principe, le père en avait décidé ainsi.

Koushy avait donc rasé la tête de Neby qui avait vu ses longs cheveux noirs tomber, boucle après boucle, sur le sol. Puis, il lui avait fait vêtir un pagne de garçon à deux pans courts tombant sur les cuisses dont la ceinture était nouée devant. Cette idée étrange n'avait nullement gêné la fillette qui ne souhaitait qu'une seule chose, rester avec son père pour apprendre ce qu'il voulait lui enseigner. Même s'il fallait marcher sans cesse. Marcher pour trouver un abri et se nourrir. Marcher pour vivre. Les pieds de Neby étaient jeunes, neufs, bouillants d'énergie et d'impatience.

D'abord, ils avaient quitté Bouhen pour descendre plus au sud où son père avait encore, disait-il, quelques membres de sa famille, une branche éloignée, vaguement nubienne. Des cousins au teint sombre et aux cheveux crépus.

Ils se dirigèrent vers Méroé, village enfoncé dans la cinquième cataracte, là où le Nil se resserre sur des bosquets touffus et denses, où pataugent des hippopotames à la recherche de racines et de feuillages pour se nourrir, où le désert devient rouge et où les antilopes galopent à perte de vue. Là, à Méroé, personne ne les avait accueillis.

De Méroé à Napata, le chemin avait été distrayant et court. Neby et son père n'étaient pas encore arrivés à ce point de lassitude extrême. Quand l'enfant était trop fatiguée, Koushy la prenait sur ses épaules. Parfois, un couple de paysans apitoyés par ce père et cet enfant qui sillonnaient la route sans but très précis les hébergeaient pour la nuit sans rien demander en échange.

A Napata, les gazelles et les antilopes se laissaient approcher et les ibis rouges leur faisaient place lorsqu'ils venaient se rafraîchir et se désaltérer dans le Nil. Le fleuve était clair et bleu. Les herbes abondantes et toute une vie grouillante et multicolore en animait les bords. Mais à Napata, bien que les Nubiens fussent égyptanisés et aient élevé des temples en l'honneur du dieu de Thèbes, personne ne les avait aidés. Où Koushy pouvait-il bien trouver des lettres et documents à rédiger pour ceux qui ne savaient ni lire ni écrire ? Il avait fallu quitter le village pour remonter vers Soleb, petite ville plus commerçante où Koushy avait été engagé par un contremaître des greniers à blé de la région afin de remplacer un scribe comptable qui s'était cassé un bras en glissant sur les rampes d'accès du bâtiment.

Mais le travail terminé, le scribe comptable avait repris sa place et Koushy était reparti, décidé cette fois à rester à Bouhen.

La ville s'était agrandie depuis que les expéditions des derniers pharaons avaient quadrillé la région nubienne, repoussant les frontières toujours plus bas.

Méroé en était la limite. Thoutmosis III y avait placé un escadron de soldats qui surveillaient en permanence le maintien des forces égyptiennes.

Entouré d'un grand mur en briques, Bouhen était la porte qui ouvrait sur la Nubie. Un centre commercial s'était développé. Les champs de lin étaient prospères et les fabriques de tissage s'étaient multipliées en même temps que les greniers à blé et l'agriculture.

Le village, qui prenait de plus en plus d'importance, bénéficiait d'un climat où la chaleur n'était pas suffocante, où les nuits restaient douces et apaisantes. C'est là que Koushy, exerçant son métier de scribe itinérant, avait rencontré la mère de Neby. Les nombreux marchés qui s'y tenaient et le commerce prospère amenaient des marchands de toutes nationalités qui, ne sachant ni lire ni écrire, avaient souvent besoin d'un document attestant l'authenticité d'un achat, d'une vente ou d'un héritage.

Mais à Bouhen, la plaie de Koushy s'était rouverte, ne lui laissant pour tout souvenir que des nuits sans sommeil et des jours heurtés par une mémoire trop vivace. Alors, il avait décidé de remonter vers le Nord, s'arrêtant à Aniba, Kom Ombo, Edfou, vivant du fruit de son travail, pêchant dans le Nil lorsqu'il n'avait pu gagner la poignée de fèves ou de pois chiches, l'oignon et la galette d'orge nécessaires à son repas quotidien et à celui de Neby.

Puis ce fut à Thèbes, alors qu'il commençait à trouver quelques menus clients ayant besoin de ses services, que Koushy se réveilla un matin, saisi de crampes abdominales, de vomissements, de fièvre et de diarrhée.

Quand Neby avait compris que son père était mort, vidé de toutes substances, elle s'était fait un devoir de le traîner sur les berges du Nil pour le laisser glisser doucement jusqu'à ce que les flots viennent lentement le recouvrir, puis l'entraîner au fond du fleuve. De ses yeux baignés de larmes, elle avait longtemps observé le cercle diffus qui se formait au-dessus du corps qui s'enfonçait et qu'elle ne voyait déjà plus. Un hoquet l'avait saisie, suivi d'un vomissement nerveux fait de bile jaunâtre, car elle n'avait rien mangé depuis deux jours. Puis, elle avait pensé à sa mère et aux jours heureux de sa petite enfance.

La crue s'annonçait, faisant frémir les hauts papyrus qui formaient des bosquets en bordure du flcuve, agitant l'eau sur les berges. Mais, tout comme son père, Neby ne savait pas chasser. Elle n'arrivait qu'à prendre, de temps à autre, entre ses mains malhabiles, de minuscules poissons que les remous de la crue naissante ramenaient vers la rive.

Depuis qu'elle était seule, Neby n'avait plus ni toit ni pain. Pas même un maître pour la remettre sur le bon chemin. Orpheline à présent, elle ne connaissait personne qui puisse l'aider, la comprendre, l'encourager. Des mots résonnaient dans sa tête, ceux que son père lui dictait chaque jour : « Sois humble, ma fille, mais ne reste jamais une servante, encore moins une esclave soumise et opprimée. Ces gens-là ne sortent jamais de leur triste condition. Je t'ai appris à lire, à écrire, à compter, c'est le seul héritage que je te laisse et que tu dois faire prospérer. »

Malgré son jeune âge — Neby avait à peine huit ans — elle avait immédiatement pressenti qu'elle ne devait pas reprendre son aspect de fille. Elle pouvait aisément accomplir le travail de son père. Elle savait transcrire sur le papyrus un acte d'achat ou de vente, écrire une lettre, comptabiliser des sacs stockés dans les entrepôts. Son père lui avait même appris à rédiger les documents de mariage et ceux plus compliqués encore des héritages.

Mais, le problème de Neby résidait dans sa petite taille et son allure d'enfant aux yeux toujours étonnés. Entrée la veille dans le temple de Karnak pour y suivre la file du cortège funèbre de cette famille de nobles qu'elle ne connaissait pas, Neby n'en était pas ressortie.

Durant quelque temps elle avait essayé de se remémorer chaque lieu. Passé la grande allée des béliers aux cornes dressées dont elle reconnaissait la puissante majesté et dont elle avait frôlé, un à un, les socles de pierre en se cachant derrière au moindre bruit, Neby humait l'air comme un chien errant à la recherche d'un indice.

Puis, se décidant tout à coup, elle se faufila entre deux pylônes gigantesques. Mais, comme il y en avait une forêt entière, elle dut lire les hiéroglyphes tracés sur le bas des socles pour ne pas se tromper. Ceux devant lesquels elle était passée la veille parlaient des victoires d'un certain Thoutmosis, maître des Deux Terres.

De pylône en pylône, les yeux de Neby s'agrandissaient de stupéfaction. Elle découvrait soudain qu'il y avait plusieurs pharaons du même nom, ce qui lui compliquait les choses. Comment s'y retrouver? Sur l'un d'eux, le plus grand et sans doute celui qui avait coûté le plus cher, elle lisait qu'un premier Thoutmosis avait maté les Nubiens en les obligeant à verser un tribut et à suivre leur religion. Sur un autre, elle apprit qu'un second Thoutmosis avait mené une expédition plus bas encore, dans la quatrième cataracte, là où le Nil se faisait très étroit. Et voilà qu'à présent, elle lisait qu'un troisième Thoutmosis avait conquis les pays asiatiques. Où donc était celui qui la mènerait au temple, là où la nourriture avait été déposée?

Neby essuya la sueur qui coulait sur son front. Jamais elle n'y arriverait! Ces allées, ces colonnes, ces portes multiples, ces labyrinthes de pierres se ressemblaient tous. Pourtant, la veille, tout lui paraissait facile, possible. Un pas après l'autre la menait aux pains dorés, aux volailles rôties, aux melons, aux figues et aux grenades mûres qu'elle avait soupesés du regard.

Elle soupira et sentit ses yeux fatigués. Cette lumière blanche qui lui arrivait en plein visage la menaçait d'un vertige. Et puis, tout à coup, elle vit le petit temple rose et se rappela qu'elle avait lu le nom d'Hatchepsout. Neby s'approcha et observa. Ciel ! Il n'était plus loin à présent. Sur sa droite, une autre allée bordée par un rideau de sycomores la menait à un temple plus grand où chants et danses avaient résonné, mais où nulle nourriture n'avait été déposée.

Neby avait repris courage. Là, derrière un bassin où elle courut pour s'y désaltérer, elle vit le sanctuaire qui lui tendait les bras. Le temple était à ciel ouvert et Neby n'eut qu'à escalader la lourde porte en bois d'acacia ornée de feuilles d'or pour pénétrer les lieux interdits. Un long couloir éclairé par le soleil la conduisit à une autre porte dont elle dut manœuvrer le lourd battant pour l'entrouvrir. Un corridor sombre la mena dans une petite pièce où des lampes à huile, accrochées à la paroi de pierre, brûlaient dans une odeur étrange. Sur une petite table, des coupelles de fleurs avaient été déposées.

Neby avançait à pas de loup. Elle n'osait respirer et son cœur battait si fort qu'elle croyait que, d'un moment à l'autre, il allait exploser. Enfin, une autre pièce la mena aux offrandes. Elles étaient là devant ses yeux incrédules. Les fruits offraient une enveloppe pulpeuse, les pains leur peau dorée, les viandes s'amoncelaient dans une incroyable variété que Neby n'avait vue, jusque-là, que chez le boucher du village.

D'une main, elle saisit un pain, de l'autre un morceau de bœuf rôti dont le goût la surprit. Depuis combien de temps n'avait-elle pas mangé de viande ? Elle dévora ensuite une cuisse de pintade, une côte de porc. Elle croqua des raisins, avala des figues, des grenades, de la pastèque. Puis, enfin repue, elle s'allongea sur le dallage frais et apaisant du sanctuaire et s'endormit.

⁂

Ptahmose observa le visage d'Anen. Avec ses yeux fendus et son sourire équivoque, il reflétait plus que jamais cette ambiguïté qu'on ne pouvait déchiffrer sans avoir à poser quelques questions. Mais Ipény, sa femme, le devança :

— Que veux-tu au juste ?

Anen toussota, non par prudence, mais pour montrer qu'il n'était nullement pressé d'abattre toutes ses cartes. Il glissa son regard en direction d'Ipény. Certes, il aurait préféré être seul à seul avec le Grand Prêtre. Mais, dieu de Seth ! Dieu de tous les maléfices, cette impossible femme était toujours à son côté. On eût dit que le Grand Ptahmose ne pouvait rien faire sans elle.

— Que veux-tu exactement ? répéta-t-elle.

Il eut un geste vague de la main comme s'il devait parler de quelque chose d'anodin. Puis, il fit quelques pas en réfléchissant et revint à Ptahmose.

— J'aimerais, fit-il enfin, que nous effacions le disque solaire de la représentation qui aura lieu en l'honneur de ma mère, emportée mystérieusement dans les marais du delta.

Ptahmose ne broncha pas mais Ipény se racla la gorge. Elle procédait toujours ainsi afin de rendre sa voix plus claire, lorsqu'elle s'apprêtait à jeter les premières notes aiguës de son répertoire sacré.

— A qui fais-tu cette demande ?

— A celui qui est assez lucide pour se rendre compte que ma requête est nécessaire.

Ipény releva la tête et pointa son regard sombre dans les prunelles du jeune homme.

— Mes fonctions de supérieure des concubines d'Amon, exposa-t-elle d'un ton pointu, pas plus d'ailleurs que celles de Premier Prêtre qu'assume mon époux, ne nous autorisent à supprimer du plan, organisé depuis deux saisons déjà, l'une des représentations de la cérémonie.

Elle secoua la tête et son parfait chignon qu'elle avait surmonté d'un cône parfumé à l'essence de jujubier ne bougea pas d'un millimètre.

— Non, vraiment, je ne vois pas ce que nous pourrions faire.

— Pas toi, certes, mais en ce qui concerne ton époux, tu te trompes, rétorqua Anen.

A son tour, Ptahmose se racla la gorge.

— C'est exact, je le peux, fit-il en évitant de regarder sa femme car, en principe, il ne la contredisait que rarement.

— Comment vas-tu t'y prendre? interrogea Ipény d'un ton qu'elle s'efforça de rendre neutre.

— Il me suffit d'appuyer sur la nécessité d'associer les autres divinités pour supprimer celle du disque solaire.

Ipény observa le sourire moqueur qui fleurissait sur le visage d'Anen. Mais, elle choisit de l'ignorer et, se tournant vers son mari, jeta d'un ton tranquille :

— Alors, remplace-le par Rê. C'est un dieu trop ancien pour que l'on ose contredire cette idée.

— Si nous associons Rê, s'empressa de répondre Anen sans se départir du sourire qu'il avait fait naître sur ses lèvres minces, la reine Tiyi prétextera qu'il est trop proche du disque solaire pour l'effacer de la représentation.

— Il a raison, fit Ptahmose. Rê n'est pas suffisant.

— Alors, comment vas-tu solutionner ce dilemme? s'enquit sa femme en levant sa main dont les doigts étaient ourlés de bagues.

— Ma chère, reprit Ptahmose en saisissant au vol la main de son épouse, il faudra te faire une raison. Le dieu Amon n'est plus le seul dans ce temple de Karnak.

— C'est faux! s'écria aussitôt Anen. C'est faux et tu le sais. Amon est encore et sera toujours le seul.

— Eh bien, mon cher Anen, fit Ipény narquoise, voilà au moins un point sur lequel nous sommes d'accord.

Le jeune homme plia le buste, juste une modeste inclination en direction d'Ipény et répliqua tout aussi moqueur :

— J'espère qu'il le restera.

— Bien sûr, il ne peut que subsister, car vous et moi, mon cher Anen, rétorqua Ipény en posant sa main baguée sur son cœur, sommes liés totalement à ce dieu-là.

Son visage blanchi par le maquillage, ses paupières alourdies de poudre de galène, sa bouche rougie de fard, se tendirent vers Anen. La beauté d'Ipény éclatait, provoquait. Tout en elle était mordant et agressif.

— Quel autre dieu, reprit-elle, pourrait nous donner le poste de choix que nous avons acquis ?

— Ce n'est qu'en partie juste, rétorqua le jeune prêtre. Les fonctions de Ptahmose sont plus nombreuses et plus importantes que les miennes.

— Tu veux dire, je suppose, fit le Grand Prêtre, que je dirige d'autres domaines que celui d'Amon.

— C'est exact. N'as-tu pas droit de regard sur toutes les finances qui concernent Karnak ?

— Ce n'est qu'un droit de regard, non une charge entière. Lorsque j'aurai plus de poids, j'accéderai à ton désir, Anen. Mais, pour l'instant, la seule façon de refuser le disque solaire, c'est de faire appel aux prêtres de province qui gouvernent d'autres dieux.

— Alors, c'est raté, soupira Anen. Je connais Tiyi. Elle veut à tout prix faire entrer le disque solaire du dieu Aton au panthéon de nos divinités.

— Et qu'adviendrait-il si cela devait arriver ? questionna Ipény.

— Alors, tout suivra. Cela commencera par un petit temple, sans envergure, dédié à la divinité d'Aton. Puis, dans les temps qui suivront, des cérémonies seront organisées pour l'honorer et l'on agrandira le temple.

— Et l'on supprimera des postes importants pour les remplacer par d'autres, lança Ipény.

— Est-ce aussi vrai que tu le penses ? questionna Ptahmose.

— Je te croyais plus perspicace, ironisa Anen.

Il se tourna vers l'œil allumé d'Ipény.

— Il me semble que ton épouse a compris. Son sens critique est plus aiguisé que le tien.

— Ptahmose, jeta la jeune femme. Anen a raison et, pour une fois, je l'approuve. Si le disque solaire prend trop d'importance, il faudra le transférer ailleurs. Pourquoi pas près du sanctuaire d'Hathor ou près de celui de Mout ? Alors, sa croissance n'aura plus de limites et les terres, les champs, les vignes, le trésor même de Karnak, se trouveront en mauvaise posture.

Ptahmose dut se rendre à l'évidence. Si les prêtres d'Amon craignaient tant une montée en puissance du dieu soleil et de son disque — que l'on commençait à représenter dans des petits sanctuaires de province — c'est que le clergé de Karnak était immensément riche et que ses pouvoirs étaient sans limites. Et, seul Amon leur apportait cette puissance.

Depuis que la pharaonne Hatchepsout était montée sur le trône, se servant d'eux pour se maintenir au pouvoir, ils en étaient arrivés à tout diriger, tout maîtriser, tout organiser et conclure avec un sens du gigantisme et une autorité quasi dictatoriale. L'agriculture, l'artisanat, le commerce, les constructions et même la politique restaient, depuis plus de cent ans, sous leur coupe totale.

Pour agrandir leur pouvoir qui, non seulement s'attachait à Karnak, mais s'étendait aussi sur tout Thèbes, glissant depuis peu vers les abords des proches provinces, les clercs d'Amon étaient devenus des hommes d'État, assistant aux assemblées et votant les nouveaux décrets qui s'instauraient. Ainsi, rien ne leur échappait.

La main sous le menton, l'œil vague et le sourcil relevé, Ptahmose réfléchissait. Puis, il hocha la tête.

— Je crois que vous avez raison. Il faut éviter cela.

— Irrémédiablement, fit Anen.

— Irrémédiablement, répéta Ipény.

Le Grand Prêtre fit quelques pas vers la terrasse qui s'ouvrait sur les jardins de l'appartement et revint vers Anen.

— Que peut-on faire?
— Supprimer le ver dans le fruit.
— Et qui est le ver?
— Mon frère, jeta Anen.
Ptahmose retourna vers la terrasse. Il absorba une grande gorgée d'air et sembla se perdre dans une réflexion qui dura quelques minutes.
Ipény frappa dans ses mains et une servante vint apporter une coupe d'eau fraîche.
— Je sais que tu n'absorbes jamais de vin, fit-elle en prenant la coupelle des mains de la servante.
Puis, d'un geste gracieux, elle la tendit au jeune homme. Mais, avant qu'il n'effleure la boisson de ses lèvres, elle se haussa sur la pointe des pieds et s'approcha de son visage.
— Bois cette eau fraîche et puisse-t-elle te permettre d'aller jusqu'au bout de ton idée, murmura-t-elle à son oreille.
D'un pas souple, Ptahmose revint vers eux.
— Ne vises-tu pas trop haut?
Comme Anen arrondissait les yeux et plissait la bouche, le Grand Prêtre reprit :
— Tu as raison. C'est ton frère qui nous gêne.
— Je ne me suis jamais accordé avec mon frère.
Ptahmose et Ipény s'étaient piqués face au jeune homme et le regardaient droit dans les yeux. Anen sentit qu'à présent, ils en étaient arrivés au point crucial et qu'il leur fallait les données entières du problème.
— Mon frère est dangereux. Cela devient infernal. Il soutient chaque idée de ma sœur, la reine.
— Moi non plus, je n'aime pas ton frère, admit Ptahmose. J'aimerais le voir faire un faux pas, culbuter, se perdre.
— Alors, qu'attends-tu pour m'aider?
Ipény fit un bond vers lui.
— Que proposes-tu? Le char?
— Non. Son écuyer inspecte scrupuleusement che-

vaux et monture avant chacune de ses randonnées. Même une course qui ne fait pas plus de quatre cents coudées réclame un examen complet de son attelage.

— Sa litière?

— Il ne la prend jamais.

— Le poison?

— Son personnel est sans reproche.

D'un trait, il but l'eau de la coupelle. Celle-ci sembla le rafraîchir, car il claqua la langue de plaisir.

— En veux-tu une autre? proposa Ipény d'un ton douceâtre qui n'avait plus rien d'agressif, car la jeune femme savait doser ses attitudes selon les circonstances.

Il hocha la tête et, de nouveau, Ipény frappa dans ses mains. La servante revint. Elle était jeune, jolie et presque nue. Seule une ceinture en perles de céramique cachait ses reins et le bas de son ventre pubère.

Ce n'était pas la première fois qu'Ipény remarquait qu'Anen ne semblait jamais troublé par la beauté et le charme des jeunes filles. Il ne les regardait même pas. A ses yeux, elles semblaient inexistantes et cela l'amenait à bien des suppositions.

Elle tourna la tête vers Ptahmose qui, lui, semblait se complaire devant une telle grâce, une telle harmonie de corps et de sveltesse. Des yeux, il suivit la fine silhouette qui s'estompait derrière la terrasse illuminée par le soleil du soir.

Quand la servante fut repartie et qu'Ipény s'assura que son ombre n'était plus dans les parages, elle jeta d'un ton bas :

— J'élève quelques cobras royaux, de beaux reptiles aux anneaux bruns et verts, splendides et majestueux. Mais, je dispose aussi d'une dizaine de petites vipères à cornes qui me sont très fidèles. Elles vont et viennent là où je les place. L'une d'elles m'obéit comme un jeune chien.

— Ce sont là des procédés de femme, jeta Anen presque dédaigneux.

— Ta réplique me surprend. Ignores-tu que les procédés de femmes sont souvent plus habiles que ceux des hommes ?

Elle s'approcha d'Anen et susurra :

— Dis-moi où je dois la faire déposer.

— Dans sa barque, souffla le jeune homme. Il la conduit toujours lui-même et je sais qu'il se rend demain à Coptos pour y voir un administrateur.

***

Depuis cinq jours, Neby n'avait pas quitté le petit temple qui la nourrissait si bien. Cailles, cuisses d'oie et de canard, perches en saumure, galettes, fruits et friandises... Le tas de victuailles rapetissait chaque jour. Entre les tombes des Thébains et les colonnes de pierres qui lui apportaient l'ombre suffisante pour la protéger du soleil, Neby avait tout le loisir de manger, rêver et dormir.

Le premier jour, il n'y eut aucun soupçon, un prêtre venait inspecter les lieux et repartait après avoir récité ses prières et rempli d'huile sacrée les coupelles qui brûlaient en permanence devant l'autel du sanctuaire.

Le second jour, il réitéra sa besogne sans remarques particulières, prenant soin de fleurir les pieds de la déesse Hathor qui, du haut de sa statue puissante dont la tête était surmontée du disque et des cornes de vache, le regardait avec bienveillance.

Le troisième jour, il remarqua que les provisions semblaient diminuer sans que lui-même y eût touché, mais à nouveau n'y porta aucune attention particulière.

Ce fut le quatrième jour que son instinct lui dicta qu'une chose étrange se passait et le cinquième qu'il décida d'observer avec attention les alentours du sanctuaire.

Enfin, au matin du sixième jour, le piège se referma sur Neby. Quand le prêtre la découvrit endormie au pied d'un socle de bélier, il l'empoigna furieusement par l'épaule.

— C'est toi qui profanes ainsi les dieux ! cria-t-il en la secouant violemment.

Il fallut à Neby un long instant pour redescendre les pieds sur terre, car son sommeil était profond et, la veille, elle avait englouti presque une oie entière.

— J'avais faim, dit-elle piteusement.

Le prêtre qui la tenait par l'épaule était de petite taille, mais sa poigne s'enfonçait douloureusement dans sa peau qui découvrait son ossature, malgré les cinq derniers jours où elle avait mangé plus qu'à sa faim.

Le visage du prêtre s'empourpra de colère.

— Tu n'es qu'un voleur, un hérétique. Tu blasphèmes. Sais-tu ce que l'on fait aux violeurs de tombes ? On leur coupe le nez, les oreilles et, si la justice l'exige, on leur coupe aussi les mains et les pieds.

Neby se mit à trembler. Ce n'était pas possible ! Après tous ces bienfaits tombés du ciel, elle n'allait pas vivre ce cauchemar ! Que pourrait-elle faire sans mains ? C'était le seul atout dont elle disposait pour survivre.

— Je n'ai pas pillé de tombes, jeta-t-elle d'une voix éteinte. J'ai seulement volé de la nourriture.

— C'est pareil.

Puis, il l'extirpa des hautes colonnes qui, tout à l'heure, l'abritaient si bien. Neby sentait des larmes affluer à ses paupières.

— Allons suis-moi, fit le prêtre en la tirant brutalement par l'épaule.

Ils suivirent des allées interminables bordées d'arbres et de statues, des pièces d'eau où flottaient des plantes aquatiques, des bosquets parmi lesquels s'élevaient des kiosques, des temples, des bancs de pierre.

Enfin, ils arrivèrent près d'une résidence à la lourde porte de bois et qui, restée entrouverte, leur permit de passer sans que le prêtre eût besoin d'avertir. De larges baies s'ouvraient sur une façade en colonnes entre lesquelles on apercevait une suite de pièces toutes plus somptueuses les unes que les autres.

Deux prêtres se précipitèrent. Ils avaient le crâne rasé et portaient une longue tunique blanche et collante qui allongeait considérablement leur silhouette.

— Ce garçon est un voleur, expliqua le tortionnaire de l'enfant. Je l'ai surpris dormant à l'ombre d'un bélier de pierre. Il a volé toute la nourriture d'Hathor.

Il n'eut pas le temps de poursuivre, car arrivait déjà le maître des lieux. Neby tremblait. Le petit prêtre la poussa si violemment qu'elle vint tomber à genoux devant le nouvel arrivant.

— Prosterne-toi devant notre maître! fit-il en lui décochant un coup de pied dans les reins.

Anen leva la main.

— Laisse-le s'expliquer, fit-il en observant l'enfant.

Il portait, lui aussi, une tunique blanche, mais celle-ci était plissée et retombait souplement le long de son corps. Grand, mince, le visage allongé et les yeux fendus, Anen regarda le frêle corps de Neby étendu à ses pieds.

— Tu peux te relever à présent. Qui es-tu? Où sont tes parents?

Neby se releva lentement et osa regarder celui qui l'interrogeait avec plus de ménagement qu'elle n'aurait cru. Hélas! C'était mal connaître le prêtre d'Amon que de penser à une quelconque générosité de sa part.

— Mon père est mort depuis deux semaines, jeta l'enfant sans baisser les yeux, bien décidée à ne pas révéler qu'elle était une fille.

Elle essaya de détecter le contenu de son regard, mais l'œil d'Anen se plissait à tel point qu'elle n'arrivait même pas à discerner la couleur de la pupille.

— Que faisais-tu dans le temple? Que cherchais-tu?

— Je n'avais pas mangé depuis plusieurs jours.

— Comment es-tu entré?

— J'ai suivi le convoi mortuaire de la Thébaine et je ne suis pas ressortie.

L'œil d'Anen sembla s'entrouvrir. Une lueur dorée en colora la prunelle.

— C'est astucieux, fit-il dans un demi-sourire qu'il s'efforça de laisser flotter sur ses lèvres.

Cette ruse impressionnait toujours ses vis-à-vis quand ceux-ci ne le connaissaient pas.

— Mais, il reste que tu n'es qu'un voleur et que je dois te punir. C'est un blasphème que tu viens de commettre. Voler la nourriture aux dieux est un sacrilège souvent puni de mort.

— Je croyais, fit humblement l'enfant, que ces aliments ne servaient à rien et que personne ne serait outragé si je les mangeais.

Elle baissa les yeux, mais les releva aussi vite.

— La nourriture est faite pour être absorbée. A qui celle-ci était-elle donc destinée ?

— Je te l'ai dit. Aux dieux.

— Mais, les dieux n'ont pas faim. Je le sais. D'ailleurs, je ne les ai pas vus. Et puis, s'ils étaient venus, ils auraient peut-être partagé la nourriture avec moi.

Surpris par un tel propos, Anen hocha la tête, tandis que les trois prêtres défoulaient leurs nerfs dans la pièce en faisant de grands pas le long de la baie ouverte.

— S'ils s'étaient mis en colère, reprit Neby, je serais partie aussitôt en ne réclamant rien.

L'un des prêtres se rua sur elle, l'agrippant à l'épaule. C'était celui qui l'avait surprise dans son sommeil, apparemment le plus agressif des trois.

— Cette nourriture ne t'appartenait pas.

— Alors, fit Anen d'un ton tranquille, dis-lui qu'elle était à toi. Il va comprendre.

— Je ne savais pas, bredouilla l'enfant.

Anen se retourna vers le prêtre.

— Tu vois, il a compris. Maintenant, il sait qu'il a volé.

Les prêtres avaient cessé leurs va-et-vient et s'apprêtaient à saisir Neby dès que leur maître en ferait la demande. Mais, celui-ci leva la main.

— Laissez-moi avec lui et demandez aux cuisines qu'on vous serve ce que l'enfant vous a volé.

Anen savait que, sans ce geste magnanime envers ses hommes, ceux-ci n'auraient de cesse de tourmenter l'enfant. Il faut dire qu'une grande partie du clergé de Karnak — comme tous les autres clergés d'ailleurs — se nourrissait grâce aux aliments déposés dans les temples, aux pieds des dieux.

Les prêtres disparus, il prit le bras de Neby et l'entraîna dans ses appartements privés. Quand il fut dans sa chambre, une grande pièce éclairée par une baie qui, à l'est, donnait sur le Lac Sacré et, à l'ouest, sur la palmeraie des jardins, il reprit son interrogatoire.

— Ton père est mort, mais où est ta mère ?

— J'avais quatre ans quand elle est morte.

Depuis que ce prêtre ne parlait plus de la punir, Neby tremblait moins. Anen approcha la main de son visage et caressa sa joue.

— Je pense que tu ne veux pas retourner à la rue.

— Je ne sais pas, fit l'enfant.

— Si tu y retournes, comment veux-tu manger ? Tu voleras à nouveau et tu te retrouveras vite en prison. Puis, un matin, on t'emmènera dans les mines et tu n'en reviendras jamais.

L'enfant avait blanchi et son corps s'était tendu. Le travail des mines la terrifiait. Son père lui en avait toujours parlé d'une façon effrayante.

— Cela te fait peur ?

Neby hocha la tête.

— Si je retourne dans les rues de Thèbes, je travaillerai comme mon père.

La main douce d'Anen qui s'attardait depuis quelques secondes sur la joue de l'enfant descendit lentement et frôla ses lèvres pour en contourner le dessin juvénile. Neby eut un sursaut, puis un recul. Même son père n'avait jamais eu un tel geste envers elle.

— Que faisait ton père ?

— Il était scribe public.

— Alors tu sais écrire.

L'enfant s'était écartée mais Anen saisissait à nouveau son bras, l'obligeant à se rapprocher.

— Je sais lire, écrire et compter ! s'écria Neby.

— Si tu restes avec moi, tu ne seras ni jugé ni battu.

Puis, de ses deux mains impatientes, il saisit ses hanches étroites et l'obligea à se serrer contre lui. Neby sentit le corps dur et tendu du prêtre frôler le sien, se presser, se frotter et, sans qu'elle en connaisse la raison, une crainte subite la saisit comme si un étau menaçant l'enserrait tout entière.

— Je ne veux pas être votre serviteur !

Elle fit un nouvel écart, mais si violent cette fois qu'elle se retrouva à l'autre bout de la pièce.

— Alors, tu seras battu et ne viens pas te plaindre.

*
**

Satisfaits, Khaemhat, l'Intendant des Greniers à blé d'Amon et sa femme Tî, revenaient des champs. Leur collecteur d'impôts avait bien œuvré et le montant de la somme qui revenait à Karnak était, cette fois-ci, assez considérable pour que le dignitaire se servît largement au passage.

Le dernier domaine qu'ils devaient visiter n'était pas le plus tranquille. Sethy et sa femme Maï se tenaient déjà sur le pas de leur porte à l'arrivée de Khaemhat.

Ken, le collecteur d'impôts, un petit homme sec au regard dur, impitoyable, à la bouche au dessin sinueux ne se laissait jamais berner. Il écarta de lui le scribe qui s'apprêtait à noter ses premières constatations et son œil se tourna vers la porte à deux battants qui jouxtait la maison.

— C'est là que tu engranges ? fit-il à Sethy qui le regardait d'un air imperturbable.

Comme le paysan ne répondait pas, se contentant de rester immobile, Ken ordonna :

— Qu'on ouvre cette porte !

— Oui. C'est notre engrangement, maître, fit Maï en se précipitant vers le bâtiment. Mon époux ne vous répond pas car il est épuisé par sa longue journée de labeur.

Elle eut un sourire crispé, une sorte de grimace qu'elle ne sut comment effacer.

— Il a fait si chaud aujourd'hui, reprit-elle en soupirant.

Puis, son rictus se figea quand elle vit que, d'un coup d'épaule, le collecteur enfonçait la porte.

— Tout est là, fit-elle en tremblant.

— Tais-toi, tu as été dénoncée. Tu détiens plus de blé que tu n'en as déclaré.

— C'est faux, maître.

Tî sauta de sa litière et s'avança prudemment derrière son mari attiré par ce début de litige dont il entendait, peu à peu, les éléments se formuler à son oreille.

— Allons ! murmura-t-il à son épouse qui s'avançait derrière lui à petits pas toujours prudents. Tout s'est bien passé jusqu'à présent. Il fallait bien un rebelle pour clore cette inspection.

— Crois-tu, rétorqua sa femme dans son dos, qu'il sera récalcitrant au point de risquer une bastonnade dont il se souviendra ?

— Nous allons voir.

Mais, il n'en dit pas plus, car la voix forte du collecteur ordonnait encore :

— Qu'on m'apporte une torche !

Comme Sethy et Maï ne s'exécutaient pas, il fit signe au scribe d'aller la chercher lui-même dans la maison des paysans.

— Va chercher celle de notre litière, fit Khaemhat au scribe, cela fera gagner du temps.

Mais certes, point besoin de lumière aux yeux avertis de Ken pour apercevoir déjà dans l'obscurité les sacs alignés et superposés par dizaines. A coup sûr, il y en avait beaucoup plus que précisé sur le rapport.

Quand l'éclairage de la torche lui permit de mieux voir, il ordonna au scribe :

— Compte-les.

Minutieusement, le scribe marmonnait les chiffres qu'un à un il inscrivait sur sa tablette. Quand il arrivait à la fin d'une rangée, il additionnait avec un zèle qui donnait autant dans le scrupule que dans la connaissance qu'il avait du calcul.

— Trente-deux sacs, annonça-t-il.

— Et combien en a-t-il déclaré ?

— Dix-huit.

Le collecteur d'impôts eut un mauvais sourire.

— Sais-tu ce que tu risques ?

— Mais, intervint l'épouse de Khaemhat, le scribe s'est peut-être trompé.

Sa voix était terne, éteinte, mais qui la connaissait savait que c'était justement cette voix-là qu'elle utilisait lorsqu'elle convoitait le bien de ces pauvres paysans auxquels il ne restait que la possibilité de manger, une fois la collecte des impôts faite.

— Noble maîtresse, fit le scribe en se prosternant devant Tî, je ne me trompe jamais.

Son attitude était humble, soumise, mais sa voix outrée. Une telle réflexion, qui mettait ainsi ses compétences en doute, l'offensait.

— C'est vrai, admit aussitôt Tî. Tes calculs ont toujours été justes.

Elle se tourna vers le collecteur :

— Que risquent ces paysans ?

Ken était trop préoccupé par la soudaine attitude de Sethy pour répondre à Tî qui dut se contenter de la suite logique des événements.

— Tes reins vont souffrir, mon ami, pour avoir voulu tromper le pharaon, jeta-t-il au paysan.

— Le pharaon ! s'écria Maï qui, tout à coup, sortit de son apparente réserve. Le pharaon dispose d'assez de blé pour manger sa vie entière !

— Tu oses blasphémer ? cria Ken. Tu oses voler le pharaon quand tu prétends n'avoir que dix-huit sacs alors que tu en as trente-deux !

Il saisit avec violence le bras de Maï.

— Tu aurais dû te taire. Ton époux recevra cinquante coups de bâton supplémentaires pour ta réplique trop audacieuse. Avec les cinquante coups pour la fraude, cela fera cent.

— Pitié ! fit la femme, la dernière fois qu'il a reçu la bastonnade, ses reins étaient cassés. Il a fallu des mois avant qu'il ne reprenne le travail.

Khaemhat s'était avancé dans la pièce. Il s'approcha de Sethy.

— Ainsi, tu récidives, dit-il au paysan. Alors je te propose autre chose.

— Ne soyez pas généreux avec ce bandit, Maître, objecta le collecteur d'impôts. Ces vermines de paysans n'ont que ce qu'ils méritent.

— Rassure-toi. Je ne vais pas être clément.

Il fit un tour sur lui-même, sembla réfléchir et revint à Sethy.

— Puisque la méthode de bastonnade ne te réussit pas, tu vas nous donner quatre sacs de blé supplémentaires. Cela te fera donc... donc...

Il tapota l'épaule du scribe qui enchaîna aussitôt :

— Les trois quarts de la récolte, soit vingt-quatre sacs pour l'État, moins quatre sacs d'amende...

— Il t'en restera quatre, coupa Khaemhat. De quoi te nourrir toute une saison. C'est plus qu'il n'en faut.

Puis, refusant d'écouter les plaintes de Maï, il se retourna et réclama sa litière.

— N'as-tu pas été trop sévère ? fit Tî, d'un ton suffisamment hypocrite pour amener un sourire sur les lèvres de son époux.

Tî soupira et se cala confortablement dans sa litière.

***

Nakht et sa femme Taoui regardaient avec admiration leur second fils Penthou s'agiter dans les bras de la nourrice.

Devant ce nouveau fils, Nakht ne tenait plus de joie. Les fêtes avaient été grandioses et s'étaient poursuivies durant plusieurs jours, commençant tôt le matin, se terminant tard le soir.

Le pharaon et son épouse la reine Tiyi étaient venus en personne au dernier banquet qu'ils avaient donné dans leur résidence et pour lequel, d'ailleurs, toute la noblesse de Thèbes s'était déplacée. Certes, Nakht et son épouse symbolisaient le couple le plus important de la ville. Le plus populaire et le plus généreux aussi, ne ratant aucune représentation officielle du palais, donnant des réceptions champêtres dans leur grande maison de campagne située près de Négadah sur la route qui menait à Denderah et, surtout, participant aux fêtes des villages sur lesquels ses domaines se trouvaient.

Après chaque crue du Nil, Nakht partait tôt le matin avec les paysans de ses domaines. Il surveillait les digues et les barrages destinés à contenir l'eau et à la diriger en fonction des besoins, inspectait le bon état de ses canaux et, s'il fallait les récurer, en donnait aussitôt l'ordre. Après la saison d'Akhit, il vérifiait aussi les limites de ses terres en faisant replanter les jalons disparus durant la crue.

Le personnel agricole de Nakht était si nombreux qu'il n'avait nul besoin, comme beaucoup d'autres petits propriétaires terriens, de faire venir une main-d'œuvre saisonnière recrutée à l'extérieur de la région.

Nakht et son épouse aimaient assister à tous les travaux des champs, la récolte du blé, l'arrachage du lin au moment où les tiges sont encore en fleurs, celui des feuilles de palme et des tiges de papyrus, le brassage de l'orge pour faire une bière sucrée, légère, une autre plus forte parfumée au coriandre. Sur les terres de Nakht, il y avait toujours une buvette en plein air aménagée sous un abri pour désaltérer les travailleurs.

Quand venait le temps des vendanges, car Nakht possédait l'une des plus belles vignes de la région qui donnait un beau muscat bleu-noir bien sucré, boisson des fêtes et des grands festins, il faisait venir des musiciens professionnels. Disséminés dans les vignes, ils marquaient le rythme du travail avec leurs flûtes et leurs crotales pour encourager les travailleurs et activer les diverses opérations, l'emplissage du raisin dans des couffins d'osier déversés aussitôt dans de grandes cuves en pierre, le foulage, le pressurage et la mise en jarre pour la fermentation.

Les paysans de Nakht n'étaient peut-être pas mieux payés qu'ailleurs, mais ils n'étaient jamais maltraités et toujours assurés de manger à leur faim — tous disposaient d'une cabane en terre séchée pour abriter leur famille et certains possédaient même une chèvre qui leur fournissait le lait agrémentant leur maigre repas.

Quand Nakht et son épouse avaient pleinement profité des travaux des récoltes, ils revenaient dans leur maison de Thèbes pour entamer d'autres fêtes. Celles-ci se passaient dans le luxe et l'opulence. Musiciens et danseuses les plus réputés étaient engagés et logeaient, le temps que duraient les fêtes, dans la grande résidence de Taoui et de Nakht. Parfois, s'y mêlaient des acrobates de talent comme ceux qui étaient venus du delta pour le dernier banquet en l'honneur de leur second fils.

Ah ! Ce festin ! On en avait parlé dans toute la région. Et, on l'a dit, même le pharaon et la Grande Épouse s'étaient déplacés avec leur garde d'honneur pour assister aux festivités. Les danses et les acrobaties avaient été spectaculaires. Menna, le scribe, avait récité des poèmes. Ipény avait voulu entonner son répertoire de chants que la foule s'était empressée d'applaudir à grands cris et Tî, l'épouse de Khaemhat, avait tant absorbé de vin et de sauces grasses qu'elle avait vomi en pleine assemblée et faillit perdre son cône d'onguent qui, pourtant, lui rafraîchissait si bien la tête.

Oui ! Un bien grand banquet qui serait inscrit dans les annales de Thèbes et que l'on retranscrirait sur les bas-reliefs de la nécropole de Nakht et de son épouse qu'il était en train de se faire construire dans la montagne thébaine, à proximité du village de Deir-el-Medineh, où les artisans travaillaient en groupes pour bâtir les tombes des grands dignitaires. D'ailleurs, les peintres et les sculpteurs qu'il avait engagés ne cessaient de rivaliser d'inspiration pour lui plaire.

A présent, c'était le temps du repos. Nakht redressa son buste dénudé que la fraîcheur du soir venait effleurer de ses frissons bienfaiteurs. Tenant son fils à bout de bras, il le soupesait fièrement comme s'il voulait se convaincre que, déjà, son poids en ferait un futur athlète.

Certes, il pouvait être satisfait. Y avait-il un homme plus heureux que lui sur cette riche et grasse terre d'Égypte ? Il possédait des biens en surnombre, des terres, des domaines, des fabriques qui prospéraient et, pour ne rien gâter, une jolie femme de la plus haute noblesse thébaine avec laquelle il partageait sa vie avec bonheur et harmonie.

A présent que Taoui lui avait donné deux beaux enfants qu'ils élevaient sans mal, deux forts et puissants garçons, Nakht rêvait à bien des projets d'avenir. Comment échapper à cette perspective quand on était le couple le plus en vue de Thèbes et que l'argent coulait à flot sans ombre et sans limites ?

Bien que Nakht assumât une haute fonction, ce n'était certes pas la charge de son travail qui lui apportait la fortune dont il jouissait avec son épouse sans se priver. Ses aïeuls étaient déjà des riches et nobles thébains qui, avec art et compétence, avaient su faire prospérer leur patrimoine.

Porte-étendard d'Aménophis, Nakht était un homme habile, mais intègre et sérieux, en dehors de tout complot et de toute mesquinerie qu'engendraient les jalousies et les hypocrisies qui se nouaient autour du pharaon. Aménophis appréciait sa compagnie, car il savait que sa puissance et sa richesse ne gâtaient pas sa fidélité. La haute distinction de porte-étendard du pharaon accumulant bien d'autres fonctions, Nakht suivait Aménophis dans tous ses déplacements. Chargé de l'assister partout où il se rendait, il devait aussi le conseiller dans l'élaboration et la réalisation de ses décisions.

Oui ! Nakht et son épouse, la belle Taoui, étaient au sommet de leur gloire et de leur bonheur.

A nouveau, le couple admira son second fils qui, venant sans doute de s'oublier dans les doux linges blancs qui entouraient son petit corps, lançait des grimaces à tout venant que les chanceux parents prenaient pour des sourires prometteurs. Mais les cris et les pleurs n'arrivant pas, Taoui et son mari y trouvaient là l'indice d'une heureuse nature.

Quand ils furent saturés de cet examen intensif et que la nourrice vint reprendre l'enfant pour le changer, ils reportèrent leurs yeux, non moins admiratifs, sur Thoutmès, leur premier fils. Trop jeune encore pour se préoccuper d'un frère à peine arrivé sur terre, il s'amusait avec un chien en chiffon qu'il martelait de ses petits poings serrés.

— A présent que la nourrice s'occupe de Penthou, jeta Taoui d'un ton joyeux, passons à table.

D'un pas souple et félin, car sitôt l'accouchement passé, elle avait retrouvé sa sveltesse, Taoui s'approcha de la table, suivie de Nakht qui commençait à humer le fumet se dégageant de la cuisine.

Chargée de vaisselle luxueuse, de plats d'argent, de

coupes d'albâtre et de corbeilles en osier décoré, la table offrait des mets dont la diversité amenait les papilles en effervescence. Pains salés et sucrés, fèves au coriandre, concombres au lait caillé, laitues fraîches, pigeons rôtis passés à l'huile de palme, poissons en saumure, raisins, grenades... Rien ne manquait sur cette table dont le réassort était fait, à chaque instant, par deux jeunes servantes qui surveillaient d'un œil vigilant l'appétit de leurs maîtres.

Chaque soir, le repas pris, le couple sortait quand la nuit commençait à tomber. Enlacés, ils se promenaient quelque temps sur les bords du fleuve que contournait la grande terrasse élevée en plein sud. Parfois, ils faisaient une courte escapade en barque jusqu'aux premiers bosquets de papyrus et revenaient sous les rayons d'une lune naissante.

Puis, quand la nuit s'installait, ils rentraient en silence dans leur chambre et s'allongeaient sur le grand lit dont les pieds en forme de bélier soutenaient la plus confortable des couches.

Allongés nonchalamment côte à côte, Taoui racontait parfois son rêve de la veille dans une narration qui n'en finissait plus. Il fallait que Nakht vînt clore ses lèvres d'un baiser pour lui rappeler que le présent était préférable au passé.

*
**

Neby sentait encore les larmes affluer à ses paupières. Pourtant, elle essayait de les retenir et passait de temps à autre sa main sur son visage pour en cacher les marques de souffrance.

Son dos lui faisait mal. C'était comme une étrange brûlure qui n'en finissait plus de la cuire à petit feu. La bastonnade qu'elle avait reçue de la main même de celui qui l'avait trouvée endormie au pied du bélier de pierre avait confirmé ses pensées sur l'art d'être un médiocre serviteur.

Mais, Neby avait décidé d'obéir à son père. Jamais, elle ne serait l'esclave de quiconque. Jamais, elle ne s'abaisserait à subir les ordres d'un homme, tout Grand Prêtre fût-il. Encore moins accepter les bas instincts d'une société qui se plaisait à réduire à néant l'esprit des plus pauvres.

En refoulant ses larmes et en redressant son mince buste que l'on avait strié lâchement de trente coups de fouet, elle pensa avec soulagement que les prêtres n'avaient pas encore découvert qu'elle était une fille, car elle avait farouchement protesté lorsqu'ils s'étaient apprêtés à lui ôter son pagne.

Puis, dans un frisson qu'elle ne put contrôler, elle se remémora le mauvais visage d'Anen qui, voyant qu'elle refusait toute approche de compréhension, l'avait cruellement abandonnée aux mains de ses tortionnaires réclamant simplement qu'ils n'aillent pas jusqu'à provoquer la mort, mais qu'ils poursuivent jusqu'à l'évanouissement fatal afin que, plus tard, remise en forme et emprisonnée dans l'une des cellules du temple, elle puisse réfléchir à ce premier avertissement.

Mais, les choses n'avaient pas complètement tourné en faveur d'Anen. Car, une visite inattendue de Ptahmose et d'Ipény les avaient mis en face de Neby qui, le dos douloureux, refusait à nouveau la proposition assez trouble du Grand Prêtre.

Quand, par la force des choses, Anen dut expliquer l'origine de cette bastonnade, Ipény décréta :

— Cet enfant sera mieux chez moi. Je lui apprendrai l'obéissance en quelques jours. Et, crois-moi, mon cher Anen, je n'utiliserai pas les mêmes méthodes que les tiennes.

— N'oublie pas que c'est un voleur, ne put s'empêcher de rétorquer Ptahmose et qu'il a outragé les dieux. Il doit être traité en conséquence.

— Mon cher époux, nous constatons que cela vient d'être fait. N'y revenons plus.

— Ta clémence me surprend, Ipény, ironisa cyniquement Anen.

— Allons, c'est un enfant, répliqua Ipény. Il y a d'autres moyens pour le convaincre de l'importance de son méfait qu'une séance abusive de fouet qui a dû lui arracher la peau. Tourne-toi, petit, que j'inspecte ton dos.

A ces mots, Anen lui lança un sombre regard. Puis, ses yeux se tournèrent vers Neby dont les prunelles lançaient d'étranges éclairs emplis à la fois de haine et d'incompréhension.

S'immobilisant dans une attitude de mépris envers l'enfant, Anen esquissa un sourire énigmatique qu'il prenait plaisir à entretenir pour déstabiliser plus faible que lui. Un sourire où l'ambiguïté ne cachait certes pas ses réelles intentions. Depuis longtemps, Ipény avait compris que ses penchants pour les jeunes garçons régissaient sa vie sentimentale et sexuelle. Elle savait aussi que, avant d'arriver à ses fins, son véritable désir était une puissante volonté de les asservir totalement. Et, dans la poursuite de ses réflexions, Ipény savait aussi qu'il se moquait éperdument du vol des victuailles du temple d'Hathor qui, de toute façon, étaient destinées à la basse classe des prêtres de Karnak.

Enfin, après sa première réaction de froide colère, puis de mépris et d'indifférence, Anen prit le parti de la décontraction. Allons ! Peu importait. Si cet enfant lui échappait, il n'était guère en peine de moyens pour soumettre d'autres adolescents à ses totales exigences. On lui envoyait assez de jeunes gens de basse condition qui désiraient apprendre à lire et à écrire. Pour l'instant, il était lié avec Ipény par des impératifs si viscéraux qu'il devait abandonner les projets qu'il échafaudait à propos de Neby. Le désir qu'il avait de cet enfant était heureusement moins violent que celui qu'il avait de supprimer son frère.

— Allons, Neby, fit la jeune femme en prenant le

menton de l'enfant. Je vais t'apprendre comment on devient un bon serviteur et tu ne goûteras plus jamais au fouet.

Neby fit la grimace.

— As-tu mal?

L'enfant secoua la tête dans un signe négatif.

— Alors, pourquoi ces simagrées?

Elle inspecta la peau de son dos et vit les entailles rouges et profondes qui le sillonnaient des épaules à la taille.

— T'a-t-on mis du baume apaisant?

A nouveau, l'enfant secoua la tête dans un signe de négation totale, crut un instant qu'Ipény allait abaisser la ceinture de son pagne et eut un violent recul.

— C'est dommage, ce manque de soin te laissera des marques. Pourquoi as-tu commis ce sacrilège? Avais-tu faim au point de voler les dieux?

— Je n'avais pas mangé depuis cinq jours.

Ipény se retourna vers Ptahmose.

— Ciel! Peut-on rester si longtemps sans se nourrir? Un enfant doit manger chaque jour.

Puis, elle revint à Neby.

— Qu'aurais-tu fait si, le jour des obsèques que tu as suivies, tu n'étais pas entré au temple de Karnak?

— J'aurais travaillé, fit l'enfant.

— Encore faudrait-il que tu trouves un maître qui veuille bien d'un enfant ne sachant rien faire. Car en principe, fit-elle en repoussant Neby contre le mur, les voleurs ne savent rien faire.

— Je ne suis pas un voleur! cria l'enfant. Et je peux travailler.

— En quoi faisant?

— Je sais lire, écrire et compter.

Étonnée, Ipény écarquilla les yeux. Ptahmose montrait, lui aussi, une surprise évidente. Ainsi, ce misérable enfant, ce petit loqueteux, avait appris ce que bien des enfants qui couraient sales et pieds nus dans les rues de la ville ignoraient.

Dubitatif, Ptahmose inspecta l'enfant d'un autre œil. Quant à Ipény, elle se tournait déjà vers Anen :

— N'est-ce donc qu'un détail à tes yeux pour que tu aies tout simplement oublié de m'en informer? On ne fouette pas ainsi un enfant qui sait lire.

— Ce petit voleur est un menteur. Je n'y ai pas cru.

Neby sortit de l'ombre du mur où elle s'était tassée, attendant en tremblant qu'on en finisse sur son sort.

— Ce n'est pas vrai, fit-elle en s'adressant à la jeune femme. J'ai lu à haute voix devant lui, très distinctement et sans m'arrêter. Oui, j'ai lu ce qu'il appelle l'hymne sacré à Hathor.

— Tais-toi, s'écria le Grand Prêtre, les yeux haineux et la bouche mauvaise, tu ne sais même pas qui est Hathor.

— Maintenant, je le sais, rétorqua l'enfant. C'est la déesse aux cornes d'abondance. Je regrette d'avoir pris la nourriture qui était déposée à ses pieds. Je pensais qu'elle pourrirait à rester là sans être mangée. Je ne savais pas qu'elle était destinée aux prêtres qui viennent la chercher pour se nourrir eux-mêmes.

Ptahmose se racla la gorge.

— Qui t'a dit que les prêtres venaient la chercher?

L'enfant hésita et pointa son doigt vers Anen.

— Lui.

— Tu n'aurais pas dû, reprocha Ptahmose en se tournant vers le jeune homme. Si les pauvres existent, c'est pour croire que cette nourriture est destinée aux dieux.

Voyant qu'Anen se taisait, il poursuivit :

— Allons, peu importe. Mon épouse va faire de ce garçon un bon serviteur. Puis, quand il saura se plier aux ordres et quand il connaîtra tous les dieux, nous l'initierons aux devoirs du temple. Plus tard, il fera un bon prêtre-scribe.

— Tu vois, fit Ipény en s'adressant au jeune homme d'un ton sarcastique, à un détail près, nous obtiendrons la même chose que toi, mais par d'autres moyens.

*
**

Depuis que le Grand Scribe Royal Mérymose, Gouverneur des pays du Sud, avait ramené du pays d'Ibehet la liste du butin, les faveurs dont l'accablait le pharaon ne se comptaient plus.

Certes à présent, le pays d'Ibehet était définitivement maté par les Égyptiens et, cette fois, c'était le plus gros butin qui en revenait. Depuis ses retours d'expéditions guerrières, Aménophis n'avait encore jamais vu un tel déploiement de conquêtes et d'honneurs rassemblés en un si court délai : esclaves pieds et mains liés, arcs et flèches empilés sur le sol, sacs d'or et de pierres précieuses amoncelés dans les temples de Karnak en attendant d'être répartis.

Cependant, il faut dire qu'Aménophis III n'était pas un soldat acharné comme l'avaient été ses aïeuls. Le pays était si puissant et si riche qu'il n'y avait pas lieu de s'inquiéter. Les contrées étrangères étaient presque toutes soumises et les armées ennemies restaient trop méfiantes pour entamer des combats qui les eussent anéanties plus encore. En tout état de cause, Aménophis préférait s'adonner à sa passion de bâtir, d'élever de grands ensembles que suivre la trace de ses prédécesseurs pour s'assurer que ses voisins restaient tranquilles.

Toutefois, ce retour d'Ibehet se révélait incroyablement réussi. Mérymose et ses scribes n'en finissaient plus d'inscrire tout ce que l'armée avait ramené. Le butin se constituait d'archers nubiens, de leurs épouses et de leurs enfants. Plus de deux mille têtes au total remontaient jusqu'à Thèbes. Les scribes de Mérymose avaient scrupuleusement inscrit tous les hommes solides, bons archers et bons soldats qui, soumis, feraient plus tard honneur à l'armée égyptienne.

Ils avaient noté avec un soin attentif le nombre d'hommes fragilisés par un handicap quelconque, une vue mauvaise, une main malhabile, une ouïe défaillante.

Ceux-là étaient systématiquement dirigés vers des postes subalternes bien souvent attachés à des travaux des champs dans des emplois saisonniers.

Puis, toujours avec cette passion de comptabiliser ce qu'ils voyaient, touchaient ou pensaient, ils avaient compté le nombre d'adolescents déjà musclés et robustes, habiles au tir, pour en faire de bons archers après un apprentissage intensif.

Était venu le tour des femmes. Seules, les plus récalcitrantes étaient attachées afin de ne pas compliquer la tâche des soldats et des gardes. Mérymose et ses scribes allaient au plus simple. Ils inscrivaient à droite les plus jeunes et les plus jolies, séparant après un examen attentif les vierges de celles qui ne l'étaient plus. Enfin, à gauche, ils comptaient les vieilles, les disgraciées, les incapables et les malades. On les dirigeait vers les champs ou les fabriques de textile où elles devraient travailler jusqu'à ce que mort s'ensuive.

Oui ! Le pharaon pouvait être satisfait de son Grand Scribe. Tout était mentionné, répertorié, indiqué dans le plus menu des détails. Des rapports complets et précis venaient s'ajouter aux scrupuleux décomptes. Aménophis ne cachait plus sa joie. Son exaltation était sans mesure, car il fallait ajouter à ces longues et interminables listes celles des animaux piégés ou blessés et ramenés à Thèbes. Les chasses qu'avait organisées le pharaon et ses compagnons avaient été si nombreuses et surtout si lointaines — elles avaient eu lieu au plus profond d'un désert où les oasis attiraient les fauves comme un aimant attire un clou — qu'elles avaient défié en qualité toutes celles de ses prédécesseurs.

C'est ainsi que, fier de cette réussite savamment menée, Mérymose comptait à présent, sur ses tablettes, trente-cinq taureaux sauvages, tous de superbes reproducteurs et quarante lions à la crinière flamboyante, prêts à être encagés pour le plaisir des yeux de quelques nobles thébains.

Enfin, là où Mérymose avait écarté ses scribes de la scène pour être aux yeux du roi le seul vainqueur était la rédaction du texte qui devait glorifier et mémoriser la grandeur et les triomphes du pharaon. D'autant plus que, cette fois-là, il fallait mettre en exergue son courage, sa force, son intrépide volonté face à ces taureaux puissants et à ces lions indomptables qu'il avait chassés. Le texte qu'avait écrit Mérymose était si élogieux que chacun dut se courber devant son talent et sa grande compétence.

En ce jour de la saison d'Akhit, la cour s'était déplacée à Philae pour recevoir le pharaon et son armée qui revenaient triomphants. Tiyi était installée au premier rang. Son trône à dossier incurvé et recouvert d'or se tenait à côté de celui du pharaon dont les accoudoirs étaient en bois d'ébène. Aménophis portait la double couronne, la crosse, le fléau et le fouet. Tiyi tenait aussi une crosse d'or entre ses doigts menus.

A ses côtés auraient dû se tenir Ay et Anen, ses frères. Mais, au dernier instant, l'un et l'autre avaient prétexté un empêchement majeur pour ne pas se déplacer. Certes, Tiyi n'y avait vu que de faibles alibis, mais craignant un nouveau désaccord entre eux, dissension qu'ils n'auraient pu maîtriser en public, elle se sentait soulagée de ne pas les avoir auprès d'elle.

Tiyi se tenait digne et droite. Son cou mince et ses épaules dénudées, sur l'une desquelles s'attachait juste une fine bretelle d'or, faisait ressortir son visage allongé aux yeux étirés parfaitement maquillés de khôl et de poudre de galène. Sa bouche épaisse était teintée de henné et souriait à peine tant elle était concentrée sur la cérémonie qui devait se dérouler.

Pour la seconde fois, Tiyi était enceinte. Elle dissimulait ses formes arrondies sous sa robe ample à la blancheur presque phosphorescente.

Au second rang, se tenaient les notables. Même Ramose qui, après le décès de son épouse et la peine qu'il avait eue, consentait enfin à sortir en public. Il était accompagné de sa mère Ahotep, une femme éblouissante dans la fleur de son âge mûr qui haussait à sa juste valeur le rang des grands dignitaires.

Toujours au second rang venaient Nakht et Taoui qui, amoureusement, se tenaient par la taille. A côté, étaient assis Ptahmose et Ipény dont la coiffure, surmontée d'un dessin tressé de volutes, s'enroulait comme les anneaux d'un cobra. Puis, venaient Khaemhat et Tî, celle-ci sanglée dans sa robe étroite, le cou cerclé d'un gorgerin de cornaline et le bout des oreilles orné de perles assorties.

Enfin, Kherouef, le conseiller de la reine, Amenhotep et Houy ses architectes, et quelques scribes chargés de parler au nom des hauts dignitaires terminaient le second rang. Il y avait toujours à raconter avec force détails lors de ces assemblées publiques destinées à valoriser la gloire du pharaon.

Derrière le second rang, les administrateurs et les notables moins importants se serraient tous, genoux contre genoux, frétillants comme des poissons dans une nasse encore enfoncée dans le fleuve. D'autres scribes étaient là, le calame déjà en main, l'œil en alerte, l'ouïe largement ouverte, afin que rien ne leur échappe.

Un héraut vint sonner de la trompe. Des danseuses s'approchèrent et commencèrent des circonvolutions étonnamment savantes et, comme il ne s'agissait pas de danses sacrées dédiées aux dieux de Karnak lors des rituels religieux, elles étaient à moitié nues et se tordaient d'harmonie et de sensualité devant les yeux guillerets de l'assemblée et du pharaon. Certes, elles étaient jeunes et belles et leurs corps admirables de souplesse se mouvaient au rythme des flûtes et des tambourins. De son œil affûté, Mérymose remarqua celle qu'Aménophis regardait plus intensément que les autres et dont il suivait chaque balancement de hanche et chaque torsion de la chevelure qui, vive et flamboyante, allait et venait autour de son visage comme une grande vague emportant tout sur son passage.

Quand la danse fut terminée, le regard de Mérymose croisa celui du pharaon et, d'un claquement de doigts, il fit signe à la jeune danseuse de se ranger sur le côté. Celle-ci parut surprise, hésita un instant, croisa l'œil allumé du pharaon, ouvrit, puis referma les lèvres et, sans plus rien exprimer, s'assit en position de scribe, les mains posées sur les genoux. Elle tint son buste droit et, d'un geste, mit en valeur sa jeune poitrine dénudée et frémissante rehaussée par un cou altier que surmontait un visage au dessin parfait.

Tiyi et les notables avaient suivi les gestes et les regards qui s'étaient échangés entre le pharaon, le scribe et la danseuse. Mais, comme un tel agissement était courant au cours de cette sorte de représentation, personne n'y prêta attention et l'on entendit le héraut annoncer l'arrivée du scribe-lecteur.

Quand Mérymose le vit s'approcher et se prosterner devant le pharaon, buste plié et mains à plat sur le sol, il s'avança lui aussi, porté par le prestige de son titre. Mérymose avait une longue tunique jaune et un gorgerin de turquoises. Son regard était celui d'un fauve toujours à l'affût d'une proie à saisir. Mais, son esprit prompt à la capture ne fonctionnait que pour le pharaon Aménophis qu'il servait fidèlement et, en aucun point, il ne voulait le tromper.

Devant l'attitude prosternée du scribe, son menton s'avança et son buste se redressa. Dans le silence qui suivit, on crut presque discerner le crissement des turquoises de son collier sur le fin tissu de sa tunique. Mais le bruit de son entourage reprit et le scribe-lecteur qui s'était relevé sur l'ordre du pharaon commença sa lecture :

« Le fils royal et vigilant de l'Égypte, le confident parfait du dieu a maté tout le pays de Koush et bien au-delà. Il va maintenant jusqu'à la cinquième cataracte.

Salut à toi. Oh! Dieu immortel, ta gloire est grande et va à l'encontre de qui t'attaque. Ceux qui te sont rebelles disent que le feu qu'ils ont provoqué et que les armes qu'ils ont dirigées vers toi se retournent contre eux. Sous tes sandales divines, tu as foulé tes adversaires les plus rebelles. »

Le scribe-lecteur s'arrêta quelques instants, sans doute pour que chacun puisse méditer ses paroles. Puis, quand il sentit que la concentration générale s'atténuait, il reprit sa lecture d'une voix étonnamment puissante.

« Sa Majesté a ramené l'or de Nubie dès sa première campagne de victoire. Il a rapporté aussi de l'argent, ce beau et pur métal blanc qui honore les dieux de l'Égypte. Il a rapporté du cuivre, des flèches en abondance pour vaincre les faibles et renforcer le pays des Deux Terres. Il a rapporté des hommes, qui, matés, honoreront les dieux ancestraux de l'Égypte. Enfin, il a bravé le taureau puissant et l'indomptable lion pour prouver à tous qu'il était vaillant, fort et courageux. Vie, Force et Santé à notre pharaon. »

***

Ipény poussa Neby dans le dos.

— Allons, emporte ce plateau dans la cuisine et reviens avec mon jeu de damier et mes pions de couleurs.

Elle s'allongea sur le sofa d'osier, passa sa main sur son visage, puis la descendit jusqu'à son ventre qui, pour la première fois, battait d'une vie nouvelle.

Bientôt mère! Voilà une annonce qui avait tant surpris Ptahmose qu'il en était resté sans voix lorsqu'un matin, alors qu'il partait pour inspecter la nouvelle fabrique de textile de Karnak, elle la lui avait jetée en plein visage, observant froidement sa réaction.

Mais depuis longtemps Ptahmose ne portait plus d'attention aux réactions étranges de sa femme et, ce matin-là, il se considérait le plus heureux des hommes. Un fils serait le bienvenu. Un fils qui, plus tard, reprendrait les fonctions de Grand Prêtre Supérieur de Karnak que son père lui préparait.

Ipény détendit ses jambes et se laissa aller au confort offert par les coussins moelleux sur lesquels elle était étendue. Quand Neby lui apporta le petit échiquier aux pions d'albâtre bleus et rouges, elle n'en voulait déjà plus.

— Neby, redresse le coussin sous ma tête. Allons, fit-elle d'un ton agacé, ne sois donc pas aussi lent.

L'enfant saisit le coussin et le ramena comme elle put, car Ipény ne faisait même pas l'effort de relever la tête.

— Que tu es malhabile pour un serviteur, mon pauvre Neby ! fit-elle en hochant la tête.

Elle laissa son regard errer sur le ciel bleu qu'on apercevait de la grande baie qui s'ouvrait de plein jet sur les jardins en fleurs.

— A présent, va me chercher de l'eau fraîche.

— Mais, je viens de vous en apporter et vous n'avez rien bu.

— Tu oses me contredire quand je te donne un ordre ?

— Mais, insista Neby en désignant du doigt la coupe de verre remplie d'eau claire. Celle-ci est pleine à ras-bord !

Ipény lui jeta un regard furieux et se leva vivement. D'un pas encore souple, elle se dirigea vers le grand panier d'osier qui se tenait à l'ombre d'un des angles de la pièce.

— Non ! Je vous en prie ! s'écria Neby, les yeux révulsés.

Son visage avait blanchi et ses mains tremblaient.

— Je... je vais vous... vous chercher de l'eau fraîche.

Mais Ipény semblait déterminée.

— Kyria, cria-t-elle à sa servante restée dans

l'embrasure de sa chambre, ferme la porte et laisse-moi avec Neby.

Apeurée, Neby recula à l'autre bout de la pièce. Ses jambes étaient molles et elle crut qu'elle allait défaillir.

— Si tu ne t'approches pas, jeta Ipény tranquillement, c'est moi qui vais venir vers toi. Je t'ai dit que j'allais t'apprendre à devenir un bon serviteur. Tu n'as donc pas à contredire mes ordres, même s'ils te paraissent saugrenus.

Elle ouvrit le panier d'osier et en inspecta silencieusement l'intérieur. Horrifiée, Neby passa le bras sur ses yeux. Puis pensant, tout à coup, que si elle ne voyait rien, tout serait pire, elle l'abaissa donc lentement et attendit, tremblante d'effroi.

Un long ruban sinueux, aux écailles mordorées et reluisantes se déroula lentement sur la main que tendait Ipény. Le cobra avait relevé la tête. Ses yeux rouges observèrent un instant la jeune femme. Il la reconnut et se balança le long du bras qui s'offrait à lui. Quand Ipény lui susurra quelques mots doux et mélodieux, il stoppa son balancement et attendit qu'elle commençât l'air de la mélopée qui paraissait tant lui plaire.

La voix que prit la jeune femme pour le charmer était haute et cristalline. Quand elle monta vers des notes plus élevées encore, on eût cru entendre le son d'une petite flûte dont les airs s'accordent si bien avec les grands espaces des marais.

Alors, le cobra royal reprit lentement son ascension vacillante le long du bras d'Ipény, passa à l'arrière de ses épaules et fila autour de son cou pour venir lover amoureusement sa tête sous son menton.

Quand la jeune femme s'arrêta de chanter, le cobra tourna ses yeux en direction de Neby qui tremblait toujours, collée à la paroi du mur. Avec une lenteur excessive, il déroula ses anneaux le long du buste d'Ipény, descendit sur ses jambes et glissa voluptueusement jusqu'à ses pieds. Lorsqu'il fut sur le sol, il se tint à la verticale en s'appuyant juste sur le cercle qu'il avait formé à l'aide de ses derniers anneaux.

Neby voyait de loin ses yeux rouges. Quand elle aperçut sa langue acérée qui allait et venait dans sa bouche sifflante, elle se mit à crier. Le cobra s'élança vers elle, mais le chant d'Ipény le retint juste au bord du pied de Neby presque évanouie de peur.

— Cela te suffit-il ? jeta la jeune femme en saisissant son cobra à l'endroit où ses anneaux formaient un triangle vert.

Le reptile rentra aussitôt sa langue et la colère disparut de ses yeux.

— Allons, fit Ipény en caressant les écailles rugueuses de son cobra. Cela suffit pour aujourd'hui. La leçon semble avoir été efficace. Maintenant, Neby, va me chercher une autre coupe d'eau fraîche.

⁂

Mouti, la jeune servante, s'inclina devant Tiyi. Elle portait un court pagne bleu retenu par une ceinture de perles de verre et, sur le front, un bandeau de fleurs fraîches aux couleurs assorties. Sa chevelure noire retombait en tresses jusqu'à ses épaules nues formant de souples volutes qui suivaient gracieusement chaque mouvement de sa tête.

— Majesté, formula-t-elle en redressant le buste, Kherouef, votre intendant, est ici. Il attend à la porte de votre chambre.

— Qu'il entre, Mouti. Qu'il entre. Mais avant, fais venir Ahout pour qu'elle me parfume le visage et les mains.

Un homme grand et mince, se tenant apparemment depuis quelque temps près de la porte, s'avança d'un pas souple dans la pièce.

— Je suis venu dès votre appel, Majesté.

— Je t'en remercie, Kherouef. Mais veux-tu

m'accorder quelques instants? ajouta-t-elle en voyant Ahout arriver d'un pas agile. Le temps que ma servante rafraîchisse mon visage et mes mains. Après, je veillerai à ce que personne ne nous dérange.

Elle tendit ses mains à la jeune fille qui, déjà, les prenait entre les siennes pour les frotter d'un onguent frais au parfum de lotus.

— Une chaleur excessive dès le matin, soupira-t-elle, annonce toujours une journée très pesante. Dieu! Que le soleil bénéfique est parfois insolent. Ahout, passe-moi cet onguent dans le cou et sur les épaules. Cela me fait un bien prodigieux.

Puis, elle se tourna vers Kherouef et lui dédia un sourire généreux.

— Veux-tu profiter de cette fraîcheur?

Elle se leva, but un peu d'eau parfumée à la grenade et prit place sur un tabouret à trois pieds.

— Ahout, rafraîchis aussi les mains et les pieds de Kherouef avec ce merveilleux baume odorant. Ainsi, nous serons au diapason.

Pleinement détendue, elle se mit à rire. Un rire léger, direct, complice, que partagea aussitôt Kherouef. Le jeune intendant n'était pas plus vieux que Tiyi. Ami de jeunesse? Non! Kherouef connaissait la Grande Épouse depuis peu, mais une entente parfaite s'était nouée entre eux. Une entente qu'avait partagée Aménophis et, depuis, le jeune homme qui montrait d'indéniables qualités de sagesse et d'intelligence s'était élevé à l'un des rangs le plus haut de la cour.

Quand la jeune servante eut terminé sa besogne, prenant soin de détendre les pieds du visiteur auquel elle avait ôté les sandales de cuir souple, elle se courba jusqu'à terre et se retira sur un signe de Tiyi.

Restée seule avec son intendant, la reine se leva du tabouret et prit place sur un large coussin disposé à terre sur un épais tapis aux coloris multiples et chatoyants. Puis elle fit signe à Kherouef de venir la rejoindre.

— Je t'ai fait venir pour te parler de mes nouveaux soupçons.

— Majesté ! Vos craintes vont peut-être rejoindre les miennes.

Tiyi le regarda en plissant les yeux. Son regard étiré en amande s'allongea plus encore.

— Parle le premier.

Kherouef hésita. Une gêne envahit soudain son visage et ses lèvres esquissèrent une moue discrète dont Tiyi saisit instinctivement le sens.

— J'aurais préféré que vous parliez d'abord, Majesté.

— Pourquoi, parce qu'il s'agit de mon frère Anen ?

Kherouef acquiesça.

— Alors, ne crains rien. Moi aussi je voulais te parler d'Anen. Qu'as-tu découvert ? Une intrigue ? Une nouvelle attaque ?

— Depuis que nous avons trouvé les vipères à cornes dans la barque de votre frère Ay, mes hommes inspectent chaque lieu où il doit se rendre.

— Mais, s'étonna Tiyi, cela devient sans danger depuis qu'Ay s'accompagne d'un chien qui détecte ces petits reptiles à plus de cinq cents coudées.

— Certes, Majesté. Mais il y a bien longtemps que l'idée des vipères à cornes a été abandonnée.

Convaincue, Tiyi hocha la tête.

— C'était aussi mon avis. C'est pourquoi je t'ai fait demander de si bon matin, pendant que nous sommes tranquilles et que personne ne nous surveille.

— Ay utilise trop sa barque pour effectuer ses petits voyages. Et, s'il poursuit cette bravade, son chien se fera peut-être tuer avant lui.

Tiyi soupira.

— Hélas ! Il adore ces courts périples sur le fleuve dans cette petite embarcation qu'il conduit lui-même. Cela, dit-il, lui donne une étrange impression de liberté. Déjà, quand nous étions enfants, alors qu'Anen exécrait ce genre de promenade, Ay m'emmenait avec lui et nous parcourions les marais à la recherche de sensations nouvelles.

Elle s'absorba quelques instants dans un vieux souvenir et poursuivit dans un murmure :

— Lui et moi tenons cela de notre mère, paraît-il. C'est dans les marais qu'elle a disparu, sans doute déchiquetée par un des multiples sauriens qui fréquentent le delta. Ay ne peut oublier cette image. Quand il est sur le fleuve, il pense toujours à elle.

De nouveau, elle soupira :

— Que peut-on faire ?

— Qu'il se fasse accompagner. Son personnel est nombreux, il me semble.

— Tu ne comprends pas, Kherouef. Il veut vivre ces instants-là seul. C'est pour cette raison qu'il préfère s'accompagner d'un grand sloughy qui, désormais, ne le quitte plus telle une ombre.

— Ce n'est pas suffisant, objecta Kherouef. Il lui faut un garde en permanence.

— Ay n'acceptera jamais. De toute façon, il considère les attaques de son frère comme un jeu. Il se plaît à dire qu'il en a vécu bien d'autres sur les champs de bataille.

— Mais, un jour, Anen aura raison de lui.

— Je sais. Que voulais-tu me dire ?

— Que dernièrement encore, l'un de mes hommes était posté sur la terrasse de ma demeure. Soudain, il a remarqué deux ombres sortir d'un buisson. Ils cherchaient la barque de votre frère.

— Décidément ! Cette barque est une obsession dans l'esprit de mes frères.

— Cette fois, ce n'était pas pour y glisser une de ces petites vipères jaunes du désert, endormie à la mandragore, dont la couleur se confond avec le sable et qui n'aiment pas l'eau du Nil.

— Pourquoi n'a-t-on pas arrêté ces deux hommes ? Que voulaient-ils ?

— Ils ont écarté deux lattes de bois entre la coque et la proue de façon à ce que l'eau monte lentement et que l'embarcation coule à l'endroit où le fleuve devient plus profond et plus large.

— Où devait aller Ay, ce jour-là?

— Il devait se rendre à Philae pour y déposer les offrandes qu'il n'avait pu présenter lors de la célébration des fêtes du retour d'Aménophis et de son armée. Mes hommes ont attendu, cachés dans un bosquet, qu'Ay arrive.

— Et qu'a-t-il dit quand ceux-ci lui ont appris la teneur de ce nouveau piège?

— Votre frère s'est mis à rire. Il dit que c'est inutile d'ébruiter cette histoire.

— Eh bien moi, je vais la réveiller, cette histoire!

Elle frappa dans ses mains.

— Mouti, fit-elle à sa servante tapie contre la porte de la chambre, fais venir Menna.

A peine avait-elle prononcé le nom de son scribe que celui-ci apparut. C'était un jeune homme d'à peine vingt ans. Comme tout bon scribe à cette époque, sa perruque noire était coupée au carré et tombait au ras de ses épaules nues, rondes et brunes, qu'il avait enduites d'une huile parfumée.

— Majesté, je suis à votre service.

— Alors, déclara Tiyi, écris sur la tablette que j'apprends, ce jour, de façon anonyme...

Elle s'arrêta, réfléchit quelque temps et reprit :

— Précise bien : « De façon anonyme ».

Puis elle poursuivit d'une voix calme, déterminée, sans plus s'arrêter :

« J'apprends, ce jour, de façon anonyme, que l'on attente à la vie de mon frère Ay, Grand Prêtre d'Héliopolis et Capitaine des Armées de Sa Majesté, le Maître des Deux Terres, Aménophis III. Agression que je ne peux admettre. Celui ou celle qui sera mis en cause, même par simple complicité, et qui sera dénoncé ou trouvé en flagrant délit, sera jeté le soir même en pâture aux crocodiles du Nil, quel que soit son rang, son titre, son statut riche ou pauvre, dignitaire ou serviteur. »

Elle parut satisfaite de la tournure de son texte et, se levant d'un bond agile, ajouta en pointant son menton triangulaire en avant :

— Fais graver ces mots sur des scarabées de turquoise et que leur diffusion soit faite parmi tous les prêtres du temple. Demande à Mériptah que sa fille Maât les taille et les grave elle-même. Son travail me plaît. Il est toujours sérieux et bien fait.

Kherouef sembla satisfait de cette décision finale.

— Parfait ! Cela les refroidira, dit-il d'un ton bas.

— Je l'espère. Et, maintenant, Menna, fais venir mes architectes. Nous devons mettre au point les grandes lignes de la construction de Malgatta.

***

Ils entrèrent peu de temps après. Kherouef et Tiyi s'étaient recomposé un visage avenant, serein, que nul tracas ne venait obscurcir. La reine souriait, détendue, fraîche, prête à dicter ses nouveaux ordres. Telle était Tiyi ! A chaque incident correspondait un remède.

Les architectes s'approchèrent et se prosternèrent devant la reine. Amenhotep, le plus grand, fils de Hapou, dégageait cette sympathie naturelle qui attirait la bonne entente et l'harmonie de la discussion.

Houy, fils d'Ipy, était de corpulence plus petite, plus tassée. Ses jambes nues montraient un système pileux noir et dense qui cachait une puissante musculature. Son visage marquait une autorité et une volonté de caractère plus grandes que celui d'Amenhotep auquel un grand front large, sillonné déjà d'une ride profonde, donnait un air perpétuellement étonné.

Tiyi se leva à leur approche, l'allure souple, le sourire aux lèvres. Les deux hommes représentaient pour elle des fidèles serviteurs dans lesquels elle avait placé son estime.

— Amenhotep, je n'ai que des louanges à te transmettre sur la statue colossale que tu as faite à l'effigie du pharaon. Elle est majestueuse, puissante et traduit à merveille la gloire de ton Maître. Je reconnais là le talent de ton père. Tu lui succéderas de façon plus glorieuse encore.

Elle lui tendit les mains de façon fort gracieuse.

— Comment as-tu fait pour découvrir ce grès rouge ? Il est d'une finesse et d'un poli rarement vu.

— Majesté, il provient de la colline sacrée de Rê-Atoum.

— N'as-tu pas eu de difficulté à transporter cet énorme bloc ? Il n'est ni écorché, ni fendu. C'est un pur joyau.

— C'est vrai, admit le jeune architecte. La roche est restée intacte.

— On dit que tu as fait construire un vaisseau uniquement pour la transporter et que tu as navigué en remontant le courant pour éviter les remous du fleuve.

— C'est exact, Majesté. Mais la générosité de Pharaon à mon égard méritait bien toutes ces précautions. J'ai commencé la construction de mon tombeau.

Il faut dire qu'au Nouvel Empire de l'Égypte ancienne, lorsque le pharaon était satisfait du travail d'un de ses dignitaires, qu'il fût scribe, capitaine ou architecte, il le récompensait de la façon la plus élogieuse qui soit en lui fournissant les moyens de se construire une luxueuse nécropole pour sa seconde vie.

— Certes, admit Tiyi, il t'offre une tombe spacieuse et un temple dont ta descendance sera fière. Es-tu satisfait ? Te voilà l'un des favoris du pharaon, à présent. J'aimerais que tu sois aussi le mien. Acceptes-tu ?

— Comment pouvez-vous en douter, Majesté ?

Elle retira sa main des longs doigts sinueux d'Amenhotep en observant le visage de Kherouef qui marquait un léger mécontentement. Son intendant n'appréciait pas les marques de trop grande sympathie qu'elle offrait à ses autres favoris et Tiyi y voyait là l'issue de l'amitié particulière qu'elle partageait avec lui.

— Alors, je te charge des sculptures colossales qui orneront l'entrée de mon palais de Malgatta. Sur les sept statues que je te commande, celles qui jouxteront le grand lac de plaisance, je t'autorise à te représenter sur la dernière de la file. Ainsi, tous pourront dire : « Voici Amenhotep, fils de Hapou, qui a réalisé ces merveilles. Il est le directeur des travaux personnels de la reine. »

Elle se tourna vers son scribe.

— Menna, écris ceci et dis-moi ce que l'on peut encore ajouter.

Menna hésita, puis prenant le parti de la simplicité, récita en même temps qu'il écrivait :

« Oh ! vous, hommes de Karnak, qui sans cesse désirez voir Amon, venez à moi. Je propagerai vos requêtes, vos souhaits, vos désirs, car je suis le héraut de ce dieu. »

— Cela te plaît-il ? fit Tiyi en se tournant vers Amenhotep.

— C'est parfait, Majesté. Mais, je ne pensais pas que ces statues seraient dédiées à Amon.

Elle eut un sourire équivoque et qui la connaissait bien pouvait y discerner une ombre de malice.

— Menna est un psychologue avisé, expliqua-t-elle. C'est pour cette raison que je l'ai choisi pour devenir mon scribe personnel. Il ira loin, car il a parfaitement compris qu'il valait mieux commencer par adorer Amon dans le nouveau temple que je vais bâtir.

Elle pointa un index mutin vers Amenhotep.

— Ensuite, nous aurons tout le temps pour élever Aton et notre disque solaire.

Sous les compliments de sa reine, Menna se mit à rougir et un minuscule tic nerveux lui fit mordiller sa lèvre supérieure. Puis, comme Kherouef le regardait pensivement, Tiyi se retourna vers lui et demanda joyeusement :

— Vois-tu une objection à ce que je procède de cette manière ?

— Nullement, Majesté. C'est une précaution qui me paraît nécessaire.

— Parfait. Dans ces conditions, Menna, j'aimerais que tu travailles en collaboration avec Houy pour les inscriptions des autres statues.

— C'est entendu, Majesté.

— N'oubliez pas, reprit-elle, que c'est par vos textes et vos images que la puissance et la gloire de Malgatta seront représentées.

Ils hochèrent tous la tête en signe d'assentiment.

— Je veux, en premier lieu, faire des offrandes aux dieux d'Égypte, à Horus, Hathor, Min, Thot et Ptah. Parlez aussi de mon kâ et de ma vie dans l'au-delà que je souhaite grandiose et durable.

Se dirigeant vers la baie de sa chambre qui, à présent, faisait entrer la clarté presque à outrance, elle regarda la rangée de tamaris qui bordait la grande allée centrale. Ils bourgeonnaient en offrant leurs boules cotonneuses et roses et se mêlaient aux parterres de fleurs dont les arômes venaient jusqu'à ses narines grandes ouvertes, ce qui rendait son petit nez plus épaté encore.

— J'ai entendu dire que l'achèvement du lac de plaisance serait plus long qu'il n'avait été prévu. Peux-tu me dire, Houy, si cette rumeur est exacte ?

— Majesté, à présent, je peux affirmer que les ouvriers l'ont creusé entièrement et que le fond sera bientôt recouvert d'un dallage en jaspe vert.

— Du jaspe vert ! Cela me paraît audacieux. Jusqu'à présent, les pièces d'eau ont toujours été revêtues de marbre blanc ou rose, assorti aux fleurs de lotus.

— Celle-ci le sera aux feuillages du papyrus. Les veinules vertes du jaspe donneront sous le soleil une luminosité incomparable et, lorsque les fontaines feront jaillir leur eau claire et transparente, elles vous laisseront l'impression d'être dans les marais.

— Ton idée me paraît impressionnante. Continue, elle me plaît.

Houy esquissa un sourire et inclina la tête.

— Je prévois des bosquets de papyrus, indispensables pour l'ombre qu'ils apportent, poursuivit-il en relevant le front, des kiosques, des statues, quelques animaux aquatiques et des petites embarcations légères et faciles à manier.

La reine tendit sa coupe d'eau parfumée au jeune architecte.

— Bois à ta réussite. Car ce lac me plaira, assura-t-elle de nouveau. Il me tarde déjà d'en goûter les bienfaits.

Puis, elle frappa dans ses mains.

— Alors, à présent, dit-elle, que Bek vienne me voir.

Ahout et Mouti durent avoir quelques difficultés à trouver Bek, car il ne vint qu'un peu plus tard. Quand il fut devant la reine, il s'inclina en un simple salut. Le jeune sculpteur étant son cousin, Tiyi ne s'en formalisa pas.

— Tiyi, excuse-moi du retard que j'impose à ton assemblée. Mais, actuellement, j'ai quelques problèmes de famille.

— Tes filles? s'enquit la reine.

— Non, elles poussent comme des racines de papyrus.

— Ton épouse?

Comme elle sentit que Bek ne voulait pas en dire plus devant ses dignitaires, elle n'insista pas.

— Je vais charger ton épouse Maât de tailler et ciseler des scarabées de turquoise. Menna, mon scribe, lui donnera le texte. J'aimerais voir Maât pour en parler avec elle. Peux-tu lui dire que je la recevrai ici, demain à l'aube?

— Certes, je lui dirai.

— Mériptah, ton beau-père, a-t-il reçu les turquoises dont je lui avais parlé ?

— Je les ai vues. Tu ne seras pas déçue. Elles sont pures et sans défaut.

— Parfait, jeta Tiyi satisfaite. A présent, parlons du sujet qui concerne ta venue. Bek, je t'ai appelé pour te parler de Malgatta. Je veux que tu prennes en charge toutes les peintures. J'aimerais un style vif et réaliste comme tu sais le faire.

— Mon style neuf, rétorqua Bek, touche essentiellement mes sculptures.

— C'est faux, Bek, répliqua la reine. Je t'ai vu réaliser des peintures qui sont un bel exemple de cohésion familiale où tu as mêlé le champêtre avec un réalisme pur.

— Ce n'était qu'une esquisse.

— Esquisse ou pas, cela m'a plu.

Bek eut un instant de réflexion avant de répondre. Les paroles de la reine ne semblaient pas le satisfaire. Certes, il eût préféré sculpter pour Tiyi et non peindre.

— Bek, je veux des scènes au quotidien comme tu sais les faire. Des paysans labourant, semant, récoltant. Des orfèvres pesant l'or, des ébénistes tournant le bois avec leur archet, des marqueteurs fabriquant un coffret qu'ils offriront au dieu, des potiers façonnant des vases et des urnes d'albâtre, des cartonniers à l'œuvre sur un pectoral de momie, des charpentiers, des forgerons, des tailleurs de pierre affairés, courbés sur leur ouvrage.

Ils l'écoutaient tous, presque fascinés par ses paroles, interloqués de voir qu'une grande Épouse Royale ne réclamât pas ce qui était dans les traditions. Avec Tiyi, il n'était pas question de masques de dieux ou de représentation de barque divine, de chars et de chevaux guerroyant, de scènes de chasses, de processions royales, de mains levées ou d'yeux fixés sur Amon.

— Comprends-tu ce que je réclame ?

— Je comprends, Majesté, affirma-t-il en appuyant sur le titre royal prononcé à la place du prénom de Tiyi qu'il avait pour habitude de lancer.

Chacun y vit une intention de la déconcerter un peu.

— Je suis sculpteur. C'est ma mère qui était peintre.

— Cependant, tu peins à merveille. Je te l'ai dit. Certes, ta mère était une artiste incomparablc. Ne t'a-t-elle pas enseigné l'art du dessin et de la peinture ?

— C'est exact. Mais, ceci dit, Majesté, appuya-t-il un peu lourdement, vous savez très bien qu'elle n'approuve pas mes méthodes anticonformistes ni en peinture ni en sculpture.

— C'est bien pourquoi je t'engage, fit Tiyi en souriant. Je crains que tu n'aies pas saisi mon idée. Alors, je vais t'expliquer.

« Je ne veux pas faire du traditionalisme dans mon nouveau palais de Malgatta. La statue d'Aménophis en grès rouge qu'a effectuée Amenhotep me plaît par son côté inhabituel. Personne n'avait encore osé songer à habiller une telle sculpture de pierres précieuses comme il l'a fait. Elle sera placée dans son grand temple de Karnak. Son pilier gigantesque de plus de quarante coudées en éblouira plus d'un.

— En quoi cela me concerne-t-il ? fit remarquer Bek en haussant le sourcil.

— J'y arrive, fit Tiyi en continuant à sourire.

Elle se piqua devant Bek, parut réfléchir un instant et signifia promptement :

— J'en ai déjà dit un mot à Menna et à mes architectes. Ils me suivront dans mes idées. Je veux commencer Malgatta en n'offensant aucun dieu égyptien. Horus, Hathor, Anubis, Toth et Ptah seront représentés.

Bek, ignorant où elle voulait en venir, l'observait d'un air renfrogné. Elle poursuivit sans attendre :

— C'est après que tu interviendras avec tes

méthodes modernes qui cassent la tradition des Égyptiens.

— Et que ferai-je ?

— Mais, les autres sculptures ! Car, à Malgatta, je veux élever le dieu Aton et son disque solaire.

CHAPITRE III

Les deux femmes se regardèrent, abasourdies par les révélations que venait de leur faire leur compagne.

Beket hocha la tête et soupira. Depuis qu'elle avait été souffrante, ses forces déclinaient. Elle était assise sur un tabouret que lui avait avancé la femme qui, à présent, attendait la réaction de ses deux visiteuses. Les renseignements qu'elle venait de leur fournir semblaient les perturber, les anéantir.

Beket posa sa vieille main sur le pommeau de sa canne en bois de sycomore. Une belle et vieille canne qui avait appartenu à sa grand-mère Séchat et dont le bois brillait comme du bronze patiné par le temps.

— Je ne pourrai pas poursuivre les recherches avec toi, Lydie, fit-elle d'une voix qui, elle aussi, avait perdu de sa force d'antan. Je suis trop vieille à présent et je me fatigue pour un rien. Il faudra que Bek t'aide.

— Bek est très occupé, surtout depuis que la Grande Épouse l'a engagé sur les chantiers de Malgatta.

— Je sais, mais tu as su gagner Maât à ta cause. Elle devrait pouvoir t'aider. Je connais l'épouse de mon fils, elle est droite, juste, sincère et, tout comme nous, elle ne supportera pas qu'un enfant issu de notre famille soit devenu un petit mendiant courant les routes en compagnie de son père.

— Beket ! reprocha la jeune femme. Si cet homme est un scribe public, ce n'est pas un mendiant.

— Ta ! Ta ! Ta ! Je connais ces scribes-là. Ils travaillent plus qu'ils ne gagnent. Les gens auxquels ils font appel sont de mauvais payeurs. Ils renâclent sur le prix qu'il faut payer et, bien souvent, ils empochent le document dont ils ont besoin et rémunèrent le scribe avec une poignée de fèves, deux ou trois oignons ou quelques figues séchées.

Beket voulut se lever en s'aidant de sa canne, mais la paysanne qui les avait si bravement accueillies fut plus prompte qu'elle et lui prit le bras avec autorité.

— C'est vrai que ce n'est plus de votre âge de courir sur les routes à la poursuite de cet enfant, dit-elle en haussant l'épaule.

Beket approuva de la tête tout en s'appuyant sur le bras que lui offrait la femme. Elle avança prudemment de quelques pas et se tourna vers Lydie.

— Il faut que tu descendes jusqu'à Méroé puisque c'est là que s'est rendu le père de l'enfant à la mort de sa femme. Peut-être y a-t-il trouvé une situation stable.

La paysanne secoua lentement la tête de droite à gauche.

— Ce n'était pas un homme à rester en place, affirma-t-elle. Déjà, quand il a rencontré la jeune Isis, il venait d'on ne sait où.

— Mais, insista Lydie, ils sont restés plusieurs années à Bouhen. C'est vous-même qui l'avez dit.

— Oui. Tant que la mère d'Isis, la noble Satiah, subvenait à ses besoins, tout allait bien. Mais à la mort de celle-ci, l'argent ne venait plus et le père avait décidé de repartir sur les routes. Sa femme était enceinte et l'enfant a dû naître à Méroé où ils avaient décidé de partir.

La paysanne soutint Beket jusqu'à sa litière qui l'attendait à la porte de la masure. C'était une de ces maisons campagnardes comme beaucoup à Bouhen.

Construites en pisé et recouvertes de chaux, elles ne comportaient qu'une seule pièce où l'on mangeait, dormait et entassait les vivres qui servaient jusqu'à la récolte suivante. Un jardin exigu l'entourait, hélas bien éloigné du canal qui débouchait sur le Nil et qui exigeait beaucoup d'efforts pour l'arrosage des quelques légumes qui y poussaient.

— Comment Isis est-elle morte ?

La paysanne marchait au pas de Beket, la soutenant de sa poigne forte.

— Comme beaucoup d'autres, cette année-là où la crue a été trop faible pour fournir le blé nécessaire à toute la population. La famine qui a suivi et les épidémies consécutives ont été mortelles pour les plus faibles. Isis était fragile, elle n'a pas survécu à la fièvre qui la menaçait.

— Et l'enfant ?

— Quand, plus tard, Koushi veuf est revenu vivre à Bouhen, il était accompagné d'un garçonnet assez fluet, mais cependant suffisamment solide pour qu'il ne s'inquiétât pas de son sort. L'enfant était rarement malade. A mon sens, il pouvait suivre son père quand celui-ci décida de reprendre son métier de scribe public.

— A condition, rétorqua Beket, qu'il puisse manger à sa faim, dormir la nuit et ne pas s'épuiser sur les chemins poussiéreux. Les forces d'un enfant s'affaiblissent vite.

Enfin, la litière s'étant avancée au-devant de Beket, la paysanne lâcha son bras lorsqu'elle vit le conducteur de l'attelage aider la vieille femme à monter dans la voiture.

— Dieu de Seth ! maugréa Beket en s'installant dans la litière, pourquoi ma mère m'a-t-elle caché cette naissance ? Ah ! Lydie, nous aurions pu nous occuper de cette sœur que nous avions en commun. Et cet enfant, à présent, ce garçon qui est de notre sang, où peut-il être ?

— Ne t'inquiète pas. J'irai à Méroé là où son père

est parti et s'il le faut, je remonterai jusqu'à Napata et même jusqu'à Soleb.

Hélas, les deux femmes n'avaient que bien peu d'indices pour retrouver le fils d'Isis. Elles se disaient, pourtant, qu'un scribe public qui sillonnait les routes, accompagné d'un enfant d'une huitaine d'années, pouvait être un repère facile à détecter.

Il fut donc décidé que Lydie ne perdrait pas plus de temps à Bouhen, là où l'enfant et son père n'étaient pas. L'essentiel de ce qu'elle pouvait savoir avait été dit et elle pouvait commencer ses investigations dès à présent.

Ken, un jeune agriculteur attaché au domaine de Bouhen, peu intéressé par le travail des champs, se proposa de l'accompagner dans ses recherches. Quant à Beket, elle fit appel aux services de son fidèle Hori à qui elle dut promettre toutefois une coquette somme pour achever de le convaincre et, peu à peu, le trio se laissa submerger par l'espoir de retrouver les traces de ceux qu'il cherchait.

Méroé était un gros village caractérisé par une animation sans cesse en effervescence. D'allure pittoresque, planté au pied du Nil et accroché au flanc d'une montagne rocheuse où l'on avait, autrefois, extrait de l'or, Méroé avait acquis une renommée commerciale comparable à celle de Bouhen.

A l'est, le désert s'étalait à perte de vue. A l'ouest, la boucle du Nil annonçait cette partie du fleuve plus étroite où le sol devenait plus herbeux, tranchant avec l'ocre blanc du désert et formant une suite d'îlots verdoyants où, seules, les barques pouvaient passer.

Plus bas, vers le Soudan, le bruit des torrents éthiopiens se confondait avec le cri des étranges oiseaux qui survolaient de leurs ailes bleues et rouges les abords du fleuve. Le vent y soufflait en douceur et le soleil n'écrasait pas l'atmosphère.

A Méroé, la population était nubienne. Le teint sombre, le front haut et droit, le nez à peine épaté, la lèvre à peine lippue, l'habitant du village, en habit coloré et chatoyant, se mouvait dans un environnement de bruits et de musique.

Lydie et ses compagnons déchantèrent vite. Pour un scribe égyptien, comment trouver du travail dans une ville qui parlait un dialecte que lui-même ne devait pas connaître ? Ce fut juste avant de quitter Méroé, la mine dépitée, que Lydie apprit par un aubergiste, auquel l'administration égyptienne avait réclamé un document pour prouver le titre de propriété de son commerce, que père et fils étaient repartis sur Napata.

L'espoir à nouveau revenu, Lydie et ses compagnons se hâtèrent d'atteindre Napata, ville plus grande, aux allées droites et aux larges places où venaient se prélasser et palabrer les habitants, des Nubiens à l'aisance voyante qui possédaient tous des ânes, des brebis et des oies grasses.

A Napata, les maisons étaient carrées et disposaient de terrasses ombragées. Les jardins fleuris embaumaient l'air de leurs parfums délicats et pas un terrain cultivé ne manquait de l'indispensable chadouf qui alimentait en eau les sillons fraîchement ensemencés.

Mais, il était dit qu'à Napata, Lydie et ses compagnons ne devaient trouver aucun indice qui leur permît vraiment d'avancer leurs recherches. Seul, un brave paysan qui les accueillit quelques nuits leur indiqua que le scribe et son fils étaient retournés à Bouhen.

Déçue, amère, mais non vaincue, Lydie décida de remonter le Nil, village par village jusqu'à Thèbes.

*
**

Les mains d'Ay s'accrochèrent aux rênes de ses chevaux. A la courbe de la route qui sortait de Thèbes et qui menait à Coptos, il avait entendu cet étrange craquement dans les essieux de ses roues qui l'avait aussitôt alerté. Mais, à la sortie de la ville, là où la voie était droite et libre de toute circulation, l'allure qu'il avait fait prendre à son attelage ne lui permettait plus de freiner brusquement sans le déstabiliser et provoquer la chute du char et des chevaux.

Il fallait donc poursuivre la course infernale de façon à ce que le ralentissement se fasse progressivement avec le moins de dégâts possible. S'il maîtrisait la conduite de ses chevaux, s'il tenait solidement ses rênes tout en restant penché sur le côté opposé de la roue qui, bientôt, allait rouler sur la berge, il arriverait peut-être chez Mériptah avant que la chute n'intervienne.

L'orfèvre dont la grande maison et les bâtiments des ateliers commençaient à se profiler derrière les collines de Thèbes avait demandé à sa fille de recevoir Ay pour la commande qu'il désirait lui passer. Depuis quelque temps, Mériptah se fatiguait. Ses soixante-dix ans passés ne lui permettaient plus d'assumer les mêmes activités qu'autrefois.

Veuf, remarié un peu plus tard, la nouvelle épouse de Mériptah avait accouché de Maât alors que celui-ci avait plus de cinquante ans. La jeune femme qui avait épousé Bek était sa joie de vivre. N'était-elle pas pleinement en possession du métier que lui avait appris son père ? Maât aimait ciseler, sertir, graver, jauger et peser l'or, le cuivre, l'argent et les pierres précieuses.

Elle s'intéressait même à la fonte des métaux dont elle surveillait attentivement les étapes pour en diriger les opérations essentielles. Que pouvait demander de plus un père admiratif devant les compétences de sa fille ?

Maât sortait des ateliers de sertissage de cuivre. Le devanteau de porte qu'avait commandé Ay pour le temple d'Héliopolis était prêt. Il avait été travaillé de la façon la plus luxueuse qui fût. Une plaque d'électrum venait en couvrir la base et Houy le sculpteur avait convaincu Ay d'y sertir des turquoises et des lapislazulis au centre des motifs qui formaient le grand battant de la porte.

Maât dirigea son regard sur la voie extérieure qui s'étendait devant la maison. Elle vit, au loin, un point qui se précisait peu à peu, grossissant à vue d'œil. Le nuage de poussière qui l'entourait paraissait cependant assez étrange. Quand elle discerna l'attelage, elle remarqua que quelque chose n'allait pas.

Certes, on lui avait dit qu'Ay, le Grand Capitaine d'Aménophis qui cumulait aussi les fonctions d'Intendant de la Charrerie Royale et de Grand Prêtre d'Héliopolis, n'était pas un timoré dans la conduite de ses chevaux et, qu'en cela, il tenait sa témérité, parfois trop insolente, de son père, le prince asiatique Youkka qui montait à cru ses chevaux.

Maât posa l'une de ses mains en visière sur son front. Le nuage de poussière s'accentuait au point qu'elle ne discernait plus les chevaux. Quant au conducteur, s'il s'agissait d'Ay qu'elle attendait, elle n'en voyait pas plus la silhouette que l'ombre.

Elle cria aux hommes chargés du transport des matières premières qui se tenaient dans la cour extérieure d'aller voir plus près ce qui se passait. Les chevaux qui écumaient semblaient enragés et, quand ils s'approchèrent, Maât et ses ouvriers virent que l'attelage était à moitié renversé et que la coque du char était vide.

— Ciel ! murmura la jeune femme. Ay a dû être éjecté sur la route !

Elle se tourna vers les hommes.

— Il faut arrêter ces chevaux avant qu'ils ne s'effondrent. Sinon, la chute sera mauvaise et il faudra peut-être les abattre.

Maât avait déjà calculé l'ampleur du danger. A son maître d'œuvre que le tapage avait dérangé et qui s'avançait à grands pas pressés, elle cria :

— Vite, le Grand Capitaine du pharaon doit être en mauvaise posture quelque part sur la route de Thèbes ! Il faut aller à sa rencontre.

Il fallut la force de six hommes pour arriver à stopper l'élan des chevaux. Trois d'entre eux tombèrent, mais la chute fut bénigne et ils se relevèrent sans grands dommages, tapotant leurs cuisses, frottant leurs bras, essuyant la sueur qui coulait sur leurs visages. Les trois autres tenaient les chevaux par le licol et tentaient d'apaiser leur angoisse.

La coque du char était brisée et l'une des quatre roues manquait, ce qui avait sans doute provoqué la chute d'Ay tombé on ne savait où. Maât et son contremaître marchaient à grands pas. Par chance, ils n'eurent pas à poursuivre trop longtemps leur recherche, car après la boucle qui s'ouvrait sur le fleuve et qui menait à la ville de Thèbes, ils virent Ay étendu sur le sol.

A l'idée qu'un autre char à pleine allure aurait pu facilement l'écraser, Maât soupira de soulagement.

— Vite, il faut le dégager de là et réclamer du secours. Une litière pour l'emmener serait indispensable !

Le contremaître hocha la tête.

— Pas si vous m'aidez à marcher, entendirent-ils tout à coup.

Stupéfaits, ils virent l'homme bouger, tenter de se relever, mais comme il semblait être bloqué, il redressa simplement le buste.

— Pas si vous m'aidez à marcher, répéta-t-il en portant la main à la tête.

— Par tous les dieux ! souffla Maât. Tu nous as fait une peur effroyable, Grand Capitaine d'Aménophis. Attends, nous allons t'aider à te relever.

Mais déjà, deux hommes arrivaient, tenant sur leurs épaules les barres d'une litière confortable.

Avant de monter, Ay voulut s'assurer de l'état de ses membres. Lentement, mais impeccablement, il fit fonctionner ses bras, ses jambes, esquissa une torsion des reins qui lui arracha cependant une grimace. Alors il la recommença et, cette fois, la flexion fut plus souple.

— Allons, jeta-t-il d'un ton presque hilare. Je n'ai guère de chance actuellement. Mais, celui qui m'en veut avec autant d'acharnement ne m'aura point si facilement.

Dans les ateliers de Mériptah, chacun savait que la hargne violente dont faisait l'objet le Grand Intendant des Charreries Royales n'était pas encore éteinte. Ils la connaissaient d'autant mieux qu'ils avaient gravé eux-mêmes, sur des scarabées de turquoise, les sanctions à venir pour ceux qui seraient mis en cause.

Il n'y avait que peu de chemin pour atteindre la maison et les ateliers de l'orfèvre et Maât s'affaira à disposer son client, aussi confortablement que possible, sur des coussins moelleux, allant même jusqu'à réclamer sa jeune servante qui effectuait si bien les massages.

— Repose-toi quelque temps. Kanitef, ma servante, va te masser le corps avec un baume qui te remettra sur pied.

— Je te remercie, Maât, fille de Mériptah. Je te remercie pour tes bontés et ton secours et je saurai m'en souvenir.

Il tourna un peu lourdement le buste et observa quelques secondes la grâce de sa compagne.

— Ne pars pas. Nous pouvons discuter dès à présent. Je me sens déjà mieux. Après le massage de ta servante, j'irai tout à fait bien.

— Comme tu veux, acquiesça Maât.

Elle frappa dans ses mains et Kanitef pénétra dans la pièce. Elle tenait une aiguière d'argent dans laquelle une eau fraîche et parfumée permettrait de désaltérer le voyageur que la poussière du chemin avait recouvert.

Kanitef ôta les sandales et le haut de la tunique d'Ay. Puis, d'un geste lent et calculé dont elle connaissait depuis longtemps tous les bienfaits, elle lui passa un linge doux et humide, puis un baume apaisant sur son torse étonnamment puissant, ses bras non moins vigoureux, ses épaules rondes et musclées et ses pieds aux orteils largement écartés.

— Pourquoi voyages-tu seul alors que chacun connaît les menaces qui t'entourent?

— Peut-être suis-je trop présomptueux.

— Sans doute. Ton épouse ne s'inquiète-t-elle donc pas?

— Si. Terriblement. Aussi vais-je lui cacher cet incident.

— Incident!

Elle le regarda avec un sourire étonné.

— Accident, si tu préfères, corrigea le Grand Intendant. Allons, pour faire plaisir à mon épouse et pour te satisfaire, désormais, je serai plus prudent. Cela te convient-il?

Elle resta pensive quelque temps, leva la main et le sourcil en signe de doute, puis jeta un souffle qui pouvait s'apparenter à un soupir d'impuissance.

— Sais-tu que cette aventure qui aurait pu être tragique ne sera pas sans retombées? déclara-t-elle d'un ton neutre. Mes ouvriers parleront et ceux qui ont cherché à te nuire apprendront exactement comment les choses se sont passées.

— Crains-tu d'être mise en cause?

— Nullement.

— Alors, parlons plutôt de notre commande.

De la main, il fit signe à Kanitef que tout allait bien et, jetant un coup d'œil à sa maîtresse, celle-ci s'assura qu'elle pouvait disparaître.

— Le placage de ta porte est terminé, dit Maât en venant s'installer auprès d'Ay. Le nouveau temple que tu élèves à Héliopolis sera digne des offrandes et des prières qu'il recevra.

— Justement, je veux apporter une modification.

Maât parut étonnée. Son front se barra d'un léger pli et ses sourcils se haussèrent.

— Une modification! Attends tout d'abord que je te montre la réalisation finale!

De nouveau, elle frappa dans ses mains.

— Kanitef, ordonna-t-elle, demande au maître d'œuvre d'apporter le placage. Dis-lui que le Grand Intendant veut le voir dans son ensemble.

Ay regarda l'homme qui, tout à l'heure, l'avait aidé à monter dans la litière. Il le vit se prosterner devant lui en un salut profond, buste plié en deux. D'un ton serein, il lui intima l'ordre de se relever.

— Merci à toi, Grand Maître d'œuvre. Ton aide efficace m'a permis de me remettre plus vite.

Il ne put en dire davantage, car deux hommes pénétraient dans la pièce. Ils tenaient un énorme devanteau de porte plaqué d'or et d'électrum. Martelé sur les bords, ciselé en bas-relief, le centre comportait un dessin qui représentait l'œil de Ptah. La prunelle de l'œil était un immense lapis-lazuli et les bords étaient sertis d'onyx vert et de turquoises.

Ay ne put qu'admirer l'ensemble. Comment aurait-on pu ne pas être satisfait de cette merveille? Tout le haut du devanteau était plaqué d'électrum.

— C'est un pur chef-d'œuvre!

— Alors, si ce travail te convient, que veux-tu d'autre? fit Maât d'un ton léger.

Ay se leva, non sans grimacer, car son dos restait encore meurtri. Il vint se placer devant le devanteau. Son doigt effleura la pierre de l'œil puis sa main descendit sous la paupière supérieure finement dessinée.

— C'est là qu'il faut placer le disque solaire.

— Le disque solaire? ne put s'empêcher de s'exclamer le maître d'œuvre.

— Héliopolis est le temple de ma mère, expliqua Ay d'un ton grave. A Karnak, là où sa momie fantomatique a été déposée, puisque nous n'avons pas retrouvé son corps, le disque solaire qu'elle et mon père adoraient ne figure pas et ne figurera jamais.

Le maître d'œuvre semblait gêné.

— Que vont penser les prêtres d'Amon? suggéra-t-il d'une voix feutrée.

— Il s'agit d'Héliopolis, pas de Karnak. Les villes du Nord ne sont pas opposées aux dieux qui ne sont pas les leurs.

*
**

Depuis qu'Ipény était partie se reposer chez sa mère, emmenant avec elle Sourrara, sa fille, dont la naissance datait de quelques semaines à peine, Neby retournait dans sa tête le moyen de s'évader. Mais comment quitter cette grande maison qu'entourait une enceinte de pierres pratiquement infranchissable sans attirer l'attention du personnel et de quelques prêtres serviteurs qui traînaient toujours çà et là dans les parages ?

Pendant deux nuits entières, celles qui avaient précédé le départ d'Ipény, elle avait récapitulé, dans l'ordre qu'elle devait suivre, les opérations qu'elle aurait à effectuer dans le plus grand secret possible car seule Niny, l'une des naines du temple qui travaillait aux cuisines, l'encourageait dans sa fuite.

Niny ! La seule qui, de son œil perçant, avait su détecter le comportement étrange de la fillette. Elle avait vu Neby se laver dans le bassin destiné aux servantes, pourtant l'adolescente prenait la précaution de n'y aller que la nuit lorsque personne ne s'y rendait.

Quand, dans l'obscurité, Niny avait braqué la torche sur le corps de la fillette, celle-ci avait aussitôt posé les mains sur son sexe. Mais trop tard ! Niny savait que Neby ne dissimulait aucun pénis atrophié, sous son pagne de garçon. Le sexe mâle qu'elle revendiquait avec tant d'obstination lui faisait défaut.

Niny en était restée abasourdie d'admiration devant une détermination si farouche. Ce qui l'avait fortement incitée à l'aider dans son désir de fuite.

Elles avaient alors tout comploté, tout calculé dans le silence le plus complet. Tout d'abord, Neby devait enfermer dans une toile de lin, resserrée et attachée aux quatre coins, les victuailles qui lui permettraient de vivre quelques jours. Des aliments séchés qu'elle pouvait garder plus longtemps. Niny lui avait préparé du poisson, des fèves, des figues et des galettes.

Puis, Neby irait trouver la déesse Hathor qu'elle connaissait si bien à présent qu'elle allait lui parler chaque jour, la suppliant chaque fois qu'Ipény la menaçait de son cobra royal. Exauçant les prières de Neby, la belle déesse réussissait toujours à écarter le reptile de ses pieds qui tremblaient de peur et, avant même qu'Ipény ne sifflât l'ordre à son cobra d'aller se coucher dans son panier, le serpent s'éloignait.

Alors, Neby entendait tomber des lèvres ironiques de sa cruelle maîtresse l'éternelle menace : « Tu as de la chance aujourd'hui, Neby, mon cobra n'est pas agressif, mais demain, il sera peut-être de très mauvaise humeur. »

Oui ! Il fallait reconnaître que, dans son infortune, la déesse Hathor l'aidait. L'enfant avait pris l'habitude de la regarder, l'observer, lui parler, l'implorer même de ne pas la laisser pourrir dans cet odieux endroit où, sans arrêt, elle était menacée de bastonnade ou d'une violente mort engendrée par le venin de l'affreux reptile.

La veille, Neby était allée voir Hathor. Elles avaient fait un pacte. En saisissant les bracelets d'argent qui entouraient les bras de la déesse, l'enfant avait murmuré d'incroyables paroles. Certes des mots que n'avait jamais entendus la déesse, trop accoutumée à ce qu'on lui apportât des offrandes et non à ce qu'on lui en prît, à l'exception des aliments déposés à ses pieds et dont Neby connaissait à présent le sort.

La fillette lui avait donc murmuré à l'oreille : « Dès que je serai grande, je te les rapporterai et, si je le peux, je les multiplierai par centaines. Oh ! Déesse Hathor, je t'en prie, ne fais pas de moi un vulgaire esclave. Riche ou pauvre, je veux être un scribe. Si tu m'exauces, toute ma vie, je te comblerai de prières. »

Fixant le front de la déesse, elle avait longuement observé la pierre de lapis-lazuli qui brillait entre ses deux cornes, juste au-dessous du disque solaire. Elle avait approché sa main et l'avait caressée d'un geste doux. Puis, voyant que la déesse lui souriait, elle avait gratté de son ongle le contour où la pierre était sertie. Légère, éblouissante, mystérieuse et consentante, elle était tombée silencieusement dans le creux de sa main.

Incrédule, Neby avait regardé la déesse puis, se haussant sur la pointe des pieds et approchant son visage du sien, elle lui avait soufflé les derniers mots qui clôturaient cet étrange entretien. « Plus tard, je t'en offrirai une autre qui sera verte comme tes yeux. »

Enfin, avant de s'enfuir, Neby avait volé une dernière chose. Mais comment faire sans elle ? C'était la tablette et les calames d'Antef. Un petit scribe prétentieux et sans envergure qui travaillait pour Ipény et qui, à longueur de journée, se moquait de l'enfant. Neby connaissait peut-être moins bien que lui le sens des hiéroglyphes religieux, mais elle écrivait en hiératique tellement plus vite et tellement mieux !

Oui, Neby se sentait riche de connaissances dans son art d'écrire. Son père lui avait tant appris, tant dit et répété qu'un scribe public devait travailler vite et bien ! Dommage qu'aucun prêtre du temple ne se soit donné la peine de vérifier son savoir. Dommage aussi que cette terrible Ipény ne l'employât que pour la servir et lui apporter sans cesse ce dont elle n'avait même pas besoin.

Le matin de son départ, Niny la naine avait dérobé la clef de la petite porte qui fermait l'enceinte des jardins et celle du potager par laquelle n'entraient que les jardiniers.

La nuit s'étendait sur les sillons fraîchement retournés qui, dans quelques jours, devaient recevoir les graines prometteuses de la récolte suivante. Une lune pâle attendait que les premiers rayons de Rê se montrassent pour disparaître silencieusement et, au travers des allées que Neby traversait à pas feutrés, soufflait cet air à mi-chemin du jour et de la nuit qui, dès l'aube, la verrait arriver aux portes de Thèbes.

— Pourquoi ne viens-tu pas avec moi ? s'enquit l'enfant qui, aux côtés de Niny, marchait de plus en plus vite afin d'éviter le réveil matinal du jardinier.

Niny baissa la tête.

— Les nains ne peuvent pas vivre s'ils ne sont pas protégés.

— Et qui te protège ?

— Ipény, son époux et tous les prêtres du temple. Ici, je suis en sécurité. Ipény me nourrit, c'est l'essentiel.

— Mais tu n'éprouves qu'antipathie pour elle et tu n'aimes personne ici, car tu es leur esclave. Niny, ne dis pas le contraire !

La naine s'arrêta. Les petites jambes sur lesquelles elle s'appuyait se fatiguaient quand elle marchait trop vite. Et, sa respiration se faisait courte. Hélas, elle ne pourrait aller bien loin. Elle sourit à Neby.

— Oui, mais moi je n'ai pas peur des cobras, ni des vipères ni des serpents d'aucune sorte. Je les préfère même aux dieux qui m'ont ignorée en me faisant si laide.

— Niny, tu n'es pas laide, protesta Neby en prenant sa main et en l'embrassant fougueusement.

— As-tu vu mes yeux ?

— Ils sont trop grands, mais la couleur de tes prunelles est aussi jolie que les flots du Nil quand il est doux et paisible.

Niny tourna la tête. Jamais encore on ne lui avait fait un tel compliment. Elle sentit cette même prunelle s'humidifier d'une larme.

— Peut-être, fit-elle, mais as-tu vu ma bouche ?

— Niny ! Tes lèvres sont plus belles que la peau d'une grenade.

— Et mes jambes et mes bras !

Neby hocha la tête.

— Ils sont un peu petits, mais tu sais t'en servir.

Dans la nuit, Niny se mit à rire. Un petit hoquet pathétique qu'elle fit suivre d'un long soupir mélancolique.

— C'est vrai, j'aurais voulu t'accompagner, mais tu n'es qu'une fillette sans autorité. On nous séparerait avant même d'atteindre la ville prochaine. Toi, tu irais en prison pour le vol que tu viens de faire et conduite, ensuite, dans une mine d'où tu ne sortirais plus. Moi, si je nie le vol, je serais aussitôt ramenée au temple et enfermée dans je ne sais quelle tombe d'où je ne verrais plus jamais la lumière.

— Mais, si nous nous cachons ?

— Comment veux-tu travailler si tu te caches ?

La fillette soupira.

— Tu as raison. Je veux effectuer le métier que mon père m'a enseigné. Je ne veux rien faire d'autre.

Elle se pencha vers la naine et l'embrassa sur la joue.

— Niny, je n'oublierai jamais ton amitié et ton aide. Un jour, je te retrouverai et je te revaudrai tout ça.

— Allons, jeta Niny qui reprenait soudain de l'autorité, si nous nous retardons par des apitoiements sans fin, nous allons bientôt rencontrer le jardinier qui nous fera jeter en prison.

Elle tourna la tête et jeta craintivement un regard vers le chemin qu'elles venaient d'emprunter.

— Désormais, ne pense plus qu'à survivre. Et n'oublie pas ce que je t'ai dit. Utilise les anneaux d'argent de la déesse pour te nourrir uniquement. Garde ceux qui sont en or pour de plus grands besoins. Quant à la pierre bleue, conserve-la le plus longtemps possible, elle te servira surtout en cas d'extrême limite. Peut-être pour te sauver d'un mauvais pas ou d'une vilaine situation. Adieu, Neby. Cache le plus longtemps possible ton état de fille, il ne pourrait que t'apporter des ennuis. Et surtout, ne crois pas dans les dieux, mais en toi.

***

Ahotep prit la main de sa petite-fille et l'emmena dans le jardin fraîchement arrosé où Kherouef, penché sur un buisson de gentiane, taillait les branches les plus hautes.

Une odeur douceâtre se dégageait du grand jardin où les rangées de plantes médicinales poussaient dans un ordre méthodique établi selon les besoins d'Ahotep.

— Tu vois, Bastet, dit-elle à la fillette qui respirait à grands coups cette odeur mi-fade mi-entêtante, ici pousse la mandragore. Kherouef a planté de nouveaux pieds. Nous en verrons les premières feuilles à la saison prochaine du Périt.

— Qu'est-ce que c'est la mandragore?

Encore agile et souple pour son âge, Ahotep se baissa et prit dans ses doigts l'extrémité d'une racine qui émergeait du sol.

— C'est une plante que l'on traite pour devenir un anesthésique.

— Qu'est-ce que c'est un anesthésique, grand-mère?

Ahotep sourit à sa petite-fille. Elle se plaisait toujours à répondre aux multiples questions de l'enfant. Elles étaient si sensées et si innocentes à la fois!

— C'est un produit qui endort la douleur.

L'enfant hocha la tête pour montrer qu'elle comprenait et se mit à courir en direction de Kherouef qui, à présent, greffait une plante au moyen d'un petit couteau à manche de bois.

Depuis que Kherouef avait remplacé le vieux jardinier mort la saison dernière, le grand carré de plantes médicinales, qu'Ahotep avait créé le jour où son père, médecin de Thèbes, était allé rejoindre le royaume de l'au-delà, avait pris de l'envergure.

Une sorte de défi en l'honneur de son père qu'Ahotep avait pris ce jour-là. Mais, les dieux n'avaient pas exaucé ses souhaits. Ahotep aurait tant voulu qu'un fils prît la succession de son père ! Mais Ramose, son seul enfant, n'avait eu de goût que pour la politique de Pharaon, son maître. A présent qu'il était le Grand Vizir d'Aménophis, ses idées étaient bien loin des plantes médicinales que lui faisait respirer sa mère au temps de son enfance.

Et puis, voilà que la mère de Bastet était morte en couches et que la fillette lui avait été confiée pour de longues années. Autre fait étrange, l'enfant semblait s'intéresser à tout ce qui concernait le corps, la maladie, la médecine et les plantes guérisseuses qui s'y rattachaient. Comment Ahotep aurait-elle pu se plaindre d'une telle aubaine ?

Oui, depuis que le vieux jardinier était mort, le jardin de simples reprenait de la vigueur. Kherouef était jeune, grand, fort, apportait un tas d'idées nouvelles et travaillait avec passion dès l'aube jusqu'aux derniers rayons solaires. Ahotep le regardait besogner, une lueur satisfaite dans l'œil. Bientôt, s'il poursuivait cet excès de zèle, il faudrait repousser les limites du jardin, ce qui n'affolait nullement Ahotep. Bien au contraire, elle commençait déjà à entrevoir le nouveau bornage et prévoyait de faire venir les arpenteurs.

— Est-ce du mélilot ? fit Bastet qui venait de rejoindre le jardinier.

Celui-ci redressa le buste et regarda la fillette.

— C'est une variété nouvelle, plus solide et, surtout, qui réclame moins d'eau que la belladone, répondit-il en se courbant de nouveau sur la greffe délicate qu'il était en train d'effectuer.

— A quoi cela sert-il ? fit Bastet en reniflant une fleur de gentiane.

— A guérir le mal des oreilles.

— Et ça ? fit l'enfant en désignant du doigt les rangées d'une plante qui poussait bas et dru et dont on distinguait les grosses racines noueuses qui émergeaient du sol.

Kherouef saisit la main de la fillette.

— Il ne faut pas toucher ces feuilles-là, elles sont dangereuses, jeta-t-il en relâchant la main de l'enfant.

— Pourquoi ?

Ahotep s'approcha de Bastet et lui saisit le menton. L'enfant était grande malgré son âge encore peu avancé. De grands yeux bruns et dorés animaient un visage doux et serein. Et ce front haut, lisse et blanc, qui enfermait une si vive intelligence !

Ahotep sourit et caressa les cheveux de la fillette. Ils étaient plus clairs que ceux des autres petites Egyptiennes. Ils avaient des reflets chatoyants qui ressemblaient à la couleur des galettes de blé grillé.

— Pourquoi cette plante est-elle dangereuse ? s'enquit-elle à nouveau.

— La racine de bryone est un poison, ma chérie. Elle n'est bénéfique qu'une fois mêlée à une autre feuille, celle de l'acacia.

— Sans l'acacia, elle tue les gens ?

— Oui, elle peut tuer, sauf si elle est utilisée en dose extrêmement infime.

Sérieuse, Bastet réfléchit quelques instants et hocha la tête. Puis, elle courut vers un massif qui offrait de belles couleurs oscillant entre le vert et le jaune. La fillette savait que, dans le jardin de sa grand-mère, elle ne devait toucher les plantes que si elle en connaissait le nom et la teneur. C'est pourquoi, tout à l'heure, elle avait cueilli une feuille de gentiane qu'elle savait inoffensive.

Elle désigna le massif de plantes à feuilles fines et dentelées.

— Et celles-là ?

— C'est de la ciguë. Cela soigne les fièvres.

— En a-t-on donné à ma maman lorsqu'elle est morte en me mettant au monde ?

— Sans doute, ma chérie, fit Ahotep en regardant la petite fille d'un air étonné.

— Alors, pourquoi n'a-t-elle pas guéri ?

— Hélas, Bastet, tu as encore beaucoup à apprendre. Toutes ces plantes ne guérissent pas systématiquement. Lorsqu'elles peuvent soulager la souffrance, c'est déjà une inestimable valeur.

*
**

Depuis que Tiyi avait mis au monde un fils que l'on avait nommé Thoutmosis, depuis que cette naissance avait apaisé les craintes du pharaon et celles de la cour entière, elle rêvait, à présent, d'une fille qui lui ressemblât, d'une fille saine, forte et solide qui ressentît la joie de posséder une mère capable de la suivre et de la comprendre. Et, puisque déjà une vie nouvelle s'annonçait dans son ventre, elle pouvait bien remuer en elle tous les espoirs.

Sa litière portée par deux grands gaillards aux bras et aux cuisses musclés avait quitté Médineh-Habou depuis que le soleil s'était levé. Moutmouia, sa belle-mère qui entretenait de bons rapports avec elle, lui avait souhaité une agréable journée.

Tiyi se sentait fort disposée, ce jour-là, à profiter de tous les bienfaits de la campagne. Le soleil n'était pas encore levé au zénith et dans le ciel, pas un seul souffle d'air ne venait perturber les passereaux qui volaient assez bas, ni distraire les grasses oies sauvages qui, tranquillement, se dandinaient dans les bosquets de papyrus bordant le fleuve que la décrue avait fortement retiré de son lit habituel.

— Passons par les champs, dit-elle à sa garde qui suivait la litière. J'aime à regarder les paysans au travail et j'aime récompenser ceux qui me servent fidèlement.

La garde que Tiyi avait pris, ce matin-là, était composée de quatre soldats casqués, emplumés et le buste enfermé dans une armure en cuir d'hippopotame, moins chaude et moins lourde que celle en métal dont ils se revêtaient sur les champs de bataille.

Pendant quelque temps, la litière suivit tranquillement la route, mais quand elle quitta le droit chemin pour pénétrer dans les champs, elle cahota au moindre caillou qui venait en perturber l'allure. Même les mottes de terre gênaient le pas des porteurs qui, pourtant, tentaient d'atténuer les secousses en tenant haut la litière afin que les soubresauts vinssent le moins possible contrarier l'équilibre de la reine.

Mais, Tiyi s'avérait d'excellente humeur et rien ne venait entraver sa joie. Soudain, une troupe d'ânes vint barrer le passage. Ils se dirigeaient vers le fleuve, oreilles basses mais naseaux en alerte, poussant des braiments sonores chaque fois que le bâton de l'ânier, qui ne tolérait aucun arrêt inutile, s'abattait sur leurs dos. Le convoi de la reine fut obligé de ralentir son allure et, voyant que les ânes n'avançaient pas plus vite malgré les ordres qu'ils lançaient à l'ânier, les gardes de Tiyi s'énervèrent. Cris et braiments se mêlaient dans une cacophonie indescriptible, mais rien n'entamait la joyeuse humeur de la Grande Épouse qui observait en souriant cette scène dont, à vrai dire, elle se repaissait.

Les gardes se mirent à hurler de dégager la voie mais l'ânier, aussi têtu que ses mules, n'en faisait rien.

— Ahout, fit Tiyi à sa servante qui, assise à ses côtés, regardait aussi ce bruyant spectacle, va dire aux gardes que cet incident ne m'ennuie nullement et qu'ils arrêtent de s'exciter ainsi après ces pauvres bêtes. Ce sont eux qui me gênent et non ces ânes qui ne demandent qu'à aller se rafraîchir dans le fleuve.

L'œil amusé de la servante devint tout à coup embarrassé. Certes, elle ne savait comment obtenir l'autorité nécessaire pour se faire obéir de ces quatre grands gaillards qui l'avaient regardée tout à l'heure avec trop de hardiesse.

Voyant qu'elle hésitait, la reine tapota affectueusement la main de sa servante et cria elle-même :

— Gardes !

Deux hommes s'approchèrent aussitôt et saluèrent Tiyi.

— Nous avons tout notre temps, fit la reine. Laissons ces bêtes passer, elles veulent boire et le fleuve est déjà bien retiré.

Elle jeta un coup d'œil sur le pagne qui entourait les reins des deux hommes et fit glisser son regard sur la ceinture dont la boucle d'acier retenait une petite gourde en peau de chèvre.

— Ne buvez-vous pas lorsque la chaleur vous assèche la gorge ? Ces pauvres ânes, eux, n'ont que le Nil pour se désaltérer et faut-il encore que ce brave muletier, qui ne fait que son travail, les y conduise.

Elle leur glissa un sourire bienveillant.

— Alors, attendons.

Comme pour lui donner raison, la tête d'une ânesse passa au-dessus de sa litière. Elle secouait d'un air soumis ses oreilles grises. Tiyi caressa son poil un peu rêche, puis baissa les yeux et aperçut l'ânon qui cherchait à jouer avec l'une des mamelles de sa mère.

Sans doute énervée par les cris de l'ânier et ceux proférés par les gardes tout à l'heure, la pauvre ânesse rua énergiquement. Il faut dire qu'elle transportait un chargement aussi lourd que les autres. Les bottes de papyrus accumulées sur son dos ne favorisaient guère l'allaitement de son petit.

Tiyi descendit de sa litière et se mit en devoir d'appeler le muletier qui commençait sa descente vers le fleuve. Celui-ci ayant compris qu'il s'agissait de quelque haut personnage de la cour vint à sa rencontre et attendit, planté droit devant la reine, son bâton enfoncé dans le sol.

— Cette ânesse, protesta Tiyi, devrait allaiter son petit plutôt que de transporter ce fardeau.

— C'est que, sauf votre respect, noble dame, il faut bien qu'elle besogne aussi, se rebiffa aussitôt le muletier.

Mais, dans son visage futé s'allumait déjà une lueur maligne qui commençait à calculer le bénéfice de cette contestation.

— Pas de favoritisme, jeta-t-il en levant son bâton, toutes mes bêtes travaillent.

— Veux-tu me la vendre, elle et son ânon ?

Ses yeux s'allumèrent et brillèrent telles deux torches minuscules.

— Combien ?

— Je t'en offre un prix que tu n'obtiendras nulle part ailleurs.

Tiyi avança la main vers sa servante.

— Ahout, donne-moi trois bracelets d'or.

La servante parut étonnée, mais ne répliqua rien et posa les trois cercles fins dans la main de sa maîtresse.

— Cela te suffit-il ? dit-elle en les tendant au muletier. Cela fait trois débens d'or.

Prudemment, il les prit, les retourna, les soupesa devant ses yeux incrédules, les éleva en plein ciel pour les voir miroiter sous les rayons de l'ardent soleil et, enfin, les porta à sa bouche pour les mordre.

Mais avec quoi aurait-il pu se rendre compte que le métal était dur ? Car sa bouche édentée ne lui permettait que d'en mouiller la surface ! Néanmoins, ce geste sembla le contenter et il remercia d'un large sourire qui dévoilait le trou béant de sa bouche noire.

— L'ânesse et le petit sont à toi, noble dame. Je souhaite que le lait de la mère te fasse bien du profit.

— Tu as raison, fit Tiyi en riant, nous en donnerons à mon fils. Cela vaut bien tout l'or de l'Égypte.

Quand la route fut dégagée, l'ânesse déchargée de son fardeau et le petit enfin repu du lait de sa mère, Tiyi remonta allègrement dans sa litière.

Mais, de nouveau, le convoi dut ralentir, car un troupeau de bœufs, pour passer le gué, se mit en travers de la route, obstruant tout passage.

— Allons ! s'exclama joyeusement Tiyi en se tournant vers Ahout. Ne crains rien et garde les autres bracelets que je t'ai donnés. Je ne vais pas acheter un bœuf !

Elles se mirent à rire et regardèrent les bêtes qui se suivaient docilement les unes derrière les autres. Leurs cornes pointaient en vrille et leur forte musculature se mouvait tranquillement de droite à gauche. Apparemment, elles devaient avoir l'habitude de suivre ce chemin, car elles traversèrent le fleuve en son endroit le plus bas, sans difficultés et sans que le bouvier eût à les injurier.

Tiyi affectionnait ce genre de promenades à travers ses champs de culture ou ses plantations de papyrus le long du fleuve. Elle observait les paysans, les félicitait, les encourageait et, au besoin, les aidait quand un obstacle surgissait.

Quand sa garde d'honneur fut sur les bords du Nil, Pérouhé, le capitaine du vaisseau de la Batellerie Royale ordonna qu'on avançât la barque de la reine. C'était une spacieuse embarcation, à la proue relevée comme la queue agressive d'un scorpion et dont l'extrémité se terminait par une tête de faucon.

Au centre, s'étendait un grand dais bleu et or retenu par quatre colonnes en bois d'acacia et sous lequel étaient disposés des tapis et des coussins pour s'étendre et des palmes pour s'éventer.

Sur le Nil, le trafic était intense. On voyait de petits bateaux sans voile en fibre de papyrus, à faible tirant d'eau, légers, faciles à manœuvrer, qu'on faisait avancer au moyen de gaffes terminées en fourche qui s'enfonçaient là où le sol était bourbeux. On croisait aussi des barques de transport qui entassaient des chargements d'huile, de vin, de bière, de blé, destinés à la consommation locale. Enfin, le fleuve était sillonné par des navires plus importants dont le but était d'importer ou d'exporter les marchandises.

Malgatta était sur l'autre rive du Nil, juste en face de la ville de Thèbes. Tiyi regarda quelques instants les murs de son palais que l'on voyait émerger des collines. Les terrasses commençaient à se dessiner. Les jardiniers traçaient les massifs de verdure, le lac était creusé et attendait que l'on y crée cette vie confortable et somptueuse que prennent tous les ports de plaisance lorsqu'ils sont bien fréquentés.

Les colonnes, les piliers, les temples étaient presque tous élevés, mais il manquait encore la verdure des buissons, des massifs, des arbres et des fleurs. Rien n'était encore planté pour ne pas détériorer les fragiles pousses avec le transport permanent des blocs de pierre, des glissières huilées, des échafaudages et des multiples passages d'ouvriers, de contremaîtres et d'apprentis qui travaillaient sur le chantier.

Quand Tiyi posa le pied sur l'autre versant du fleuve, elle ne put s'empêcher d'observer la vieille ville de Thèbes qui s'étendait, majestueuse et lascive, sur la rive opposée. Ses toits regroupés en terrasses, ses murs d'ombres et de lumière, ses palmeraies, ses temples, ses mille portes qui s'ouvraient sur une vie agitée et prospère. Elle ne quittait pas Thèbes sans regret. Elle en aimait trop les souvenirs, les exploits et les bonheurs passés.

Certes, à Malgatta, tout serait différent. Elle pourrait y mener la politique de son choix. A Thèbes, chacun savait qui elle abritait, qui elle invitait, qui elle évinçait. A Malgatta, les ambassadeurs étrangers communiqueraient avec elle sans l'ombre d'une gêne, discuteraient, proposeraient, avanceraient leurs idées sans qu'un membre de la cour malveillant vînt opposer un propos contraire.

Les commerçants des pays voisins, Crétois, Libyens, Babyloniens, Judéens, Cananéens passeraient par Malgatta pour échanger ou vendre leurs produits au prix que Tiyi fixerait sans que le temple de Karnak pût avoir un droit de regard et, surtout, sans que les prêtres d'Amon prissent au passage le bénéfice qu'ils s'octroyaient.

Oui, Malgatta prenait de l'allure. Ses murs s'élevaient, ses dimensions se formaient, sa vie se dessinait.

*
**

Sekmet regardait sa mère peser l'or. Elle étudiait chacun de ses gestes, chacun de ses regards et, si elle prenait le temps d'une pose, elle devançait et amorçait elle-même le mouvement qui allait suivre, saisissant les sachets de poudre, les anneaux, les lingots, les feuilles, ou équilibrant les plateaux avec les poids de bronze à têtes d'animaux.

L'or n'était pas toujours fondu lorsqu'il entrait aux ateliers de Mériptah. Sa fille Maât en surveillait chaque arrivage et le pesait avec une extrême précision. Parfois, il venait directement des mines sous forme de poudre qu'il fallait laver sur des dalles inclinées jusqu'à ce que l'eau emportât la moindre des particules qui eût rendu l'or impur.

Ce travail était effectué par les femmes tout comme celui qui consistait à réduire en poussière les morceaux de quartz qui arrivaient broyés de la taille d'une lentille et que, une fois réduits en poudre, on mettait dans de petits sacs qu'il fallait scrupuleusement peser et inscrire.

C'est ainsi que Maât dirigeait plusieurs ateliers de femmes dont le travail, s'il n'était pas pénible physiquement, présentait l'inconvénient d'être désagréable pour la respiration. La poussière d'or et celle des pierres précieuses était si fine qu'elle entrait par tous les pores de la peau.

Cependant, Maât était aussi juste que l'avait été son

père. Les femmes devaient effectuer leur besogne et, en contrepartie, elles étaient bien rétribuées. Tout comme Mériptah, Maât ne supportait aucune défaillance, infidélité ou perte de temps. Par contre, elle attribuait aux ouvrières plusieurs poses dans la journée leur permettant de se détendre, de boire ou de se nourrir selon les besoins qu'elles ressentaient et sans que des frais leur fussent imputés. Chaque matin, des paniers de galettes, des fromages caillés, des fruits et des jarres d'eau fraîche circulaient dans les ateliers. Chacune prenait sa part, consciente que nombre d'ateliers n'offraient pas un tel confort dans l'accomplissement des tâches quotidiennes.

Sekmet passa à sa mère un petit sac qui contenait une poignée d'anneaux. L'or que l'on coulait ainsi en forme de cercle avait une épaisseur variable, mais gardait toujours un diamètre identique. Chaque sac devait être pesé et répertorié dans un livre spécial tenu par un scribe de confiance.

Depuis que Maât était jeune, son père lui avait appris à tenir ce rôle. Il fallait tout d'abord savoir lire, écrire, compter et, qualité plus essentielle encore, lorsqu'on était joaillier, savoir estimer l'importance et la qualité des pierres et des ors.

A son tour, puisque l'orfèvrerie plaisait à Sekmet, c'était à Maât de lui apprendre le travail.

— Va me chercher le livre, Sekmet. Et ne te trompe pas. Ne prends pas celui de la pesée des quartz.

— Pourquoi me dis-tu cela maman? Je ne me trompe jamais.

Elle se leva promptement. Fillette encore — elle n'avait que huit ans — Sekmet était grande, longue et mince. D'esprit vif, elle comptait plus rapidement encore que ses compagnons qui suivaient l'école de Thèbes avec elle.

Sekmet avait le tempérament bien trempé de son grand-père. De sa mère, elle semblait tenir une logique et un sens des affaires qui, dans les temps à venir, allait certes être amenés à se développer.

Pour ne pas gâter ces augures plutôt prometteurs, Sekmet était une jolie fillette. Son visage grave ne riait que rarement, ses yeux verts allongés et ses cheveux étrangement colorés de fauve faisaient singulièrement ressortir un teint aussi blanc que le lait caillé des grandes jarres alignées dans la cour des cuisines. A croire que l'enfant n'était pas égyptienne. Et, pourtant, Sekmet ne descendait pas de la branche issue de ce prince asiatique qu'avait épousé autrefois Thouya, la fille de Rekmirê, le Grand Conseiller de Thoutmosis III.

L'enfant courut chercher le livre de la pesée d'or et le rapporta à sa mère.

— Maman, dit-elle en revenant, je ne risquais pas de prendre le livre des quartz, il n'est pas là.

— Alors, c'est ton grand-père qui l'aura pris pour vérifier les sorties des jaspes et des cornalines afin de les comparer à celles des turquoises. Nous en avons beaucoup utilisé dernièrement.

— A cause de tout ce que t'a réclamé la reine Tiyi ?

— Oui. Les scarabées qu'elle m'a commandés pour annoncer la construction de son palais de Malgatta en est la principale raison.

— Mais cela nous fait beaucoup d'argent, maman.

Maât hocha la tête et sourit à sa fille :

— Si la reine Tiyi t'avait commandé ces turquoises pour une occasion plus banale, reprit Sekmet, tu en aurais sans doute utilisé de moins belles dont le coût aurait été, lui aussi, moins élevé.

Maât regarda sa fille. Elle lui ressemblait peu sur ce point. Sekmet avait ce tempérament matérialiste où tout devait être ramené au profit de l'argent. Elle tenait ce côté intéressé, calculateur qui la faisait déjà évaluer, supputer, estimer, si ce n'était déjà spéculer, de Mériptah. Une inclination à ne s'accrocher qu'aux biens matériels, à la valeur de la terre, comme lui enseignait son grand-père, alors que sa mère ne cessait de lui parler des bienfaits d'une vie spirituelle où l'âme et le sentiment dominent.

En regardant Sekmet feuilleter le livre de la pesée d'or, Maât eut une pensée pour Seita, sa cadette, qui était tout à l'opposé. Délicate, sensible, fragile, n'aimant que le rêve, la musique et le chant.

Seita avait le caractère de Bek, son père. Elle se passionnait pour les arts et la culture. Peu lui importait ce que rapportait une poignée d'or ou de turquoises. L'esprit embué de musique, et sa main n'étant habile que pour les travaux de tissage dont elle dessinait elle-même les motifs, Seita ne s'intéressait guère aux travaux de sa mère.

Oui ! Maât avait là deux filles bien différentes.

— D'où vient cet or que tu pèses, maman ?

— C'est celui du désert de Coptos.

Sekmet s'approcha de sa mère et, posant les coudes sur le rebord de la table, elle soutint son menton entre ses mains disposées en coupelle.

— Vaut-il plus cher que celui de Nubie ?

A nouveau, la jeune femme sourit et hocha affirmativement la tête. Voilà bien une question qui ne la surprenait pas de la part de sa fille aînée.

— Tiens, fit-elle en soupesant le petit sac qu'elle tenait en main, regarde. A eux seuls, ces onze anneaux d'or nubien valent dix mille débens.

— Et si l'or de ces anneaux venait de Coptos ?

— Ils ne vaudraient que six mille débens.

— Est-ce que je peux l'écrire ?

Sa mère se mit à rire.

— Crois-tu que tu as besoin de l'inscrire pour t'en rappeler ?

— Tu as raison, fit gravement sa fille. D'ailleurs, je le savais déjà.

Puis, elle ouvrit le livre. Il était composé de feuilles de papyrus rassemblées et attachées en liasse. Les feuilles étaient plus longues que larges, ce qui laissait au scribe ou à la personne chargée de ce travail la possibilité d'écrire les chiffres de haut en bas et d'en indiquer le total tout en bas de la feuille.

Sekmet laissa filer une à une les feuilles noircies de comptes et s'arrêta au premier feuillet vierge. Puis, elle plongea son calame dans le petit godet d'encre noire et commença à écrire les chiffres que lui dictait sa mère.

***

De Thèbes à Coptos, grâce aux provisions qu'elle avait emportées, Neby avait réussi à s'alimenter chaque jour, peu sans doute, mais assez régulièrement pour garder suffisamment de forces afin de marcher le temps qu'elle s'imposait.

Le soir, l'enfant s'arrêtait sur le bord du Nil, comme le faisait son père. Elle dénouait lentement les quatre coins de son linge et choisissait ce qu'elle allait manger comme si, devant elle, elle disposait d'un éventail d'aliments aussi divers que ceux des marchands. Mais combien de temps peuvent durer quelques poignées de fèves ou de figues séchées après de longues marches épuisantes pour se rendre d'une ville à une autre ?

Dix jours après son départ, arrivée aux portes de Coptos, Neby n'avait plus rien à manger. Alors, commença une vie mouvementée où elle dut, en permanence, jouer au chat et à la souris avec la police de la ville. Car, si elle disposait de quelques anneaux d'argent pour vivre encore plusieurs semaines, les écouler contre de la nourriture n'était pas chose facile, à plus forte raison pour un enfant seul dont on se demandait pourquoi il avait en mains ces marques de richesse.

Bien entendu, les pauvres et les gens de basse condition troquaient entre eux les produits de leur médiocre récolte, si toutefois ils en avaient une, sinon ils échangeaient ce qu'ils pouvaient, des objets en fibres de papyrus qu'ils tressaient eux-mêmes, des ustensiles en vulgaire poterie faits de paille et de boue séchée qu'ils cuisaient eux-mêmes au soleil. Mais, jamais ils n'échangeaient de bracelets d'argent contre de la nourriture. Qui pouvait croire à ce que racontait Neby lorsqu'elle désirait les troquer contre du pain, des fruits et de la viande? Les marchands la regardaient avec tant d'insistance et tant de suspicion que, bien souvent, elle décampait avant même de prendre ce qu'elle pouvait payer.

Quand elle tombait sur des marchands qui voulaient bien l'écouter, tantôt elle racontait une histoire de neveu à la recherche d'un vieil oncle malade tantôt elle certifiait être un fils de notable auquel les parents donnaient sans compter cette monnaie d'échange ou jurait encore que le cercle d'argent était le fruit de son travail.

Un soir, un marchand qui vendait sur la place publique des morceaux de porc grillé enrobés de feuilles de papyrus avait voulu l'attraper avant même qu'elle présentât son bracelet pour payer.

Une autre fois, un homme qui offrait aux passants des gardons séchés, coupés en leur milieu et piqués d'un oignon à l'intérieur, avait tant attiré Neby qu'elle lui avait tendu de suite un anneau. Brutalement, l'homme l'avait saisie au collet et tenue avec hargne en la secouant violemment. Affolée, Neby s'était enfuie à toutes jambes, préférant perdre les précieux débens que représentait le cercle d'argent plutôt que de se voir emprisonnée par la police de Coptos.

Un autre jour, elle s'était stupidement fait duper par une femme sans scrupules qui lui faisait miroiter une panoplie d'aliments alléchants composée d'un poulet farci, d'un gros melon, d'une poignée de pois chiches grillés et de quelques oignons frais contre l'anneau qu'elle avait dû montrer. Un homme s'était aussitôt saisi du bijou et n'avait rien donné en échange. La femme, la prenant pour un garçon, ricanait en répétant qu'il devait s'estimer heureux qu'on laissât en liberté un petit brigand de son espèce.

Et, depuis le jour où elle avait manqué être fouillée par un policier de Coptos qui recherchait un pilleur de tombes échappé de Thèbes, elle n'avait plus osé porter sur elle les quelques bijoux qui lui restaient.

Alors, lui était venue l'idée de les cacher en un lieu sûr. Comme on était à la saison d'Akhit, la période la plus chaude en Égypte, Neby dormait chaque nuit dehors, appuyée contre un talus de pierres dissimulé derrière un gros sycomore, vieux et noueux, dans lequel elle cachait ses quelques anneaux d'argent et son lapis-lazuli.

Un soir, elle s'était fait agresser par une bande de garçons plus forts qu'elle et dont elle n'avait pas eu raison. Hélas, tout n'était qu'expérience pour Neby et, peu à peu, elle s'était rendu compte qu'elle avait intérêt à laisser les garçons s'en tirer avec la gloire du combat plutôt que tenter de les vaincre. Cette stratégie évitait, non seulement qu'on lui déchirât son pagne dans la lutte et qu'on vît qu'elle n'était qu'une fille sujette à des agressions de toutes natures, mais aussi qu'on lui prît son argent. En cachant son trésor, elle s'en tirait dix fois mieux.

Cette fois-là, fort heureusement, les jeunes malfaiteurs n'avaient trouvé ni les anneaux ni le lapis-lazuli dissimulés dans l'un des creux du tronc de l'abre qui lui servait d'abri.

Mais, si la vie se poursuivait pour Neby avec ses mauvais côtés, il s'en présentait aussi de moins désagréables. Car, il lui arrivait parfois de trouver un commerçant qui ne cherchait ni l'altercation ni les embarras et qui, contre un anneau d'argent, lui donnait de quoi manger pendant plusieurs jours. Certes, le marchand ne perdait guère au change et, sans pouvoir rien y faire, sinon déclencher un esclandre qui l'eût conduite aussitôt en prison, Neby se rendait compte du troc injuste dont elle faisait les frais.

C'est ainsi que Neby put tenir jusqu'à la saison du Chemou. La crue, cette année-là, ayant été forte, son lieu de repos quotidien fut inondé. Elle dut chercher un autre abri pour elle et une cachette nouvelle pour le mince trésor qui lui restait.

Elle les trouva à l'extérieur de Coptos, non loin des remparts formés par le mur d'enceinte de la ville et put cacher son bien dans le creux que formaient deux pierres mal jointes dissimulées par une racine qui ne laissait entrevoir qu'un maigre feuillage à moitié desséché.

Mais, les semaines passaient inexorablement et, à la saison du Périt, Neby n'avait plus que sa belle pierre bleue. Alors, elle se rendit compte qu'il lui fallait travailler. Ce n'était pas chose facile et sa bonne volonté ajoutée à son besoin de vivre s'avéraient insuffisants pour convaincre son public.

Neby avait à peine dix ans et, bien que son passage prolongé à Karnak, au temple d'Amon, l'eût quelque peu mûrie, bien que son périple, depuis sa fuite, l'eût fait grandir et pousser comme un papyrus suffisamment arrosé pour prendre de la force, sa silhouette et son visage d'enfant surprenaient lorsqu'elle demandait aux gens de la ville s'ils avaient besoin d'un document qu'ils ne pouvaient écrire eux-mêmes.

Ah ! Si Neby avait pu rester à Thèbes, là où tant d'enfants pauvres couraient les rues sans que personne n'y prît vraiment garde ! Ah ! Si elle avait pu proposer ses services dans la ville aux cent portes, là où tous les riches commerçants ne sachant pas lire étaient installés !

A Thèbes, on disait que le travail de scribe public était plus lucratif et plus régulier qu'ailleurs. Mais, Neby savait qu'Ipény et Ptahmose l'attendraient à chaque détour de ruelles ou chaque coin de port. Ils avaient dû la rechercher et, furieux d'avoir été bernés de la sorte par un enfant miséreux, leur colère devait s'en trouver plus grande. Peut-être même que cet odieux

Anen avait lancé quelques prêtres à ses trousses. A bien réfléchir, Neby était mieux à Coptos. Plus tard, quand elle aurait à nouveau quelques biens en poche, elle partirait pour Memphis.

Coptos n'étant qu'une cité peu prospère, Neby se promettait d'atteindre les villes du nord, tel que le souhaitait son père, Memphis, Héliopolis ou Bubastis, régions qui, dans le delta de l'Égypte, étaient assez florissantes pour vivre à l'aise. Certes, et Neby en était consciente, il s'agissait là de villes intellectuelles où l'on avait souvent besoin des services d'un scribe public, seul travail qu'elle savait faire.

Mais, le temps passait et Neby ne trouvait aucun travail si ce n'était celui d'aller travailler dans les champs les plus proches de la ville où même les enfants besognaient.

Complètement démunie — à l'exception du lapis-lazuli dont elle ne pouvait se défaire pour un oignon ou une galette d'orge — Neby se rendait à l'évidence, aucune alternative n'était possible. A Coptos, elle ne pourrait jamais travailler. Alors, elle se mit en marche en direction de Memphis, la grande ville, l'ancienne capitale des pharaons que voulait autrefois atteindre son père.

Mais, avant de quitter Coptos pour atteindre la petite ville de Thinis, un mauvais coup du sort l'attendait à nouveau. Du moins le crut-elle au début. Alors que, sur la place publique, elle offrait ses services comme le faisait Koushy, son père, un homme la prit subitement au collet et la poussa devant lui.

— Je n'ai rien fait! s'écria l'enfant affolée. Je cherche du travail.

— Justement, cela fait trois jours que l'on t'entend brailler comme un âne que tu sais lire et écrire et que si l'on a besoin de toi, tes services sont à notre disposition.

— C'est vrai. Je sais lire et écrire.

— On va voir.

D'un coup sec, l'homme la poussa en avant et Neby faillit trébucher.

— Où m'emmènes-tu? Je n'ai rien volé.

— Qui t'a dit que tu avais volé?

L'angoisse qui venait de saisir Neby à l'instant s'envola aussitôt. La peur de la prison l'angoissait presque autant que cclle qui la prenait, autrefois, devant le cobra d'Ipény.

— Où m'emmènes-tu? s'enquit-elle à nouveau.

— Tu vas bien le voir.

Sur la mince épaule de l'enfant, la poigne de l'homme était puissante. Il ne lâchait pas Neby et quand il freinait sa marche, il la repoussait violemment dans le dos. Ils traversèrent ainsi tout l'ouest de la ville, côtoyant les marchands, les artisans, les mendiants, parfois les chars et les chevaux, dépassant les muletiers qui, badine à la main, conduisaient les chargements de leurs ânes.

Enfin, l'homme la lâcha devant la porte d'une masure en torchis recouverte de chaux blanche. La maison bordait l'un des canaux qui menaient au fleuve. Un minuscule jardin, mal entretenu mais qui, malgré sa petitesse aurait pu être prospère, laissait apercevoir quelques légumes qui poussaient entre les canards criards et les oies dandinantes qui butaient à chaque instant sur les mottes de terre asséchées.

— Entre, grogna l'homme.

Neby fit un pas en avant, un pas prudent. Méfiant. Un pas incertain qui ne s'attendait guère aux événements qui devaient suivre. Puis, toujours indécise, elle s'approcha le cœur battant en observant le lieu et, enfin, s'avança d'une allure plus hardie.

Elle se trouvait dans l'unique pièce de la maison, grande et carrée, au sol de terre battue. Une table disposée au centre, un tabouret à trois pieds, une paillasse dans l'angle, un vieux coffre et un brasero composaient tout le mobilier de cette maison dont l'atmosphère paraissait sereine.

— Entre ! répéta l'homme.

Sur le tabouret, devant la table de bois, se tenait un vieillard, les coudes appuyés devant une cruche de vin et une écuelle de soupe.

Surprise, l'enfant ouvrait grand ses yeux. Celui qui l'avait amenée avait eu des gestes brusques, peu enclins à la mansuétude alors que, paradoxalement, ce vieil homme ne semblait pas un monstre. Il la regarda tout d'abord sans parler, observa quelque temps son compagnon et remua lentement la tête.

Soudain, Neby sentit son angoisse disparaître. Mais que lui voulait-on ? Certes, depuis longtemps, on lui avait volé sa tablette de scribe et ses calames dont elle n'avait, d'ailleurs, jamais eu l'occasion de se servir.

— Il paraît que tu sais lire et écrire, jeta le vieillard en la regardant de ses petits yeux plissés à demi enfoncés dans les rides qui sillonnaient son visage. En tout cas, c'est ce que tu clames dans les rues depuis plusieurs jours.

L'esprit de Neby était en ébullition. Se pouvait-il enfin que quelqu'un se préoccupât de son savoir ?

— Sais-tu, oui ou non, lire et écrire ? demanda le vieil homme d'un ton un peu impatient.

Enfin, Neby se décida, prête à jeter ses atouts :

— Oui. Et compter, ajouta-t-elle précipitamment.

Le vieillard fit un signe à l'homme qui, aussitôt, se dirigea vers le coffre de bois. Il remua, fouilla, chercha quelques instants et en sortit une palette complète de scribe, tablette de grès, calames, godets, encres diverses.

— Écris ce que tu as fait depuis que tu es à Thinis.

— Tout ? questionna l'enfant.

— Tout !

Neby n'eut pas à se concentrer, car tout lui revenait en mémoire. Elle écrivait vite, formant ses mots sans même réfléchir. Elle raconta ses nuits passées aux pieds des arbres, aux creux des pierres, parfois cachée dans un bosquet de papyrus. Elle décrivit l'inquiétude des jours où elle ne mangeait pas, l'angoisse de ne pas trouver de travail, la peur qu'on la prît pour un voleur. Neby détailla, expliqua, nota tout, sauf le lapis-lazuli resté dissimulé dans la cavité de la pierre qui lui servait souvent d'oreiller. Et, bien sûr, elle ne parla pas de son sexe de fille caché sous son pagne de garçon.

Quand le vieil homme lut le récit de l'enfant, il l'observa longuement.

— Veux-tu travailler pour moi ?

Assurément, Neby n'en croyait pas ses oreilles.

— Allons, réponds ! fit l'homme qui s'était assis à la table en face du vieillard.

— Je... Je ne sais pas, fit l'enfant étonnée.

— Si tu refuses, tu peux partir.

— Non, non, lança précipitamment Neby. Explique-moi ce que je dois faire.

— Je suis trop vieux et je ne marche plus, exposa le vieil homme. Je vais simplement de la table à ma paillasse et, parfois, Kalef me laisse à l'ombre de l'acacia du jardin.

— Mais en quoi puis-je t'aider ? murmura la fillette déjà angoissée à l'idée qu'on lui donnât un travail de servante.

— Ne t'inquiète pas, fit le vieil homme en observant l'inquiétude de l'enfant. Je veux simplement que tu sois le scribe public que je ne peux plus être.

Il désigna l'homme de la main.

— C'est Kalef, mon fils. Il est revenu pour m'aider, mais il repartira dans ma famille dès qu'il m'aura trouvé la personne qui pourra travailler pour moi.

L'homme s'approcha de Neby. Il était si grand et si fort que la fillette arrivait à peine à sa taille.

— Pardonne-moi, petit, si j'ai été brusque, dit-il d'un ton plus enclin à la douceur, mais je craignais que tu ne m'échappes et je ne voulais pas te manquer.

Puis, il se tourna vers son père et lui jeta un regard presque tendre.

— Explique-lui.

— Dès l'aube, tu partiras avec Kalef et tu ne reviendras que le soir. Mon fils te conduira vers les clients potentiels. Ce sont de petits commerçants qui ne peuvent pas engager un scribe à plein temps. Ils se partagent donc les services d'un apprenti en rétribuant le maître qui paye son élève.

— Mais, je ne suis pas un apprenti ! protesta Neby.

— Peut-être, mais tu en as l'âge et ton physique est celui d'une fille. Qui te donnera du travail avec cette allure qui est la tienne ?

Il repoussa son écuelle de soupe d'un geste las.

— Petit, c'est à prendre ou à laisser. Tu seras nourri et logé chez moi. Il te suffira de payer ta paillasse et ton tabouret lorsque tu auras acquis l'argent pour les acheter. Les commerçants me paieront et je te donnerai dix pour cent des recettes que tu me rapporteras en pain, en bière, en viande et en légumes.

Il repoussa cette fois la cruche de vin.

— Si tu es honnête avec moi, je le serai envers toi.

Puis, désabusé, il haussa les épaules.

— C'est ma dernière tentative, si elle ne réussit pas, je me laisserai doucement glisser vers le royaume d'Osiris.

— Ne dis pas cela, père, murmura l'homme. Si cet enfant refuse, je ne repartirai que lorsque nous aurons trouvé celui que tu cherches.

Une étincelle alluma l'œil du vieil homme. Il se retourna vers Neby et, au travers de sa bouche édentée, lui accorda un sourire.

— Allons, tu seras bien ici, mon garçon. Mais que veux-tu, je ne suis pas propriétaire de cette maison et la location me coûte cher. Or, je n'ai aucun moyen pour survivre et mon fils ne peut pas m'aider plus qu'il ne fait.

— A présent, il nous faut ta réponse, petit, fit l'homme se tournant vers l'enfant.

— J'accepte.

⁂

Tiyi s'installa confortablement à son bureau. C'était une belle table en bois d'ébène, incrustée d'ivoire, soutenue par quatre énormes pattes de lion aux griffes d'or. Le devanteau du bureau était pourvu d'espaces creusés à même l'ébène dans lesquels elle enfermait son courrier diplomatique.

Menna s'agitait dans la pièce, non parce qu'il ne savait comment faire, mais parce qu'il ne pouvait traduire en babylonien le texte dont parlait la reine et, cette fois-ci, Tiyi refusait de prendre son traducteur habituel.

Depuis que les pharaons précédents avaient conquis les pays étrangers, depuis qu'un commerce prospère s'établissait entre l'Égypte et ses voisins, nombreux étaient les ambassadeurs à correspondre avec Aménophis, le maître tout-puissant des Deux Terres. Pourtant, si celui-ci était un bâtisseur exceptionnel, multipliant les constructions des temples, des colonnes, des pylônes et des statues au format gigantesque, s'il restait un diplomate avisé et un personnage que l'on ne berne pas aisément, il ne s'occupait jamais de la correspondance qu'exigeait le bon déroulement de sa politique extérieure. C'était donc à Tiyi que revenait cette délicate tâche.

Mais à qui d'autre aurait-il pu confier ce travail ? La reine excellait en matière d'écriture, signait les accords, assistait aux côtés du pharaon à toutes les assemblées politiques et, ce qui ne gâtait rien, connaissait toutes les langues de l'Orient asiatique, les lisant et les traduisant sans aucune difficulté.

Les missions dont les ambassadeurs étrangers étaient chargés se révélaient diverses. Tiyi les traitait toutes avec le même soin et la même attention, cherchant à ménager les diplomates asiatiques en jouant la carte de la neutralité ou de la nuance. Quand elle prenait part aux assemblées, c'était avec un doigté extraordinaire et Pharaon pouvait assurer que l'Égypte ne s'en tirait jamais sans bénéfice.

Les missions de ces ambassadeurs, bien sûr, étaient politiques avant tout. Il fallait négocier des mariages entre familles princières, préparer des alliances, commercer, pactiser ou traiter certaines questions d'ordre international en de longs palabres, lorsque les ambassadeurs se déplaçaient à Thèbes.

Les lettres que Tiyi recevait ou écrivait étaient souvent rédigées en akkadien, langue des pays d'Akkad dont Babylone était le centre. Il faut dire que l'Égypte entretenait avec Babylone des relations commerciales suivies. Depuis longtemps déjà, des alliances défensives étaient soutenues par des mariages politiques qu'entretenait déjà, en son temps, le pharaon Thoutmosis III.

Tiyi savait que les principales occupations diplomatiques de son époux qui, d'ailleurs étaient aussi les siennes, portaient avant tout sur les mariages entre membres royaux étrangers. Moutmouia, la propre mère d'Aménophis, n'était-elle pas une princesse mitannienne ? Et, elle-même, la Grande Épouse Tiyi, n'y avait-il pas du sang asiatique qui coulait dans ses veines ?

La reine prit son menton entre ses mains et se mit à réfléchir. Certes, les pas nerveux de Menna dans son dos ne s'y prêtaient guère. Elle soupira. Cette fois elle ne savait comment s'y prendre. Depuis qu'elle avait reçu cette lettre du roi de Babylone, une gêne indéfinissable la bloquait et ses esprits vacillaient.

— Menna, ordonna-t-elle, nous allons répondre, ce jour même, au roi Kadashman que nous acceptons ses deux filles Tahoukhipat et Choutarna.

— Nous ne pouvons pas faire autrement, Majesté.

— Je sais, je sais, répliqua-t-elle d'un ton agacé.

Puis, consciente de sa mauvaise humeur, elle reprit d'un ton plus avenant :

— Allons, Menna. Je sais même que ces deux princesses deviendront des Secondes Épouses légitimes et non de vulgaires femmes de harem.

Elle eut un sourire net en direction de son scribe.

— Pourquoi penses-tu donc que je fais construire ce merveilleux palais de Malgatta ?

— Pour y être à vos aises, Majesté, et gouverner comme il vous plaira. Je pense que l'arrivée d'éventuelles rivales ne vous enchante guère. A Malgatta, vous serez tranquille.

Tiyi se mit à rire.

— Une remarque aussi audacieuse de ta part m'étonne.

— Pardonnez-moi, Majesté. Je voudrais simplement ajouter qu'aucune autre épouse ne pourra jamais prendre votre place dans le cœur du pharaon.

— C'est ce que je souhaite, Menna.

— D'ailleurs, reprit le scribe en plissant ses yeux rusés vers la reine, il en sera de même avec vos fidèles conseillers dont j'ai l'honneur de faire partie.

— Je l'espère, Menna. Mais, vois-tu, pour en revenir à Malgatta, y vivre en permanence me permettra d'éviter toutes sortes d'espionnages auxquels je suis confrontée et qui commencent à me compliquer la tâche, à commencer par ces prêtres d'Amon dont je ne supporte plus la politique.

Elle revint à son bureau qu'elle avait quitté un instant et se pencha sur le papyrus qui lui faisait face.

— Allons, Menna, écrivons cette lettre, je la traduirai ensuite avant de l'expédier à Kadashman. Le roi est fort généreux dans les envois de son or blanc. Il sait que nous l'apprécions pour la composition de notre électrum. Quant à sa proposition de nous envoyer les deux princesses...

Elle s'arrêta quelque temps, esquissa une grimace contrariée, puis, l'œil sombre et le visage tendu, conclut d'un ton déterminé :

— Si j'accepte les deux princesses, en revanche, je ne veux pas lui donner Satamon, la fille que je viens de mettre au monde.

— Majesté, ne pouvez-vous lui promettre la seconde ?

Tiyi explosa :

— La seconde n'est pas encore née et, le serait-elle, que je n'accepterais pas plus. Mes filles — si j'en ai d'autres — resteront en Égypte. Il n'est pas question que, plus tard, elles s'expatrient pour le plaisir d'un roi étranger.

Par l'entrebâillement de la porte, Ahout avança son visage triangulaire aux yeux étirés de khôl et à la bouche rouge qui s'arrondissait dès que sa maîtresse exprimait un désir. Mais, cette fois-ci, juste avant qu'elle ne parle, ses lèvres s'étirèrent en un sourire engageant.

— Majesté, Kherouef désire vous voir. Il a, dit-il, quelques révélations d'importance à vous faire.

— Qu'il entre.

Puis, elle se tourna vers Menna dont le visage exprimait la contrariété de n'avoir pu terminer la tâche qui le préoccupait.

Ah ! S'il avait su traduire l'akkadien, cette correspondance aurait été depuis longtemps achevée !

— C'est bon, Menna, fit Tiyi. Nous poursuivrons cette lettre demain. Cela me laissera une nuit supplémentaire pour y réfléchir.

Elle se dirigea d'un pas vif vers la porte et l'ouvrit d'un geste prompt.

— Entre, Kherouef.

Le conseiller se courba profondément devant la reine, fit un salut bref à Menna, esquissa quelques pas vers la terrasse qui prolongeait le bureau et ne perdit pas plus de temps pour entrer dans le vif du sujet.

— Majesté, l'ambassadeur d'Alasia ne veut pas repartir avant d'avoir votre réponse au sujet des droits de douane.

— Lesquels ? s'enquit Tiyi tout en sachant fort bien de quoi il s'agissait.

— Ceux que l'Égypte demande aux commerçants chypriotes lorsqu'ils entrent en territoire égyptien.

— Que dit Pharaon ?

Kherouef se racla la gorge.

— Actuellement, il ne semble pas avoir soulevé le problème.

— Mais encore ?

— Majesté ! Pour l'instant, le pharaon Aménophis ne se préoccupe que des deux statues colossales qu'il fait élever devant le palais.

— N'a-t-il vraiment rien dit à ce sujet ?

— Il dit que votre réponse sera la meilleure parmi toutes celles qu'on peut formuler.

Tiyi esquissa un sourire.

— C'est bon. Alors, je vais trancher. Il s'avère que lors du règne de Thoutmosis, c'est Chypre qui a pris l'initiative de passer un traité de commerce avec l'Égypte. Dans cette affaire, le roi d'Alasia est donc le seul en cause.

— Majesté, lança prudemment Kherouef, à l'époque ce traité exemptait les navires des marchands chypriotes de tous les droits de douane. C'est vous-même qui les avez imposés.

— Non, Kherouef, je n'ai que suggéré le paiement du passage de leurs bateaux sur le Nil. Cette histoire est plus ancienne que tu ne le crois. C'est Tiâ, la Grande Épouse d'Aménophis II qui avait eu l'idée de traduire ce paiement en importation de cuivre et de bois précieux.

Elle s'absorba dans une courte réflexion, puis s'enquit d'un ton calme :

— Que dit exactement l'ambassadeur de Chypre ?

— Que le roi d'Alasia refuse catégoriquement le paiement des droits de passage.

— Et que dirait-il si nous rétablissions le droit d'importation des matières premières?

— Il demanderait à discuter, Majesté.

— Alors, discutons.

CHAPITRE IV

Moutmouia fit claquer la badine sur le rebord de sa litière.

— Laissez-moi là ! cria-t-elle à ses porteurs, je vais marcher un peu. Les appartements de ma belle-fille ne sont plus très loin.

Pour descendre à terre, elle réclama de l'aide, car les douleurs commençaient à ronger ses jambes, mais la vieille reine-mère si volontaire préférait ne pas y porter une attention trop soutenue.

Les pieds posés sur le sol, les genoux faiblement écartés afin de ne pas sentir le déséquilibre qui la prenait fréquemment, elle leva le visage et mit sa main en visière tant le soleil tombait dru.

Moutmouia fut agréablement surprise. A présent, le palais qu'avait ordonné de construire la reine Tiyi sortait du sol. La structure, presque achevée, s'élevait blanche de lumière et ombragée de verdure. Moutmouia hocha la tête. Oui, cette résidence était une splendeur. Aussi belle que celle de Médineh-Habou quand son beau-père Aménophis II l'avait fait élever pour y abriter toutes ses concubines asiatiques.

Moutmouia avançait lentement, appuyée sur sa canne. Elle sentit soudain ses forces revenir et, quand elle aborda les contours du palais, elle se rendit compte que cette marche lui redonnait de la vigueur. C'est à peine si elle percevait ses douleurs.

Il faut dire qu'à cette promenade inespérée s'ajoutait la joie de revoir Tiyi, dialoguer avec elle, remettre son enfance en cause et, surtout, parler de la jeunesse de sa chère Thouya qui avait été son amie la plus chère jusqu'à ce qu'elle disparaisse tragiquement dans les marais du delta, probablement déchiquetée par un de ces cruels sauriens qui les hantaient de plus en plus.

Quand elle amorça le contour des allées qui menait aux premières terrasses, elle aperçut les colosses qui lui coupèrent le souffle. Ils étaient deux à l'effigie du pharaon son fils, disposés l'un à côté de l'autre au centre d'une allée large et somptueuse, bordée d'arbres et de verdure. Immobiles, les deux géants de pierre semblaient défier la logique des êtres humains. Quand on levait les yeux, c'est à peine si l'on voyait le haut de la statue. Si on les abaissait, on prenait aussitôt conscience de sa petitesse.

Et, face à cette réalisation grandiose, Moutmouia ne put s'empêcher de sourire, reconnaissant l'immense ambition de son fils. Elle s'approcha des monstres et vit que sur les socles de pierre reposait le trône. Sur l'un de ses côtés, Tiyi était représentée. En s'approchant, Moutmouia vit que les dessins incrustés dans le roc évoquaient l'unification symbolique des Deux Terres. Les hiéroglyphes étaient merveilleusement tracés, ciselés, gravés pour l'éternité.

« Amenhotep, fils de Hapou, l'architecte qui a travaillé pour mon fils, s'est surpassé, pensa-t-elle encore. C'est là un tour de force prodigieux. »

Construits avec des blocs de quartzite qui provenaient du désert oriental que l'on appelait la Montagne Rouge, les deux géants de pierre ouvraient sur le temple, offrant leur regard immortel aux dieux qu'ils incarnaient.

Moutmouia les quitta non sans leur jeter un dernier

coup d'œil de totale complicité. Puis, elle s'avança vers le palais.

L'enceinte mesurait plus de mille coudées. Moutmouia découvrit les pylônes à la crête agressive qui s'élevaient en plein ciel, les salles hypostyles dont la cime laissait passer une lumière blanche et phosphorescente et des zones d'ombre qui tombaient de biais comme autant de mystères à résoudre.

Sur la rive gauche du fleuve, Malgatta s'étendait en toute plénitude. A l'origine, le terrain était vierge et il avait fallu tout apporter, planter, créer. L'ensemble comprenait quatre grands bâtiments juxtaposés destinés à Tiyi et à la vie quotidienne de sa cour.

Le seul temple qui, pour l'instant, était construit, comportait un petit sanctuaire dédié à Rê, le dieu du soleil et un autre, plus vaste, pour honorer Amon, le dieu de Thèbes. Une salle de fêtes et de banquets constituée de grands espaces séparés par des colonnes de quartzite et de marbre blanc exposait les statues d'Hathor, d'Horus et de Thot.

Sur les bas-côtés des appartements royaux, les villas s'étageaient et formaient une petite ville qui commençait déjà à s'agiter. Puis, à cet endroit très précis, Moutmouia tourna la tête et vit qu'au sud-est, on creusait un port artificiel. L'idée lui parut excellente, d'autant plus qu'elle connaissait les idées voyageuses de Tiyi qu'un périple sur le Nil des pays du Sud à ceux du Nord ne rebutait jamais.

Arrivée sur la première terrasse, celle que l'est inondait de soleil, Moutmouia n'eut pas à faire dix pas de plus, Tiyi venait à sa rencontre.

— Mère, pourquoi avez-vous fait tout ce chemin à pied? Vous devez être épuisée.

— Je voulais vérifier au plus près cette construction. Je suis heureuse pour toi, ma fille. Cette résidence est un véritable chef-d'œuvre.

Tiyi soutint la vieille femme et l'entraîna à l'intérieur de la terrasse ombragée.

— Venez vous reposer et vous rafraîchir.

Elle tenait Moutmouia d'un geste ferme et la conduisit vers un sofa d'osier recouvert de coussins décorés et surmonté de palmes qu'aucune brise ne venait agiter pour l'instant.

Moutmouia arrêta son pas.

— Non ! Tiyi. Je voudrais te parler. Allons dans un endroit discret. Ici, tu as trop de servantes et, bien qu'elles te soient fidèles, elles sont trop nombreuses et elles écoutent.

— Alors, allons sur le port. Il est encore en construction mais, à cette heure-ci, tous les ouvriers sont partis. Aucune oreille indiscrète ne nous entendra.

Elle frappa dans ses mains et réclama la litière de Moutmouia que deux porteurs lui amenèrent aussitôt.

— Vous avez assez marché pour aujourd'hui. En prenant votre chaise à porteurs, nous serons au port dans quelques minutes.

Puis, elle refoula de la main la garde royale qui s'apprêtait à les suivre.

— Non, laissez-nous, fit-elle d'un ton bref. Nous voulons être seules.

Le soleil commençait sa lente marche vers le zénith et le toit de la litière les protégeait de la chaleur trop intense. Au loin, on voyait le Nil se dessiner dans des couleurs blanchies par les rayons qui tombaient dru. Quelques ombres provenant des colonnes et des pylônes les plus proches tentaient d'en atténuer la dureté.

La litière s'avançait tranquillement au rythme du pas lent des porteurs et se dirigeait en direction du port. On y posait un revêtement de dalles blanches qui partait du palais et descendait jusqu'aux rives du Nil.

Tiyi, installée aux côtés de sa belle-mère, tourna son buste vers elle. Un large gorgerin de turquoises entourait son cou et retombait sur sa poitrine. Sa robe rouge et moulante était légère et découvrait ses épaules.

— Que voulez-vous me dire, mère ?

— Es-tu allée récemment au temple d'Amon, à Karnak ?

Tiyi secoua la tête d'un signe négatif.

— Non. Cela fait des mois que je n'y ai pas mis les pieds. Mais je sais que l'ambiance est agitée, surtout depuis que mon frère Anen s'est juré de détruire Ay. Il va s'y attacher par tous les moyens.

— Je connais Anen, fit Moutmouia en esquissant une moue indécise. Quand ta mère est morte, je l'ai élevé en partie, comme Ay et toi. J'avoue qu'il est rusé, retors et il ne m'a jamais acceptée car je suis asiatique.

A cette idée, Tiyi eut un élan généreux vers Moutmouia et, s'approchant de son visage, lui embrassa le front.

— Mais, poursuivit la reine-mère, je sais qu'il n'a pas l'étoffe d'un meurtrier. Il n'est capable que de petits coups en traître. Ay le sait aussi et c'est pour cette raison qu'il se moque de ses trahisons et de ses forfaitures. Tiyi, tu es la seule à t'inquiéter dans cette affaire.

La jeune femme serra les lèvres et tourna lentement la tête de droite à gauche.

— Un jour, Anen aura le dernier mot, murmura-t-elle, et certes là encore, je serai la seule à l'avoir prévu.

— Non, rétorqua Moutmouia. J'ai dit à ton frère Ay d'intensifier sa garde personnelle.

Une lueur incrédule s'alluma dans les prunelles sombres de Tiyi.

— Et vous êtes parvenue à lui faire entendre raison ?

— Bien sûr. J'ai réussi là où tu as échoué.

Tiyi se jeta sur Moutmouia et lui plaqua, cette fois, un baiser sur la joue.

— Alors voyez-vous, mère, à présent un tour d'inspection à Karnak devient inutile. Je n'ai plus besoin de m'y rendre.

— Tu te trompes, ma fille, y séjourner quelque temps te donnerait un poids supplémentaire. Car ainsi, ce seraient les prêtres qui se méfieraient de toi et non toi d'eux.

Elle tapota de sa badine le bord de la litière. Un geste un peu nerveux que Tiyi lui avait toujours vu faire quand une préoccupation la tracassait.

— Depuis longtemps le clergé de Karnak manifeste son mécontentement envers les pharaons. Ils affirment sans raison qu'ils se détournent des dieux séculaires.

— C'est faux, mère. Et vous le savez. Depuis quelque temps, les pharaons pensent que le clergé d'Amon a trop de puissance et qu'il gouverne tout.

— Sur ce point, tu as raison, acquiesça Moutmouia. Les prêtres de Karnak ont peur de perdre l'autorité qu'ils ont accumulée depuis des générations. Ils veulent même supprimer Rê par crainte de voir apparaître ce disque solaire dont ils se méfient plus encore que de Seth, le dieu du mal.

Moutmouia se tut un instant et Tiyi reprit d'un ton calme :

— Ce n'est pourtant pas un geste d'hostilité que d'avoir élevé à Karnak un sanctuaire au dieu Rê, tout comme vous l'avez fait à Médineh-Habou et comme je l'ai, moi-même, fait à Malgatta.

Moutmouia regarda sa belle-fille et secoua la tête d'un air impuissant.

— A présent, c'est plus grave. Les prêtres d'Amon disent que mon fils s'éloigne trop des temples de Karnak et qu'il désire privilégier les dieux asiatiques.

— C'est faux, mère. Je puis vous l'assurer. Je vous ai dit qu'ils cherchent simplement à conserver leurs richesses. Car, ils la sentent peu à peu s'éloigner. Ils ne tremblent qu'à cette idée.

Elle détendit un peu ses jambes, car la litière était étroite et elle commençait à sentir ses pieds légèrement engourdis.

— Déjà, fit-elle, ils n'ont plus droit de regard sur les champs, les vergers, les prairies et les vignobles qui produisent en dehors de leur territoire. Avant, ils contrôlaient tout, même les domaines des provinces avoisinantes.

— C'est bien pourquoi les choses s'enveniment et c'est la raison pour laquelle je suis venue te parler. Depuis que tu es montée sur le trône, toutes les terres cultivées en dehors de Karnak leur échappent. Et c'est pire pour les nouveaux greniers à blé qui se construisent dans la périphérie nord vers Coptos et dans celle du sud vers Edfou. Ils enragent à l'idée de ne plus toucher les taxes de passage et les droits.

— Les droits à quoi ! fit Tiyi d'un ton sarcastique.

— Tous les droits et en particulier ceux que leur avait accordés la pharaonne Hatchepsout et que ne leur ont jamais retirés les pharaons qui l'ont suivie.

Moutmouia regarda sa belle-fille.

— Fais attention Tiyi. Je suis venue te dire que tu ne dois pas tout leur prendre. Laisse-leur suffisamment de prérogatives pour qu'ils te laissent en paix.

— Mère, qu'ils gardent ce que je leur laisse et qu'ils ne réclament pas plus. Ce temps-là est révolu.

— Certes, fit Moutmouia conciliante, mais sois très prudente. Sinon, une guerre interne se déclenchera tôt ou tard.

***

Anen passa sa main sur l'épaule du jeune prêtre qui le regardait avec autant d'admiration que s'il avait été un dieu.

— Tu as bien travaillé, Oséramon, et je suis fier de toi.

— Maître, ne m'avez-vous pas élevé au rang de scribe d'Amon attaché à votre personne ? Ce privilège vous apporte toute ma vénération.

— J'en suis ravi. Cette décision pour l'instant, ne m'a apporté que des satisfactions. Tu me plais Oséramon et tu le sais.

Il lâcha l'épaule du jeune prêtre et l'observa quelques instants, droit dans les yeux, afin d'y lire et, plus encore, se repaître de l'extase que le jeune homme lui accordait. Oséramon avait le crâne rasé enduit d'onguent comme tous les religieux de Karnak. Il portait la tunique blanche, ample et plissée, à grandes manches bouffantes, et, dans les cérémonies du temple, il revêtait avec beaucoup d'allure la longue robe jaune d'or alors que son maître s'habillait de la traditionnelle tunique en peau de léopard.

Long et mince, son visage n'offrait que des contours agréables. Un menton fin, un front lisse et droit, une bouche bien dessinée aux lèvres à peine sinueuses. Ses grands yeux clairs débordaient de cette langueur dans laquelle Anen aimait se plonger et sa peau blanche avait la finesse de celle des femmes de cour qui ne s'exposent jamais au soleil.

— J'ai su te découvrir, Oséramon. J'ai su exploiter tes talents de scribe et tous ceux que j'ai démasqués en toi.

Il posa à nouveau sa main sur l'épaule de son compagnon et l'attira légèrement à lui, ce qui lui permit de respirer le parfum de myrrhe qui se dégageait de son corps.

— J'ai su détecter tes envies, tes désirs et je saurai les combler. Aussi, ne me déçois pas. Nous allons faire de grandes choses ensemble.

Comme il vit surgir sur les lèvres de son compagnon l'ombre équivoque d'un sourire, il le repoussa un peu sèchement.

— Mais, ne crois pas pour cela que tout est arrivé. Il faudra faire tes preuves et mon intransigeance n'aura d'égale que ton désir de réussite. Car sous tes airs de colombe, je sens frémir un cœur de vautour. Ne cherche jamais à me dépasser, Oséramon.

Il planta son regard aigu dans celui du jeune homme.

— M'as-tu bien compris ?

— Parfaitement, Maître. C'est d'ailleurs ainsi que je vois les choses.

— Bien ! Alors, nous allons commencer par traduire cette lettre que j'ai fait subtiliser par mes hommes à la frontière du delta. Puisque tu connais l'akkadien, tu vas tout de suite m'en révéler la tencur.

Il se dirigea vers sa table de travail et saisit un document qu'il passa distraitement d'une main à l'autre, tout en réfléchissant. Puis, il fit quelques pas vers la baie qui donnait sur ses jardins personnels, revint au jeune prêtre et, d'un geste déterminé, lui tendit le rouleau de papyrus.

— J'ai brisé le sceau moi-même. A présent, tu peux lire.

— Mais, fit Oséramon, en esquissant un geste de recul, cette lettre est adressée au pharaon.

— C'est bien pour cette raison que je l'ai fait subtiliser. Mais, ne crains rien, le porteur du document ne pourra plus rien dire. Il est mort à l'heure actuelle.

Il eut un geste agacé.

— Allons, lis. J'ai besoin de savoir.

— Ce document provient du roi Kadashman.

— Je le sais. A présent, lis à voix haute.

La voix du jeune homme murmura :

« Salut à toi, Grand Pharaon d'Égypte, Maître des Deux Terres. Salut à toi et à ta famille. Vie, Force et Santé. J'espère que tu te portes bien et que tes dieux te sont actuellement favorables ainsi qu'à ton pays. Les nôtres nous bénissent, car la crue commence à déposer son riche ferment sur nos terres et nous pourrons t'envoyer à la saison prochaine une part de notre beau blé et du vin de nos riches vignes. Mais, cette lettre que je t'envoie, aujourd'hui, Oh ! Grand Pharaon d'Égypte, est pour t'annoncer la prochaine arrivée de mes deux filles Tahoukhipat et Choutarna. Fais-en des Secondes Épouses et non des filles de harem. Elles sont jeunes, belles et combleront tous tes désirs. Même Tiyi, ta Première et Grande Épouse que je salue et vénère au passage, ne pourra qu'être satisfaite d'elles comme l'ont toujours été vos épouses envers nos filles depuis le début de nos alliances. Elles arriveront juste après la crue qui déverse ses bienfaits. Nous serons au début de la saison du Périt. Le vaisseau qui les conduira aux portes du Nil attendra ton arrivée et celle de ta garde royale. Je compte sur toi, Pharaon, pour les accueillir comme il convient de le faire avec des princesses de sang royal. »

Comme Oséramon semblait ne pas comprendre, Anen jeta d'un ton sarcastique :

— Il me semble que, toi aussi, tu ne voulais pas voir les filles asiatiques fouler le sol de nos temples. Elles corrompent nos dieux, imposent les leurs et brisent nos traditions ancestrales. Amon est mécontent et s'il n'a pas encore montré sa colère, c'est parce que nous sommes encore nombreux à Karnak à le défendre. Aussi, je veux que tu t'engages pleinement dans ma lutte.

— C'est déjà fait maître, jeta Oséramon sans sourciller.

— Bien, alors il faut trouver à présent un orfèvre qui puisse nous ciseler sur un scarabée la réplique du sceau de Kadashman.

***

La mule s'arrêta devant la résidence de Ptahmose et un petit homme trapu sauta lentement de sa monture. Ipény vint à sa rencontre.

— Salut à toi, Pérouhé. As-tu chevauché cette mule juste pour ne pas attirer l'attention ?

— Était-ce une précaution inutile ? s'enquit le visiteur à voix basse.

— A l'intérieur de cette enceinte, nous sommes invulnérables, répondit Ipény. Les tombes de Karnak, elles-mêmes, et les temples qui nous entourent protègent et favorisent nos intrigues. Même ton port de Thèbes avec ses quelques tavernes anonymes sont moins sûres que ces nécropoles. Ici, nous chuchotons, nous projetons, nous réussissons.

Ptahmose qui arrivait sur les pas d'Ipény refoula la réponse de son ami Pérouhé. Il avança vers eux, les bras tendus, un large sourire aux lèvres. Puis, stoppant son élan, il regarda d'un air étonné sa fille Sourrara qui traversait d'un pas lent la terrasse pour se diriger vers la salle où ils se tenaient.

Pas plus haute que le coffre près duquel elle s'arrêta pour s'asseoir, mais qu'elle ne put atteindre sans se hausser sur la pointe de ses petits pieds, elle se cloua sur place et observa Pérouhé d'un air tranquille.

Interloqué, le capitaine de vaisseau la regardait. Sa menue silhouette était enveloppée d'un bien étrange vêtement d'écailles. Reluisant dans ses camaïeux bruns et verts, l'ensemble de cet accoutrement paraissait immobile, mais en poussant son regard plus en avant, Pérouhé vit la parure de l'enfant glisser silencieusement le long de tout son corps.

— Sourrara ! Je t'ai dit mille fois de ne pas venir avec le cobra quand nous avons des invités !

— Mère, il n'est pas agressif !

Pérouhé recula d'un pas. La fillette semblait très à l'aise avec son reptile entouré autour du cou et dont les anneaux brillants retombaient le long de son menu corps. Le cobra ne la serrait pas, bien qu'il l'habillât entièrement. Ses anneaux restaient lâches et glissaient en souplesse. Sourrara darda ses yeux noirs sur Pérouhé.

— Il vous fait peur ?

— Pas du tout, jeta Pérouhé. Mais, je crois que nous discuterons mieux sans sa présence.

Soudain, une autre fillette passa la porte précipitamment et, à toute volée, accourut vers sa mère. Aussitôt le serpent siffla, redressa la tête et, déroulant ses anneaux le long du corps de Sourrara, disparut dans un angle de la pièce.

— Mouthès ! cria sa mère, combien de fois t'ai-je dit que le cobra n'aimait pas les cris ni la précipitation ! Tu le fais toujours fuir quand tu arrives.

— Mais, maman, il sait bien que je ne lui veux pas de mal.

— Certes, il le sait. Mais quand comprendras-tu que nous ignorons les réactions qu'il peut avoir devant une personne qu'il ne connaît pas quand une agitation trop forte le secoue ?

Puis, elle se tourna vers Ptahmose.

— Emmenons notre invité dans le hall de réception. Nous y serons plus au calme. J'ai demandé à ce que personne ne nous dérange. Nous prendrons le repas quand tout aura été dit.

Prenant ensuite son mari par le bras, elle lui confia :

— Sais-tu que notre ami est venu à dos de mule pour ne pas attirer l'attention d'Anen et de ses prêtres ?

Et, se tournant vers le capitaine de vaisseau, elle reprit d'un ton calme :

— Parlons, à présent que nous sommes tranquilles.

Ptahmose prit place sur un petit sofa d'osier et invita Pérouhé à faire de même.

— Je n'approuve pas ma femme d'avoir voulu évincer Anen de cette discussion, fit-il d'une voix où perçait l'inquiétude.

— Tu sais bien, rétorqua son épouse, qu'il change constamment d'état d'esprit. Un jour, il veut tuer son frère, le lendemain il ne veut plus. Cette affaire est trop particulière pour l'intégrer dans notre projet. D'ailleurs, Anen déteste les questions de politique. Seuls, les problèmes de religion le touchent et, pour une fois, celui-ci ne concerne que les affaires extérieures.

— En ceci, mon épouse a raison, assura Pthamose. As-tu réfléchi à la façon dont nous refoulerons les deux princesses babyloniennes ?

Pérouhé parut gêné. Il se racla la gorge et tripota nerveusement les perles de cornaline du gorgerin qui entourait son cou.

— Pas exactement, cela me paraît complexe. A mon avis, il ne faudrait pas les laisser passer la frontière.

— Mais, comment empêcher le convoi d'aller plus loin que les limites du désert? objecta le Grand Prêtre. Kadashman le fera escorter jusqu'au delta.

Il se leva de son siège et fit quelques pas silencieux en direction du mur opposé de la grande salle. Puis, il s'arrêta devant les javelots, poignards et lances de combat qui s'y trouvaient accrochés.

Depuis que les prêtres avaient acquis une puissance et une autorité abusive dans tous les domaines, beaucoup d'entre eux n'avaient aucune disposition religieuse. Certains, même, étaient aussi guerriers sur un champ de bataille que les propres capitaines d'arme du pharaon et partaient avec lui en expédition guerrière.

— Autant dire que notre opération est ratée si les princesses babyloniennes atteignent Memphis ou même Héliopolis, fit remarquer Ptahmose d'un ton sec.

— Alors que faire? murmura le navigateur.

— Allons! Pérouhé, nos projets ne s'arrêtaient ni sur un doute ni sur une crainte encore moins sur une interrogation.

— Certes, ils étaient plus osés et Pérouhé le sait, rétorqua Ipény qui plaçait quand même sa confiance dans le capitaine de vaisseau.

— Mais comment va-t-on s'y prendre? jeta celui-ci en frottant son menton imberbe.

Puis, il se leva, fit quelques pas sans lâcher son menton qu'il caressait maintenant d'un geste lascif et jeta avec plus d'assurance :

— A mon sens, tu te trompes, Ptahmose. Faire pénétrer le convoi en Égypte nous faciliterait la tâche. Je ne pourrai pas œuvrer aisément sur un territoire étranger. Mon bateau ne sera maître de la situation qu'une fois sur le Nil.

— Ainsi, de Gaza au delta, tu dis ne rien pouvoir faire ?

Pérouhé hocha la tête.

— Rien, jeta-t-il d'un ton buté.

— Alors, il faut que le convoi des princesses descende plus bas dans le désert.

— Plus bas que Gaza ?

— Oui. Beaucoup plus bas, fit Ptahmose en dardant son œil froid sur celui de son compagnon. Ton navire peut-il les attendre près d'El Kantara ?

— Mais le lieu d'accostage est Gaza, répliqua Pérouhé qui, à présent, avait repris toute sa confiance. C'est écrit dans les correspondances que Kadashman a envoyées à la reine Tiyi.

— Alors, trouve un prétexte pour laisser ton bateau à l'embouchure du Nil.

A nouveau, Pérouhé se frotta le menton.

— Et ensuite ? jeta-t-il.

— Un ennui de mâture ! Par exemple.

— Non, la brisure d'un mât ne se répare pas. On le change et l'opération se fait très vite. Le vaisseau ne restera pas assez longtemps immobilisé.

— Alors, mon cher Pérouhé, répliqua Ipény en souriant, un ennui de voilage et voici que le navire reste à quai pendant que l'on cherchera la main-d'œuvre qui le réparera. Un coursier préviendra vos princesses et le tour est joué. Je suis sûre qu'elles préféreront descendre à El Kantara plutôt que de rester à Gaza, cantonnées sur le navire.

— Admettons, fit Ptahmose. Ensuite, comment nous y prendrons-nous ?

Voyant que Pérouhé ne répondait pas à sa question, il eut un geste de colère.

— N'as-tu pas mûri la question ?

Toujours souriante, Ipény vint à son secours :

— Si nous sommes en pleine décrue, et de surcroît dans le delta, la coque peut se fendiller sur une racine de papyrus qui émerge, ou contre un hippopotame récalcitrant qui fait barrage et, devant les yeux ahuris des princesses, vous écoperez l'eau pendant des heures, mais sans succès. Il faudra transférer vos Babyloniennes sur un autre navire non loin du delta.

Ptahmose eut un regard brillant vers son épouse.

— Et les promenades en barque dans le delta en pleine décrue sont extrêmement périlleuses, reprit celle-ci, toujours sereine.

Ptahmose s'approcha de son épouse pour lui prendre l'épaule, mais son geste resta suspendu, car un prêtre serviteur annonça que le Grand Anen désirait lui parler.

*
**

Le pharaon quitta Thèbes un matin du premier mois d'Akhit.

La construction de Malgatta étant presque achevée et la reine y résidant en toute quiétude, ses esprits s'éclaircissaient.

Oui ! A Malgatta, tout était prêt. Les deux colosses plantés à la porte du palais avaient fait l'objet d'un culte tout nouveau qui appelait encore bien des controverses et le lac de Birket-Habou, au pied du palais, étant lui aussi achevé, Pharaon pouvait s'adonner à son plaisir favori, la chasse aux lions dans le désert de Nubie !

Certes, avant d'organiser cette expédition, il avait promis à Tiyi d'être là pour les premiers jours de la saison du Périt afin d'accueillir les princesses Tahoukhipat et Choutarna à Memphis, à l'embouchure du Nil. Mais, depuis que la dernière lettre de Kadashman lui assurait que le départ de ses filles était reporté à plus tard, il pouvait prolonger son plaisir.

En l'absence de son époux, Tiyi qui, à présent, habitait Malgatta, avait décidé de visiter les entourages de son palais.

Le sable reflué, les limites repoussées, la reine avait

recruté un millier de paysans à qui elle promettait gîte et nourriture s'ils arrivaient à faire de ce désert un immense domaine de cultures. Les canaux creusés, les sillons tracés, les bornes délimitées, on attendait la crue pour que les riches alluvions viennent y déposer leur semence bénéfique.

— Ces champs de cultures seront prodigieusement rentables, fit Khaemhat en reportant ses yeux sur les immenses domaines qui s'étendaient devant ses yeux.

— Mais, répliqua sèchement Tiyi, la récolte de ces champs ne t'appartiendra pas, Khaemhat, pas plus qu'elle n'ira enrichir le temple d'Amon.

L'Intendant des greniers à blé de Thèbes fronça le sourcil.

— Majesté, nous sommes pourtant sur un territoire thébain, il me semble.

— Non. Nous sommes sur mon territoire. Celui de Malgatta. Nous y ferons nos récoltes et nous construirons nos greniers à blé.

Elle lâcha les rênes de ses chevaux et sauta de son char qu'elle conduisait elle-même.

— D'ailleurs, je ne comprends pas pourquoi tu as voulu assister à cette visite, puisque tu n'es nullement concerné. Aussi, je te prierai de te retirer.

Elle regarda le visage de Khaemhat blanchir de rage et ses doigts se crisper sur les rênes de son attelage.

— Majesté ! Si le pharaon avait été en votre présence, vous ne m'auriez pas jeté cet ordre.

— Tu te trompes, Khaemhat. Je t'aurais même dit pire.

De la main d'où pointait un doigt lourdement bagué d'une turquoise, elle désigna ses deux petits chevaux arabes au palefrenier qui s'approchait d'elle.

— Occupe-toi d'eux pendant que je fais un tour sur mes domaines.

Puis, elle se retourna à nouveau vers Khaemhat qui, avant de partir, cherchait une réplique cinglante. Mais la reine fut plus prompte que lui et, vertement, lui jeta comme un ultimatum :

— En présence du pharaon, j'aurais pu ajouter que tes richesses sont plus grandes que les miennes. Il est donc logique qu'à présent ta reine se rattrape.

Elle fit en sorte de ne plus le regarder, mais ne put s'empêcher de terminer par un propos qui concluait ses idées justicières :

— Quant aux richesses des prêtres d'Amon, elles dépassent tout ce qu'il est permis d'imaginer. Il est temps que cela s'arrête.

Le Grand Intendant de l'Agriculture referma la bouche. Puis il s'inclina dans un salut raide et disparut.

— Maintenant, fit Tiyi d'une voix joyeuse aux quelques membres de sa garde personnelle qui l'accompagnait, je veux voir si l'arpentage des champs est correctement respecté.

Tiyi prit une grande bouffée d'air et la rejeta, satisfaite.

Voilà un passe-temps qui lui plaisait, marcher seule le long de la campagne qui s'apprêtait à surgir du néant. Le Nil venait doucement se jeter sur les rivages qu'il allait bientôt enrichir de ses alluvions.

Sur le chemin, elle s'arrêta devant un enfant qui lui tendait la main. C'était un garçon né d'une Mitannienne et d'un Égyptien. Il arrivait que certains paysans de Thèbes ou de la province veuillent épouser des filles esclaves ramenées des campagnes guerrières. L'administration ne l'interdisait pas si la fille était travailleuse et si elle n'avait enfreint aucune loi égyptienne. Les enfants issus de ces unions devenaient égyptiens à part entière.

Tiyi prit la main de l'enfant et la serra dans la sienne.

Elle était noire de terre mouillée et la mère se précipita devant la reine pour gronder son fils.

— Laisse, fit Tiyi. Cela n'a aucune importance. Dis-moi plutôt où sont les terres dont ton mari s'occupe. Je ne vois aucune délimitation.

La femme ne semblait pas comprendre. Apparemment, elle ne s'était pas encore habituée au langage égyptien. Elle éleva ses bras au ciel pour appeler son mari qui venait à grands pas pressés. Il s'allongea sur le sol pour saluer la reine.

— Relève-toi et dis-moi où sont les terres dont tu as la charge.

— L'arpentage n'a pas encore été fait, Majesté, fit-il en s'inclinant de nouveau. Les contremaîtres qui s'en occupent n'ont pas terminé la face ouest. Mais je sais que l'emplacement qui m'est réservé comprend environ dix à douze aroures de terre. Il va de l'endroit où vous avez le pied posé jusqu'au bout du bosquet que l'on aperçoit là-bas derrière les cabanes.

— Les cabanes ! Oui, je les vois. Y en a-t-il une à toi ?

Le paysan pointa son doigt en direction des masures.

— La dernière de la file m'appartient.

— Es-tu payé correctement ? fit la reine en détaillant le buste dénudé de l'homme.

— Je n'ai pas encore touché de salaire puisque la première récolte n'a pas encore eu lieu.

— Alors de quoi vivez-vous jusque-là ?

L'homme hésita puis, il prit vivement son fils dans ses bras, car il commençait à pleurer.

— Nous ne mangeons pas tous les jours. Les contremaîtres nous donnent quelques petites avances de temps à autre.

— Cet enfant n'est pas assez fort, fit-elle en regardant le garçonnet que son père faisait sauter dans ses bras pour calmer ses cris et ses pleurs.

« Ton fils doit avoir faim. C'est pour cela qu'il se plaint. Je vais te prêter une ânesse qui vous donnera du lait. Tu me la rendras quand tu auras en poche ton premier salaire.

Puis, elle s'éloigna en jetant :

— Fais-en profiter les enfants de tes voisins qui sont aussi démunis que toi.

Plus loin, elle vit deux fillettes qui s'amusaient à se sauter sur le dos l'une après l'autre. Dès que l'une rebondissait à terre, elle se courbait pour laisser sa compagne faire de même. Le père dormait sous un arbre, la mère sommeillait aussi, mais à l'approche de Tiyi, elle se leva.

Sous l'arbre, il restait les débris d'un repas frugal. Une cruche vide renversée et un pot de grès qui devait contenir de la purée de fèves.

— Ton terrain n'est-il pas arpenté ? fit la reine à la paysanne qui n'avait pas reconnu la reine et qui, méfiante, s'avançait un poing sur la hanche.

— Je suis de Malgatta, fit Tiyi sans préciser davantage. Tes filles me paraissent très joyeuses.

— Beaucoup trop, maugréa la femme. Elles feraient mieux de lier leurs nattes d'osier qu'elles traînent partout sans jamais les terminer.

Tiyi regarda plus loin. Les joncs étaient étendus à terre et attendaient qu'on les tressât afin d'en faire des nasses pour la pêche ou des paniers pour transporter la nourriture.

— Allons, fit Tiyi en s'adressant aux fillettes. Cela vous plairait-il de me tresser quelques couffins dans ce superbe osier et de me les apporter au palais ?

Aussitôt les deux fillettes cessèrent leur jeu de saute-mouton et vinrent se prosterner en souriant devant Tiyi.

— Tes filles ont beaucoup de grâce.

— Bah ! fit la mère dépitée. Elles n'aiment que remuer, jouer et danser. Qu'allons-nous devenir avec deux filles qui devraient nous rapporter de l'argent, alors qu'elles nous en coûtent ? Et le ciel qui ne me donne toujours pas de fils !

— Allons, tes filles sont belles et saines. Si elles m'apportent de grands paniers décorés et bien tressés, je saurai les récompenser.

Et s'éloignant, Tiyi entendit la femme crier :

— Entendez-vous ce que la noble dame a dit. Allez fainéantes, mettez-vous au travail.

L'humeur toujours aussi joyeuse, Tiyi poursuivit sa promenade. Elle rencontrait sans cesse des hommes qui brisaient des mottes de terre pour ameublir le sol. Ils travaillaient avec de courtes houes en bois terminées par une pointe ou un large couperet. Attendant que la crue vienne, la terre était ainsi préparée.

D'autres hommes creusaient de larges trous en prévision des plantations d'arbres. Sycomores, perséas, tamaris, jujubiers, figuiers, balanites, grenadiers, aucune espèce n'avait été rejetée et mille petites cavités venaient ponctuer le sol pour l'instant asséché.

Enfin, Tiyi arrivait là où les arpenteurs se trouvaient. Vêtus d'un pagne et d'une chemise à manches courtes, les scribes notaient les indications indispensables pour la bonne mesure. Les autres déroulaient et tendaient les cordeaux après que les piquets de bois, longs de trois coudées et sur lesquels s'emmanchait une tête de bélier, furent profondément enfoncés dans la terre.

Et, çà et là, couraient des enfants qui criaient à tue-tête en effectuant de grands gestes pour écarter les corneilles.

***

Lydie plongea son regard dans celui de l'homme qu'elle questionnait.

— C'était un enfant ouvert, un peu maigrelet, mais solide et bien portant, dit-il en approchant de sa bouche lippue sa chope de bière. Un brave petit gars qui voulait toujours aider son père.

— Cependant, jeta Lydie sombrement, la ville d'Assouan, pas plus que celle d'Edfou, ne semble être un endroit où ils se sont arrêtés très longtemps.

— A mon sens, fit l'homme en passant sa main sur sa bouche pour essuyer la bière qui coulait de ses lèvres, ils sont à Thèbes.

— En tout cas, c'est ce qu'ils disaient, certifia sa femme qui, d'un pas lourd, s'était approchée d'eux.

D'un geste vif, elle retira la chope vide des mains de son mari.

— Cela suffit. Tu as assez bu pour aujourd'hui. Tu sais bien que trop de bière t'empêche d'avoir les idées claires.

Elle regarda Lydie et soupira. Son visage était épais et sa silhouette massive. Cependant, elle se mouvait aisément, la lourdeur de son poids ne l'empêchait pas de se livrer à mille déplacements dans les trois pièces de la petite maison.

— Ma noble dame, fit-elle, c'est quasiment sûr qu'ils sont à Thèbes. Vous devriez y retourner. Vous les verrez installés sur l'une des places de la ville. C'est comme ça qu'on les a trouvés.

Elle éleva les bras au ciel pour implorer une divinité quelconque mais, les dieux d'Égypte n'existant que pour les riches, elle les abaissa aussitôt dans un soupir de perplexité.

— Ah ! déclara-t-elle avec emphase, si je ne m'étais pas mêlée de cette affaire, où serions-nous à présent ? A la rue !

L'homme esquissa un haussement d'épaule.

— Oui, à la rue ! reprit sa femme d'un ton agacé. Cette maison dont je m'occupe depuis dix ans et ce jardin que je cultive et que j'arrose avec acharnement seraient aujourd'hui entre les mains de ma belle-sœur qui ne désire que ma mort pour s'emparer d'un bien qui ne lui appartient pas.

Elle se planta hardiment devant son mari.

— Ose dire le contraire.

— Tu as raison et je n'ai jamais dit le contraire.

Étonnée, la femme regarda son époux. La réplique qui abondait dans son sens sembla apaiser son agitation.

— Ah ! poursuivit-elle. Un document bien écrit qu'il nous a fait le père du petit, avec tout ce que nous lui avons dicté, sans rien omettre, sans rien cacher.

— Oui ! renchérit l'époux qui semblait reprendre ses esprits.

— Un document qui exposait clairement comment j'ai tout hérité de ma mère quand mon frère est mort.

La femme revint vers Lydie et soupira d'impuissance.

— Ce n'est pas là que vous trouverez cet enfant. Non ce n'est pas là.

De retour à Thèbes, Lydie ne savait comment faire pour suivre une piste la menant à de meilleurs résultats.

Elle décida d'arpenter les lieux les plus agités de la ville et commença par le quartier des commerçants et des artisans, mais hélas, ils ne la guidèrent vers aucune conclusion positive.

Elle poursuivit ses recherches du côté de la place du marché sans obtenir d'autres résultats hormis quelques indications qu'on lui fournit avec parcimonie et qu'elle connaissait déjà. Cependant, un commerçant plus obligeant l'engagea à se tourner du côté du port où marins et débardeurs étaient toujours plus loquaces que les citadins.

Lydie s'en fut donc, l'âme un peu moins morose, vers les quais de Thèbes où l'agitation était intense. Le Nil était bas et l'on apercevait les racines des bosquets où canards, sarcelles et oies sauvages se faufilaient dans l'attente que passât à leur regard vigilant la tanche ou la carpe trop hardie pour s'en tirer sans dégâts.

Un docker qu'elle croisa près d'un navire en partance pour le delta lui assura que sa mère lui avait parlé d'un scribe public, assez souffreteux qui demandait du travail.

Lydie insista, joua même de son œil chatoyant, mais l'homme hésitait à lui dire où sa mère habitait. Il fallut qu'elle lui tendit un bracelet de cuivre, qu'il saisit avec un empressement évident, pour qu'il l'informât de l'adresse où elle devait se rendre.

La maison était petite, en briques crues recouvertes de chaux, entourée d'un jardinet où quelques légumes poussaient. Le canal qui venait jusqu'à la ruelle voisine lui permettait de les arroser sans gros efforts, ce qui n'était pas toujours le cas lorsqu'il s'agissait des maisons enfoncées à l'intérieur de la ville.

Lydie s'engagea dans l'embrasure de la porte au-dessus de laquelle était planté un clou où des oignons étaient suspendus. Sous l'unique fenêtre qui n'était pas fermée, aubergines et melons étaient entassés contre le mur, attendant sans doute qu'un mûrissement plus développé vienne en changer les couleurs.

Dans la cour, à peine longue de dix coudées, quelques canards et trois sarcelles précédés d'un énorme jars qui semblait commander le bataillon de volatiles, la suivirent en boitillant jusqu'à l'entrée de la maison et s'arrêtèrent en dardant leurs petits yeux aigus vers la femme qui, surprise, s'avança.

Lydie la salua avec toute la politesse qu'un bon contact exigeait :

— J'ai rencontré ton fils qui travaille sur les quais, dit-elle d'un ton affable. C'est lui qui m'a donné ton adresse. Puis-je te parler quelques instants ?

La femme l'observa tout d'abord avec méfiance et, voyant qu'il ne semblait pas s'agir d'un propos malveillant, lui fit signe d'entrer.

— Pourquoi mon fils t'a-t-il dit de venir me voir ?

— Pour que tu puisses me renseigner sur un scribe public que tu as vu, un jour, dans les parages, probablement du côté de la place du marché.

La femme qui restait immobile devant Lydie, sans rien dire, s'acharnait à la dévisager, dardant sur elle son regard suspicieux.

— C'est exact, fit-elle sans trop remuer les lèvres.

— Sais-tu où ils sont ?

Elle secoua négativement la tête.

— Ma foi, non.

Comme Lydie ne disait rien, s'efforçant de ne pas la brusquer davantage et risquer de perdre le seul atout dont elle semblait pouvoir disposer, la femme se frotta le menton et réfléchit.

— Cependant, je me souviens d'un détail et il me semble que...

Elle s'arrêta, jeta son regard sur les bracelets qui entouraient poignets et coudes de la jeune femme, releva les yeux lentement et poursuivit :

— Mais non. Mais non, je dois me tromper.

Lydie savait que sans gain à l'appui, la femme ne parlerait pas. Aussi, jetant à son tour l'ombre de son regard avisé dans celui de sa compagne, elle sourit, puis choisit un bracelet d'argent et le lui tendit.

— Parle toujours. Je verrai bien si tes informations me sont utiles ou non.

La femme sembla se détendre, passa l'une de ses mains sur le haut de son front, repoussant une mèche rebelle qui lui tombait sur la paupière et se décida :

— La dernière fois que j'ai aperçu l'enfant, il était seul et suivait les obsèques d'une femme noble au temple de Karnak.

Le regard étonné de Lydie ne sembla pas surprendre la femme qui, sans attendre plus longtemps, poursuivit en soupirant :

— C'étaient de très belles obsèques. Ah oui ! De très belles obsèques.

— Connaissais-tu la femme à qui l'on offrait ces obsèques ?

— Non, mais c'était l'épouse d'un homme dont le père bon et généreux était médecin. Autrefois, cet homme a soigné mon mari sans rien demander en échange. A cette époque, nous étions pauvres, car il ne travaillait plus depuis longtemps. Et moi, je n'ai trouvé du travail qu'après sa mort.

— Et quel est le rapprochement avec les personnes que je recherche ?

— En suivant ces obsèques, j'étais en fin de file et quand je suis entrée à l'intérieur de Karnak, j'ai aperçu l'enfant traîner à l'arrière. Il était seul et c'était bien celui que j'avais vu avec le scribe public.

— Seul !

La femme hocha la tête.

— Mais pourquoi ? s'enquit Lydie d'une voix où perçait l'inquiétude. Il voyageait pourtant avec son père.

— C'est vrai, je les ai vus ensemble une fois sur le port et deux fois sur la place du marché. L'homme était pâle et voûté. Il paraissait assez épuisé. C'est l'enfant qui tenait son matériel de scribe.

Elle releva la tête.

— Sont-ils de ta famille ?

Lydie soupira. Voici qu'elle obtenait enfin un renseignement digne d'intérêt et qu'elle apprenait en même temps que le garçonnet n'était plus avec son père. Elle craignait soudain qu'il ne fût arrivé un accident à celui-ci et que l'enfant se retrouvât seul, sans appui, sans soutien ni ressources d'aucune sorte.

— Sont-ils de ta famille ? répéta sa compagne.

— Un lien de parenté que je viens de découvrir. Et, crois-moi, ce n'est pas simple de retrouver la trace de quelqu'un qu'on ne connaît pas.

— Est-ce ton fils ?

— Non, c'est celui de ma demi-sœur que je n'ai jamais vue.

A présent, la femme semblait complètement disposée à parler. Elle proposa même de partager une cruche de bière avec Lydie et la fit entrer dans une pièce contiguë plus spacieuse et plus claire.

— Nous serons mieux pour parler, dit-elle d'un ton affable. Cet enfant que j'avais vu en compagnie de son père me paraissait perdu dans cette foule qui suivait les obsèques de l'épouse du notable, du moins tant que nous étions à l'extérieur de l'enceinte de Karnak. Lorsque nous sommes entrés dans la ville, il changea d'attitude et parut chercher quelque chose ou quelqu'un.

— Quelqu'un ? Mais il ne connaissait personne d'autre que son père. Il n'avait aucune famille. C'était un orphelin.

La femme hocha la tête d'un air compatissant.

— Au retour, je ne l'ai pas revu. Peut-être était-il parti ?

D'un doigt, Lydie caressa son menton et se mit à réfléchir. « Peut-être aussi n'en était-il pas ressorti ? »

Cette soudaine constatation la remua à tel point qu'elle finit par ne plus en douter.

Le petit Neby n'avait pas quitté Karnak, probablement afin d'y chercher un soutien qu'il n'avait pas trouvé dans les rues de Thèbes après la mort de son père.

Karnak ! Les temples d'Amon ! La cité des Grands Prêtres, celle des dieux qui, assurément, l'aideraient à retrouver les traces de l'enfant. Voilà où la jeune femme devait le chercher. Neby s'était caché entre les murs sacrés de Karnak, un prêtre l'avait trouvé, s'était ému sans doute et l'avait pris sous sa protection.

***

A Karnak où Lydie n'était venue qu'assez rarement, les temples lui parurent d'un calme effrayant et l'atmosphère dans laquelle baignait les dieux lui apparut d'une intensité si grande qu'elle en fut étrangement étourdie.

Le Lac Sacré qu'elle n'avait aperçu qu'une seule fois lui sembla un site extraordinairement insolite. Elle entrevit quelques prêtres y faire leurs ablutions dans de grandes flexions de corps et en murmurant des prières dont elle ne comprit pas le sens. D'énormes colonnes en pierres venaient rompre la clarté de l'espace et troublaient son regard, mais apportaient cependant l'ombrage suffisant pour qu'elle ne se sentît pas complètement aveuglée par un soleil qui commençait à l'étourdir.

Par-delà l'enceinte de Karnak, elle distinguait d'un côté, d'immenses palmeraies que précédaient des champs de blé à perte de vue, et de l'autre, des vignobles sur lesquels grimpaient de beaux raisins brunâtres dont elle devinait le sucré velouté qui faisait le meilleur vin de Thèbes.

Lydie ne put qu'admirer ce site prodigieux et grandiose. On disait que les prêtres de Karnak étaient puissamment riches et qu'ils disposaient de tout ce dont ils avaient besoin bien au-delà des normes habituelles.

La résidence d'Anen n'était pas la plus petite ni la plus discrète parmi celles des Grands Prêtres. Vaste, entourée de sycomores et de palmiers, elle respirait le luxe et le confort. Les portes à doubles battants recouvertes d'électrum qui menaient à d'autres entrées et d'autres issues, la dissimulaient aux yeux des visiteurs indiscrets.

Pourvue d'un laissez-passer en bonne et due forme, la jeune femme demanda le Grand Prêtre Anen. Elle savait par Bek que le jeune homme n'était guère familier, que son tempérament renfermé et peu communicatif le poussait souvent à l'encontre de sa famille et qu'il n'accordait que de rares instants aux requêtes qu'on lui adressait. En outre, Lydie savait que de fréquents litiges l'opposaient à son frère Ay quant à leur façon d'aborder la politique religieuse.

Malgré la première réticence que le Grand Prêtre ressentit, il accepta de la rencontrer.

Les deux gardes qui l'avaient laissée entrer sur présentation du document qu'elle tenait en mains et qui portait le sceau du temple d'Amon avaient aussitôt abaissé leur lance et refermé derrière elle la lourde porte de bois précieux recouverte d'électrum.

Cependant, quand elle vit le petit scribe subalterne avancer, efflanqué comme un jeune chien qui ne reçoit pas sa pitance quotidienne, le crâne rasé, la tunique dégageant l'une de ses épaules sur laquelle était posé un petit singe noir, elle parut fortement contrariée.

— Mon maître vous fait dire qu'il est très occupé et qu'il me charge de répondre à votre demande.

La jeune femme esquissa un mouvement d'agacement.

— Il a pourtant donné son accord pour me voir et si je suis là, c'est pour le rencontrer.

— Alors, je regrette que ses dernières paroles n'aillent pas dans ce sens.

— C'est regrettable en effet, car ma requête ne peut accepter aucun intermédiaire, répondit-elle en levant les yeux sur le jeune homme qui, l'air têtu, caressait d'un doigt voluptueux le poil hirsute de son singe.

Elle recula de quelques pas et toisa le jeune scribe.

— C'est pour cette raison que je préfère le questionner moi-même.

Le scribe tourna la tête et huma par la grande baie qui donnait sur le jardin un petit vent léger qui soufflait sur les feuillages d'un palmier-dattier dont les branchages s'élevaient hardiment vers le ciel.

Cette attitude dédaigneuse fit comprendre à Lydie qu'elle n'obtiendrait rien si elle se butait elle-même et, pire, si elle persistait dans une trop grande audace, les deux gardes qui l'avaient fait entrer ne tarderaient pas à revenir la chercher, lances à l'appui.

— Ne peut-il pas prendre en considération un point essentiel ?

— Lequel ? fit le scribe en la regardant d'un air obséquieux.

— Dis-lui que j'étais l'amie intime de la Grande Intendante des Artisans, Beket, la mère de son cousin.

Un instant, elle pensa au peu de cas que faisait le Grand Prêtre des membres de sa famille.

L'argument n'aurait sans doute aucun poids. Mais elle insista :

— Peux-tu lui rappeler qu'elle a décoré et restauré, avec le plus grand soin, de multiples temples, ici même à Karnak et que les dieux lui en ont toujours été reconnaissants, particulièrement celui d'Amon.

— D'autres qu'elle ont travaillé sur les chantiers de Karnak, dit le scribe d'un ton toujours méprisant.

— Bien sûr. Comment pourrais-je l'ignorer? J'insiste simplement sur un point que tu devrais lui rappeler.

Le scribe se prosterna, un sourire ironique sur les lèvres et, toujours perché sur son épaule, le singe esquissa un geste grossier que Lydie fit mine d'ignorer.

— Je vais l'en informer, murmura-t-il. Mais il sera contrarié de votre entêtement et il se peut que je revienne à nouveau vous questionner moi-même.

Puis, il disparut, souple et silencieux, tel un chat désirant se fourvoyer en un quelconque abri et Lydie vit son singe au poil hirsute lever sa main à la paume rose et la poser sur le crâne rasé de son maître.

Restée seule, Lydie fit quelques pas dans la pièce où elle se trouvait. C'était une salle que l'on destinait au culte du dieu Amon. Au fond, sur toute la longueur du mur blanchi et décoré de scènes d'offrandes et d'adoration, des marches menaient à une grande statue en quartzite dont la tête était recouverte d'or. C'était une statue si imposante et si obsédante qu'elle forçait même le regard de celui dont l'esprit était préoccupé par autre chose. Ce qui, en l'occurrence, était le cas de la jeune femme.

Puis, laissant l'image du dieu, elle vit avec un soulagement non dissimulé le Grand Prêtre Anen qui s'avançait vers elle. Il était grand et maigre, presque voûté, mais son visage était fin, gracieux et ses gestes délicats. Lydie remarqua, cependant, que les yeux du jeune homme évitaient de fixer trop intensément les siens.

Lentement, comptant presque ses pas tant elle voulait paraître discrète, elle s'avança vers lui.

— Que puis-je faire pour toi? s'enquit-il d'un ton bas.

Elle s'arrêta, éleva l'un de ses bras à hauteur de son buste et commença d'une voix où perçait la méfiance :

— Il faut remonter un temps où tu célébrais les

obsèques de l'épouse de Ramose, Néfret, la fille du médecin qui soignait les Thébains.

— C'était un bel enterrement. Que veux-tu savoir?

Lydie ouvrit la bouche et prit une aspiration qu'il remarqua aussitôt et, sur ses lèvres, vint s'inscrire un sourire plus ambigu que sincère. D'un ton qu'elle s'efforça de rendre neutre, Lydie jeta :

— Peut-être peux-tu me dire si tu as remarqué un enfant qui suivait la foule des obsèques?

— Un enfant!

— Oui. Un garçonnet qui, apparemment, ne serait pas ressorti de Karnak.

Le visage d'Anen s'obscurcit et ses yeux en amande dont l'éclat s'intensifiait devinrent de braise. Lydie vit qu'elle touchait enfin un précieux filon, le seul qu'elle devait mener jusqu'au bout. Mais, voyant que le sujet devenait assez brûlant, elle jeta d'une voix où la prudence était de mise :

— Cet enfant devait avoir huit ou neuf ans à l'époque.

— C'était un voleur. Un pilleur de temple.

Une telle affirmation sidéra la jeune femme. Elle en eut le souffle coupé. Ses mains s'agitèrent quelque temps, puis ses doigts se crispèrent et, en prenant largement son souffle, ses yeux s'assombrirent tant la colère empoignait son visage.

— Il doit y avoir un motif pour avancer une telle certitude?

— En effet, il y en a un. Il volait de la nourriture au temple de la déesse Hathor.

— Il devait avoir faim, murmura Lydie.

— Faim! Bien sûr, il avait faim. Mais, le mal était en lui. Pardonné et recueilli par mes soins, il ne s'en est montré que plus ingrat. Oui, l'enfant n'était qu'une mauvaise graine, insoumis, têtu, rebelle, et pire encore totalement hérétique. Il est resté quelque temps à mon service. Puis, un jour, en remerciement de ma générosité infinie à son égard, il s'est enfui en volant un joyau d'une grande valeur, un lapis-lazuli incrusté dans la main de la déesse Hathor.

— C'est impossible, fit Lydie, anéantie par une telle révélation. Pas lui ! Pas...

Elle se tut brusquement. Anen dardait ses yeux mauvais sur elle, des yeux qui la menaçaient de mille abominations. Il reprit avec de la haine dans la voix :

— Pourquoi pas lui ?

Elle perdit pied et ne rétorqua rien.

— Si tu sais où est cet enfant, ton devoir est de me dire où il se cache. Il doit être puni. Un tel sacrilège mérite la mort.

Lydie sentit un frisson glacial lui parcourir le dos. Par tous les dieux ! Ceux d'Égypte et ceux de Crète qu'elle avait presque oubliés. L'enfant de sa demi-sœur ne serait donc qu'un vulgaire voleur ! Elle ne put y croire. Ce n'était qu'un garçonnet orphelin alors, abandonné, malheureux qui n'avait aucune ressource que celle de voler pour survivre.

Soudain, elle pensa à son amie Beket. Comment aurait-elle réagi face à de telles affirmations ? La grand-mère de l'enfant ! Une onde de colère eût sans doute envahi la vieille femme, emportant chaque parcelle de son corps et noircissant chacun de ses regards adressés au Grand Prêtre. Peut-être même aurait-elle été voir la reine Tiyi afin d'expliquer clairement la situation depuis son origine. Mais, elle ! Lydie la Crétoise, venue en Égypte pour y chercher l'énigme qu'elle n'avait pas encore résolue, malgré vingt longues années enfermée dans un confort dont elle reconnaissait les bienfaits.

Lydie ne savait comment clore ce débat.

— Quand s'est-il enfui de chez toi ? fit-elle d'un ton presque éteint.

Il hésita quelques secondes, fit un pas dont il mesura la portée, s'arrêta puis, se tournant vers elle, jeta d'une voix sèche :

— Ce n'est pas de chez moi qu'il s'est enfui. Car, voyant que je ne pouvais rien en faire, Ipény, l'épouse du Grand Prêtre Ptahmose l'a pris à son service.

Lydie frissonna. Quelque chose sonnait faux dans les propos d'Anen. Elle craignit, soudain, de tomber dans un piège bloquant définitivement l'avancée de ses nouvelles recherches. Elle connaissait Ipény. D'ailleurs, qui n'éprouvait pas d'antipathie pour cette mégère à cobras, cette prêtresse pervertie, sournoise, hypocrite, qui n'avait de sentiments que pour ses filles et ses reptiles! Ipény! La Grande Chanteuse d'Amon que redoutait même son époux le Grand Prêtre Ptahmose.

Voyant qu'elle n'obtiendrait plus rien de son interlocuteur, Lydie remercia, se courba profondément et s'en fut tout en réfléchissant à la façon dont elle aborderait l'épouse de Ptahmose.

*
**

Quand elle se retrouva dans les jardins du temple, face aux immenses colonnes et aux gigantesques statues de pierres à têtes de béliers qu'elle avait tout à l'heure admirées, elle se demanda comment Ipény allait réagir à sa demande.

Le ciel dardait son bleu intense en accord avec les rayons solaires qui la brûlaient profondément, laissant peser sur elle le poids des mots qu'elle ne pouvait oublier.

Elle essuya de sa main son front moite et fit tomber de son épaule la bretelle unique qui retenait sa longue robe blanche.

Quand elle demanda à voir Ipény, un curieux personnage l'agressa. Il apparut subitement devant elle comme un coup de vent brutal dans le sable du désert quand on ne s'y attend pas. Puis, quand elle baissa les yeux et vit la petitesse de l'individu qui ne lui arrivait pas plus haut que la taille et qui, d'un bond, avait sauté devant elle,

elle pensa à une datte trop mûre qui tombe du palmier avec un bruit mat et flou.

C'était une naine au visage blanc et fripé, laide malgré de grands yeux verts qui mangeaient sa figure entière. Son buste n'était pas voûté, mais ses épaules semblaient inexistantes et son cou s'y rattachait directement.

Soupesant et jaugeant la surprise de la jeune femme, la naine recula de quelques pas. Lorsqu'elle marchait, son corps difforme et la taille extrêmement courte de ses jambes faisaient tanguer sa silhouette comme une chaloupe à la dérive.

— Je sais que vous recherchez un enfant qui s'appelle Neby.

Elle plongea hardiment ses yeux dans ceux de Lydie pour tenter d'y détecter la lueur que, peut-être, elle cherchait. Mais, comment savoir si cette jeune et jolie femme, aux allures de noble, cherchait le bien-être de l'enfant ? Que voulait-elle dire ou demander à Ipény ?

— Vous recherchez Neby ? répéta-t-elle en braquant ses yeux durs sur Lydie.

— Qui te l'a dit ?

— Je l'ai su par un serviteur du Grand Prêtre.

— Et moi, j'ai demandé à voir Ipény. Alors qui es-tu et que veux-tu ?

La naine tangua sur ses petites jambes et chercha un équilibre qui lui permettait sans doute de mieux se concentrer.

— Avant, dis-moi ce que tu veux à cet enfant.

C'était une curieuse façon de présenter les choses. Une telle question semblait jeter un compromis acceptable entre elles. Un pressentiment avertit la jeune femme que cette étrange créature ne semblait pas hostile à l'enfant. Mais, devait-elle pour autant lui faire confiance ? Elle décida pourtant de lui en révéler davantage.

Mais, une voix sèche et autoritaire rompit cette harmonie naissante.

— Niny, je t'ai interdit mille fois de quitter les cuisines ! Veux-tu recevoir encore de la bastonnade ?

Cette fois, il n'y avait aucun doute, Lydie eut le sentiment que cette curieuse créature la sortirait de l'impasse dans laquelle elle se trouvait. Il fallait qu'elle intervienne.

— Cette femme m'a généreusement aidée alors que je me perdais dans les allées de tes jardins. Ne la punis pas. Elle m'a bien accueillie.

Ipény soupira.

— Allons, va rejoindre les autres servantes, et puisque mon invitée sollicite la clémence, tu seras épargnée pour cette fois.

Niny ne se le fit pas dire deux fois. Elle disparut comme elle était venue.

Ipény ouvrait la marche. Elle balançait souplement ses hanches un peu fortes qu'elle dissimulait dans une ample tunique jaune d'or aux plis qui retombaient à terre. Un pectoral de cornaline venait illuminer sa gorge rebondie.

Les deux jeunes femmes s'étaient vues à quelques assemblées et cérémonies officielles, sans pour autant discuter ensemble. Il est vrai que Lydie n'accompagnait que rarement Beket lorsqu'elle était invitée chez l'une des femmes de la noblesse thébaine. Aussi firent-elles connaissance avec une méfiance quasi partagée.

Elles traversèrent de vastes et beaux jardins aux effluves divers qui chatouillèrent les narines délicates de Lydie. Elle en respira voluptueusement l'étendue qui traversait le parc et se dit que le site était fort agréable.

Une grande terrasse au sol de quartzite rose où le vert tendre des ombelles de papyrus balayait l'espace de part en part les accueillit. Quand elles furent dans la pièce qui servait de lieu d'attente, une vaste salle où sièges, coffres et tables basses étaient disséminés parmi d'épais et confortables tapis dont Lydie reconnaissait l'origine — ils venaient tous de Babylone — Ipény lui désigna un siège et l'invita à s'y installer.

— N'aie crainte si tu vois, lové dans un coin, mon cobra. Il est inoffensif et redoute lui-même très fortement la peur des gens. Mais, lorsqu'il ne rencontre aucune crainte, il reste parfaitement immobile là où il est.

— En effet, je crois qu'il est là-bas au fond de la pièce. Il me semble apercevoir ses yeux rouges braqués sur moi, fit Lydie en esquissant un sourire poli. Puis, s'enhardissant, elle continua :

— Anen t'a-t-il parlé d'un enfant dont je recherche les traces ?

— Un petit voleur de chemin, un fils de brigand qui, en fuyant alors que je l'avais généreusement hébergé, a volé la déesse Hathor !

Lydie tourna la tête et, médusée, regarda le cobra royal qui se déroulait lentement devant ses yeux. Ipény saisit une coupe de vin frais sucré et la tendit à son invitée.

— Ne crains rien. Il veut simplement savoir si tu as peur de lui. C'est un petit jeu auquel il aime particulièrement s'amuser.

Lydie préféra ne pas donner de l'importance à l'incident qui, apparemment, réjouissait autant Ipény que son reptile et poursuivit en se retournant vers son hôtesse :

— En effet, Anen m'a dit qu'en partant...

— En partant ! Certes non. C'est en fuyant qu'il a volé le plus beau des joyaux du temple d'Hathor. Nul ne sait ce qu'il est devenu. Pourquoi t'intéresses-tu à cet enfant ? Est-il venu chez toi accomplir un autre forfait ?

Lydie secoua la tête. Le cobra était à quelques mètres d'elle. Quand elle sentit des perles de sueur sur son front, il arrivait près de ses pieds. Elle décida de ne paraître nullement effrayée et poursuivit :

— J'ai entendu parler de sa mère lorsque j'étais à Bouhen. Il semblerait que l'un des membres de sa famille ait travaillé pour le compte de Beket, celle qui fut Grande Intendante des Peintres d'Amon.

— Je l'ai fort bien connue. Beket a fait de l'excellent travail dans les temples et sur les chantiers de Karnak. Cette personne dont tu me parles, la mère de ce petit bandit, lui avait-elle dérobé quelque chose ?

— Non, c'était une personne de qualité.

Puis, tranquillement, elle désigna des yeux le reptile qui s'était mis en équilibre sur la base de ses anneaux et qui montait à l'assaut du vide, dans une attitude inquiétante.

— J'aimerais qu'il s'éloigne. Veux-tu lui dire ? Je suis persuadée qu'il sait t'obéir.

Ipény claqua du doigt, une fois. Le reptile s'immobilisa, l'œil rouge dirigé vers elle, l'écaille luisante et la langue sifflante. A nouveau, Ipény claqua du doigt, deux fois. Le cobra rentra sa langue et tourna la tête. Puis, se balançant une dernière fois comme s'il tentait de maîtriser son équilibre, redescendit de son promontoire imaginaire et recula silencieusement.

— Cet enfant n'a pu aller loin. Où a-t-il pu aller selon toi ?

— Aucune idée et, si ce n'est pas pour assouvir mon désir de le punir comme il le mérite, ce qu'il est devenu ne m'intéresse pas.

Lydie eut l'impression qu'elle tournait lamentablement en rond. Amère et lasse, elle remercia Ipény et l'informa que cette information n'était pas un gros souci pour elle. Elle ne voulait pas que la prêtresse se posât des questions qui l'eussent gênée dans la poursuite de ses recherches.

Mais Ipény ne fut pas dupe. Cependant, elle accepta de bonne grâce le congé de son invitée en se promettant de rester vigilante sur les allées et venues de Lydie. Puis, elle sonna son garde personnel et lui demanda de la raccompagner.

Lydie était à peine arrivée sous les ombrages des grands sycomores qui fermaient la résidence de son hôtesse qu'un frôlement près d'un laurier-rose touffu s'agita de façon curieuse. Elle n'y porta pas une attention particulière et poursuivit son chemin derrière le garde qui, lance à la main, lui ouvrait le chemin. Mais le bosquet se mit à remuer de plus en plus étrangement et, soudain, elle vit émerger une tête féminine où deux grands yeux verts muettement l'appelaient. Elle reconnut la naine.

— Allons, dit-elle au garde, je reconnais ma route. Tu es un brave homme et ta complaisance mérite bien cela.

Elle détacha de son bras un petit bracelet d'argent et le lui tendit. Le garde la regarda, surpris. Il hésita quelques instants puis voyant le sourire engageant de la jeune femme, il saisit le cercle d'argent et se courba légèrement tout en lui disant :

— Peut-être veux-tu te promener un instant sous les ombrages du jardin. Dans ce cas, tu remarqueras que la grande porte d'entrée est juste après la courbe de ce chemin. Tu y trouveras d'ailleurs un autre garde qui la refermera derrière toi.

Quand il eut disparu, Niny la naine accourut d'un bond qui l'amena juste aux pieds de la jeune femme.

— J'ai tout entendu, fit-elle dans un sourire un peu grimaçant qui dévoilait des dents jaunâtres, mais en bon état et bien rangées. Je vais t'aider, car tu t'es portée à mon secours et, sans ton aide, j'avais dix ou vingt coups de bâton. Ipény aime à passer ses nerfs sur ma modeste personne.

— Connais-tu Neby ?

— C'était mon ami. Anen, le Grand Prêtre le brutalisait et Ipény l'effrayait sans cesse avec ses reptiles. Neby en avait très peur. Il ne supportait plus cet état de soumission. Il est parti un matin et c'est moi qui lui ai dit de prendre le lapis-lazuli qui ne servait pas à la déesse.

— Où est-il allé ?

— A Coptos. Mais de là, il devait aller à Memphis

ou à Héliopolis pour se cacher de la police qui, flanquée d'Anen et d'Ipény, l'a recherché pendant plusieurs mois.

— Il faut donc, murmura Lydie, que je remonte jusqu'au delta pour le retrouver.

Elle observa quelque temps Niny qui semblait attendre que Lydie lui communiquât un élément qui lui permît d'en dire plus.

— Cet enfant m'est cher et je ne lui veux aucun mal. Bien au contraire, dit-elle d'un ton aussi bas que possible. Veux-tu m'aider ?

La naine hocha la tête, puis la tourna rapidement vers l'entrée où le garde regardait en direction de la voie opposée.

— Connais-tu la taverne de Min, sur la route de Coptos ?

— Non, mais je peux la trouver.

— J'y serai demain soir quand les derniers rayons du soleil seront tombés.

***

Ken, le jeune agriculteur de Bouhen qui, quelques années plus tôt, avait demandé à suivre Beket à Thèbes pour lui servir de valet ou de palefrenier, avait appris à conduire un char, une litière et même un attelage à deux ou trois chevaux qu'il menait avec brio dans les grandes avenues droites et bien tracées de la ville. Et depuis que la vieille Beket était morte, Ken suivait Lydie partout où elle se rendait.

Lydie vivait dans la grande maison que lui avait laissée Bek, une vaste et belle résidence en plein cœur de Thèbes que Lydie n'avait d'ailleurs jamais quittée depuis qu'adolescente et orpheline, venant de Crète, elle avait échoué sur les berges du Nil devant les terrasses de la maison de Beket.

Certes, la générosité du sculpteur n'avait d'égale que

l'affection qu'il portait à Lydie, sa seconde mère. Reconnaissant de l'avoir élevé en partie dans l'amour qu'elle lui avait toujours porté, Bek n'en était pas à sa première largesse de cœur envers elle.

Il faut dire que la Grande Intendante des Peintres avait été souvent absente du foyer familial, remplissant des fonctions sans cesse plus prenantes à Thèbes ou dans les villes de provinces dont les temples réclamaient une restauration picturale. Son fils l'avait si peu connue qu'il en était, à présent, à se demander quelle motivation l'avait saisie pour qu'elle mît un enfant au monde.

Bek avait tout de même aimé sa mère et ne pouvait qu'éprouver une immense admiration pour tous les travaux qu'elle avait exécutés dans sa vie d'artiste. Combien de murs et de bas-reliefs avait-elle grattés, restaurés, dessinés, peints ? Combien de temples avait-elle contournés, observés, jaugés afin de les rendre agréables aux yeux de ceux qui savaient en apprécier la beauté ? Oui, Beket avait bien mérité les égards et le respect que l'on doit aux artistes de talent.

— Ken ! dit-elle au jeune homme qui l'attendait à l'extérieur de l'enceinte de Karnak. Nous allons de ce pas chez Bek.

L'injonction de la jeune femme paraissait claire, nette de toute ambiguïté, mais en réalité sa voix était indécise. Elle craignait fortement la réaction de Bek, car elle savait qu'il s'opposait à cette idée de recherche d'enfant que sa mère et elle s'étaient mis en tête d'effectuer et, jusqu'à présent, malgré les bonnes intentions de Maât, son épouse, il n'avait rien fait pour favoriser cette quête acharnée que poursuivait Lydie.

« Un enfant à demi Crétois ! » disait-il, d'un ton assez vague. Que proférait-il au juste dans cette exclamation douteuse ? Si l'on avait ignoré le côté généreux du sculpteur, on eût pu dire qu'il était dédaigneux envers ce garçon dont les origines, après tout, semblaient obscures à l'exception de celles qui provenaient de sa propre ascendance.

Mais, bien que Lydie restât assez désappointée par cet état de fait, elle savait que les occupations de plus en plus multiples de Bek l'empêchaient de se préoccuper d'une affaire qui ne le concernait guère et à laquelle il ne pouvait être mêlé sans faire retomber sur lui un inévitable tracas auquel il serait confronté. Si sa tante Satiah avait fait un enfant dans les affres du mystère, si sa mère, avant de mourir, avait voulu en connaître les tenants et les aboutissants et si, de surcroît, cet enfant était un petit neveu inconnu de Lydie, libre à elle de rechercher le garçonnet à travers toute l'Égypte pourvu que cela ne l'impliquât pas dans sa propre vie si remplie et si active.

La litière fila bon train. Ken la menait de main de maître. Ils arrivèrent chez Bek et son épouse Maât avant la tombée de la nuit. Avec un soupçon de bon sens, Lydie se persuada qu'à cette heure Bek était encore dans son atelier et, pour cette raison, elle en prit directement le chemin.

L'atelier du sculpteur était carré, vaste, lumineux, tant le jour éclairait les grands espaces qu'il avait aménagés pour travailler. Bek était un artiste de talent, mais un artiste qui surprenait, déstabilisait, obligeait à remettre en cause certaines réflexions établies depuis trop longtemps pour qu'on les acceptât d'emblée. Aussi se voyait-il fréquemment écarté des grandes assemblées que tenaient ses confrères les autres peintres et sculpteurs.

Cette différence qu'il entretenait dans son travail créatif l'avait d'ailleurs fréquemment opposé à sa mère qui, elle-même, trop traditionnelle, trop proche de la religion d'Amon à force d'en avoir connu tous les rouages, n'acceptait pas la vision dangereusement moderne de son fils. Si, depuis des dynasties entières, on conservait encore les mêmes traditions picturales et architecturales, c'est bien parce qu'on entendait respecter les lois qui devaient rester immuables.

Bek semblait ne se soucier ni de ces critères ni de ces contraintes. Ses études et ses sculptures déconcertaient tant elles étaient de facture nouvelle. L'inédit, l'inconcevable, l'originalité dans toute leur ampleur devenaient pour lui priorité absolue.

Bek n'avait réalisé jusqu'à présent qu'un seul portrait du pharaon. Mais là encore, à l'inverse des autres sculpteurs qui travaillaient à la cour et qui rendaient toujours le physique d'Aménophis dans le charme de sa jeunesse, Bek l'avait réalisé — dans une totale conscience professionnelle, puisqu'il se devait d'être réaliste — avec les défauts qu'avaient imprimé sur son visage les vingt dernières années. Il faut dire qu'après avoir été d'une beauté exceptionnelle — le métissage asiatique de sa mère lui ayant apporté un charme supplémentaire — Aménophis le troisième, ne prenant guère d'exercice et aimant trop la bonne chère, était devenu assez gras, le visage bouffi et les peaux plus tombantes, ce que ne traduisaient pas dans la pierre ou le marbre ses sculpteurs habituels.

Mais expliquons un peu le contexte dans lequel Bek se trouvait et qui lui en faisait si violemment repousser les limites. Depuis le Moyen Empire — peut-être même l'Ancien Empire ce qui nous fait remonter jusqu'aux pharaons des pyramides — peintres et sculpteurs, en déifiant leurs pharaons, remplaçaient un visage ou un corps disgracié, vieilli, devenu flasque et laid, par l'effigie d'un robuste animal. La représentation définitive de notre roi vétuste devenait alors celle d'un puissant et rugissant taureau, quand ce n'était pas celle d'un faucon à l'œil rond éveillé ou d'un bélier vif et agile aux cornes qui enserraient le disque du soleil.

Voilà comment notre vieux pharaon restait, pour l'éternité, un modèle du genre. Le roi tout-puissant dans la virilité de l'homme, la force de l'animal et l'esprit du dieu, marchant à mi-chemin entre la vie terrestre et celle de l'au-delà ! Une image qu'il fallait reproduire, perpétuer, véhiculer, offrir à l'Égypte entière et, une fois qu'elle passait les frontières, la présenter à ses voisins, amis ou ennemis, comme la seule qui soit acceptable.

Une image qui ne tolérait que quelques divergences, l'arcade d'un sourcil, l'angle d'un nez, le triangle ou l'arrondi d'un menton, la hauteur d'un front.

Seul le nom du monarque changeait. Le pied levé du pharaon en marche était toujours le même, l'offrande qu'il tendait restait inchangée, la reine assise à ses côtés se tenait toujours les mains posées sur les genoux, le regard fixe et absent, le sourire à peine esquissé. Aux yeux du peuple, le couple royal humain se déifiait ainsi.

Voici pourquoi Bek exécrait la théorie séculaire associant le pharaon au dieu animal qu'il fallait représenter, reproduire, multiplier sur les monuments, les colonnes, le long des obélisques, les bas-reliefs et les murs des temples. Voilà aussi pourquoi Bek n'était pas en accord avec la religion de son pays, pas plus qu'il n'était l'ami des Grands Prêtres d'Amon qui ne pouvaient que perpétuer cette coutume vieille de plus de mille ans.

En revanche, Bek travaillait beaucoup pour Tiyi qui semblait accepter sa vision créative assez particulière. Pour son palais de Malgatta, Bek avait sculpté des colonnes gigantesques représentant des scènes de chasse et de pêche, des bas-reliefs à fresques essentiellement florales que la reine avait disséminés dans ses jardins, ses parcs et le long du lac artificiel.

Quant aux statues, il en avait effectué plusieurs représentant la reine entière, parfois le buste ou le portrait. Fait étrange, la Grande Épouse n'avait pas critiqué cette façon qu'il avait de traduire ses traits plus grossiers qu'ils n'étaient « à moins qu'avec l'âge, disait-elle, la nature l'eût façonnée autrement ». De ce fait, quelques représentations de Tiyi montraient un visage aux yeux plus grands qu'ils n'étaient, presque globuleux, aux lèvres épaisses et tombantes, à la chevelure plus crépue que nature. Ce qui revenait à dire que les portraits de la reine Tiyi avaient une morphologie dissemblable de celle des pures Égyptiennes.

— Bek! appela Lydie, en entrant dans le grand atelier. Es-tu là?

Un vague grognement l'accueillit et Lydie tourna son visage vers l'encoignure où le sculpteur s'acharnait à disposer un énorme bloc de jaspe vert derrière lequel il disparaissait complètement.

— Voilà bien longtemps que tu n'es pas venue, fit-il en émergeant de l'imposante masse vert sombre qui jetait des lueurs mordorées. Je pressens de nouvelles questions au sujet de ton protégé que tu cherches toujours.

— Bek! Je viens d'apprendre une chose ennuyeuse.

— Ennuyeuse pour qui?

— Oh, rassure-toi! Tu n'es nullement en cause.

— Mais encore! fit Bek en prenant une brosse à poils souples qu'il contempla un instant avant de la passer délicatement sur le poli du jaspe.

— Je viens d'apprendre que, devenu orphelin, l'enfant était seul et sans appui.

— En es-tu sûre?

Lydie hocha la tête et s'approcha de Bek.

— L'enfant a été recueilli à Karnak par Anen. Insoumis et de plus hérétique, paraît-il, le Grand Prêtre l'aurait remis sans pitié à Ipény.

— Cette harpie d'Ipény!

Bek posa sa brosse et, du doigt, inspecta le poli du jaspe qui lui sembla parfait.

Il soupesa des yeux la masse entière puis, satisfait, prit l'un des ostracas qui traînaient sur le sol. Le dessin dont il avait fait l'esquisse quelque temps plus tôt lui parut acceptable et il le reposa sur la table.

— Je suppose, jeta-t-il en souriant, qu'il n'est pas resté et qu'il s'est enfui rapidement.

— Oui, comment as-tu deviné ?

— Que peut-on faire d'autre quand on est au service de cette mégère ? Lui plaire ! Certes non. Jouer l'hypocrite ! Qui peut se targuer de pouvoir le faire sans attiser ses instincts de folie ?

Lydie soupira. Bek avait raison. Rester au service de la Grande Prêtresse équivalait à son arrêt de mort, exception faite de quelques éléments dont elle ne pouvait se passer.

— L'enfant est parti en volant l'un des bijoux qui était enfermé au temple d'Hathor.

Bek s'esclaffa.

— Eh bien voilà un fait divers qui, en son temps, a dû exciter les grands prêtres ou je ne m'y connais pas.

Il riait aux éclats tant l'idée qu'un enfant pouvant abuser aussi ouvertement un prêtre du temple d'Amon lui plaisait. La bouche ouverte, Lydie le regardait, surprise de voir son hilarité se déchaîner à un tel point.

— Et à combien de temps cela remonte-t-il ? questionna-t-il en reprenant son souffle.

— Deux ans peut-être. Cela permet d'atténuer la portée du délit.

Bek hocha la tête. Dans son œil s'allumait encore cette lueur de plaisir qui brillait à chaque fois qu'il apprenait qu'un prêtre d'Amon venait de se faire duper.

— A mon avis, cet enfant a bien fait. Un jour ou l'autre, ce bijou aurait été la propriété d'Anen ou de Ptahmose. Le clergé d'Amon est un nid de voleurs.

— Bek, protesta Lydie, n'es-tu pas un peu excessif ?

— Ces prêtres sont puants d'autorité. Ils en deviennent tyranniques et tu le sais, combien de fois me suis-je heurté aux idées de ma mère lorsqu'elle tentait de les défendre ! Cet enfant n'a fait qu'emprunter ce bijou et il a bien fait. A mon sens, il a dû subir des dommages. Peut-être a-t-il été battu pour son insoumission ? Peut-être a-t-il supporté les vils chantages d'Ipény dont elle a coutume de se servir pour arriver à ses fins ? Ce n’est donc que juste équilibre. Les religieux de Kanark volent aux pauvres, il est équitable que, de temps à autre, ces derniers récupèrent un peu de leurs maigres biens.

CHAPITRE V

A Coptos, depuis deux ans déjà, Neby travaillait pour les scribes du quartier commercial qui, pourvus de titres ronflants et la tête emplie d'honneurs que leur avaient attribués quelques hauts dignitaires de la région, se déchargeaient sur les petites mains qu'ils payaient une misère.

Neby restait consciente que ces scribes-là n'étaient pas de la plus haute compétence et s'ils se rabattaient sur des jeunes éléments, trop naïfs ou trop inexpérimentés pour oser les contredire, c'était que la société était ainsi faite et Neby devait se plier, sans rechigner, aux exigences de la profession.

Les premiers jours furent difficiles. Neby ne gagnait rien. Il fallait tout d'abord montrer, puis étaler, document après document, le degré de son talent avant d'exiger les miettes qu'on lui accordait.

Puis, le premier mois passé, l'appui d'Ousert aidant, Neby se mit à gagner un peu d'argent. Le vieux scribe qui l'hébergeait et pour le compte duquel elle travaillait semblait prendre son travail à cœur et recherchait dans sa mémoire tous les rouages dont il s'était servi autrefois pour attirer la clientèle.

Neby était intégralement prise en charge par son vieux maître qui lui indiquait les lieux où elle devait se rendre et les personnes qu'elle devait rencontrer. L'adolescente arpentait surtout les quartiers commerciaux et administratifs. Mais ce qu'elle ne disait pas à Ousert — outre qu'elle était une fille et non un garçon — c'est qu'elle évitait tous les parages des temples de crainte qu'un prêtre, mis en contact avec ceux de Thèbes, n'ait eu vent de son histoire.

Mais peu importe, se disait Neby, ce n'était pas dans cette clientèle qu'un scribe public trouvait du travail — et en cela elle avait raison — les temples, que ce fût à Thèbes ou en province, regorgeaient de scribes de toutes sortes et n'avaient nullement besoin d'une aide extérieure.

Au bout du compte, Neby était satisfaite. Elle mangeait à sa faim, bénéficiait d'un abri où elle avait sa natte, son coffre, sa table et son tabouret, palpait de temps à autre de ses doigts encore dégarnis son trésor : elle rangeait soigneusement dans un coin de l'unique pièce qu'elle partageait avec le vieillard les quelques menus cercles de cuivre qui constituait sa richesse.

Mais, de toute évidence, le plus grand plaisir de Neby était d'effectuer un travail qui l'enthousiasmait et pour lequel elle était faite.

Si, à force de l'observer, Ousert trouvait chez son étrange protégé des façons efféminées accentuées par un air bizarrement doux et docile et si, en suivant cette idée, il pensait qu'il s'agissait d'un de ces jeunes garçons qui, plus tard, s'adonnerait à des mœurs qui n'avaient jamais été les siennes, il n'en parlait jamais.

Mais si, au contraire, sa méfiance ne s'était pas endormie et s'il pensait, parfois, que Neby se faisait passer pour un garçon afin de faciliter son état de scribe, il ne s'interrogeait pas et ne s'en inquiétait pas plus, respectant les idées ou les raisons qui poussaient Neby à agir de la sorte.

En fait, il acceptait ses gentillesses et ses prévenances comme un privilège que les dieux lui accordaient avant que ses derniers jours ne vinssent troubler son repos sur terre.

En cela, il avait raison. Rien ne devait laisser transparaître ses doutes. Ousert décidait tout simplement de laisser vivre Neby comme elle l'entendait.

C'est ainsi que nourrie, logée et pourvue de quelques cercles de cuivre qu'elle mettait de côté pour les jours néfastes, Neby ne se trouvait ni malheureuse ni même défavorisée et elle eût poursuivi volontiers ce rythme satisfaisant si, encore une fois, la crue du Nil, inopinée et dévastatrice, n'était venue tout perturber.

Avait-elle pressenti la cruelle inondation qui devait emporter la maison du vieil homme et son maître ? Pensait-elle à un accident dont la portée pouvait être tragique ou croyait-elle simplement qu'à cet instant précis les dieux n'étaient favorables ni aux Égyptiens ni à elle-même ?

Quoi qu'il en soit, ce jour-là, en quittant Ousert, Neby s'inquiéta, jeta un coup d'œil sur le tronc de l'arbre qui lui servait de coffre-fort. Hésitant sur l'importance de sa soudaine angoisse, elle passa le doigt dans l'encoche rugueuse qui conservait le lapis-lazuli. A force d'avoir accompli ce geste, elle en connaissait chaque aspect. Neby savait qu'elle devait l'enfoncer profondément pour sentir le contact froid et métallique de la pierre. Quand elle la heurta doucement, son inquiétude disparut et elle s'en fut traverser le fleuve déjà grossissant.

Durant la matinée, la force du fleuve augmenta de façon incroyablement violente. L'eau montait inexorablement, noyant les premières cabanes et déracinant tout sur son passage jusqu'aux arbustes qu'elle emportait comme des fétus de paille.

Les heures qui suivirent devinrent désastreuses et la crue se fit agressive et cruelle. Noyées, les maisons ne montraient plus que le haut des murs et leurs toitures plates. Les arbres les plus solides tentaient de résister.

Plus tard, la crue devenue démentielle s'en prit aux terrasses étagées des maisons résidentielles disposées à l'arrière. Nobles et dignitaires, dont les maisons cossues étaient bâties en pierre, se trouvaient épargnés, nullement atteints dans leur confort habituel, car les murs ne s'effondraient pas et leurs provisions alimentaires restaient soigneusement gardées dans de hauts greniers que la crue ne pouvait détruire.

Le soir, quand Neby voulut rentrer chez le vieil Ousert et qu'elle arriva près de l'embarcadère disparu depuis peu sous les flots, une foule de gens s'y trouvait, criant et vociférant, voulant traverser le fleuve pour retrouver parents et familles restés sur la rive opposée.

Le passeur qui s'agitait levait ses bras d'impuissance. C'était un homme de haute taille, bâti comme un géant et pourvu de muscles puissants. L'embarcation dont il avait la charge était un immense plateau de bois recourbé aux extrémités et dont l'avant était muni d'un gouvernail qui le faisait avancer, parfois même à vive allure quand le Nil était tranquille.

— Ne passez pas là ! cria-t-il, le courant est beaucoup trop fort et deux de mes clients se sont déjà noyés.

— Essayons tout de même, jeta l'un des usagers qui hochait la tête devant le désastre trop visible pour le contester.

L'homme haussa les épaules.

— C'est impossible. Passez par l'autre côté de la ville, les forces du fleuves sont moins dévastatrices. Moi, j'abandonne.

— Veux-tu me laisser les amarres, proposa l'un des hommes qui semblait sûr de lui, je sais manœuvrer ce genre d'embarcation et je n'ai pas peur.

— Et moi, rétorqua le passeur, je n'ai pas envie de voir mon bateau disparaître dans cette furie.

— Je te dis que je m'y connais. J'ai même navigué sur la Grande Verte. Laisse-moi faire et tout le monde sera content.

L'homme qui osait braver ainsi le passeur était un petit personnage de taille assez insignifiante, mais il relevait si haut le buste que cela lui faisait prendre de la hauteur. Son nez qu'il avait fortement épaté arrivait juste au nombril de l'autre et celui-ci, pour rendre la situation plus ridicule, redressait le buste afin de paraître plus géant encore.

A les voir ainsi s'affronter, face à face, cela eût certes fait sourire si la circonstance n'avait pas été aussi dramatique.

— Tu as peut-être navigué sur la Grande Verte alors que moi, je ne connais que le fleuve, mais je te répète que je refuse de prendre d'autres clients en charge.

— Regarde comme il est costaud, intervint un homme qui semblait prêt à rebrousser chemin, ce n'est pas avec tes poings que tu arriveras à le convaincre.

— Et puis, renchérit son voisin, qui nous dit que tu sais manier un tel bateau? Il t'a dit que deux de ses clients s'étaient noyés.

Les autres avaient déjà tourné les talons à la recherche d'une solution qui les menât à de meilleurs résultats et Neby se dit qu'elle devait en faire autant si elle ne voulait pas se trouver prise dans une mortelle impasse.

Elle décida donc de choisir la dernière issue qui se présentait, celle qu'avait proposée le passeur et elle se mit en route pour rejoindre l'autre côté de la ville.

En traversant Coptos, Neby ne put que constater les dégâts accomplis par la crue en quelques heures. La foule gémissait à grands cris, certains se distinguaient, balançant dans l'espace leurs bras impuissants.

Les plus hardis balayaient l'eau de leurs pieds, essayant de déblayer, récupérer, ramasser ce qui partait à la dérive, les tabourets, les coffres, les jarres, les tables, les planches même — car beaucoup de meubles étaient fracassés par la violence des eaux — ainsi que les vêtements surnageant pitoyablement pour aller s'accrocher à quelques arbres dont on apercevait encore la cime.

Les plus apeurés, parmi lesquels se trouvaient beaucoup d'enfants, restaient juchés sur le haut des murs ou des toitures plates recouvertes de paille. Les mères, paniquées elles aussi, leur criaient de ne plus bouger et d'attendre que l'eau dévastatrice descende. Mais le niveau ne faisait que s'élever.

Les commerçants les plus avisés avaient depuis longtemps hissé leurs marchandises tout en haut de leurs greniers, les préservant comme ils pouvaient de la catastrophe.

Il arrivait, cependant, qu'une telle crue recouvrît aussi les abris les plus élevés, allant jusqu'à engloutir les greniers les mieux préservés.

Restaient les commerçants les plus malchanceux, ceux qui avaient attendu trop longtemps et qui regardaient avec effroi leurs marchandises disparaître dans l'eau, une à une, sans qu'ils pussent rien faire. Parfois, un gamin trop hardi dégringolait de son perchoir pour tenter d'attraper un oignon, un melon, une courge qui passait sous ses yeux. Parfois, l'audacieuse opération réussissait, parfois l'enfant tombait à l'eau et ne réapparaissait plus.

Canards, oies, sarcelles fuyaient vers des abris plus sûrs. Passant devant les yeux ahuris de la foule qui, des pieds, brassait l'eau, et conscients sans doute de l'avantage qu'ils avaient sur le monde des humains, les volatiles traversaient tranquillement les flots en furie pour retrouver le coin paisible qu'eux seuls connaissaient. Pourtant, l'audace des hommes était parfois au rendez-vous et il advenait fréquemment qu'une main habile arrivât à saisir le col gras d'une oie ou la queue emplumée d'une sarcelle pour les tirer à elle et les plonger dans le sac à préserver à tout prix du désastre. Car, l'eau qui souvent leur arrivait jusqu'à la taille les immobilisait et entravait la plupart de leurs mouvements.

Neby marchait comme elle pouvait, les bras écartés au-dessus du niveau d'eau, l'allure incertaine, le regard un peu vide.

Parfois, elle heurtait un objet dur, un meuble englouti, une racine, une pierre. Parfois, elle se cognait à une femme qui, criant de désespoir, cherchait des yeux son enfant.

Poursuivant son chemin pour rejoindre l'autre côté de la ville, elle eut un soupir pour le vieil Ousert qui ne pouvait ni marcher ni se déplacer. Que pouvait-elle faire d'autre, s'il n'était pas encore noyé, sinon attendre patiemment que la crue se calmât un peu ?

Soudain, on la héla et Neby se retourna. Elle reconnut l'arpenteur qui travaillait pour un notable de Coptos et qui, chaque matin, prenait le bac avec elle.

— Veux-tu venir avec nous ? proposa-t-il. Mon fils a retrouvé sa barque sur la berge et elle n'est pas endommagée comme beaucoup d'autres.

En effet, à l'approche de la crue, nombre de petites embarcations se retournaient et disparaissaient dans le fleuve quand elles ne venaient pas se briser sur la berge.

— Ne dois-tu pas retrouver ton vieux maître ? insista-t-il. Allons, viens avec nous, il va tenter de traverser le Nil.

Comme il voyait Neby indécise, il reprit :

— Ne t'inquiète pas, mon fils est expert, il sait manœuvrer ces embarcations, comme personne d'autre ne sait le faire. Et puis, ajouta-t-il en se frottant le menton, il est pressé de retrouver sa femme et ses trois enfants qu'il a laissés trop inquiets ce matin pour être lui-même rassuré.

— Je viens ! s'exclama Neby.

Ramose arrivait, traînant derrière lui la légère barque qui devait les emporter sur ces flots dont la fureur ne semblait pas s'atténuer. C'était une petite embarcation comme on en voyait tant sur le Nil, tressées en bottes de papyrus étroitement liées entre elles, elles étaient plus larges et plus creuses au milieu pour permettre d'y être à l'abri de tout danger, elles ne se retournaient que rarement, restaient faciles à manier et glissaient sur les voies d'eau les plus inaccessibles, là où les marais touffus de bosquets et l'étroitesse du fleuve rendaient impossible le passage des gros bateaux.

Dans le déchaînement des eaux, il n'était guère facile de monter dans la barque et il fallut que Ramose et ses compagnons s'accrochassent fermement aux bords en se soutenant avec force pour que celle-ci leur permît d'y entrer.

Quand Neby sentit ses pieds toucher le fond du bateau, l'inquiétude qui la tenaillait depuis quelque temps s'atténua et les tristes visions de la traversée de Coptos — qu'elle avait encore en mémoire — s'effacèrent.

La gaffe au long manche de bois terminée par deux fourches que maniait Ramose leur permit de s'éloigner de la berge. Certes, la navigation allait se montrer capricieuse et sournoise et cela ne tarda pas à s'avérer juste. A peine furent-ils éloignés du bord qu'un coup de vent violent vint déséquilibrer la fragile embarcation.

Pour redonner de la stabilité au bateau, Ramose avait planté sa gaffe dans le sol bourbeux, mais quand il voulut la retirer pour la piquer plus loin, elle s'était accrochée au fond vaseux mêlé de racines et d'herbes tenaces et il fallut l'aide de son père pour l'en retirer.

Quand le vent soufflait trop fort et que des vagues se formaient sous le fond du bateau, Ramose criait à Neby de se tenir à l'autre extrémité pour faire contrepoids. Mais la barque tressautait à chaque obstacle et n'avançait que lentement, trop lentement au gré des trois navigateurs.

Un ciel désespérément terne se confondait à la couleur du Nil qui n'était plus qu'une étendue triste et noire où se mêlaient la frayeur des hommes et la panique du bétail.

Une houle subite les prit de plein fouet et la barque chavira. Neby tourna la tête et c'est là, au moment précis où elle aurait dû redoubler d'attention, qu'elle chuta.

Projetée à l'extérieur, elle s'accrocha désespérément au rebord du bateau. Les pieds à la dérive, mais le corps tendu à l'extrême, l'eau lui montait au visage et emplissait sa gorge. Elle dut cracher plusieurs fois afin de garder les idées claires.

A nouveau, elle tourna la tête. La rive opposée lui parut inaccessible et, soudain, alors que ses yeux revenaient promptement à l'esquif fragilisé par la tempête qu'elle voulait reprendre en mains, elle vit avec horreur le dos écaillé des deux sauriens qui s'avançaient en silence.

Neby cria et les deux hommes se tournèrent vers elle. Quand ils aperçurent le couple de crocodiles approcher, avançant de leur habituelle façon sournoise et dissimulée, le bout de la gueule effilée sortant de l'eau, laissant juste émerger au-dessus deux yeux ronds et cruels, Ramose cria à son père de lui porter secours.

— Tiens-toi, mon garçon! cria-t-il à Neby et rentre les jambes sous la coque du bateau. C'est toujours par là qu'attaquent les crocodiles. Les jambes flottent loin derrière le corps et ces monstres, qui observent en silence, les arrachent en un rien de temps.

A ces paroles qui n'offraient rien d'encourageant, mais qui hélas étaient réelles, Neby crut défaillir. Fallait-il qu'elle leur criât son désespoir? Fallait-il qu'elle leur avouât, dans la crainte de perdre ses forces, qu'elle n'était qu'une fille, toute jeune encore, et qu'elle n'avait pas la poigne d'un garçon?

Neby se reprit. Jamais elle n'avait avoué son état de fille sous les coups de fouet que lui avait donnés le cruel petit prêtre d'Amon. Jamais elle ne s'était dévoilée devant Ipény et ses cobras monstrueux et jamais elle n'avait faibli face à ceux qui, dans les rues, la pistaient pour mieux lui voler les bracelets d'argent qui lui servaient à vivre. Pourquoi faiblirait-elle à présent?

Elle serra les dents, allongea ses jambes par-devant et les laissa filer sous la coque, mais cela fit dangereusement basculer la barque et elle dut les ramener à son point d'équilibre pour rétablir la position malmenée de l'esquif.

Voyant que la situation se compliquait au détriment de son jeune compagnon, Ramose calcula promptement la distance qui le séparait des sauriens. Par bonheur, il réussit à arracher la gaffe accrochée au fond du fleuve et, l'élevant à mi-hauteur, il dirigea la pointe de sa fourche en direction des deux crocodiles.

— Ne t'affole pas, mon garçon, reste calme! Mon père va te sortir de là. Je veille sur les monstres et si je vois que l'un d'eux t'attaque, je lui enfonce mes griffes dans la gueule.

Les Égyptiens habitués à la navigation de leur fleuve savaient que les crocodiles étaient sournois. Avant l'attaque, ils plongeaient sous l'eau pour tromper l'ennemi et ne réapparaissaient que gueules ouvertes, mâchoires béantes et craquantes sous la proie humaine qu'ils venaient de happer.

Les deux monstres avaient tournoyé quelque temps autour de Neby et s'étaient immobilisés du côté de Ramose si bien qu'il ne les vit plus. Certes, il ne pouvait prendre le risque de faire chavirer son bateau, car un pas malchanceux retournerait l'embarcation comme une plume et les crocodiles auraient trois proies au lieu d'une à se mettre sous les dents.

Bloqué, Ramose resta donc immobile, sa gaffe devenue inutile élevée dans l'espace. A présent, seul son père pouvait encore aider l'adolescente.

Par chance, celui-ci avait décidé de sauver Neby. Il s'était accroupi au fond du bateau, sur la tresse serrée de papyrus qui le tapissait et, rampant très lentement, il arriva au bord de l'autre extrémité sans que le bateau oscillât trop dangereusement, bien qu'une nouvelle lame, poussée par le vent, vînt se projeter violemment contre la coque.

— Attrape ma main, mon garçon. Si tu ne la vois

pas, glisse la tienne sur le bord, j'essaierai de l'accrocher.

Il observa un instant le rebord glissant du bateau et quand il vit les doigts de Neby s'accrocher, puis subitement se dresser il se mit à hurler :

— Allons ! Un peu de cran. Tu es un homme et, par tous les dieux maudits, utilise ta force au maximum !

Neby fit réapparaître malhabilement une main, puis l'autre et se retint faiblement au bord. Quand elle sentit ses doigts accrocher ceux de son sauveur, elle les agrippa avec une force dont elle ne put mesurer la portée.

Le plus dur était fait : l'esquif tanguait, mais ne chavirait pas. Neby se hissa peu à peu sur le rebord et sentit qu'on la tirait lentement. Avec un bruit qui lui parut anormalement pesant, elle s'entendit tomber au fond du bateau. Nul ne sut si ses yeux étaient embués de l'eau du Nil ou des larmes de joie qui assaillaient ses paupières.

Il fallut plus d'une heure pour atteindre le milieu du fleuve. A chaque lame élevée par le vent et obstruant le passage, la barque bifurquait et il fallait recommencer le trajet effectué quelques instants plus tôt.

Ce ne fut qu'au bout de quelques heures, encore fallut-il affronter les fonds bourbeux de la berge opposée, que nos navigateurs épuisés se retrouvèrent enfin sur l'autre rive du Nil.

Ramose et son père souhaitèrent bonne chance à leur jeune protégé et s'en furent de leur côté, inquiets à l'idée qu'il était peut-être arrivé malheur à leur famille.

Et Neby ! Que pouvait-elle trouver d'autre qu'un immense espace désertique empli furieusement par les eaux à la place de la maison d'Ousert ? Son cœur réagissant en premier, elle chercha des yeux le vieil homme avant de tourner la tête vers le tronc d'arbre qui abritait son joyau.

Aux alentours tout était cauchemardesque. Des paysans gémissaient sur leurs maigres biens disparus. Des femmes pleuraient après un enfant qu'elles ne retrouvaient plus. Ici, seules des planches gisaient, flottaient. On ne voyait guère de denrées alimentaires émerger des eaux en furie. Le peu de réserves qui existait en cette région écartée de la ville avait sombré depuis longtemps.

Devant ses yeux, Neby avait un spectacle différent de celui qu'elle avait vu à l'intérieur de Coptos. Certains paysans qui gardaient encore quelque optimisme parlaient déjà de reconstruire leur humble masure. Mais les plus meurtris se lamentaient, murmurant que les dieux des nobles et des dignitaires, les dieux du pharaon et de sa famille n'étaient décidément pas pour les pauvres. D'ailleurs, existaient-ils vraiment ?

Enfin, quand Neby eut pris conscience du désastre, elle vit émerger la cime du vieil acacia qui abritait Ousert en ses heures de paisible repos. Mais, cherchant avec ténacité le tronc qui cachait son lapis-lazuli, elle ne trouva qu'un immense trou béant lorsque, des pieds, elle balaya le sol boueux qui ne lui rendait qu'une muette interrogation.

Alors, juchée sur la cime du vieil acacia, elle fit comme tant d'autres, elle attendit la décrue. A présent que les flots avaient atteint le niveau maximal, les eaux commençaient à baisser lentement, redonnant un peu de courage au cœur des plus défavorisés.

Depuis trois jours, Neby n'avait rien mangé. La nuit, elle descendait de son arbre pour dormir dans un abri lamentablement préservé, les pieds dans l'eau, la tête relevée sur un bosquet dont la cime n'excédait pas une demi-coudée.

Dès que l'aube arrivait, elle se hissait sur son promontoire qui se dégageait peu à peu, croyant qu'à la décrue, le vieux tronc laissé à l'abandon apparaîtrait miraculeusement à ses yeux, projeté quelque part ailleurs où les eaux ne l'avaient pas malmené.

Elle vivota ainsi quelques jours, se nourrissant des bulbes de papyrus qui commençaient à émerger du sol. Puis, voyant les eaux se retirer, elle commença à perdre espoir. Déraciné, le tronc restait introuvable.

Un matin, une voix rauque, dans son dos, la héla. Une voix dont le timbre ne lui était pas inconnu. N'était-ce pas dans cette même ville, devenue un amoncellement de fantomatiques vestiges, que ce grand gaillard l'avait bourrument abordée ?

— Alors, mon garçon, que vas-tu faire à présent que mon père n'est plus ?

Neby se retourna et regarda l'homme qui s'avançait vers elle. Elle le trouva plus grand que dans l'idée qu'elle s'en était faite, mais tant de mois étaient passés. Neby était une fillette à peine déguisée en garçonnet à l'époque. Kalef — puisque c'était lui — avait l'air assez goguenard, mais son dos était voûté et ses yeux reflétaient une tristesse dont elle connaissait la cause. Il fixa l'adolescente qui ne parlait pas.

— Tu l'aimais bien mon père, n'est-ce pas ?

— Nous avons fait du bon travail ensemble.

Kalef hocha la tête.

— Que vas-tu faire à présent ?

— Je ne sais pas.

— A quoi cela te sert-il d'attendre là ? Tu n'as plus ni maison ni maître.

Comment Neby pouvait-elle expliquer qu'elle attendait la décrue pour voir surgir le magique tronc d'arbre, objet de ses espoirs engloutis comme le reste de cette ville ?

— Tu n'as plus de protecteur, reprit Kalef tranquillement, et tu es trop jeune encore pour rester seul. Veux-tu venir quelque temps chez moi ? Ma maison est petite, mais tu pourras partager la couche d'un de mes fils qui a ton âge.

Que pouvait bien faire Neby, à présent qu'elle était seule ? Elle avait quelques bracelets de cuivre pour survivre deux ou trois mois sans travailler. Elle pourrait aider la famille de Kalef. Elle décida donc de le suivre.

***

Kalef avait une maison en briques séchées recouvertes de plâtre. Les murs dans lesquels on avait laissé la brèche de la porte et de l'unique fenêtre offraient de beaux dessins colorés représentant des oiseaux survolant des fleurs et des papyrus.

Ces pans de murs avaient été décorés par l'une des filles de Kalef douée de talents artistiques. Mais, lorsqu'on était de naissance pauvre et que l'on possédait quelques dons pour la peinture, la sculpture ou une quelconque autre forme d'art, on ne pouvait en faire sa profession, car en vivre eût été impossible.

Si l'on naissait dans une famille paysanne, on devenait paysan, si l'on naissait dans une famille d'artisans, on pouvait être peintre, potier, cordonnier, menuisier et l'on vivait de l'apport de son travail.

Petite, mais confortable, la maison de Kalef, entre ses murs extérieurs décorés, était chaleureuse et accueillante. Au rez-de-chaussée, elle offrait une grande pièce unique qui comportait deux grands coffres dans lesquels on rangeait le linge et la vaisselle, deux tables assez petites où l'on prenait les repas, des tabourets à trois pieds et un bahut qui enfermait les ustensiles de cuisine.

Cette pièce où l'on se réunissait pour les repas et les longs palabres qui agrémentaient les soirées n'avait qu'un sol de terre battue. Ce qui montrait la simplicité d'un logis de famille modeste. Dans un foyer d'humble condition, dès qu'une famille prenait un peu de hauteur dans la hiérarchie sociale, on se pressait de tapisser le sol de sa maison d'un carrelage en grossière céramique. Cela donnait de l'importance et l'on pouvait se flatter de sortir du lot des pauvres.

Chez Kalef, les murs intérieurs étaient blanchis à la

chaux. De simples torches y étaient accrochées et, quand la nuit ne permettait plus de voir clair et que Kalef et sa famille désiraient parlementer encore jusqu'à ce que la fatigue les prît, on les faisait brûler avec de la graisse animale comme cela se pratiquait dans les familles désargentées.

D'ailleurs, jusqu'à présent, Neby n'avait encore jamais vu brûler les délicates lampes à huile parfumées ailleurs qu'au temple d'Amon. Elle fréquentait trop les milieux simples pour voir de tels petits objets de luxe disséminés dans les pièces d'une maison.

A l'étage, trois pièces jouxtaient un grand grenier où l'on entassait l'orge, l'épeautre, les barils d'huile ou de bière lorsqu'il y en avait, et, mieux encore, les sacs de fèves, de pois et de haricots quand les récoltes avaient été bonnes.

Aux murs, pendaient les réserves d'oignons et de poissons séchés. Parfois, un outil était accroché, attendant que Kalef l'utilisât pour un travail qu'il n'avait le temps d'effectuer que durant son jour de congé, mais qu'il accomplissait rarement, préférant utiliser ses maigres temps de repos à pêcher dans le Nil le poisson qu'il rapportait à sa famille.

A l'étage, les pièces contiguës au grenier étaient assez exiguës. L'une entassait les trois filles et l'autre les deux garçons. Quant à la dernière, c'était la chambre des époux, pas plus grande et qu'ils partageaient même avec le stockage des fibres de papyrus dont se servait Nitocris, la femme de Kalef, pour tresser ses nattes et ses paniers.

En haut, le sol qui constituait en même temps le plafond de la salle basse était en briques légères. De tailles diverses, elles étaient confectionnées avec de la paille grossièrement hachée et de la terre séchée. Tout paysan ou artisan, s'il disposait d'un peu d'argent, pouvait confectionner ce genre de briques, celles qui servaient aussi à la construction de leur maison.

Cependant, Kalef qui travaillait avec ses filles et son fils aîné à la briqueterie du riche Nantef — celle qui regroupait toute la main-d'œuvre de la région sud de Thinis — connaissait bien la belle brique crue faite avec de la fine paille mêlée au riche limon du Nil, briques solides utilisées par une classe sociale plus élevée.

A l'étage, Nitocris recouvrait le sol briqueté des pièces avec les paillasses qui servaient pour dormir. Tressées en fibres épaisses de papyrus, elle veillait à ce qu'elles soient toujours propres. Une couverture en lin grossier complétait la literie de ces humbles domiciles. Souvent rejetée quand il faisait trop chaud, elle servait, toutefois, à recouvrir le corps du dormeur lorsque les nuits de la saison d'Akhit se faisaient plus fraîches.

La famille de Kalef était nombreuse. C'était sans doute pour cette raison que la maison paraissait trop exiguë.

Nitocris, son épouse, était une femme gracieuse et accueillante. Elle avait des formes rebondies mais elle ne s'en souciait pas pour autant, préférant que sa table fût bien garnie. Certes, le salaire du père et des enfants permettait qu'il n'y manquât jamais de pain, de lard, de bière et les jours de repos, s'y ajoutait quelquefois un morceau de gibier que chacun se partageait avec délices.

Opulente femme, donc, avec six maternités dont une seule n'avait pas été plus loin que la naissance, elle ne désirait pas quitter un embonpoint qu'après tout elle appréciait et qui lui allait à merveille.

Venaient trois filles dont les âges s'étalaient de dix-huit à seize ans. Néfret, l'aînée, une grande brune au teint mat et aux yeux clairs, préférait son travail à la briqueterie plutôt que d'effectuer les tâches ménagères. Setka, la cadette, grande et brune elle aussi, au regard doux et velouté, moins active que sa sœur, préférait cuisiner ou s'occuper de l'âne et de la chèvre que travailler à la fabrique.

Enfin suivait Inéni, la plus jeune, sur laquelle était tombé cet étrange goût du dessin et de la couleur mais qui, atteignant ses quinze ans, devait elle aussi travailler à la briqueterie.

Puis, venaient Hopet et Thouty, les garçons. Ils avaient l'un et l'autre la même allure que leur père. De solides gaillards, fortement charpentés, le muscle déjà saillant et le buste carré surmontant des reins fermes et robustes. Même Thouty, à qui l'on aurait donné beaucoup plus que ses quatre ans, du haut desquels il se juchait fièrement, paraissait un fier luron.

Tout comme Neby, Hopet achevait définitivement son enfance — si l'on peut dire que Neby avait eu une enfance — et Kalef commençait à parler de son apprentissage à la briqueterie. Sans doute apprendrait-il d'abord la besogne la plus facile, celle qu'effectuaient les femmes et qui consistait à mêler le sable, la paille finement hachée et le limon du Nil.

Des ouvriers plus âgés s'occupaient de l'humectage du matériau, il fallait mouiller selon un dosage extrêmement précis et remuer l'ensemble avec une longue pioche.

Kalef, l'un des briquetiers le plus expérimenté de l'atelier, moulait les briques avec un art que reconnaissait le puissant et riche Nantef. Comme tous les autres mouleurs, installé près d'un bassin qui lui fournissait l'eau indispensable pour travailler, il besognait vite et bien. Ses gestes restaient précis et méthodiques. Il jetait dans les moules la pâte obtenue, enlevait minutieusement l'excédent avec une palette de bois et ôtait tout aussi prestement le moule sans endommager la brique.

Dans la fabrique de Nantef qui comportait de nombreux ateliers, plus de deux cents ouvriers effectuaient cette besogne. Ils avaient tous un pagne court, de couleur beige — teinte naturelle du lin de basse qualité — le torse nu et les cheveux courts, car le travailleur ne connaissait pas la perruque qui, pour lui, n'était qu'un objet d'apparat d'une inutilité totale sur sa propre tête.

Néfret, elle aussi, travaillait au moule comme son père, mais Setka avait été embauchée pour broyer finement la paille et en faire une poudre lisse et pure. Parfois, elle préparait le sable qui, lui aussi, devait être d'une extrême finesse afin que la brique soit solide.

Quant à Inéni, elle était porteuse d'eau et son travail ne demandait aucune concentration particulière — ce qui, en l'occurrence, lui laissait le temps de rêver à ses projets artistiques — car il consistait à alimenter les multiples bassins en eau qui se vidaient à une vitesse vertigineuse tant la rentabilité des ateliers était grande.

— Que faisais-tu avec notre grand-père? questionna Setka, le premier soir où Neby se trouva installée parmi cette grande famille plutôt sympathique.

— J'étais scribe.

— Oui, je sais, insista Setka. Mais, en quoi cela consistait?

— C'est un travail d'écriture.

— Quelle chance tu as de pouvoir lire et écrire! s'écria Inéni en jetant un regard de jeune gazelle apprivoisée sur son nouveau compagnon que personne ne soupçonnait être fille.

Neby se sentit intimidée, presque rougissante. Pour la première fois, elle se trouvait intimement liée avec une adolescente d'à peu près son âge. Elle la regardait à petits coups d'œil rapides, mais n'osait attarder ses yeux sur elle, de crainte qu'elle vît combien ses gestes étaient délicats et ses attitudes gracieuses.

Neby savait que toute fille de son âge l'observant avec intérêt portait automatiquement une attention particulière sur elle et ne pouvait que conclure que ce garçon-là paraissait bien étrange avec ses yeux tendres et sa tête rasée.

Par contre, Neby ne craignait pas les deux aînées. Trop âgées pour s'intéresser à un adolescent, elles ne la regardaient que de temps à autre avec un air bienveillant. Quant à Nitocris, elle ne pouvait que se féliciter d'avoir à sa table un jeune homme de bonne éducation qui savait rendre des politesses aussi naturellement que s'il avait été élevé dans un milieu huppé.

Si Neby évitait de rencontrer trop souvent les yeux d'Inéni, en revanche, elle jetait sur Hopet un regard de totale franchise. Le parcours de Neby, depuis que sa mère était morte, avait été si étrange qu'elle n'avait jamais eu l'occasion de frémir pour un garçon et, par tous les dieux d'Amon ! Ce ne serait pas aujourd'hui que le cas se présenterait. Hopet resterait un fidèle compagnon avec qui elle ferait un bout de chemin agréable. Ainsi allait la vie.

— Qu'écrivais-tu quand tu étais scribe ? réitéra la petite voix d'Inéni suffisamment mutine pour attiser la curiosité de son père.

— J'effectuais des documents comptables, des testaments, des listes de stockage, des messages.

— Des messages ! s'exclama l'adolescente en saisissant une galette d'orge grillée.

— Oui, des messages. Cela se pratique dans les familles riches des nobles ou des dignitaires. Ce sont de courtes lettres, parfois plus longues et plus précises, destinées à un ami, un membre de la famille, une relation de cœur ou de travail, que le scribe doit écrire dans un langage hiératique et qu'un messager doit transmettre à la personne concernée.

— Pourquoi n'a-t-on jamais utilisé ce procédé ? questionna Inéni en souriant à Neby.

— Que tu es sotte et irréfléchie ! fit Néfret en regardant sa sœur d'un air moqueur. Nous n'avons pas les moyens d'un tel luxe.

— Elle n'est pas sotte, l'excusa aussitôt Nitocris en soupirant à l'intention de sa benjamine. Elle est rêveuse et ne pense jamais aux conséquences qu'entraîne une lourde dépense.

Puis, elle lui tendit une autre galette qu'elle venait de recouvrir de miel.

Néfret tourna son fin visage vers Neby et la dévisagea un instant. Leurs yeux se croisèrent, mais la jeune fille saisit son bol de lait caillé, puis but une petite gorgée avant de le reposer sur la table. L'affrontement n'avait duré que quelques secondes et Neby se sentit soulagée.

— Quand elle s'est mis en tête de peindre les murs de la maison, expliqua-t-elle, elle n'a pas réfléchi qu'il fallait des couleurs et que les pigments coûtent très cher.

— Qu'as-tu fait? fit Neby en se tournant vers Inéni.

— Je suis allée voir la vieille Néfersât. Elle possède un petit champ de lin dans lequel il fallait arracher les tiges et contre deux semaines de travail elle m'a donné la valeur de trois débens avec lesquels j'ai acheté des ocre et des oxydes de fer.

Neby la regarda et lui offrit un généreux sourire. Cette volonté de travailler durement pour gagner le droit d'effectuer un aussi beau travail valait bien un sourire. Ah! Certes. Des trois visages qui la regardaient, c'était celui d'Inéni qu'elle préférait.

L'adolescente avait les yeux dorés de sa sœur Setka, avec le soyeux et la profondeur en plus. Son teint mat, semblable à celui de Néfret, s'accordait parfaitement à la finesse de son visage et ses cheveux noirs frisés qu'elle retenait en une tresse unique croulaient jusqu'à sa taille ceinte d'une large ceinture de lin assortie à son pagne.

Neby regarda la jeune poitrine encore dénudée de sa compagne. Brunie par le soleil, seuls deux petits points roses à peine visibles en émergeaient, venant distraire le regard et souligner le soyeux de la peau. Neby soupira. Bientôt, elle ne pourrait plus dénuder la sienne sans qu'on s'étonnât de ses rondeurs naissantes. Allait-elle se trouver bientôt dans l'obligation d'avouer qu'elle était du sexe féminin?

Elle observa encore quelque temps la jeune poitrine

d'Inéni. Mais un regard de Kalef lui fit abandonner le parcours de ses yeux.

— Inéni, ma fille, dit-il, tu es grande à présent. Il faudra t'habiller comme tes sœurs.

— Mais, c'est une enfant, protesta Nitocris. Laisse-moi encore profiter de sa jeunesse. Tiens, ma fille, mange encore une galette puisque tu les aimes. Neby, veux-tu en prendre une autre ?

Kalef grommela quelque chose que personne ne comprit, puis se tourna vers son fils qui n'avait pas encore terminé son morceau de lard aux pois.

— Il faudra que tu ailles pêcher avec Neby. Après les crues du Nil, le fleuve abonde de poissons. On en trouve de plus gros qu'à Thèbes parce que c'est le delta qui les amène : carpes, tanches, mulets, perches, anguilles, tout arrive à foison.

Il tourna vers Neby son visage épais qu'une forte mâchoire rendait plus musclé encore.

— Sais-tu te servir d'un filet, mon garçon ?

— Non.

Dans les yeux de Neby passa une lueur vague et fugitive. En un instant, elle revit son père, assis à son côté sur le bord du fleuve, lorsqu'ils n'avaient rien à manger et que la journée de travail n'avait pas été assez productive. Il pêchait avec un long fil de lin. Il trouvait toujours une grosse tige de papyrus qu'il affinait de son couteau et autour de laquelle il enroulait son fil. Il avait toujours ses hameçons de cuivre sur lui et il cherchait dans la vase de la berge les vers de terre qu'il accrochait au bout de sa ligne.

— Non, répéta Neby en laissant fuir ces quelques visions anciennes trop chères à son cœur pour qu'elle en oubliât d'être émue. Mais je sais pêcher à la ligne.

Inéni finissait sa galette au miel et, visiblement, se désintéressait totalement du plaisir de la pêche. Se tournant vers Neby, elle déclara soudain :

— Pourrais-tu m'apprendre à lire ?

— Tiens, c'est nouveau ça! s'exclama Setka en regardant sa sœur ironiquement. Neby, je crois qu'elle est amoureuse de toi. Que dis-tu de ça, Hopet?

L'adolescent se mit à rire. Certes, il se souvenait — car ce jour-là était très proche — avoir rougi devant les hardiesses de Méryt, la fille du voisin, qui balançait ses hanches en marchant devant lui. Puis, elle s'était retournée sans qu'il eût le temps de se reprendre, avait approché sa bouche fraîche de la sienne et l'avait posée sur ses lèvres.

Il en était resté tout ébahi, avait rougi plus fort encore et bafouillé on ne sait quoi, quelque chose qui ne voulait rien dire. Neby ressentait-il le même émoi envers sa sœur?

A nouveau, Neby croisa les yeux d'Inéni et sentit qu'elle ne pourrait rester trop longtemps dans cette demeure, si chaleureuse fût-elle, car des ennuis d'ordre encore inconnu surgiraient un jour proche.

Elle se promit pourtant d'apprendre à lire à Inéni et d'aller pêcher avec Hopet.

CHAPITRE VI

A Thèbes comme à Memphis, le Nil débordait. Choutarna se sentait bien imprudente de vouloir rester à bord du vaisseau égyptien qui devait la déposer avec sa sœur sur le sol de Memphis. Mais son père avait tant insisté pour qu'elles montassent sur le navire de la flotte royale dès la sortie de la frontière qu'elle n'avait osé enfreindre ses ordres.

A vrai dire, Choutarna trouvait le bateau du capitaine Pérouhé moins vaste et moins confortable que les bateaux babyloniens où de grands espaces étaient aménagés pour transporter familles et animaux en cas de déluge incontrôlable. Événement regrettable qui, souvent, avait lieu entre les deux bras du Tigre et de l'Euphrate réunissant alors les deux fleuves en un seul dont le débordement n'avait plus de limite.

Le navire de Pérouhé, conduit par Menen, un homme taciturne qui ne parlait jamais, avait une proue en forme de queue de scorpion que surmontait un œil allongé, celui de Ptah, un dieu d'Égypte que ne connaissait pas Choutarna.

La jeune princesse était enfermée dans sa cabine, entourée de ses suivantes, et n'en sortait plus depuis que le vent s'était mis à souffler. Il faut dire que le rebord des ponts et que le bastingage des bateaux égyptiens étaient moins élevés que ceux des navires babyloniens, le risque de chavirer par-dessus bord lui semblait plus grand.

Mais, tout ceci n'atteignait pas le moral de Choutarna et sa bonne humeur ne s'atténuait vraiment que lorsqu'elle pensait à la réaction du pharaon quand il verrait que Kadashman son père l'avait en quelque sorte un peu berné.

Depuis que la princesse Choutarna avait quitté Babylone, elle ne cessait de bavarder gaiement avec ses suivantes. Pourtant, l'ombre menaçante tombait sur elle lorsqu'elle voyait Louliana tenir dans ses bras Tahoukhipat, sa petite sœur qui n'avait pas plus de six mois. Alors, elle tremblait à l'idée de rencontrer le pharaon d'Égypte qui avait accepté l'offre de deux adolescentes pubères de quinze et seize ans. Comment allait-il prendre la venue d'un bébé qu'il n'attendait pas ?

« Dieu d'Astarté ! frémit Choutarna. Pourquoi mon père a-t-il rusé avec le roi d'Égypte ? Pourquoi n'a-t-il pas écrit que sur les deux filles qu'il envoyait à la cour de Thèbes, l'une d'elles venait à peine de naître et ne quittait pas le sein de sa nourrice ? »

Un brusque coup de vent et une gigantesque lame d'eau, sournoise et furieuse, haute comme une dune, assaillit le navire. Choutarna sentit son cœur s'alourdir et ses pieds flageoler. Elle regarda ses suivantes qui, elles aussi, furent prises d'une soudaine angoisse. Pourtant elles étaient habituées aux multiples tangages des bateaux dont l'Euphrate ne les privait pas.

— Chez nous, l'eau monte, mais ne vibre pas comme ces flots déchaînés, fit Tadou, la jeune servante qui ne quittait pratiquement pas sa maîtresse.

— C'est vrai, Choutarna, répliqua l'une des suivantes en roulant des yeux effrayés. Nous n'avons jamais essuyé de telles tempêtes.

Tadou hocha la tête et redressa le coussin sous la tête de Choutarna.

— Après cette décevante traversée du désert où l'eau

nous a manqué, voici qu'à présent, nous en avons de trop. Ici, les ponts ne sont pas assez hauts et dès que nous sortons des cabines, l'eau nous étrangle.

Tadou était si déconcertée depuis son départ que rien ne pouvait vraiment la détendre et Choutarna avait beau rire de ses frayeurs, elle ne cessait de geindre.

Yaskhat et Douna se mirent elles aussi à gémir. Il faut dire qu'elles n'étaient pas parties la joie dans l'âme et que si elles n'avaient pas fait l'objet d'un choix qui ne les enthousiasmait guère, elles seraient volontiers restées au palais de Babylone.

Qu'allaient-elles trouver dans ce pays qu'elles ne connaissaient pas ? Que feraient ou diraient-elles lorsqu'une Grande Épouse dicterait ses consignes à une Seconde Épouse dont elles seraient toujours les suivantes ?

Et pire ! Yaskhat et Douna n'auraient, certes plus, la possibilité de séduire un noble de la cour babylonienne puisqu'elles en seraient définitivement éloignées.

Elles pouvaient donc être maussades sans que Choutarna eût à redire. D'abord, elles avaient trouvé la route du désert exécrable dans ces inconfortables litières qui cahotaient à tout instant et qu'elles n'avaient pratiquement pas quittées, à part la nuit pour dormir sous les tentes où s'infiltraient des tas d'insectes menaçants.

Il faut dire que la traversée des grands déserts de l'Est était plus pénible encore que celle du Sinaï qu'elles avaient abordé bien après les montagnes de l'Euphrate. Souvent, l'eau, que l'on absorbait de temps à autre en veillant à ne pas vider inconsidérément les gourdes par crainte de ne pas trouver l'oasis annoncée, était insuffisante.

Le désert restait toujours la crainte, l'effroyable hantise de tous ceux qui n'étaient pas du peuple des bédouins. Les scorpions venimeux s'y cachaient, les vipères à cornes s'y faufilaient, palmiers et bosquets aperçus de très loin menaçaient vite d'être un vulgaire mirage et, pour achever cet angoissant tableau, le vent parfois vous ensevelissait pour vous enterrer à jamais. Alors faucons et vautours tournoyaient au-dessus des cadavres ensablés pour en décortiquer les restes.

Aussi pouvait-on comprendre que Choutarna et ses compagnes aspirassent à de meilleurs traitements et que le mauvais temps qui se levait sur le Nil ne leur apportait guère de plaisirs.

Décidément, la déesse Astarté semblait s'éloigner d'elles, car depuis leur départ le sort ne jouait pas en leur faveur et l'inconfort des diverses situations les menaçait sans cesse. On leur avait parlé d'un pays tranquille, accueillant, riche, favorable aux étrangers et voilà que tout se compliquait. Les jeunes filles geignaient, les serviteurs n'osaient même pas murmurer tant leurs yeux paraissaient effrayés. Et, pour tout clore, les deux fidèles conseillers du roi de Babylone, partis avec le convoi de Choutarna, restaient invisibles depuis l'arrivée du bateau égyptien.

« Un voyage raté ! » Voilà ce que pensait Tadou en éventant sa maîtresse. N'y avait-il pas eu d'autres embûches ? D'autres contrariétés ? Après la traversée du Sinaï, il aurait été si facile d'atteindre les reposantes et spacieuses villes de Damas et de Meggido, mais Papalavizzi avait refusé net d'en passer les portes, prétextant que depuis l'entente entre la Babylonie et l'Égypte, la Syrie de l'ouest battait froid avec le roi Kadashman.

Il fallut donc bifurquer par le sud du pays pour atteindre Jérusalem, puis Gaza et enfin, El Kantara. Un long détour inutile et épuisant qu'avait exigé Papalavizzi, le ministre de Kadashman, chargé de remettre en mains propres les deux princesses au pharaon d'Égypte.

Louliana, la nourrice de Tahoukhipat, ne lâchait pas l'enfant d'une semelle. C'était là son travail et, une fois le pied fermement posé sur le sol égyptien, elle avait pour mission de poursuivre sa tâche jusqu'à ce que la jeune princesse soit pubère et puisse épouser le pharaon.

Depuis la veille où le bateau ne cessait plus de chavirer, Choutarna et ses compagnes n'avaient qu'un désir, celui d'arriver sur la terre ferme. Malgré son optimisme, la princesse devait bien avouer que ses suivantes avaient raison. Tout allait à l'envers. A El Kantara, le bateau égyptien les avait pris en charge, mais alors qu'elles devaient être accueillies par une foule serrée d'admirateurs, on les avait fait monter rapidement à bord du vaisseau comme des voleuses ou pire, des pestiférées qu'il fallait à tout prix cacher.

Puis à Bubastis, la voile du grand mât s'était déchirée. Depuis, le vent qui s'était mis à souffler d'une façon inquiétante prenait de plein fouet la poupe et la proue. Et le matin suivant, la coque avait heurté les lourdes racines d'un massif de papyrus, deux planches qui en tapissaient le fond s'étaient fendues.

La brèche n'avait pas été réparée et, depuis, l'eau pénétrait dans le bateau et arrivait jusqu'aux pieds des jeunes filles de plus en plus affolées.

— Choutarna, jeta Yaskhat, les yeux révulsés par la peur, crois-tu que le vaisseau qui doit nous emmener à Memphis va tarder ?

— Papalavizzi dit qu'il est en route et que nous serons transférées dès demain.

— Comment peut-on le croire ? Il nous a assuré que les conseillers de ton père ne nous quitteraient pas du voyage. Or, nous ne les voyons plus. Sont-ils repartis à Babylone ?

Incapable de répondre, Choutarna haussa l'épaule.

— Si ce nouveau navire tarde trop, maugréa Louliana, nous serons toutes noyées d'ici peu dans les eaux du Nil ! Que fait donc ce pharaon d'Égypte ? Il devrait s'inquiéter.

— Louliana, répliqua Choutarna qui, décidément ne voulait pas capituler devant ses compagnes, il ne nous attend qu'à Memphis.

— Mais, Papalavizzi dit que c'est le troisième coursier qu'il envoie sur la terre ferme et nous n'avons toujours pas de nouvelles.

— Et pourquoi ce Pérouhé n'est-il pas avec nous? jeta Douna d'un ton irrité. Nous avons un capitaine dont nous ne connaissons que le nom. Ne trouves-tu pas cela étrange? Il ne nous parle pas. De loin, il nous observe froidement et, quand nous le regardons, il détourne les yeux.

— Moi, fit Tadou, je pense que l'on nous berne.

— Allons, fit Choutarna dont la bonne humeur commençait à disparaître, il ne faut pas s'inquiéter pour un peu d'eau qui trempe nos pieds. Nous aurions bien voulu l'avoir cette eau, dans le désert.

Louliana soupira et baissa les yeux sur les flaques de plus en plus grandes dans lesquelles elles pataugeaient toutes.

— Nos bateaux de Babylone sont plus résistants, tout de même. S'il fallait qu'ils soient si peu étanches, il y a longtemps que nous aurions tous disparu.

Mais Choutarna ne voulait pas encore céder à l'angoisse.

— Et si nous parlions un peu de la Première Épouse du pharaon, la Grande Reine Tiyi? fit-elle en remontant ses genoux sous son menton.

— Ne crains-tu pas qu'elle soit exigeante avec toi? questionna Yaskhat.

— Et pourquoi le serait-elle? s'écrièrent en chœur deux jeunes et ravissantes suivantes qui se ressemblaient étrangement et dont la seule différence résidait dans la couleur des yeux. L'une les avait verts, l'autre les avait bruns.

— C'est vrai, répliqua Douna. Choutarna est princesse et il paraît que cette fameuse Tiyi ne l'était même pas quand elle a épousé le pharaon.

— Comment peux-tu affirmer une telle chose? demanda Choutarna étonnée.

— Mais...

— Douna, tu ne sais rien au sujet de Tiyi, la Grande Épouse.

— Mais, je t'assure, rétorqua à nouveau Douna en pointant ses yeux noirs dans ceux de sa compagne. Elle n'était qu'une fille issue de la noblesse thébaine.

— C'est faux, je crois, répliqua Choutarna. Mon père dit qu'autrefois sa mère a épousé un prince mitannien.

— Alors, c'est bien ce que je craignais, fit Yaskhat en soupirant. Elle ne se laissera jamais supplanter.

— Qui te parle d'être supplantée? fit Choutarna d'un ton tranquille. Je n'ai pas l'intention de mettre à feu et à sang toute la cour thébaine. Nous aurons notre palais à Médineh-Habou et il paraît que la reine Tiyi habite celui de Malgatta.

— Mais, insista Yaskhat, l'un des points essentiels que tu ne peux contredire, c'est que, paraît-il, la Première Épouse du pharaon tient les rênes du gouvernement.

Soudain, Menen, le capitaine du vaisseau dont elles se plaignaient tout à l'heure vint d'une façon fort peu courtoise couper court à leurs propos. Jamais encore, il ne s'était adressé aux jeunes filles. Elles en furent si surprises qu'elles ne pensèrent plus à la reine Tiyi.

— Le nouveau bateau est à votre disposition. Si vous voulez bien m'accompagner, dit-il d'un ton déplaisant.

— Le bateau! s'écria Louliana. Où est-il? Nous ne voyons aucun navire.

Menen se racla la gorge.

— Ce sont des barques qui vont vous y conduire. Nous ne pouvons attendre d'autre renfort, car le pharaon est à Memphis. Il ne faut pas le faire patienter plus longtemps.

— Mais Papalavizzi, le ministre de mon père, avança prudemment Choutarna, a déjà envoyé trois de ses coursiers. Aucun n'a donné de nouvelles ni du pharaon ni d'eux-mêmes.

— Ils sont à bon port. Rassurez-vous, princesse, fit Menen d'un ton plus affable. D'ailleurs, ils ont chargé l'un de mes hommes qui était à Memphis de vous dire que tout allait bien.

— Et Papalavizzi, où est-il ? C'est lui qui devrait nous informer de ce revirement soudain.

— Il a dû quitter ce matin le vaisseau. Pharaon l'a fait demander. Ah ! Voici les barques, il ne faut plus attendre. Le temps presse à présent. A Memphis, la foule se serre déjà et vous attend.

Inquiètes, Choutarna et ses compagnes sortirent sur le pont envahi par l'eau qui ne cessait de s'épandre. Le plancher était inondé et craquait de toutes parts. Les lattes de bois commençaient tant à se disjoindre que l'on aurait pu croire qu'il s'agissait là d'un vieux rafiot prêt pour la casse.

Elles regardèrent devant elles. Six petites embarcations en bois d'acacia oscillaient non loin de la coque du navire qui commençait à basculer. Sur le fleuve agité par le vent que la crue amplifiait, les barques s'approchèrent du vaisseau. Louliana s'écria :

— Princesse, restez à mes côtés. Je l'ordonne.

— Ne t'inquiète pas pour moi, Louliana, et occupe-toi de ma petite sœur. Elle a cent fois plus besoin de toi que moi.

— Alors princesse, cria encore la nourrice, montez avec Tadou et vos suivantes dans la même embarcation. Votre personnel montera dans les barques qui suivent.

Elle jeta soudain un œil méfiant à Menen.

— Vous allez nous escorter, bien sûr.

— Je guiderai l'ensemble du convoi. Six de mes hommes conduiront chacune de vos barques. Ne craignez rien.

— Et Touyah, notre guide d'équipage ? s'emporta Louliana, où est-il passé ? Disparu lui aussi ! Je veux qu'il conduise la barque de la princesse Choutarna.

— Il vous rejoindra sur l'autre rive du fleuve. Il

s'occupe pour l'instant de rapatrier vos coffres et vos effets.

Le convoi fut tant bien que mal installé dans les fragiles esquifs. Ils étaient six à se suivre les uns derrière les autres. Cependant aucun vaisseau n'était en vue.

Une vague souleva la première barque, celle de Menen. Celui-ci fit une embardée et se dégagea sur la gauche. Puis, rééquilibrée, l'embarcation fila à grands coups de rame en direction de la rive opposée.

— Où va-t-il ? s'écria Louliana qui ne l'avait pas quitté des yeux.

Douna s'affola. Elle retourna son buste brusquement et fit chavirer la barque que le matelot redressa d'un coup de rame.

— Il nous laisse ! s'écria-t-elle.

— Ce n'est pas possible, il nous abandonne ! gémit Tadou.

Serrées l'une contre l'autre, les jumelles commençaient à pleurer.

— Qu'allons-nous faire ? hoqueta l'une.

— Et Papalavizzi qui n'est plus là, gémit l'autre en laissant couler ses larmes sur ses joues déjà trempées par les embruns du fleuve.

A présent, Yaskhat et Douna semblaient plus coléreuses qu'effrayées. Elles tapaient rageusement le rebord de la barque en réclamant qu'on les ramenât de suite sur la berge.

Puis, Yaskhat se calma.

— Et nos coursiers qui ne sont jamais revenus vers nous. Et Touyah qui, soi-disant, est parti sans rien nous dire, jeta-t-elle dans un mauvais rire. Choutarna, que tu le veuilles ou non, je ne crois plus aucune de ces histoires.

— Cette fois, elle a raison, princesse, décréta Louliana en serrant contre elle la petite Tahoukhipat. C'est un piège. Un horrible piège.

Choutarna et ses compagnes tremblaient de peur.

Une embardée provoquée par un violent coup de vent les fit basculer sur la droite. Le vent les empêcha de se rééquilibrer et l'eau les submergea. Soudain, d'un coup de rame, le marin assomma Tadou. Choutarna se mit à hurler et, les yeux horrifiés, vit sa servante glisser lentement dans l'eau du fleuve.

Puis, un craquement de bois se fit entendre. Un craquement sinistre qui n'annonçait que la mauvaise fatalité. C'était la barque de Louliana. Elle chavira et l'homme qui la conduisait semblait insensible aux cris de la nourrice qui enfermait toujours l'enfant dans ses bras.

— Louliana ! cria Choutarna.

Mais, elle n'entendait qu'un autre craquement, plus violent encore et la barque de la nourrice bascula, se retourna. A présent, les larmes aveuglaient les yeux de Choutarna.

— Tahoukhipat, murmura-t-elle. Ma petite sœur !

Elle n'entendait même plus les hurlements de ses suivantes recouverts par le fracas du vent et de la tempête. Elle s'évanouit dans la barque et s'écroula comme un paquet de chiffons mous, tout au fond, sous le siège de bois qui abrita son inconscience alors que les six marins attaquaient sauvagement ses suivantes.

Les serviteurs qui, les prunelles sorties de leurs yeux, suivaient dans les trois dernières barques furent agressés de façon identique. Les uns perdirent aussitôt connaissance et on entendait le cri des autres se mêler au mugissement de la tempête.

Ainsi, les ordres de Menen, ceux de Pérouhé et ceux qui venaient de plus haut encore, avaient été accomplis.

***

A l'aide d'un petit mortier de bronze, Bastet écrasait soigneusement des feuilles d'hellébore comme Ahotep, sa grand-mère, le lui avait appris. Puis, dès que la fine poussière brune de la feuille séchée s'accumulait dans le creuset, elle y mêlait de la poudre de ciguë que Djaou pesait avec une infinie précision. Le bienfait total du remède ne résidait-il pas dans la pesée méticuleuse de tous ses éléments ?

De temps à autre et d'un coup d'œil rapide, il s'assurait que l'adolescente exécutait bien son travail, mais il n'avait jamais rien à redire, car trop consciencieuse pour mal exécuter sa besogne, Bastet n'était en rien l'objet de réprimande.

Chaque soir, après les cours de l'école du palais qu'elle suivait avec les autres enfants nobles de Thèbes, elle se rendait à l'hôpital situé en plein cœur de la vieille ville pour aider Djaou à préparer les remèdes.

Elle suivait cette habitude depuis deux saisons déjà. Plus exactement, la semaine qui avait suivi les premiers jours de la précédente crue du Nil, date à laquelle Ramose, son père, las d'être veuf, avait pris une seconde femme.

Trop bel homme, certes, mais aussi trop riche et trop puissant, Ramose ne pouvait rester veuf. Sa condition de Grand Vizir de Thèbes s'accommodait mal à une situation de solitaire. Les sorties, les banquets, les assemblées et festivités le mettaient sans cesse face aux plus jolies filles de la ville.

Pourtant, durant quelques années, il n'avait pas succombé à la tentation de ces regards trop veloutés, de ces sourires enjôleurs et de ces mains délicates et caressantes qui ne cessaient de venir à lui.

Un jour, l'une d'elles avait réussi à lui tendre le filet dont il n'avait pu se dégager et la jolie Ipuia s'était retrouvée dans sa maison, commandant déjà les servantes dont elle avait rapidement fait les siennes.

Ce remariage avait quelque peu déstabilisé Bastet, bien qu'en partie, elle eût été élevée par sa grand-mère Ahotep et qu'elle passât avec elle les trois quarts de son temps.

Ipuia était habile, jeune et séduisante — mais sans doute moins que Néfret — aimait à penser Bastet. Le souvenir de sa mère, une jeune femme tendre et sensible, aux yeux d'une sérénité extraordinaire, à la bouche qui ne savait que murmurer d'apaisantes paroles, elle ne le cultivait que grâce à Ahotep. Ramose ne lui en parlait jamais et préférait laisser sa mère se préoccuper de tout ce qui concernait la vie quotidienne de Bastet.

L'adolescente n'entretenait donc avec sa belle-mère que des rapports assez rares qui, en l'occurrence, ne consistaient qu'en de simples formalités de politesse, voire de courtoisie, nécessitées par les diverses fêtes qu'Ipuia organisait dans la grande résidence de son époux.

Certes, ces rapports peu fréquents entre belle-mère et belle-fille risquaient de s'atténuer plus encore depuis qu'Ipuia venait d'annoncer, les yeux brillants, sa proche maternité. Comment Ramose, le Grand Vizir du pharaon Aménophis, pouvait-il faire autrement que de rêver béatement au futur petit mâle qu'il attendait avec une impatience sans cesse grandissante ?

Ahotep veillait donc aussi farouchement que possible sur la bonne conduite et la moralité de sa petite-fille et, sans l'aide d'Inhit, sa nourrice qui ne remplissait plus à présent que des fonctions de compagne et de servante, Bastet n'eût jamais obtenu l'autorisation de se rendre chaque soir à l'hôpital où elle passait une heure ou deux, afin de s'initier à la science des remèdes.

Inhit l'accompagnait, puis la laissait entre les mains de Djaou ou celles, plus expérimentées encore, de Senen, le médecin-chef de l'hôpital. Enfin, elle repassait la prendre quelque temps plus tard et, lorsque les derniers rayons de Rê tombaient sur la ville, elles rentraient toutes les deux babillant comme de joyeux oiseaux.

Ce jour-là, Djaou paraissait un peu nerveux. Pour la

première fois depuis qu'il était engagé à l'hôpital, Senen, qui avait dû s'absenter quelques jours en province, lui avait laissé soigner les malades.

— Comment vont les brûlures d'Ayen? questionna Bastet en s'arrêtant de piler des feuilles de gentiane qu'elle mêlait avec de la poudre de bryone. Le font-elles encore souffrir?

Ayen était un fondeur d'or qui travaillait aux ateliers de Maât et qu'elle avait envoyé à l'hôpital de Thèbes.

Il avait reçu sur le pied le liquide en fusion qui devait remplir le creuset destiné à cet effet.

— La plaie semble cautérisée, mais Ayen aura des difficultés à marcher sans boiter, car les tendons sont atteints et son pied n'aura jamais plus ni sa force ni son élasticité d'autrefois.

Il faut dire que Bastet connaissait le cas de chaque malade et qu'elle estimait devoir être tenue au courant de l'amélioration de chacun. Aussi questionnait-elle sans arrêt, attendant les réponses qui convenaient à sa curiosité médicale.

— Puisque tu as fini de piler ce remède contre les hémorragies, tu vas venir avec moi. Nous allons en donner à Kyat. Elle en a grand besoin.

Bastet parut soudain alarmée.

— Son enfant? s'enquit-elle inquiète.

— Rassure-toi, il est en parfaite santé. C'est la mère qui, lors de l'accouchement, a perdu trop de sang. Elle est si faible que Senen craint pour sa vie.

Il s'approcha de l'étagère où tous les remèdes étaient alignés, triés, répertoriés et saisit une petite fiole qui contenait la décoction de ce que pilait, à l'instant, Bastet.

— Laisse-moi lui donner le remède, fit l'adolescente en jouant de sa moue quémandeuse.

— Non, Bastet. Senen dit que tu es trop jeune pour administrer toi-même les remèdes. Je ne peux enfreindre ses ordres.

— Mais, tu as pris toi-même la fiole ! On ne peut se tromper.

Traversant les diverses salles de l'hôpital où Djaou s'efforçait de dire un mot rassurant à chacun, ils arrivèrent devant la jeune accouchée qui, le teint très pâle et le corps d'une maigreur excessive, les regarda un pauvre sourire aux lèvres.

— Comment va mon enfant ? murmura-t-elle.

— Il se porte à merveille et il trouve que sa mère devrait en faire autant.

Kyat élargit son sourire et voulut répliquer, mais un rictus bloqua ses lèvres et elle se tut. Djaou se tourna vers Bastet qui, lentement, passait sa main sur le front de la malade en lui murmurant des paroles rassurantes sur la santé de son enfant.

Puis, l'adolescente leva les yeux et vit que Djaou lui tendait la fiole.

— Quelques gouttes seulement entre ses lèvres.

Bastet sentit son cœur bondir de joie. Avec des gestes calculés, méthodiques, patients, elle fit ce que Djaou aurait fait à sa place et la malade la remercia du regard.

— Allons, fit Djaou à la jeune femme avant de la quitter, vos hémorragies sont arrêtées. A présent, il faut reprendre des forces.

Aux alentours, flottait une odeur de natron mêlée à quelque chose d'autre, une essence assez âcre. Depuis longtemps déjà, les narines de Bastet étaient habituées à ce parfum entêtant qui mettait sa tête et son esprit en effervescence.

En passant par la salle de convalescence, Djaou s'arrêta devant chaque patient, les questionna, les réconforta. Bastet écoutait, souriait, apprenait.

Oui ! C'était le métier qu'elle voulait faire, même si elle devait étudier, s'instruire, s'initier de longues années encore au lieu de folâtrer, musarder, papillonner et, dans quelques années, chercher un époux comme le feraient beaucoup de ses compagnes.

Quand elle sortit du bâtiment, l'air était encore chaud.

La fraîcheur du soir se sentait à peine, à côté de la chaleur excessive subie tout au long de la journée. Un lourd parfum d'acacia et de chèvrefeuilles arriva à ses narines et l'odeur des remèdes qu'elle venait de respirer s'estompa.

Surprise de ne pas voir Inhit comme à l'accoutumée, Bastet la chercha des yeux puis fit le tour du bassin que l'on avait creusé à l'arrière de l'hôpital et dans lequel venaient se baigner les convalescents. C'est là que parfois elle l'attendait.

Il avait la main plongée dans l'eau fraîche du bassin quand il la vit. Il remua la main, s'amusa à dessiner des auréoles à la surface de l'eau bleutée, puis la sortit et la secoua énergiquement.

— Pentou ! s'exclama-t-elle, que fais-tu là ?

— Tu y es bien, toi ! fit observer l'adolescent, le regard un peu sombre et la voix maussade.

— Pentou ! Tu n'es pas jaloux, quand même !

— Si. Qu'as-tu fait ?

— J'ai pilé de la gentiane et du bryone et j'ai administré le remède à une jeune accouchée qui a fait des hémorragies et dont l'intérieur du ventre est déchiré.

— Et le pied brûlé dont tu m'as parlé ?

— Il va mieux. Mais Ayen ne pourra plus marcher normalement.

Pentou avait retrouvé sa bonne humeur. Dès que Bastet lui faisait le compte rendu de ce qu'elle voyait à l'hôpital, il se décontractait et se disait que, un jour prochain, lui aussi serait un grand médecin.

Par contre, tout en reconnaissant les compétences de sa compagne et la chance qu'elle avait de pouvoir fréquenter l'hôpital, il aimait se persuader que la place de la fillette n'était pas en un lieu aussi rébarbatif, mais plutôt à rêver le long du Nil ou sur les bords d'un bassin comme le faisaient les autres adolescentes.

— C'est moi qui devrais être à ta place ! jeta-t-il soudain.

— A ma place ! Et pourquoi ? répondit-elle sur la défensive.

Il balança son pied, lequel expédia au loin une branche d'acacia cassée qui jonchait le sol.

— Parce que je suis un homme et toi une femme. Mais voilà ! Moi, je n'ai pas eu un grand médecin illustre dans ma famille comme toi.

— Deux ! fit Bastet en riant. Deux, Pentou. Deux. Un arrière-grand-père qui a fondé cet hôpital et qui s'appelait Neb-Amon, du côté maternel et un grand-père non moins célèbre, du côté paternel. Que veux-tu ? L'envie de poursuivre cette glorieuse destinée est tombée sur moi. Je n'y peux rien, Pentou, c'est ainsi.

Cette constatation la fit rire à nouveau, elle reprit son sérieux.

— Dis-moi, comment as-tu fait pour écarter Inhit ?

— Je l'ai soudoyée.

— Soudoyée ! Cela m'étonne. Inhit est incorruptible.

— Inhit m'adore, fit Pentou. Tu oublies que c'est la cousine de ma propre nourrice qui, dieu merci, ne m'accompagne plus partout où je vais.

— Parce que tu es un garçon et que, vous, les garçons, vous avez plus de chance que nous, les filles.

— Oh ! Ne parle pas de chance avec moi. Tu as obtenu ton lot, il me semble et...

— Écoute ! fit Bastet en lui prenant subitement le bras. Écoute. On chuchote dans le bosquet, là.

Ils s'arrêtèrent et tendirent l'oreille. Deux hommes étaient assis dans un épais fourré et ne les avaient pas entendus arriver.

— Qui est-ce ?

— Je connais l'un d'eux. C'est un scribe de Baken, chuchota Pentou.

— Baken ! l'Intendant du Trésor ?

— Lui-même. Je sais que c'est lui, car il vient

souvent débattre des problèmes d'intendance avec mon père quand Baken ne peut se déplacer.

— Et l'autre ? murmura Bastet, un doigt sur ses lèvres.

— Je crois que c'est un ouvrier qui travaille aux ateliers de Maât, la fille du joaillier Mériptah. Mais, je n'en suis pas sûr.

— Tu connais tout le monde, fit Bastet admirative.

Fier ! Pentou l'était et il se rengorgea. Au moins, ce soir, il ne s'en tirait pas trop mal, puisqu'il avait réussi à épater sa compagne.

De nouveau, Bastet mit un doigt sur sa bouche.

— Écoute.

Les deux silhouettes, camouflées par les feuillages du bosquet, se distinguaient difficilement car les lueurs qui tombaient du ciel obscurci les dévoilaient à peine.

— Ayen n'a rien voulu me dire, chuchota l'un des deux hommes. Sa brûlure l'a traumatisé et il craint de rester estropié. Cela le freine. A présent, il semble faire marche arrière et ne veut plus nous aider.

— As-tu doublé la récompense ?

— Je n'ai pas pu. Le médecin est arrivé et m'a congédié en affirmant que son malade était fatigué et qu'il devait se reposer. Je reviendrai dans quelques jours.

— S'il refuse, nous devrons trouver quelqu'un d'autre.

— Ce n'est guère facile, les ouvriers de cette femme sont quasiment exemplaires. Elle les paye bien et ils lui sont fidèles.

— Alors, tu le feras toi-même.

Un frisson parcourut l'échine de l'homme.

— C'est toi ou le Grand Intendant Baken qui me parle ?

— C'est Baken, qui t'ordonne. On ne peut plus se rétracter, tu le sais bien. Cette femme est la seule à posséder l'outil de précision nécessaire pour ciseler les sceaux qu'il nous faut.

L'autre hocha la tête.

— Je ferai de mon mieux, mais je ne peux rien promettre.

— Il nous faut cet accessoire, insista l'autre. Baken dit que les sceaux de Kadashman sont plus précis dans le dessin que ceux du pharaon Aménophis. On ne pourra rien faire sans cet outil.

— La fille de Mériptah est plus méfiante encore que son père. Elle place des gardes à toutes ses portes. Aucune issue n'est libre.

Un bruit de branche cassée stoppa aussitôt leur conversation. L'oreille tendue, ils écoutèrent. Bastet et Pentou s'étaient accroupis, bien décidés à ne plus rien manquer du propos qui leur paraissait pour le moins très étrange.

Fallait-il en référer à leurs parents ? Fallait-il se taire ?

— Je peux en parler demain à Sekmet, chuchota Bastet à l'oreille de son compagnon. Mais celui-ci lui fit signe de se taire.

— Je sais que Mériptah est souffrant, reprit le scribe de Baken. Il est peut-être possible d'inquiéter davantage sa fille, ce qui lui fera relâcher quelques précautions d'usage.

L'autre acquiesça.

— Si Ayen refuse de nous aider, c'est notre seule chance. Ton avenir dépend de cette réussite, ne l'oublie pas.

***

Tiyi observait d'un regard tranquille les deux enfants que lui amenait la nourrice.

Dix mois à peine les séparaient et à les voir s'avancer, déjà glorieux l'un et l'autre, on savait que les dieux les avaient dotés de nombreux privilèges.

Certes, très dissemblables, ils n'avaient en commun que ce regard fendu en amande et ce teint clair qui leur venait tous deux des pays asiatiques dont ils étaient issus l'un et l'autre.

De beaux enfants ! Assurément, la reine Tiyi pouvait se réjouir, d'autant plus que, posant la main sur son ventre, elle se disait qu'une vie nouvelle commençait à remuer. Mais quelle vie ! Jamais encore Tiyi n'avait été aussi souffrante. Les nausées la prenaient dès l'aube, à peine posait-elle le pied sur le sol. Puis, venaient les malaises, les vertiges qui ne la quittaient pratiquement plus de la journée et qui ne s'atténuaient que le soir quand Mouti, après avoir oint puis massé son corps alourdi d'une huile calmante, tassait dans son dos les oreillers bienfaisants.

Alors que ses grossesses précédentes n'avaient provoqué en elle aucun effet dévastateur, celle de son troisième enfant s'annonçait sous les plus mauvais auspices. Avait-elle fait quelque chose qui déplaise aux dieux ? Avait-elle négligé ses offrandes ? Pourtant, toutes les divinités imprégnées dans sa mémoire ressurgissaient.

Tiyi les honorait de façon identique, même Aton, le dieu du disque solaire qui soulevait tant de controverse au temple de Karnak.

Non ! La reine n'était pas responsable de cet incident qui, bientôt, ne serait plus qu'un mauvais souvenir. Tiyi avait vu bien des femmes souffrir au début d'une maternité. Un handicap qui s'effaçait par la suite dès que l'enfant venait au monde. Alors, qu'importait ! Tiyi était vaillante et les malaises d'une grossesse difficile n'allaient pas assombrir ses humeurs.

Quand la nourrice referma la lourde porte d'ébène qui séparait la chambre de la reine de ses appartements de travail, Tiyi regarda ses enfants s'avancer.

Ils se précipitèrent vers elle. Le garçon repoussa sa sœur d'un geste impératif et Satamon, sans doute habituée à laisser la part de premier choix à son frère, s'installa plus loin presque au bout du lit.

— Approche-toi, Satamon, fit Tiyi en souriant à sa fille. Je vois à peine tes jolis yeux et je sens qu'ils veulent m'apprendre quelque chose. Que veux-tu me dire ?

Thoutmosis fit la moue et accepta de faire une place à sa sœur. D'un geste calculé, il recula de quelques pouces pour la laisser s'installer aux côtés de la reine.

— Que veux-tu me dire, Satamon ? dit Tiyi en observant le fin visage de sa fille.

— Que j'ai réussi, sans faire de fautes, à compter tous les chiffres que l'on m'a fait poser sur ma tablette.

— Le Grand Scribe était-il content ?

— Il a dit que j'avais hérité de votre intelligence.

— Bien ! fit Tiyi en souriant, bien. Voilà un compliment qui nous honore toutes les deux.

Elle se tourna vers son fils.

— Et toi, Thout ?

L'enfant hocha la tête.

— Le maître dit que ça va bien.

— Mais encore ? insista sa mère.

— Que mes calculs sont toujours bons, mais que mon écriture doit progresser.

Visiblement Thoutmosis préférait ne pas s'appesantir sur les probabilités bonnes ou mauvaises du résultat de ses études.

— L'enfant que vous portez, mère, sera-t-il un garçon ou une fille ? jeta-t-il vivement pour couper court à toutes discussions périlleuses.

— Une fille ! s'écria Satamon.

— Un garçon ! renchérit Thout.

— Non ! décréta la fillette butée. Mère, dites à Thout que j'aurai une petite sœur.

— C'est impossible, ma chérie. Pour l'instant, seuls les dieux le savent.

Tiyi se redressa un peu et regarda la nourrice qui, de loin, immobile et attentive, surveillait les deux enfants.

— Moi, répliqua Thoutmosis d'une voix directe,

j'aimerais avoir un frère. Mais, je sais que vous attendez une fille.

— Et pourquoi dis-tu cela?

— Parce que vous êtes fatiguée. Les servantes disent entre elles que les mères ne sont souffrantes que lorsqu'elles attendent une fille.

— Ce n'est pas juste, Thout. Quand j'attendais ta sœur, j'étais toujours la première levée et la dernière couchée. Pour l'instant, ma fatigue est passagère. C'est tout.

Satamon fit la moue.

— Cela me plairait, mère, d'avoir une sœur. Thout ne veut jamais jouer avec moi.

Tiyi soupira et regarda son fils. Thoutmosis était un bel enfant, fort et vigoureux. Son tempérament volontaire s'affirmait de jour en jour. Du haut de ses six ans, il commandait déjà toute une armée de serviteurs et de servantes qui, se prosternant devant lui, exécutaient sans attendre les ordres qu'il lançait à la volée.

Tantôt il voulait ses chars en réduction, traînés par de petits chevaux articulés. Tantôt il désirait ses toupies, ses soldats de bois peint, ses arcs qui, pour l'instant, tiraient des flèches inoffensives, tantôt il réclamait des friandises, des promenades en barque, des chevauchées avec son père, des histoires en compagnie de sa mère. Rien ne le rebutait ni ne lui faisait peur.

Satamon était tout à l'opposé, n'aimant ni la révolte ni l'agitation. C'est pourquoi elle subissait sans contester l'autorité de son frère. Il commandait, elle obéissait. Cela révoltait Tiyi qui eût aimé une fille plus hardie et plus volontaire. Une fille qui eût hérité du tempérament de son bouillant grand-père asiatique ou de la farouche nature de sa grand-mère thébaine.

Satamon était une jolie fillette, douce, tendre et attachante, qui promettait d'être une merveilleuse créature, une image parfaite, un modèle d'esthétique exemplaire qu'avaient mis les dieux sur cette terre ici-bas pour le plaisir des yeux du pharaon. Car, Tiyi le savait, Aménophis ne cessait de dire que sa fille était aussi belle que l'avait été la déesse Isis, à l'origine du monde.

— Allons, jeta Tiyi en redressant son buste qui s'affaissait un peu trop sur ses douillets oreillers, racontez-moi votre journée avant d'aller vous coucher. Thout, laisse parler ta sœur en premier.

Le garçonnet eut un sourire condescendant envers celle qu'il pensait déjà protéger avec sa puissante carrure, car n'avait-il pas déjà — disait Pharaon, son père — une stature qui annonçait celle d'un futur athlète? Ses épaules s'arrondissaient, ses cuisses se durcissaient, son buste se redressait.

D'autant plus que, depuis quelque temps, Thoutmosis commençait les arts de combat avec les meilleures méthodes d'enseignement qui fussent. Ses compagnons de combat étaient tous de jeunes nobles thébains, fils de hauts dignitaires, appelés à le suivre lorsque, à son tour, il serait un pharaon digne de ses ancêtres.

Satamon se rapprocha de sa mère et posa la tête sur son buste. Dieu! Qu'elle lui semblait lourde cette petite tête aux cheveux noirs et frisés qui croulaient sur ses épaules nues.

Lourde comme une pierre de granit. Une nouvelle douleur dans son ventre lui rappela que l'enfant à venir semblait vouloir ne lui laisser aucun répit.

Elle tressaillit brusquement, eut un léger rictus qu'elle tenta de camoufler par un sourire factice, mais ne se plaignit pas et laissa la tête de sa fille reposer sur elle.

— Allons, qu'as-tu fait aujourd'hui? répéta-t-elle.

— J'ai joué avec Thinis, Nyi, Mouthès et Sourrara que je n'aime pas du tout, décréta la fillette en relevant un peu la tête pour regarder le visage de sa mère.

— Pourquoi ne l'aimes-tu pas?

Plus rapide que sa sœur, Thoutmosis répondit à sa place :

— Elle ne fait que parler de serpents et de vipères. Mouthès et Sourrara croient nous impressionner avec leurs histoires de cobra royal et de reptiles que leur mère élève comme des chiens ou des chats.

Il s'approcha, lui aussi, da sa mère.

— Quand je suis avec Any, reprit-il, et qu'elles sont là, on leur parle des grandes chasses du désert. Des chasses aux ours, aux lions et des chasses de taureaux sauvages. Il n'y a que cela qui les arrête et je crois qu'à leur tour, elles ont peur.

Satamon se mit à rire.

— C'est vrai, mère. Elles ont une intense frayeur des lions et du désert. Pas moi. N'est-ce pas, Thout?

Le garçon regarda sa sœur et hocha la tête.

— Non, pas toi. Mais, c'est parce que je te raconte les faits comme ils arrivent. Alors que je les transforme en horreur avec les filles d'Ipény.

— Et Any? Que dit-il?

— Il s'amuse aussi à leur faire peur.

Pour l'instant, Any semblait être le meilleur compagnon de son fils. Grand, fort, sportif, d'allure brave et combative, l'enfant excellait en tout, car il possédait de surcroît des qualités intellectuelles que n'avait pas Thoutmosis.

L'écriture, l'art et la culture l'intéressaient autant que le tir à l'arc et la conduite des chevaux.

Any était le fils unique de Mérymose, le Grand Scribe Royal d'Aménophis. Un personnage très en vue à la cour du pharaon qui s'était distingué lors des quelques retours d'expéditions guerrières d'Aménophis.

Pour l'instant, son fils se distinguait lui aussi par ses exploits scolaires et ses records sportifs et la reine soupçonnait fort le jeune Thoutmosis d'éprouver une certaine admiration pour son compagnon sans qu'il veuille vraiment ni le montrer ni l'admettre.

⁂

Ptahmose regarda « L'œil de Ptah ». Il tanguait au milieu du Nil, dans une position complètement couchée. L'un des côtés de la coque était brisé net, l'autre n'était plus que débris.

— Il faut le remorquer, déclara Pérouhé.

C'était la première parole qu'il prononçait depuis que, en présence du Grand Prêtre, il regardait l'épave de son bateau.

— J'ai perdu mon navire, souffla-t-il dans un murmure. Était-ce vraiment indispensable ?

— Ne crains rien, rétorqua Ptahmose. Le trésor du temple t'avancera les fonds nécessaires pour t'en construire un autre. Et, crois-moi, la récompense qui t'attend te donnera un vaisseau beaucoup plus grand et beaucoup plus beau.

Comme Pérouhé ne disait rien, Ptahmose crut bien faire en ajoutant :

— La poupe et la proue se termineront par des effigies de dieux aux yeux de pierres précieuses et la coque sera recouverte de feuilles d'or. Quant aux revêtements intérieurs, ils seront en bois d'ébène, si tu le veux.

Pérouhé soupira, mais un sourire satisfait se dessina sur ses lèvres et il acquiesça de la tête.

— Un capitaine, murmura-t-il comme pour excuser l'instant de désarroi qui l'avait saisi, n'aime guère voir son vaisseau chavirer de la sorte.

Ptahmose lui frappa amicalement l'épaule.

— A présent que nous avons solutionné la question qui te préoccupait, dis-moi ce qu'il en est de l'accident.

Ptahmose semblait satisfait, comme rassasié par un copieux repas qui ne lui laissait que de bonnes saveurs en bouche. Jambes écartées, buste et front levés, il se planta devant Pérouhé.

— Les barques ? s'enquit-il.

— Toutes disloquées. Pas un survivant.

— Les princesses ?

— Disparues dans les flots et la tempête.

Ptahmose fronça le sourcil et appuya son regard aigu sur Pérouhé.

— En es-tu sûr ?

Pérouhé se tourna vers Menen qui acquiesça aussitôt de la tête tout en jetant d'une voix mordante :

— Mes hommes ont achevé les plus récalcitrants.

Ptahmose avança la bouche et arrondit ses lèvres charnues en une moue désinvolte.

— Parfait. Vous avez tous fait de l'excellent travail.

Pourtant, il prit son menton entre le pouce et l'index et réfléchit quelques instants.

— Il arrive parfois, jeta-t-il en fixant les yeux de Menen que, dans un cas semblable, il reste un ou deux survivants. J'espère que ce ne sera pas le cas.

— Impossible, jeta le marin dont le sourire ambigu devenait provocant à force d'assurance.

Puis, il plongea la noirceur de ses yeux cruels dans ceux du Grand Prêtre.

— Impossible, réitéra celui-ci.

— Alors, tu as bien travaillé et, puisque tu m'assures que sur la berge ne rampe aucun survivant, tu auras ce que tu mérites.

Comme Menen attendait silencieusement les largesses de son supérieur et que Ptahmose tardait à les lui annoncer, Pérouhé prononça d'une voix fluide :

— Je l'ai déjà nommé capitaine.

— Bien ! Alors, tu auras ton premier bateau et je ferai en sorte qu'il comporte un chargement dont tu feras le commerce. Tu pourras travailler en collaboration avec Pérouhé qui se chargera des transports dont tu auras la responsabilité.

Il se tourna vers l'intendant maritime.

— Cela te dérange-t-il ?

Pérouhé se racla la gorge. Certes, il n'avait aucune affinité avec Menen, un vulgaire truand, une brute sanguinaire dont il n'aimait ni les manières ni les penchants. Mais il savait que, désormais, il devrait partager avec lui les conséquences de son forfait et qu'une mauvaise volonté de sa part risquait d'assombrir l'humeur du Grand Prêtre. Aussi fit-il non de la tête.

Et puis, il savait aussi qu'un amas d'anneaux d'or, le plus pur qui fût, et un sac de turquoises, de belles pierres qui venaient directement du Sinaï, l'attendaient dans quelque entrepôt bien caché et que cela valait, certes, d'autres obligations plus contraignantes encore.

Mais Ptahmose n'en avait pas encore complètement terminé avec les certitudes qu'il voulait voir tomber de la bouche de ses acolytes.

— Dis-moi, Menen, d'où te vient cette assurance à dire qu'il n'y a aucun survivant ?

Le marin secoua énergiquement la tête.

— Personne, je vous dis. Personne ne reste. Nous n'avons retrouvé que quelques coffres d'effets, de bijoux et d'objets personnels.

— Des bijoux ! fit le Grand Prêtre. Sont-ils importants ?

Une lueur brilla dans les yeux du marin. Ptahmose la vit et lança :

— Alors, je t'autorise à les partager avec les hommes qui t'ont servi.

Il poussa son regard jusqu'à la rive opposée du fleuve.

Memphis, ses temples et ses monuments de Bubastis et surtout les marécages qui annonçaient Thanis, la ville étrangement masquée par ces épais marais où grouillait toute une vie singulière, où crocodiles et hippopotames se partageaient les herbes menaçantes et où les bouviers vivaient avec leurs chèvres et leurs bœufs.

Les yeux dirigés vers Memphis, Ptahmose pensait lui aussi au double avantage qu'il retirait de cette affaire.

D'abord celui qu'il partageait avec les prêtres d'Amon à l'idée qu'aucune princesse asiatique ne viendrait perturber les coutumes égyptiennes. Puis, venait le bénéfice personnel dont une part revenait à Anen, la cargaison d'or et de pierres précieuses dont il avait arrêté le convoi à la sortie du Sinaï.

***

Le visage pâle et les yeux cernés tant elle dormait mal depuis que cet enfant impossible occupait toute la place dans son ventre, Tiyi fit face à la silencieuse présence de Kherouef et à la méfiance coutumière de Menna.

A côté d'elle, Ramose s'enfermait dans une attitude discrète, mais Tiyi savait que ses yeux et ses oreilles ne perdaient rien qui ne serait pesé, calculé, disséqué ensuite.

Quant à Baken, l'Intendant du Trésor, il ne cessait d'étaler sur ses lèvres déjà sinueuses le sourire qu'il ne quittait que rarement. Un sourire trompeur, chargé d'ombres et de menaces qui, à coup sûr, attendait qu'arrivât l'instant trouble, la situation délicate ou périlleuse pour la rectifier d'un tir comme s'il devait lancer sa flèche mieux et plus loin que les autres.

Manni, l'ambassadeur du roi d'Alasia, restait lui aussi silencieux, retardant le moment où il déclencherait l'alerte fatale qui déstabiliserait l'assemblée.

Quant à Shabaka, le fidèle scribe chypriote, il traçait les mots et les propos jetés au hasard des points débattus, sans même prendre le temps d'un souffle, d'un soupir, d'un regard.

Tout ce qu'il devait rapporter au roi de Chypre était noté et inscrit sans le moindre oubli.

Manni et Shabaka encadraient tous deux Kherouef et Menna lesquels, avec la plus grande discrétion, faisaient face à Tiyi.

— Pourquoi voulez-vous éviter la question du cuivre ? jeta la reine d'un ton un peu sec. L'importation devrait se faire rapidement puisque nous avons passé les marchés.

— Certes, Majesté, fit Manni en lançant sur Tiyi ses petits yeux luisants dont les coins descendaient vers une barbe épaisse et noire.

D'un bref mouvement de tête, il fit le tour de l'assemblée et la dureté de son regard revint se fixer sur la reine.

— Un marché dont nous avons signé les accords à la saison dernière, renchérit Kherouef.

— Nous attendons ce cuivre depuis trop longtemps pour patienter davantage, déclara Ramose dont la voix calme et l'attitude imperturbable fit réagir le calame dans la main de Shabaka.

— Tu sembles oublier, Grand Vizir, objecta Manni d'un ton sulfureux, que je suis là pour marchander votre blé contre notre cuivre.

— Bien sûr, fit Tiyi, il n'est pas question de remettre notre marché en cause. C'est bien ainsi que nous l'entendions.

Soudain, Baken se redressa. Étonnés, les deux chypriotes levèrent les sourcils. Mais, ils les rabaissèrent aussitôt quand ils virent que Tiyi et ses proches conseillers semblaient aussi stupéfaits qu'eux.

— Attendez. Reparlons de notre blé. Si nous devons vous le céder contre votre cuivre, il faut en revoir la valeur.

Tiyi lui lança un regard meurtrier. Qu'arrivait-il à l'Intendant du Trésor ? Il n'était absolument pas question de troquer le blé d'Égypte contre le cuivre de Chypre.

Voyant là une ruse de Baken, elle s'énerva un instant, ce qui provoqua une douleur aiguë dans son ventre. Que l'Intendant du Trésor veuille reparler du problème montrait bien qu'il opposait à la reine un désir de vengeance. Or, Tiyi refusait de détourner, cette année encore, une partie du blé des récoltes de Thèbes en faveur de Baken et des prêtres d'Amon. Ainsi, en le proposant au roi de Chypre, il en privait la reine et surtout le palais de Malgatta dont les greniers à blé étaient encore loin d'être entièrement remplis.

Devant l'arrogance de Baken, la reine s'efforça de tenir bon.

— Et le marché que nous avons passé ? fit-elle en se tournant vers l'ambassadeur de Chypre.

— Le roi d'Alasia dit qu'il a proposé au pharaon l'une de ses filles en échange du blé qu'il attend et que, dans ces conditions, le cuivre est en plus.

— Alors, fit la reine, attendons la princesse dont il nous parle.

— A mon sens, répliqua Kherouef, cela risque d'être assez long, surtout si elle n'a pas encore quitté Chypre.

Manni fit un petit geste de la main pour signifier que cet alibi n'était pas très valable.

— Détrompe-toi, Manni, fit Ramose. Depuis la décrue du Nil, nous attendons les filles du roi Kadashman. C'est étrange comme elles se font attendre. Qui nous dit que la princesse d'Alasia ne sera pas, elle aussi, un fantôme ?

Manni fit un bond en avant et se leva, rouge de colère.

— Qui t'autorise à mettre en doute la parole de mon roi ?

— Allons, fit la reine conciliante. Les filles de Kadashman ne devraient pas tarder. Le convoi des princesses a sans doute été retardé dans le désert par quelque caravane arabe. La coutume des bédouins est stricte et sans détours. Ils gardent leurs hôtes quelque temps afin de leur faire partager leurs coutumes.

— Alors, attendons, fit Ramose.

— Oui, rétorqua Kherouef, attendons qu'elles arrivent. Il ne s'agit là que d'un retard bien compréhensible. Ces longs voyages ne peuvent pas être calculés de façon très précise.

Shabaka releva le nez de son papyrus et acquiesça de la tête, mais Manni ne semblait pas du même avis.

— De Chypre à Thèbes, il n'y a pas de désert à traverser, que je sache, rétorqua-t-il sèchement.

— Non, mais il y a un océan très périlleux, jeta Ramose.

— Périlleux pour les navigateurs du Nil, pas pour ceux de la pleine mer.

En lançant ces mots, Manni avait repris sa place. Il se racla la gorge et s'assura que Shabaka notait bien tout l'entretien. Kherouef l'observait silencieusement sans plus rien dire et Baken attendait, son éternel sourire aux lèvres, que se déclenchât de nouveau le problème du blé.

Mais chacun semblait réfléchir à la solution la plus judicieuse et à l'intérêt qui en découlerait. Voyant que le sujet risquait de s'éteindre et qu'il faille trop de contestations pour le rallumer, Baken préféra attaquer selon sa méthode :

— Majesté, fit-il en élevant sa main d'un geste large, nous pouvons céder notre blé contre le rétablissement du paiement des droits de douane.

— Mais, la question des droits a été tranchée. Et nous n'avons plus à y revenir.

— Sauf si nous en reparlons, Majesté.

Tiyi sentit la colère l'étreindre.

— Nous n'avons pas de blé à céder pour une cause dont nous avons déjà débattu.

Baken se leva et vint vers la reine.

— Ces droits de douane ont toujours fait couler beaucoup d'encre.

Tiyi sentait que l'Intendant du Trésor n'avait pas encore abattu toutes ses cartes. Méfiante, elle resta sur ses gardes et Baken en profita pour lancer d'une voix hypocrite :

— Majesté, nous recevons le blé de Kadashman, qui est dix fois plus beau et dix fois plus gros que le nôtre. Nous pouvons bien céder celui d'Égypte pour quelques droits de douane que nous reprendrions.

Tiyi et Kherouef se regardèrent. En un clin d'œil, ils avaient détecté la ruse de Baken. Depuis des générations, le paiement des impôts des douanes revenait au Trésor d'Égypte, entièrement supervisé et maîtrisé par son ministre. A défaut du blé qui semblait lui échapper, c'était une manière pour Baken de voir ses propres caisses se remplir.

La colère saisit le cœur de Tiyi. Mais, une crampe brutale saisit encore son abdomen et la cloua sur place, sans rien pouvoir dire. Décidément, ce nouvel enfant qu'elle attendait avec une appréhension de plus en plus grande avait le don de la rendre nerveuse et de lui insuffler des réactions dont elle était peu coutumière.

Elle ferma les yeux, laissa passer la crampe et fixa Baken dans une attitude de défi.

— C'est donc ainsi? Sachant que tu ne peux plus contrôler la répartition de notre blé, tu préfères nous en séparer pour le donner au roi de Chypre!

Elle se leva et pointa son index vers lui tout en réprimant le vertige qui la prit. « Maudit enfant, pensa-t-elle, me laisseras-tu débattre tranquillement des problèmes de mon pays? »

— De quoi as-tu peur, Baken? Que j'en garde le bénéfice intégral pour emplir mes greniers de Malgatta?

— Majesté, rectifia Kherouef qui voyait un sourire intéressé se dessiner sur les lèvres de l'ambassadeur de Chypre, nos problèmes personnels ne concernent pas notre invité.

Tiyi qui venait de faire quelques pas pour lutter contre le vertige qui l'avait momentanément saisie vint se rasseoir.

— Tu as raison, Kherouef, il me semble que je m'égarais. Ceci dit, Baken, il me serait désagréable de te destituer de tes fonctions.

Baken ne se sentait nullement battu, trop habitué aux sarcasmes de la reine.

— Le pharaon Aménophis, Majesté, rétorqua-t-il d'un ton caustique, aurait son mot à dire.

Tiyi lui lança un sourire menaçant. Elle reprenait de la vigueur et son sens de la repartie.

— J'ai la moitié des pouvoirs. Je règne en corégence avec lui et tu le sais.

Puis, elle se releva en prenant appui de ses deux mains sur la table de marbre où traînaient une quantité de documents, en saisit un et, sans même le regarder, le brandit en direction de Baken qui ne se départit pas pour autant de son assurance.

Elle aussi avait encore une carte en mains.

— Tu n'auras rien, Baken. Ni le profit du blé, ni celui des droits de douane. Car voici un document qui va nous obliger à débattre du problème des turquoises venues du Mitanni et qui ont transité par Chypre sans que le roi d'Alasia le sache.

Elle se tourna vers Manni qui levait la main.

— Non, dit-elle précipitamment. Laisse-moi parler, tu répondras ensuite. Je ne mets nullement en cause la bonne volonté de ton roi qui ne pouvait connaître ce transit.

— Les turquoises sont arrivées en Égypte, rétorqua Baken dont le visage s'était mis à blanchir. Peu importe par où elles sont passées. De quoi vous plaignez-vous ?

— De ceci !

Elle sortit de sa ceinture un scarabée en turquoise dont le sceau était le sien.

— Cette pierre est une pure merveille, dit-elle. C'est la seule que je possède. Or, tu sembles ignorer que le roi Tushratta du Mitanni me l'avait dernièrement envoyée pour m'assurer de la qualité des pierres qu'il devait m'adresser.

Ramose se leva, suivi de Kherouef, mais d'un geste bref la reine leur fit signe de se rasseoir.

Shabaka releva le nez de son écritoire et eut un geste malhabile qui fit glisser le papyrus sur lequel il écrivait. Il le retint d'un mouvement nerveux et glissa son regard en direction de Manni dont l'attitude immobile semblait sur la réserve.

— Les pierres du convoi étaient de médiocre qualité, reprit Tiyi. Ce ne sont pas celles de Tushratta. Où sont-elles ?

Après le court instant de panique qu'avaient remarqué les conseillers de Tiyi, Baken avait repris ses esprits.

— Qui t'a dit qu'elles étaient de médiocre qualité ?

— Maât, la fille de Mériptah, l'orfèvre.

— Encore Maât ! persifla Baken.

— Qu'a-t-elle fait ou dit qui te déplaise autant ? Qu'elle soit femme te gêne donc à ce point ?

Il voulut répliquer, mais Tiyi lui coupa la parole :

— Je n'en dirai pas plus aujourd'hui puisque la question n'est pas à l'ordre du jour. Mais, j'ai fait ouvrir une enquête pour mieux comprendre cette anomalie et il faudra bien que tu t'expliques devant Pharaon.

***

Les paysans attachés au domaine d'Ay arpentaient les champs pour vérifier les bornages endommagés pendant la crue, les dégâts matériels semblaient assez importants.

Les terres inondées, comme partout ailleurs, recouvraient les cabanes les plus proches du fleuve. Même les arbres étaient enfouis sous les eaux, à plus forte raison les terrains de culture, les champs et les vignes qui avoisinaient le Nil.

Mais, tout ceci n'était que secondaire quand il n'y avait pas de morts, car chacun savait que, du désastre, ressortait le limon fertile qui permettrait la fructueuse récolte de la saison prochaine.

La crue terminée, les eaux commençaient à redescendre, avec cette lenteur qui laissait à la terre le temps de s'enrichir et de se régénérer, découvrant le sol jusqu'aux terrasses des résidences les plus cossues qui, elles aussi, avaient subi de grands dommages.

Ce matin-là, Ouri n'avait pas le cœur particulièrement gai. Les flots rageurs avaient emporté sa masure, laissant sa femme et ses cinq enfants les pieds dans l'eau, il restait là gémissant et pleurant la perte de leurs quelques victuailles et du pauvre mobilier dont il disposait depuis quelques années à peine.

Mais, la générosité d'Ay était reconnue aux quatre coins de son territoire. Son intendant avait fait ébruiter dans toute la région qu'il ferait rebâtir les masures emportées par les eaux et qu'il distribuerait des braséros pour cuire le pain et des paillasses pour dormir à ceux qui n'en avaient plus.

Ouri savait qu'il disait vrai, car jamais encore Ay n'avait failli à la parole donnée à ses enfants qui devaient attendre la saison prochaine, serrés dans le hangar du logis d'un voisin qui acceptait de les héberger jusque-là.

La vie était bien sombre pour Ouri et sa nombreuse famille, aussi traînait-il les pieds dans la vase et la boue des champs à la recherche des bornes disparues à rétablir.

Alors qu'il observait le haut d'un monticule d'où émergeaient des roseaux qui semblaient ne pas avoir subi les assauts de la crue, un cri strident retint son attention. Un cri ! Non, une suite de braillements dont le ton amplifiait de seconde en seconde. Bientôt, ce furent des hurlements qui arrivèrent à ses oreilles.

Ouri se précipita vers le bosquet de papyrus. Les cris devenaient aigus, perçants. A n'en pas douter, c'étaient ceux d'un enfant. Mais où pouvait-il être ? Ouri pataugeait dans la boue. De la boue, rien que de la boue ! De la fange, des herbes bourbeuses et de la glaise molle et noire. Et pourtant, les vociférations de l'enfant n'étaient pas des hallucinations.

Cela venait du centre du bosquet.

Soudain, Ouri le vit. C'était un petit tas de vase remuant et vagissant qui n'avait ni forme ni couleur. Ouri ouvrit grand ses yeux, il ne pouvait plus le manquer. Le paquet informe qui s'agitait était bien là. L'apercevoir devenait à présent une évidence. Quand il saisit l'enfant à pleines mains, il cessa de pleurer. Le cœur d'Ouri battit à grands coups, car il se mit à penser qu'il venait de sauver une vie dont il ne pourrait pas assumer l'existence.

Mais le mystère était complet. A qui pouvait bien appartenir ce petit être qui n'avait que quelques mois? Aucune masure ne se dressait de ce côté-là, aucune famille et pire! Personne n'était passé par là depuis le début de la crue.

Le début de la crue! Soudain, Ouri eut un déclic et ses jambes s'affaissèrent. L'enfant qui se remit à pleurer lui redonna des forces. Alors, pour mieux réussir son sauvetage, il le serra contre lui.

Ah! Si, à cet instant, Ouri avait pu se douter que cet enfant allait changer le sort de sa triste vie et celle de toute sa famille! Mais, le brave paysan n'aurait certes pas fait autrement s'il avait connu l'avenir.

Et, pour l'instant, il réfléchissait. C'était à cet endroit même du Nil qu'on avait trouvé des barques fendues, des planches à la dérive, des coffres fracassés, des vêtements déchirés sans pouvoir retrouver un seul corps venu mollement expirer sur la berge. Ouri avait vu quelques marins se jeter en riant sur les décombres. Mais, il s'était enfui comme s'il avait vu le dieu Seth en personne. Ces choses-là ne le regardaient pas et il n'en parlerait pas.

Remis de sa surprise et de ses émotions, Ouri courut au fleuve et lava l'enfant. La boue avait séché par endroits. Il ne put que retirer l'essentiel, du moins celle qui occultait les yeux et la bouche de l'enfant. Puis, serrant le bébé contre lui, il se mit à courir à toutes jambes vers la grande maison d'Ay.

A ses cris, les serviteurs accoururent. Ouri montrait l'enfant et le tendait à ceux qui lui faisaient face. Theyi, attirée par les lamentations de l'homme et l'agitation de son personnel, accourut derrière ses servantes qui, elles aussi, arrivaient à toutes jambes.

— Que portes-tu là ? demanda-t-elle à l'homme qui lui tendait l'enfant.

Pantelant, à bout de souffle, Ouri ne pouvait plus parler et il fallut attendre que le rythme de sa respiration redevînt normal pour que Theyi comprenne son histoire. Quand il l'eut achevée, il se sentit soulagé.

— Allons, Ouri, ne mens pas. C'est ton enfant !

Consterné, Ouri secoua la tête dans un signe négatif. Qu'allait-il faire de ce bébé si on ne le croyait pas ?

— Allons, Ouri, fit tranquillement l'épouse d'Ay, je connais ta famille. C'est ton dernier fils qui n'a que six mois. Pourquoi ne dis-tu pas la vérité ? Je sais que tu as perdu ta maison. Mais nous la rebâtirons, mon époux te l'a promis. Et puis, ne t'inquiète pas. Nous vous donnerons du pain en quantité nécessaire.

Elle voulut saisir l'enfant, mais stoppa son geste en voyant le petit tas de boue qui remuait entre les mains d'Ouri.

— Allons, nous allons laver ton fils et te le rendre.

— Maîtresse, fit une jeune servante en frôlant l'épaule de Theyi, c'est une fille.

— Une fille ! Je croyais que ton dernier-né était un garçon !

Puis, elle s'écria :

— Pourquoi ne m'as-tu pas dit que c'était une fille ? Qu'on lave cet enfant !

Cette fois, elle saisit le bébé et le tendit elle-même à la jeune servante qui le prit d'un air un peu dégoûté.

— Ouri, poursuivit Theyi, je te demande de rester là en attendant. Une autre de mes servantes va te servir à manger et à boire.

Quand on retira les linges qui entouraient le corps de l'enfant, on trouva une chaîne enroulée à son cou au bout de laquelle était suspendu un informe caillou bourbeux.

Theyi marqua un temps de surprise et quand elle vit sa servante approcher la main de l'objet, elle s'interposa vivement.

— Donne, exigea-t-elle en tendant la sienne à son tour.

Ahout jeta le linge boueux à terre. Puis, lentement, ôta la chaîne du cou de l'enfant.

— Donne ! répéta Theyi, je vais la mettre de côté.

Mais, pendant que l'autre servante commençait à laver le corps de la fillette, elle se rendit dans la salle contiguë. C'était une chambre à ciel ouvert dans laquelle coulait une fontaine. Elle y plongea le caillou et la chaîne. Pendant quelques secondes, un flot brunâtre vint troubler l'eau claire. Puis, la limpidité de la fontaine revint aussitôt et quand Theyi dégagea sa main pour la hisser lentement à ses yeux, elle tenait dans sa paume le plus beau joyau qu'elle eût jamais vu.

C'était un médaillon enfermant une turquoise cerclée d'or blanc. La pierre était lisse et pure et sa couleur jetait de splendides lueurs.

Elle l'enferma rapidement dans la ceinture de sa tunique, s'assura de la solidité des liens et revint là où on lavait l'enfant.

Theyi et ses compagnes allaient de surprise en surprise. Lavée, ointe d'une huile odorante, la fillette n'avait en rien un corps fatigué, amaigri ou malade. La privation de lait ne devait dater que de quelques jours.

Rassurées, Theyi et ses compagnes se penchèrent pour observer de plus près ce qu'elles venaient de sauver du désastre. Alors, elles virent que l'enfant se révélait d'une beauté extraordinaire. Sa peau était délicate et blanche, d'une extrême finesse. L'attache souple de ses poignets et de ses chevilles appelait déjà l'ornement de quelques cercles d'or. Peut-être même en avait-elle déjà portés !

Oui ! La fillette sortait déjà de la banalité quotidienne et la plonger dans une vie médiocre eût été une erreur.

Ses yeux allongés étaient aussi clairs que la couleur du Nil quand le ciel ensoleillé s'y reflétait. Ses lèvres étaient roses et pulpeuses et, à présent qu'elle était propre, l'enfant distribuait des sourires à qui la regardait.

On entoura son corps d'un linge de toile fine et, à tour de rôle, on embrassa doucement la peau blanche qui avait repris toute sa souplesse. Certes, depuis longtemps déjà, les servantes ne la regardaient plus avec cette répulsion qu'elles avaient eue en voyant le paquet informe et sale que le paysan leur tendait.

Sous une telle effusion de baisers, la fillette jetait à présent, avec une grâce aussi naturelle que si elle tétait le sein de sa nourrice, des petits cris de plaisir qui témoignaient de sa resplendissante santé.

On eût dit qu'elle venait de s'éveiller et que, tirée de son couffin d'osier aux moelleux oreillers, elle profitait à pleins poumons du soleil qui pénétrait dans la pièce.

Soudain, Theyi se frappa le front.

— Il faut nourrir cette enfant. Khiriat, va lui chercher du lait d'ânesse.

La jeune servante se précipita au-dehors et l'on entendit aussitôt crier des ordres à la volée. Elle réclamait la grande ânesse grise aux oreilles blanches qui, à l'ombre de l'écurie, nourrissait encore ses ânons.

Elle revint peu de temps plus tard avec la mule rétive qu'il fallut tirer par le licol pour la faire avancer. Elle lança deux ou trois braiments de mécontentement, mais quand on installa la fillette sous ses mamelles gonflées de lait, elle s'apaisa et se fit maternelle.

Enfin, l'enfant repue s'endormit dans les bras de Theyi.

— Khiriat, à présent, va chercher mon époux. Il est temps que nous tirions cette affaire au clair.

Elle fit quelques pas en direction de la terrasse, là où la lumière tombait à grands coups de massue.

— Cette chaleur est intolérable, fit la jeune femme

en clignant des yeux, qu'on abaisse le dais de toile, cela fera un peu d'ombre.

L'enfant qu'elle berçait dans ses bras s'éveilla au contact du rayon solaire qui tombait sur sa peau claire. Ses grands yeux fixèrent ceux de Theyi et ses lèvres délicates et roses lui sourirent. Un tel cadeau pour la jeune femme, que la déesse Hathor n'avait pas encore gratifiée du don d'un enfant, n'avait pas de prix.

— C'est étrange comme cette enfant aime le soleil, murmura-t-elle.

Quand Ay arriva et que Theyi lui expliqua l'étrange propos que lui avait conté Ouri, son visage se tendit. Ay paraissait tout à coup soucieux, préoccupé. Un trouble étrange avait saisi son regard et ses larges sourcils se haussèrent dans un mouvement qui resta en supens. Puis, un geste d'énervement vint relayer son air inquiet.

— Qu'on me laisse avec ma femme ! exigea-t-il d'un ton sec.

Quand les servantes s'affairant autour de la fillette eurent disparu, l'emportant pour la coucher en un endroit apaisant et silencieux, Ay se tourna vers Theyi qui lui tendit le bijou de l'enfant.

D'une main presque tremblante, il retourna le médaillon de turquoise au dos duquel était gravé le sceau du palais de Babylone.

Il secoua la tête d'un air égaré, comme s'il se remettait lentement d'un coup de matraque reçu sur le crâne, et murmura des mots que Theyi ne comprit pas, tant il les prononçait à voix basse.

— Que dis-tu ? fit son épouse en s'approchant d'Ay pour tenter de comprendre ce qu'il susurrait d'un ton inaudible.

Ay éclaircit sa voix d'un raclement de gorge, mais jeta un coup d'œil aux alentours pour s'assurer que personne n'était dans le sillage.

— Te rappelles-tu ce bateau fracassé devant chez nous qui, soi-disant, était un navire de commerce crétois ?

— Ay ! fit Theyi étonnée. Le naufrage date de trois jours à peine. Comment pourrais-je ne pas m'en rappeler ?

Son époux hocha la tête.

— Bien sûr, fit-il toujours à voix basse. Mais, la police a déblayé si vite la berge que nous avons eu à peine le temps de nous poser des questions.

— Fallait-il donc s'en poser ?

— Oui. Et de sérieuses. Car ce bateau n'était pas crétois. C'était celui qui transportait les filles du roi Kadashman.

— Que dis-tu ? s'exclama Theyi dont le visage se mit à pâlir. C'est impossible.

— C'est la vérité. Je ne voulais pas le croire, faute de preuves jusqu'à ce jour.

Les yeux de Theyi s'ouvraient d'effroi. Incrédule, elle regardait le médaillon et le retournait nerveusement dans ses doigts.

— Mais qui a pu commettre une telle forfaiture ?

— Les prêtres d'Amon, dirigés par Ptahmose en premier et Anen, mon frère, en second.

— Par tous les dieux ! murmura Theyi. Quand s'arrêtera donc leur folie de puissance et d'autoritarisme ? Cette fois, ils vont trop loin. Ils suppriment de façon odieuse et cruelle tout ce qui peut nuire à leurs richesses et à leurs ambitions démesurées. Que faut-il donc faire ?

— Il faut que je voie la reine, décréta Ay en semblant reprendre ses esprits. Je vais partir ce soir même.

— Ce n'est guère prudent, rétorqua son épouse. Cela aura tout l'air d'une fuite ou d'une énigme à laquelle tu donnes une importance démesurée. Il nous faut réfléchir avant de prendre une décision.

Ay approuva de la tête.

— Tu as sans doute raison.

Theyi fit quelques pas dans la pièce. Puis, enfermant à nouveau le médaillon dans la ceinture de sa robe, elle revint à petits pas rapides vers son mari.

— Je suggère plutôt que nous rentrions tous à Thèbes de la façon la plus naturelle qui soit. Je vais dire aux alentours que notre départ est pour demain. Nous prendrons avec nous notre garde habituelle et le personnel qui, bien sûr, a l'habitude de nous suivre. Laissons croire aux autres que tout est normal.

— Et l'enfant ? fit Ay.

— Oui ! L'enfant, répéta Theyi.

Elle éleva les bras au ciel.

— Nous l'emmenons, bien sûr, dit-elle en abaissant les bras.

Ay hocha la tête.

— Que pouvons-nous faire d'autre ?

— Rien, si ce n'est de laisser croire, pour l'instant du moins, que c'est une enfant de paysans abandonnée. D'ailleurs, Ouri et sa famille viendront avec nous. Les laisser ici serait imprudent. Ils pourraient être à la merci de trop de gens qui leur poseraient des questions.

— Je pense que tu as raison, fit Ay d'un ton las.

Il se dirigea vers la grande porte qui ouvrait sur l'autre côté de la terrasse et ordonna :

— Khiriat, fais venir Ouri, le paysan. Nous avons à lui parler.

— Ici ? fit la servante étonnée.

— Eh bien oui, ici.

Khiriat esquissa un sourire. Depuis que cette fillette était entrée, tout semblait différent des autres jours, et la jeune servante pressentit des instants bien palpitants encore.

D'un pas précipité, elle s'en fut donc prévenir le paysan que les maîtres voulaient lui parler.

Quand il fut devant eux, son visage sembla se décomposer tant il était ahuri par le luxe et le confort qui l'entouraient de toutes parts. Puis, la seconde réaction qu'il éprouva fut la peur. Un paysan craignait toujours le pire lorsqu'il était devant son maître. Ouri gardait cette expression d'homme affolé, totalement soumis aux exigences d'Ay.

— Ouri, tu es un bon travailleur, honnête et fidèle et, jusqu'à présent, je n'ai eu qu'à me féliciter de tes bons services. En contrepartie, je t'ai toujours bien traité, et je sais que ta famille n'a jamais manqué de pain.

Il posa sa main sur l'épaule d'Ouri et poursuivit :

— Mais, désormais, ta vie va changer. Tu vas vivre dans l'aisance. Je sais que tu es un homme intelligent, sensé, capable, et que tu vas parfaitement comprendre ce que nous allons t'expliquer.

Ouri en tremblait d'émotion. Sa vie allait changer. Il n'y avait aucun doute, Ay, le grand maître, avait parlé d'aisance.

Les dieux d'Égypte, réservés aux riches, s'étaient-ils enfin décidés à lui porter quelque intérêt ?

Il sentit la sueur couler sur son front. Ses jambes ne le portaient plus.

— Veux-tu t'asseoir, Ouri ? fit Theyi inquiète de voir, tout à coup, son front ruisseler de sueur.

Il la regarda sans rien dire, les yeux pleins d'un étonnement qu'il n'arrivait pas à contrôler. Au fond de sa gorge une boule allait et venait. Theyi lui sourit. Le regard limpide et le geste calme, elle approcha de lui le petit tabouret à trois pieds.

— Ouri, commença Ay, tu ne peux plus rester ici. Les paysans te poseraient trop de questions embarrassantes qui nous causeraient du tracas.

— Si c'est au sujet de l'enfant trouvé, dit le paysan, je ne parlerai pas.

— Tu ne pourras rester muet chaque fois qu'on te pressera de répondre. Nous t'emmenons donc à Thèbes.

Cette fois, Ouri roula des yeux effarés.

— Avec ta famille, bien sûr, assura Theyi.

Ay le dévisageait d'un air absent. On eût dit que les mots sortaient de sa bouche sans qu'il les pesât vraiment.

— Je vais t'offrir une place d'intendance sur mes terres de culture, à la sortie de Thèbes, ainsi qu'une maison en briques recouverte de chaux et suffisamment grande pour loger ta nombreuse famille. Cela te plaît-il ?

— Oui... Oui... bégaya Ouri. Mais...

— En échange, Ouri, coupa aussitôt Ay, je te demande de ne jamais parler de l'enfant que tu as trouvé sur les berges du Nil. Pour les gens de Thèbes : ce sera l'enfant d'une jeune paysanne morte en couches dont ta femme s'occupe.

— Mais, que dois-je lui dire ?

— Elle aussi doit ignorer que la fillette a été trouvée sur les bords du Nil à la suite du naufrage.

— Mais...

— Il n'y a pas de « mais », Ouri, coupa Theyi imperturbable. C'est simple, tu lui diras que nous connaissions cette enfant et qu'en échange du sein qu'elle lui donnera, puisqu'elle allaite ton dernier fils, nous t'offrons un bon travail et une grande maison.

Comme Ouri sentait qu'il n'avait plus de « mais » à rétorquer, il acquiesça à grands coups de tête affirmatifs.

— J'expliquerai les choses comme vous le souhaitez.

Il recula de quelques pas, puis s'inclina.

— Attends, fit Ay en le retenant par le bras. A toi, nous pouvons donner quelques explications qui te feront mieux comprendre la gravité des circonstances.

Tenant toujours le bras d'Ouri, il poursuivit :

— Cette enfant, comme tu t'en doutes, n'est pas une petite de paysans. C'est une étrangère.

— Ah !

— Probablement une princesse de Babylonie.

Une princesse ! Ouri n'en était plus à son premier étonnement. Alors, une fille de prince ou de roi, pourquoi pas ? Il n'eut qu'un léger frisson et attendit la suite des explications de ses maîtres. Mais, comme ceux-ci tardaient à les lui donner, il s'obligea à répéter :

— Ah!

— Nous allons la garder le temps du voyage, en attendant la décision de la Grande Épouse. Après, s'il faut s'en séparer, c'est dans ta famille qu'elle ira.

***

Les deux chars roulaient à vive allure, ne freinant que dans les courbes prolongées ou les rétrécissements de la route, là où la difficulté rendait le voyage plus ardu.

Les six gardes personnels d'Ay précédaient le convoi. Quatre chariots suivaient, brinquebalant sur les cailloux du chemin et faisant osciller de droite à gauche les six enfants d'Ouri qui ne cessaient de rire et de crier tant ce voyage inattendu leur plaisait.

Il fallait huit longues journées pour faire la route du delta à Thèbes. La capitale des pharaons de la XVIIIe dynastie n'était séparée d'Héliopolis que par quelques grandes villes de province dont le commerce était prospère et qu'il fallait traverser dans toute leur agitation.

Héliopolis, ville du dieu Rê, cité du soleil, embellie depuis que le très ancien pharaon Djoser en avait fait l'un des centres spirituels de l'Égypte et le berceau théorique de la royauté, gardait la réputation prestigieuse que lui assurait Ay dans la puissance de ses fonctions.

Le Grand Prêtre d'Héliopolis et son épouse Theyi partageaient leur vie entre Thèbes et la cité de Rê.

Comme chaque saison après la crue, dès que Ay avait fait vérifier les bornages de ses terres et curer ses canaux afin que l'eau puisse bien pénétrer sur les cultures de ses domaines, il rentrait à Thèbes pour effectuer le même travail et, lorsque celui-ci était effectué, se consacrait à la cour d'Aménophis et aux affaires du pays.

Mais, ce matin-là, tout était différent, car une enfant

inconnue, âgée de quelques mois, menaçait de changer leur existence même si pour l'instant, elle souriait de la façon la plus adorable qui fût, dès que le soleil effleurait son visage.

Dans le char qui suivait celui d'Ay, Khiriat et Theyi ne cessaient d'observer la fillette enfouie confortablement dans les coussins moelleux du berceau en fibres de papyrus.

Apparemment, elle ne semblait nullement choquée par cette cavalcade qui, pourtant, aurait pu la déstabiliser.

Ce fait étonnant consolidait l'impression des deux époux sur l'identité probable de l'enfant. Elle semblait accoutumée aux longs voyages et ne paraissait pas perturbée par les cahots du char. Plus pragmatique que son mari, Pensilhé avait fort bien réagi quand, finalement, Ouri avait tout raconté à son épouse. Mais dieu du ciel ! Comment pouvait-elle réagir autrement ?

Quant aux véhicules qui suivaient, la joie était de mise. Les quatre filles et les deux garçons d'Ouri s'en donnaient à cœur joie, encore que le dernier-né de Pensilhé, Séhotep, pleurât un peu, n'ayant pas l'habitude de voir défiler le paysage si vite devant ses yeux.

— Naï, ne te penche pas ainsi, cria Pensilhé à sa fille aînée. Le chariot peut verser. Que va-t-on faire si tu tombes ?

— Si je tombe, cria Naï en riant, Koren sautera pour me rattraper.

— A cette vitesse, rétorqua Koren, tu seras loin avant que je te retrouve.

Koren, l'aîné de la famille, était un grand garçon de dix ans, assez maigre, mais solide. Ses mains avaient déjà tant arraché d'oignons et de poireaux, cueilli de haricots, de figues et de dattes, elles avaient tant soutenu le dur bâton au bout duquel pendaient les deux seaux d'eau qui servaient à l'arrosage indispensable, qu'elles en étaient devenues calleuses.

Et voici que Koren se laissait transporter par un chariot qui roulait à toute vitesse sur un chemin qu'il ne connaissait pas ! Son habituelle réserve et son sens des responsabilités en tant qu'aîné se relâchaient un peu. Ah ! Certes, pour une fois, il pouvait bien laisser Naï lui communiquer sa griserie excessive.

Naï dont les huit ans s'accordaient mal à la trop petite taille — elle en faisait à peine cinq — se plaisait à jouer la benjamine. D'ailleurs, Maêli qui la suivait de peu, du haut de ses sept ans, ne se prenait-elle pas pour l'aînée de la famille ?

— Si tu tombes, jeta d'ailleurs cette dernière à sa sœur, personne n'ira te chercher, ni Koren, ni moi, ni notre père qui a autre chose à faire que te surveiller en permanence.

— Oh ! Que tu es ennuyeuse, fit Naï en soupirant. Pour une fois que nous nous amusons !

— Mais, répliqua Maêli, regarde Netjet et Thanis, malgré leur jeune âge, elles sont plus sages que toi.

— C'est vrai, remarqua la mère en saisissant Sehotep, son dernier-né, pour lui donner le sein. Maêli a raison. Tu es vraiment impossible, Naï.

— Allons, fit Ouri d'une voix qu'il voulait autoritaire, pourquoi n'essayez-vous pas de dormir un peu ? Vous n'avez pas fermé l'œil de la nuit à l'idée de ce départ.

Ouri soupira. Comment le ton de sa voix pouvait-il être ferme alors que tant d'émotion étreignait encore sa gorge à l'idée qu'une vie inconnue l'attendait.

— Et ne croyez pas qu'à Thèbes, vous n'aurez rien à faire ! dit-il aux trois aînés. Les terres de notre maître sont assez grandes pour que chacun ait du travail.

Il regarda Netjet qui, malgré la sagesse dont on l'avait gratifiée tout à l'heure, commençait à s'impatienter. Sur les genoux de son frère, elle sautait comme un joyeux cabri. Quant à la petite Thanis, elle s'était approchée de sa mère et observait avec envie le mamelon que le bébé goulu enfermait dans sa bouche.

— Allons, murmura Penshilé, s'il en reste un peu, ce sera pour toi.

Puis, elle tourna son regard en direction des chars qui, devant elle, filaient de plus en plus vite.

— Comment se nomme l'enfant ? fit-elle à Ouri en désignant de la tête le char qui les précédait.

— Je ne sais pas.

— Tu ne l'as pas demandé ? intervint Pensilhé surprise. Mais, comment allons-nous l'appeler ?

— Nous le saurons bientôt.

— Mais, tu m'as dit que les maîtres connaissaient la mère. Elle doit bien avoir donné un nom à cette enfant.

Ouri se sentit gêné et se racla la gorge. Par tous les dieux ! Comment allait-il faire pour camoufler plus longtemps aux enfants la véritable explication ? Il n'avait jamais rien su leur cacher et que répondrait-il quand Koren et les filles allaient l'assaillir de questions ?

— T'a-t-on dit qui était la mère, au moins ? demanda Pensilhé.

— Non.

— Il serait préférable qu'on le sache, ne crois-tu pas ?

— Pourquoi ?

Pensilhé hésita. Elle regarda le petit téter son sein et répliqua :

— C'est vrai que j'ai assez de lait pour deux enfants. Même pour toi, Thanis. Tiens, approche. Je crois que le bébé n'a plus faim.

Les yeux brillants de joie, la petite s'approcha du sein de sa mère et le saisit délicatement entre ses lèvres pour en sucer le lait qui tombait goutte à goutte.

***

Dès que Ay avait demandé à la voir, insistant sur l'urgence de la situation, Tiyi avait ordonné à Mouti de le faire entrer sans attendre.

Quand elle sut qu'il était accompagné de son épouse, malgré l'heure inconvenante de la visite, elle comprit la gravité du moment et demanda que sa chambrière la vêtît de sa tunique la plus ample.

— Il ne faut pas vous fatiguer, Majesté, dit Ahout en laissant retomber les larges plis de la robe sur le corps alourdi de sa maîtresse. N'oubliez pas que les médecins vous interdisent toute marche inutile avant l'accouchement.

— Bah ! Ils disent des sottises. Cet enfant tarde et me le fait suffisamment sentir pour que j'oublie le moment où il aura vraiment l'intention de sortir.

Cependant, quand elle posa le pied sur le sol, une crispation tordit son visage. Ahout se précipita vers elle et la soutint de son mieux.

— Appelle les accoucheuses, fit Tiyi d'une voix blanche. Qu'elles restent derrière la porte pendant tout le temps que je serai avec mon frère.

Elle se laissa coiffer et s'allongea sur sa couche en soutenant son gros ventre de ses mains arrondies en coupelle.

— Jusqu'au dernier instant, murmura-t-elle, cet enfant me fera souffrir. Ah ! Déesse d'Hathor ! Mère des accouchées ! Cette fois, Tiyi était déterminée. Elle ne voulait plus que le pharaon lui fasse d'enfants. Elle préférait reprendre en mains les affaires du pays, assister aux conseils, aux assemblées, suivre et organiser le commerce extérieur, trancher, commander.

Pharaon ne l'y reprendrait plus. A présent que l'avenir du royaume était assuré avec Thoutmosis, n'avait-il pas ses secondes femmes, ses concubines, ses danseuses, ses masseuses attitrées pour son plaisir personnel ? N'avait-il pas un harem de plus de six cents jolies créatures qui n'attendaient que son passage pour être choisies et partager sa couche divine ?

Elle faillit crier, mais se retint au bruit de la grande porte qui s'ouvrait. Ay entra le premier et Theyi, qui le suivait de près, se courba devant la reine.

— Excuse notre visite à une heure si inconvenante, fit-elle en prolongeant son salut.

— Relève-toi, Theyi, fit la reine conciliante. Je crois comprendre que vous ne pouviez faire autrement.

Elle tourna péniblement son buste vers son frère.

— De quoi s'agit-il, Ay ?

— Tiyi, dit-il à voix basse. Laisse-nous seuls. Gardons juste mon épouse qui, elle aussi, est au courant.

D'un geste, Tiyi ordonna à ses servantes de partir.

— Maintenant, fit-elle, dis-moi ce qui te préoccupe.

Ay prit son souffle. Rarement Tiyi avait vu son frère dans cet état d'énervement. Habituellement trop décontracté pour dramatiser une situation qu'il jugeait souvent bénigne, il s'efforçait d'en trouver tranquillement la conclusion.

— Te souviens-tu des doutes qui m'ont pris au sujet des filles de Kadashman et dont je t'ai parlé juste avant la crue dernière ?

— Ciel ! fit Tiyi en se redressant aussi péniblement qu'elle s'était allongée, ces princesses feront-elles encore parler d'elles avant qu'elles ne viennent ?

— Elles sont venues, Tiyi.

La reine arrondit sa bouche en une expression de surprise qu'elle ne put réprimer. Étonnement qui fut aussitôt remplacé par une grimace de douleur tant l'enfant menaçait de descendre.

— Comment le sais-tu ?

— Le bateau qui les transportait a fait naufrage.

— Naufrage ! répéta la reine incrédule.

Ay hocha la tête. A présent qu'il avait jeté le préambule de son propos, il se sentait moins crispé.

— Oui. Un naufrage organisé. Rien n'a été su. Du moins, rien n'a été ébruité. La police a de suite étouffé cette affaire. Une enquête n'a même pas été ordonnée.

Tiyi soutenait son ventre et soufflait comme un animal aux abois. Sa respiration était rapide, saccadée. Ses yeux allaient et venaient d'Ay à Theyi, sans comprendre.

— Tiyi, dit l'épouse d'Ay. Il faut faire venir les accoucheuses. Les premières douleurs sont évidentes.

— Les premières douleurs ! jeta Tiyi d'un ton amer. Cet enfant me fait souffrir depuis qu'il a été conçu. Avec lui, cela n'a été qu'une suite de maux et de souffrances. De quel petit monstre vais-je accoucher ?

— Cela n'empêche pas, répliqua Theyi, qu'il faut faire entrer de suite tes accoucheuses.

Mais la reine leva la main.

— Pas avant que je sache le reste de votre histoire. Quel était ce bateau ?

— Devant les épaves retrouvées, on a juste parlé d'un navire crétois qui venait faire du commerce en Égypte.

— Ce navire était-il vraiment crétois ? s'enquit Tiyi en respirant par à-coups.

— L'effigie de la proue n'a pas été retrouvée. Celle de la poupe non plus. Cela aurait pu prouver son identité réelle.

Comme l'affaire a été étouffée aussitôt, personne n'a fait de recherches.

Tiyi sembla avoir quelque répit et, sa respiration redevenue normale, elle poursuivit d'un ton moins heurté :

— Quand tu m'as parlé de tes doutes sur les princesses, le naufrage avait-il eu lieu ?

— Oui, fit Ay. Mais je ne voulais pas t'inquiéter davantage. Je n'étais sûr de rien.

— Et maintenant ?

— Un de mes paysans a trouvé une fillette d'environ six mois, enfoncée dans la vase des marais. Il nous l'a amenée de suite.

— Quel rapport avec les filles du roi de Babylone ? Ce sont là deux points totalement différents, Ay. Où veux-tu en venir exactement ? Si ce bateau transportait les princesses, cette enfant est sans doute la fille d'une suivante !

Theyi tendit sa main droite et l'ouvrit.

— Elle avait ce bijou accroché à son cou.

Quand Tiyi retourna le joyau et qu'elle vit le sceau du roi Kadashman, elle blêmit, porta la main à son ventre et cria :

— Vite, les accoucheuses. Mon enfant descend.

A peine avait-elle jeté son cri qu'elles arrivèrent. Ce fut un véritable chantier de va-et-vient et de murmures esquissés dans une agitation intense. Braséros, cuvettes d'eau chaude, piles de linge, corbeilles, fioles de natron, briques pour soutenir les pieds de l'accouchée, palmes et plumes d'autruche pour éventer la reine, servantes affairées, tout bascula dans le bruit et le mouvement.

Tiyi n'arrivait plus à maîtriser ses cris tant la douleur se faisait intense. Pourtant, elle comprit assez vite que son calvaire se terminait. Quand l'enfant glissa hors d'elle, elle vit que c'était un garçon. Alors une paix sereine l'envahit.

Tout redevint calme. Tiyi n'éprouvait plus aucune souffrance.

***

Il y eut le défilé des amis, des dignitaires, des nobles de la cour qui, surpris par la soudaineté de cette arrivée au monde, vinrent féliciter la reine.

Le pharaon exultait. Un second fils ! Voilà qui rassurait tous les membres du royaume. Tiyi se portait bien, à présent que son fardeau n'était plus en elle. L'enfant, prénommé Aménophis comme son père, avait un comportement aussi calme qu'il avait été agité dans le ventre de sa mère.

A peine remise de cet accouchement, Tiyi réclama son frère. Entretien étrange et délicat que la brutale venue au monde de l'enfant avait brusquement stoppé. Il fallait bien tirer cette affaire au clair et y donner une solution plausible.

— J'ai retourné cette histoire cent fois dans ma tête et j'en arrive toujours à la même conclusion, dit la reine à son frère.

— Et qu'en penses-tu ?

Theyi se porta vivement au-devant de la reine avant qu'il pût répondre.

— Je t'en prie, ne m'enlève pas cette enfant. Je m'y suis attachée. Je l'aime déjà.

— Ne crains rien, Theyi. Ma décision ne va pas à l'encontre de la vôtre. Cependant, vous ne pouvez la prendre de suite. Il faut être prudent.

— C'est pourquoi, assura Ay, nous suggérons de la laisser à ces paysans dont la femme peut la nourrir. Nous la reprendrons plus tard.

Tiyi acquiesça de la tête.

— J'insiste tout de même. Une extrême prudence est de mise.

Elle se tourna vers Theyi et soupira d'un air las.

— Si les prêtres d'Amon apprennent que ta maison est proche du lieu de l'accident, leurs doutes vont grandir.

Elle réfléchit quelques instants et reprit d'un ton déterminé, malgré la fatigue qui affaissait ses épaules :

— C'est pour cette raison que mon plan s'organise en trois temps.

Elle se leva et se dirigea vers la grande baie de la terrasse qui ouvrait sur le soleil. Sa silhouette avait repris son élasticité, sa taille sa finesse et, bien qu'elle fût encore lasse, elle se sentait détendue. Son fils qui l'avait tant fait souffrir était un enfant docile, serein, sans complication.

A croire qu'elle avait rêvé ses éternelles douleurs, ses constants vertiges et ses fatigues qui anéantissaient en permanence tout son corps.

— Oui, en trois temps. Tout d'abord, vous laisserez l'enfant à l'épouse du paysan qui l'a trouvée. Elle l'allaitera jusqu'à son sevrage. Ainsi, la fillette sera cachée jusqu'à ce que l'affaire soit close.

— Ensuite? questionna Theyi inquiète.

— Ensuite, poursuivit la reine en glissant un coup d'œil complice à la femme de son frère, vous pourrez l'adopter et l'élever avec le rang qui convient à sa naissance. Si cette petite était la fille d'une suivante, elle n'aurait pas porté ce bijou signé du roi. A moins que...

— A moins que?... répéta Theyi que l'angoisse ne cessait de tirailler.

— Que le roi, ignorant que l'une de ses filles attendait un enfant, n'ait rien vu ni su au départ du convoi.

— Dans ce cas, la fillette est tout de même une princesse.

La reine acquiesça et regarda Theyi.

— C'est bien pour cette raison qu'il y a un troisième temps, reprit-elle. Un temps auquel tu ne pourras te soustraire. Puisqu'il s'agit d'une princesse, il faudra qu'elle termine son éducation au palais, là où est sa future place.

CHAPITRE VII

Quand Neby eut achevé l'acte que lui demandait Meksou, l'intendant d'un des notables les plus riches de Memphis, elle le tendit à l'homme. Sans un mot, relevant son menton qui se dressait en pointe au-dessous d'une bouche à demi édentée, celui-ci prit le document, le parcourut des yeux comme s'il savait lire — Neby devait être la seule à savoir qu'il était totalement inculte — puis, fouillant dans sa ceinture, il en retira trois cercles de cuivre.

— Quatre ! fit Neby. Nous avions dit quatre débens.

L'homme baissa son regard sur l'adolescente.

— Trois débens et un kité, rétorqua-t-il en écartant ses lèvres minces, découvrant ses quelques dents grises et disparates.

— Quatre débens, reprit Neby, en sautant brusquement devant l'homme, lui arrachant des mains le papyrus qu'il enroulait déjà entre ses doigts gras et courts.

Elle brandit le document au-dessus de sa tête comme un trophée indispensable à la survie de l'intendant.

— Nous avions parlé de quatre débens, affirma l'adolescente. Quatre débens si ce travail contenait le chiffre des stockages effectués avant la crue. Je l'ai fait.

L'homme pointa un doigt menaçant vers Neby, le dressant avec agressivité comme une arme défensive.

— Trois. Ce travail ne mérite que trois débens. Si je

te donne deux kités en plus, c'est que je suis débonnaire.

— Alors, fit Neby sans se départir de son calme, j'irai réclamer le dében qui me manque à ton maître, le Grand Temsen de Memphis, et je lui raconterai que tu ne sais pas écrire et que j'ai fait le travail à ta place.

Elle posa la main sur sa bouche et laissa échapper quelques hoquets de rire.

— Ah ! Il sera étonné ton maître, quand il apprendra le degré d'inculture que tu as su si bien lui cacher. Ton ignorance de l'écriture va beaucoup l'étonner, surtout qu'il doit grassement te payer pour les connaissances que tu n'as pas.

L'homme cracha un jet de salive jaune et visqueux qui vint éclabousser le pied de Neby et passa sa main pour essuyer sa bouche. Puis, fouillant minutieusement dans sa ceinture, il sortit trois débens, les inspecta en silence, les retourna dans sa main et les tendit au garçon.

— Quatre, réclama Neby.

— File d'ici et que je ne te revoie plus, cria Meksou en lui tendant le dernier cercle de cuivre.

— Merci, fit Neby en empochant le tout. Si tu as besoin de mes services, tu me trouveras toujours dans l'une des rues de la ville. Je resterai à Memphis jusqu'à la crue prochaine.

Puis elle sourit à l'homme qui, en partant, haussa les épaules d'agacement et rangea tranquillement son matériel de travail.

Ah ! C'est qu'elle avait bien changé la petite Neby d'autrefois depuis son apprentissage chez le vieux scribe, et surtout depuis qu'elle s'était fait des amis avec les enfants de son fils ! A présent, son assurance n'avait plus de limite. Malgré son visage d'adolescente, ses yeux encore candides, son visage au teint satiné, Neby était grande pour son âge. Il faut dire qu'elle portait haut et fier la connaissance et la maîtrise qu'elle avait de son métier et n'acceptait plus qu'on l'appelât « petit » lorsqu'elle déambulait dans les rues à la recherche d'un travail.

Depuis qu'elle avait quitté Nitocris, Kalef et sa famille pour reprendre son travail trop longtemps délaissé, elle s'habillait d'une longue tunique blanche qui lui couvrait le buste, car ses seins avaient pris des formes compromettantes et ses hanches s'étaient arrondies plus que celles d'un garçon.

Neby cala son matériel sous le bras et, tournant les talons, se dirigea vers le nord de la ville. Il était temps pour elle de regagner la soupente que lui louait Dakti, le contremaître des ateliers de poterie qui se trouvaient à la sortie de Memphis, là où se regroupaient les potiers de grès et d'albâtre dont les activités s'étendaient jusqu'aux portes d'Héliopolis.

Neby avait une longue route à faire. Matin et soir, elle devait traverser la ville, puis prendre le chaland qui lui permettait de rejoindre l'autre côté du fleuve, car son logis bien modeste était sur la rive opposée.

C'était un appentis en terre séchée qui jouxtait la maison de Dakti. L'exiguïté du lieu ne lui permettait que d'étaler sa paillasse, au pied de laquelle était disposé le petit braséro avec lequel elle faisait cuire ses galettes de froment et son poisson lorsqu'elle pouvait s'en payer un. Pour tout mobilier, il n'y avait qu'un tabouret à trois pieds sur lequel, chaque soir, elle posait soigneusement l'unique vêtement qu'elle possédait, mais qu'elle s'efforçait de garder très propre. Neby se faisait un devoir d'être vêtue soigneusement comme tout bon scribe qui se respectait.

— Petit, es-tu si instruit qu'on le dit ? entendit-elle soudain dans son dos.

Comme on l'a dit, le terme de « petit » l'agaçait. Contrariée, elle se retourna, histoire de montrer qu'elle n'avait plus l'apparence d'un enfant et qu'aucun policier, à présent, ne pouvait la héler pour le moindre prétexte. A quatorze ans, beaucoup de garçons travaillaient, soit dans les champs, soit dans les ateliers, soit encore dans les maisons cossues pour servir les riches commerçants, les nobles, les dignitaires et leurs épouses pour lesquels leur soumission était de mise.

Neby dévisagea l'homme qui lui parlait et lui opposa un air tranquille.

— J'écrirai ce que vous me dicterez.

— Ce n'est pas d'un papier dont j'ai besoin. Suis-moi.

Neby hésita. L'expérience de nombreux déboires lui avait appris la prudence et le scepticisme. Par ailleurs, elle ne pouvait pas se permettre de refuser un travail sous prétexte que celui-ci paraissait inhabituel parce qu'il se présentait de façon assez étrange.

A nouveau, elle observa l'homme et soupesa rapidement la situation. Peut-être s'agissait-il d'une bonne affaire? Depuis que la saison du Périt avait commencé, tous les hommes étaient partis travailler dans les champs et les marchands avaient quitté la ville pour se réapprovisionner en marchandises de toutes sortes.

Certes, elle avait encore la valeur de quatre débens en poche, mais si elle ne faisait aucune autre affaire avant la fin du Périt, ces quelques finances devraient lui servir jusqu'à la saison prochaine. Jusque-là, Neby devait manger et payer son loyer qui lui coûtait un dében et trois kités. Elle en donnait la valeur de trois à Dakti qui, chaque mois, lui remettait en plus une jarre d'huile, un sac de fèves et quelques légumes frais.

— Si je dois te suivre, dit Neby en souriant, je veux savoir ce que tu exigeras de moi.

Mais, têtu, l'homme s'obstinait à ne rien dire.

— Suis-moi, je te dis.

— Où m'emmènes-tu?

C'était un de ces individus de taille impressionnante devant lesquels on ne badine pas. Son épaisse musculature, sans pour autant paraître une montagne informe de graisse, se mouvait avec souplesse. Dans ses gestes et attitudes, il avait presque une grâce étonnante.

Dans son visage carré, imperturbable, mangé par une barbe drue contrastant avec un front incroyablement haut, ses yeux noirs, vifs et perçants remuaient avec une rapidité surprenante. Il observait Neby et, du haut de ses épaules carrées jusqu'à ses pieds nus, tombait une tunique bariolée de couleurs vives.

Certes ce n'était pas, là, le vêtement habituel des Égyptiens. Cet homme corpulent n'était ni de Thèbes ni de Memphis ou d'Héliopolis.

— Où m'emmènes-tu ? questionna Neby de nouveau, tout en comprenant que l'homme n'en dirait pas davantage et que, si elle désirait vraiment ce travail, elle était obligée de lui faire confiance.

— Tu le verras.

Il se retourna, se planta devant elle et, de sa haute taille, la toisa avec plus d'attention que d'arrogance.

— Attention, petit, soit tu me fais confiance, soit tu retournes à ton maigre butin. Mais, si tu refuses, dis-toi bien que je trouverai un autre scribe et tu passeras à côté d'une belle aubaine.

— Bien ! fit Neby à moitié convaincue, je te suis.

Ils marchèrent d'un bon pas, sans parler ni s'arrêter et atteignirent l'autre bout de la ville quand les rayons solaires se mirent à tomber, annonçant une chaude journée que la saison du Périt ne rendait pas encore, cependant, trop mortelle.

La maison de Dakti n'était pas loin et Neby eut le pressentiment qu'elle ne la reverrait plus. Elle eut un frisson, non de peur mais d'incertitude. Un doute étrange qui pourtant ne l'effrayait pas. Avec un soupir de soulagement, elle se dit que, la veille, elle avait payé à Dakti les deux kités qu'elle lui devait et qu'ainsi elle pouvait s'éloigner quelque temps l'esprit tranquille.

Ils traversèrent une place bordée de vieux acacias qui apportaient un peu d'ombre aux quelques marchands ambulants qui s'y étaient installés. Ils longèrent le fleuve un instant. Puis, Neby tourna la tête. A présent, elle apercevait la maison de Dakti, le potier. Elle possédait une terrasse, les ombres des grands sycomores et du figuier l'entouraient, tandis que la lumière tombait dru en plein centre de la cour. Serré contre l'une des parois extérieures de la maison, Neby vit le petit apprenti qui semblait patienter, tranquille et sûr. Mais, ce n'était qu'une illusion, le four, le tabouret et la paillasse n'allaient certes pas l'attendre indéfiniment.

Pour ne plus hésiter, elle détourna le visage du toit de la terrasse et du grand figuier qui, à cette époque, étendait sa verdure naissante. Son cœur battait la chamade, mais elle gardait le visage passif.

Dans la ceinture de sa tunique, serrée entre sa peau et l'étoffe rêche — car le lin n'était pas d'excellente qualité — était enfermée sa fortune, la valeur de quatre débens récemment acquis plus un demi-dében qui lui restait du mois dernier.

Elle pressa contre elle sa palette, ses calames et ses encriers, s'empêcha de réfléchir et être tentée de rebrousser chemin puis, sans un mot, s'appliqua à suivre l'homme à la tunique bariolée.

A la porte Nord de Memphis, laissant la route d'Héliopolis sur la droite, s'étalait la lisière abrupte du désert. Depuis longtemps déjà, les dernières bâtisses avaient été dépassées. Il fallut contourner les carrières d'albâtre pour atteindre les quelques palmiers-dattiers qui annonçaient la limite de la zone aride. A l'un d'eux, accoté au long tronc cisaillé, un homme attendait, tenant le licol de deux paisibles chameaux.

Les bêtes étaient impressionnantes. La tête tournée vers le désert, elles semblaient attendre patiemment que leurs maîtres donnent l'ordre de commencer le long périple qu'elles avaient sans doute l'habitude d'effectuer.

De nouveau, l'homme se retourna vers Neby et, la

dévisageant avec une attention aiguë, vit que ses yeux n'exprimaient aucun effroi.

— Sais-tu tenir sur un chameau ?

— Non, répondit l'adolescente. Mais je peux apprendre.

— Parfait, petit. Alors je t'apprendrai. En attendant, monte derrière moi et accroche-toi à la bosse.

L'homme qui attendait patiemment contre le palmier enfourcha prestement son chameau et, badine en main, les yeux tournés vers l'horizon blanchi par le soleil, oscillant doucement de droite et de gauche, ouvrit la route qui menait au désert.

Juchée sur l'animal, calée contre sa bosse dure et inconfortable qu'elle tenait fermement pour ne pas chavirer, Neby sentait son corps se balancer étrangement. Un vertige la prit, mais elle se ressaisit. Pourtant, à chaque oscillement, une impression curieuse la ramenait au vertige. Son esprit se mettait-il à vaciller en suivant le va-et-vient qui entraînait lascivement ses épaules, ses hanches, son ventre, dans un rythme qu'elle ne connaissait pas ?

Par tous les dieux ! Il fallait qu'elle garde la tête froide. Où cet homme l'emmenait-il ?

Après avoir suivi quelques heures la piste tracée entre le fleuve et le sable, ils s'enfoncèrent au centre du désert et avancèrent jusqu'aux dernières lueurs du jour.

Le fleuve n'était plus à proximité pour apporter cette fraîcheur bienfaisante dont les Égyptiens se repaissaient, le soir, quand les derniers rayons ressortaient du sol.

Et, bien que l'inconnu devant Neby conduisant le chameau lui eût tendu plusieurs fois la gourde d'eau fraîche, celle-ci sentait sa tête épuisée bringuebaler.

Autour d'elle, il n'y avait plus que le sable et la chaleur. Une de ces chaleurs étouffantes que le ciel écrasait de sa pesanteur infinie. Une touffeur oppressante qui n'avait plus de mesure avec le réel et dont il fallait connaître la teneur pour en contourner le danger.

Neby ne pensait plus, ne rêvait plus. Elle se laissait tout simplement aller au gré de ce périlleux désert. L'inconnu s'inquiétait pourtant de son confort et, en plus de lui tendre parfois la gourde, la questionnait sur ses états d'âme. Mais, Neby ne savait quoi répondre tant elle était épuisée.

Soudain, alors que ses lèvres s'asséchaient et que ses yeux commençaient à se fermer de lassitude, un camp dressé déploya ses toiles de tentes bariolées.

Neby dut faire un effort prodigieux pour descendre de sa monture sans se rendre trop ridicule. Mais, que pouvait-elle faire d'autre que de tanguer misérablement, malgré ses pieds qui tentaient de trouver désespérément le sol ? L'inconnu la saisit amicalement par l'épaule et la remit sur ses jambes.

— Allons, nous voici arrivés. Après une bonne nuit de repos, tu retrouveras ta forme.

Mais, l'esprit de Neby divaguait. Une étrange apparition se dessinait devant elle. Subissait-elle, tout à coup, la vision d'un de ces curieux mirages dont parlaient fréquemment les bédouins ? Une image de rêve dans un décor infernal ?

Le verdoyant palmier qu'elle voyait avancer avait des jambes nues et fines dont les pieds soulevaient à peine le sable brûlant du désert. La source d'eau fraîche à laquelle elle s'abreuva se trouvait lovée dans les yeux clairs qui l'observaient intensément et l'ombre apaisante du lieu n'était plus que cette chevelure brune et soyeuse qui tombait sur deux épaules blanches et menues.

D'un geste de somnambule, Neby épongea son front embué d'une épaisse sueur. Elle divaguait dans une effrayante béatitude et, à partir de cet instant, tombant dans les bras apaisants de cette étrange vision, elle ne put ni ne sut évaluer la suite des choses.

*
**

Elle dormit deux jours et deux nuits entières. Lorsqu'elle s'éveilla, l'esprit net, frais et dispos, bien que la lourdeur de l'atmosphère commençât à filtrer au travers de la toile de tente sous laquelle on l'avait allongée, une silhouette légère et gracieuse veillait sur elle.

— Je m'appelle Choutarna, fit l'adorable apparition en lui tendant un gobelet d'eau fraîche.

— Moi, je suis Neby, répondit l'adolescente en laissant mollement flotter son regard dans celui de la jeune fille.

Elle la regardait avec tant d'intensité que ses prunelles se teintaient de lueurs sombres et indéfinissables. De longs cils noirs venaient en soutenir l'éclat.

— Je ne suis pas une Égyptienne, fit-elle en prenant place à son côté.

Un instant, Neby quitta les yeux clairs de la jeune fille, but avidement une gorgée d'eau fraîche et répondit :

— Je l'ai remarqué à la manière dont tu t'habilles, et surtout à celle dont tu parles. Tu fais beaucoup d'erreurs dans cette langue qui ne doit pas être la tienne.

Elle leva la tête vers elle, but à nouveau, mais cette fois vida le contenu du petit récipient d'albâtre blanc qu'elle lui avait tendu tout à l'heure. L'eau avait un goût de gingembre et de menthe.

— Et l'homme qui m'a enlevée, qui est-il ?

La jeune fille redressa le buste, replia délicatement ses jambes sur le côté, prit la tasse vide des mains de Neby et la posa sur le sol recouvert d'un tapis oriental.

— Nous sommes syriens.

Elle la dévisageait, sans agressivité ni prétention. Elle paraissait plutôt humble et réservée. A nouveau ses yeux sondèrent ceux de Neby. Y voyait-elle quelque chose d'insolite qui eût obligé Neby à dévoiler la vérité ?

— C'est donc toi que Papalavizzi a choisi pour m'apprendre à lire et écrire l'égyptien.

Au nom de Papalavizzi jeté par Choutarna, l'homme à la carrure impressionnante qui l'avait abordée dans les rues de Memphis apparut dans la fente qui servait d'ouverture.

— Il est jeune, princesse, fit-il en s'inclinant devant la jeune fille en un salut profond. Il est sans famille et il ne refusera pas l'or qu'on lui donnera, dût-il aller au bout du désert.

Il fallait que Choutarna fascinât fortement l'adolescente pour qu'elle ne réagisse pas à la dernière parole de Papalavizzi « jusqu'au bout du désert » !

— Cela va-t-il être long ? murmura-t-elle simplement.

— Nous avons tout notre temps.

L'homme toucha l'épaule de Neby.

— Et tu vas gagner beaucoup d'or, fit-il en la fixant droit dans les yeux. Choutarna sera généreuse. Car ta présence l'aidera à regagner son pays sans trop penser à ce qu'elle a vécu.

Observant la fascination qu'exerçait la jeune fille sur l'adolescente, il eut un sourire mystérieux et poursuivit :

— Apprendre à lire et à écrire l'égyptien est une lubie de la princesse. Mais, j'ai décidé de la satisfaire, car la route du désert est longue lorsque l'esprit n'est pas occupé.

Enfin, Neby quitta les yeux de Choutarna et murmura :

— La traversée du désert ?

— Oui, nous allons à Babylone.

Babylone ? Enfin, Neby tressaillit. Se pouvait-il qu'elle quittât ainsi son pays natal sans avoir revu le Nil et la boucle de Bouhen, les marécages et les oasis de la troisième cataracte, les habitants de la Nubie, presque ses frères ? Se pouvait-il qu'elle délaissât si rapidement le fleuve de son enfance, sur les berges duquel son père était venu mourir, emporté par les fièvres qui avaient eu raison de lui ?

— Que vais-je faire à Babylone ? s'entendit-elle prononcer à voix basse, les yeux écarquillés d'étonnement.

— Recevoir ton or des mains du roi Kadashman.

— De l'or !

— En quantité suffisante pour te reposer jusqu'à la fin de tes jours.

A présent, Neby pouvait retrouver son esprit un instant égaré. Certes, le ciel était vaste, si vaste et si démesurément bleu qu'elle pouvait bien aller jusqu'à Babylone sans pour cela être obligée d'y passer sa vie.

Elle regarda Choutarna. Tout son visage souriait. Par tous les dieux, qu'elle était belle !

— De l'or ! Neby. De l'or ! En as-tu tenu quelquefois entre tes mains ? susurra-t-elle en lui prenant la main. Cela vaut bien la peine de m'apprendre ce que tu critiquais tout à l'heure. La langue égyptienne que je ne connais guère.

Elle battit savamment des paupières et coula vers sa compagne un œil apparemment complice.

— Tiens ! En échange, je t'apprendrai le syrien et l'écriture akkadienne.

Papalavizzi s'approcha de Neby.

— Mais, ne te réjouis pas trop, petit. Il y a du chemin à parcourir avant que tu puisses toucher cet or. La route que nous allons suivre est longue et dangereuse. Tu en connais déjà quelques pièges. Elle mène à de multiples périls. La chaleur, la soif, les malfaiteurs, le khamsin, les scorpions, les serpents. Comprends-tu tout cela ?

Neby secoua négativement la tête.

— Non.

— Alors, tu apprendras et tu verras que rien n'est comparable avec les berges de ton paisible Nil. Très vite, tu t'en rendras compte.

⁂

La première journée fut une suite de réflexions intenses pour Neby. Elle se passa sous la vigilante garde de Papalavizzi et, lorsqu'elle s'éveilla pour la seconde fois, elle le soupçonna d'avoir versé dans l'eau qu'elle avait bue — ou dans celle que lui avait tendue Choutarna — un soporifique afin qu'elle dormît paisiblement le temps que le convoi quitte les abords de l'Égypte.

Un convoi bien étrange que celui de la princesse Choutarna retournant dans son pays après l'odieux naufrage que lui avaient fait subir les Égyptiens. Un convoi composé comme Papalavizzi avait pu, avec les moyens du bord, puisqu'il ne restait plus personne de l'expédition partie de Babylone. Et, de plus, il ne disposait d'aucun moyen financier suffisant pour apporter le confort nécessaire auquel toute princesse babylonienne avait droit, argent, or et bijoux ayant disparu avec les naufragés.

Oui, un convoi bien étrange qui prenait la route du désert pour regagner les berges de l'Euphrate !

Chevauchant les quelques mules et les deux chameaux, tirant le bœuf qui conduisait le seul chariot du convoi où Papalavizzi avait entassé les tentes, les provisions alimentaires et quelques armes, il y avait Toï, un guide mitannien qui, après des péripéties malchanceuses, voulait retourner chez lui en passant par Babylone. Toï était un homme habile, futé, possédant une grande expérience des chemins hasardeux.

Il y avait Myriam, une cananéenne d'âge mûr qui, ayant suivi en Égypte un époux voleur et brutal, s'était enfuie de Thèbes et désirait, elle aussi, retrouver sa patrie d'origine. N'ayant aucun sens de l'orientation géographique, passer par Babylone ne l'effrayait guère. Pour elle, l'essentiel était de ne plus jamais revoir son infernal époux et, dans sa judicieuse réflexion, Papalavizzi trouvait qu'il était bon pour Choutarna d'avoir une femme dans son sillage. A elle, il avait aussi proposé de l'or pour l'aide efficace et la garde quotidienne qu'elle apporterait à la princesse.

Suivaient deux Crétois recherchés par le gouvernement grec pour avoir soulevé une attaque à Knossos contre le chef de Sparthe qui dirigeait les armées dans tout le Péloponnèse. En passant par le désert arabique, les Crétois pouvaient tromper l'ennemi. Comme ils disposaient de quelque argent, Papalavizzi avait troqué l'aide éventuelle qu'il pouvait leur apporter contre l'achat des bêtes, du chariot, des victuailles, des tentes et des armes qu'il avait fallu se procurer pour les besoins de la route.

Enfin, restait le chef du convoi, Papalavizzi, fidèle conseiller du roi Kadashman et Choutarna, la princesse, que l'inconscience dans laquelle elle était tombée lors du naufrage et qui l'avait projetée sous la banquette de la barque, avait sauvée du désastre.

Quand Neby s'éveilla et que son regard partit à la dérive, elle ne vit qu'une étendue de sable blanc qui lui brûlait les yeux. Sa bouche était sèche et la chaleur intense la faisait fortement transpirer.

Elle se leva et vit qu'on l'avait étendue sur le plancher du chariot que tirait l'unique bœuf du convoi. C'était un de ces grands bœufs sauvages, entre l'oryx et le taureau, qui supportaient la chaleur, la soif et le sable du désert.

Le chariot cahotait et Neby, en se redressant, porta la main en visière tant la clarté la gênait pour regarder aux alentours. Elle aperçut Choutarna qui, tranquillement, oscillait sur l'un des chameaux, le visage entouré d'un grand linge d'où ne sortaient que les yeux.

Papalavizzi était juché sur l'autre chameau et, devant lui, Toï, le guide, ouvrait la marche. Calé sur sa mule et la badine en main, il claquait de la langue en émettant un petit bruit sec qui stimulait l'animal.

Neby tourna la tête. La clarté du jour l'empêcha quelques instants de distinguer autre chose qu'un immense halo de lumière. Ses paupières un peu lourdes clignèrent, son front se plissa et elle dut forcer son regard pour apercevoir le reste du convoi.

Derrière elle avançaient la Cananéenne et les deux Crétois, juchés eux aussi sur des mules. Myriam semblait à l'aise et peu incommodée par la chaleur. De ses deux pieds, elle claquait doucement les flancs de son âne et l'encourageait de la voix. Quant aux Crétois, ils sommeillaient à demi et laissaient à leur monture la totale initiative du rythme de la marche.

Choutarna se retourna et vit que Neby la regardait.

— As-tu bien dormi ? cria-t-elle avec un accent prononcé qui fit aussitôt sourire Neby.

— Avec ce que vous m'avez fait boire, je pouvais dormir le temps d'une crue entière !

— N'exagère pas, fit la jeune fille en riant. Nous avions peur que tu te rétractes. A présent, tu ne peux plus faire marche arrière.

— En effet, fit Neby en inspectant l'horizon désertique où rien d'autre n'apparaissait que cette immense étendue de sable blanc que venait désagréger le soleil.

— Seras-tu pleinement dispos, ce soir ? s'enquit la jeune fille.

— Cette forte chaleur m'incommode et je ne sais si je vais m'y habituer, rétorqua Neby. Pour quelle raison devrais-je être en forme ?

— Pour commencer ma première leçon.

— Alors, je suis à tes ordres.

— Repose-toi encore. Le chariot est confortable. A tes côtés, tu as des gourdes d'eau fraîche et de la nourriture. Dès que le soir tombera, les hommes monteront les tentes et nous nous reposerons toute la nuit.

Ravie de ne pas subir le balancement vertigineux du chameau ou le cahotement imprécis de la mule, Neby soupesa sa chance de vivre un moment aussi privilégié. Elle s'aménagea une zone d'ombre suffisante avec le rebord d'une toile de tente, puis elle inspecta l'intérieur du véhicule.

Tout était entassé pêle-mêle. Des sacs de figues et de pois séchés, des viandes et des poissons fumés, des pains d'orge, des barils d'eau avec lesquels on remplissait les gourdes lorsqu'elles étaient vides.

Dans un coin, des armes s'entassaient. Sabres, couteaux, massues et même une lance égyptienne à manche de bronze longue de plus de quatre coudées. Les tentes étalées sur le plancher du chariot offraient à Neby une confortable paillasse.

Le convoi ne s'arrêta qu'à l'arrivée de la nuit. Nulle fraîcheur ne vint apaiser les voyageurs, mais du moins l'intensité de la chaleur avait cessé de les anéantir. Quand les tentes furent montées, on s'alimenta, on but et chacun disparut sous sa tente afin d'oublier la fatigue du trajet.

Celle de Papalavizzi côtoyait celle de la princesse. Myriam avait pris l'habitude de planter la sienne non loin de Choutarna afin de garder un œil vigilant sur elle. Quant à Toï et aux Crétois, ils s'installaient toujours à quelques mètres des autres, sans pour autant laisser une grande distance entre eux.

Quand Choutarna se glissa silencieusement sous la tente de Neby que Papalavizzi avait ordonné de monter non loin de lui, l'adolescente devait rêver plus volontiers aux rassurantes berges du Nil qu'aux poignées d'or qu'on lui avait promis.

— Quel âge as-tu, Neby ? fit-elle en prenant place à côté de l'adolescente.

Elle s'assura qu'un minimum d'attentions avait été préparé par Myriam peu de temps avant qu'elle n'entrât sous la tente. Deux coussins, une poignée de figues sèches et quelques dattes posées près d'une théière où la jeune femme avait fait infuser des feuilles de menthe. Malgré le peu de temps qu'elles se connaissaient, Myriam s'était prise d'une affection et d'un dévouement sans égal pour Choutarna, prenant son rôle de suivante au sérieux. En échange, la jeune fille lui apportait la gentillesse et la bienveillance auxquelles Myriam n'avait certes pas été habituée dans sa dure vie de femme tributaire d'un époux vil et brutal.

A la question de Choutarna, Neby fut tentée de se vieillir d'un an ou deux. Mais, se méfiant de Papalavizzi et des renseignements qu'il avait dû prendre sur elle, elle préféra sur ce point-là rester sincère.

— Treize ans, répondit-elle d'un ton bas.

— Puis-je te poser une question? fit Choutarna sans se départir de son assurance tranquille.

— Oui.

— Es-tu de la caste des eunuques?

— Qu'est-ce qui te fait penser ça?

La princesse hésita et regarda Neby d'un air confiant.

— Ton crâne rasé, la peau de ton visage semblable à celle d'un lotus, tes mains fines et tes yeux d'une douceur étrange.

Neby eut un soupçon de vertige, mais se reprit habilement. Avouer qu'elle était une fille issue d'un modeste foyer et, orpheline de surcroît, l'amènerait sans aucun doute à devenir une vulgaire servante. A ses yeux, sa liberté était trop vitale pour qu'elle remît en question ses principes.

Dans sa tête, son esprit ne fit qu'un tour et, bien qu'on ne lui eût encore jamais posé cette question, elle rétorqua :

— Chez nous, en Égypte, beaucoup de scribes, en particulier ceux de la classe inférieure dont je fais partie, sont assimilés à la condition de prêtres. Or, ceux-ci portent le crâne rasé. Mon père l'a voulu ainsi et je désire suivre son souhait.

Elle croisa ses jambes et ouvrit sa palette dans laquelle on pouvait remarquer trois calames disposés dans des rainures, juste à côté des deux petites cavités qui contenaient les godets.

— Choutarna, reprit-elle, si tu veux que notre entente soit bonne, je pense qu'il vaut mieux ne pas me poser trop de questions.

— C'est entendu, répliqua la jeune fille en soupirant, je respecterai tes silences. J'ai été trop malmenée moi-même depuis que je suis en Égypte pour ne pas savoir mesurer la portée d'un secret. Et, crois-moi, pour l'instant, mon seul souhait est de retourner à Babylone.

— Babylone ! murmura Neby. Par tous les dieux du Nil ! Je ne pensais pas quitter l'Égypte. Mon pays va me manquer.

— Hélas, je crains que tu n'aies plus le choix.

— Est-ce pour cette raison que ton fidèle serviteur...

Elle réagit par un violent sursaut.

— Fidèle ! Oui. Mais pas serviteur. Papalavizzi est le plus proche conseiller de mon père. C'est un ami, presque un parent. Lui et moi sommes les seuls survivants du piège dans lequel nous sommes tombés.

Elle redressa son buste mince et délicat recouvert d'un voile aux couleurs vives. Ses seins menus se dessinaient sous la fluidité de l'étoffe.

— Nous aurions pu atteindre Gaza, puis embarquer sur un bateau de commerce syrien en partance pour Byblos. Et, de là, s'il n'avait craint d'être repéré et poursuivi par nos tortionnaires, Papalavizzi aurait pu organiser une caravane qui traverse le désert en direction de la Babylonie.

Elle se détendit en allongeant ses jambes.

— Neby, sais-tu pourquoi je veux apprendre correctement la langue égyptienne et savoir lire et écrire aussi bien que toi ?

Comme Neby secouait la tête, elle poursuivit :

— Papalavizzi s'imagine que c'est un caprice d'enfant. Mais, la raison est bien différente et si je la lui confie, il se mettra en travers de mon idée, la trouvant certes trop périlleuse. Je veux savoir lire l'égyptien et connaître votre écriture afin de pouvoir, un jour, revenir à Memphis, là où nous avons été sauvagement agressés par les vôtres. Alors, je rechercherai ceux qui ont massacré ma jeune sœur, mes amis, ma jeunesse et tous mes espoirs. Je me mêlerai aux Égyptiens pour mieux brouiller les pistes. Je me ferai passer pour l'une des leurs. J'irai jusqu'à Thèbes s'il le faut.

— Pourquoi Thèbes ?

— Papalavizzi dit que tout est parti de Thèbes. Il a entendu les propos d'un de vos grands prêtres d'Amon et d'un intendant de votre flotte fluviale que je reconnaîtrai fort bien pour les avoir vus à notre arrivée au port de Memphis.

— Mais, rétorqua Neby innocemment, pourquoi n'y es-tu pas restée au lieu de retourner à Babylone ?

— Je n'ai plus rien pour vivre et je ne veux pas être dans la misère. Je reviendrai avec de l'argent, de l'or et des bijoux.

Ce premier contact entre elles ne fut qu'un échange de pourparlers dans lequel Neby essayait d'en savoir davantage.

Choutarna lui parla du naufrage organisé qui avait anéanti le convoi l'amenant en Égypte, du pharaon qu'elle devait épouser à la cour pour devenir la Seconde Épouse. Elle parla de Tahoukhipat, sa jeune sœur, encore un bébé que son père lui avait confiée et qu'allaitait encore sa chère Louliana, la fidèle nourrice. Et Yaskhat ! Et Taoudhat ! Et Sauna ! Toutes avaient péri dans les flots du Nil, précipitées par ces vils Égyptiens qui avaient froidement calculé leur mort.

Ah ! Certes, un jour elle se vengerait de tous ces meurtres odieux dont elle était sortie indemne.

Au roi de Babylone, disait Papalavizzi, de trouver la solution afin de punir ceux qui avaient attenté à la vie et l'honneur de leurs amis.

Choutarna s'était juré de ne pas attendre la décision de son père et de venger elle-même les traîtres qui en avaient ainsi décidé.

***

Le désert s'enfonçait dans de vastes étendues blanches et crayeuses que rien ne venait perturber si ce n'était le vol de quelques vautours à la recherche d'un cadavre dont le corps était à déchiqueter.

Neby frissonnait à l'idée de mourir de chaleur et de soif. Aussi avait-elle particulièrement bien appris la leçon de Papalavizzi et s'efforçait-elle d'en suivre scrupuleusement les principes. Lorsqu'elle sentait ses yeux devenir brûlants, elle abaissait à ras des paupières le linge qui entourait son visage et quand ses lèvres commençaient à durcir et craqueler, elle les humectait d'eau fraîche sans pour autant dépenser le contenu de sa gourde en s'aspergeant copieusement ou en avalant de grandes rasades comme elle le faisait au début.

Avec des gestes précis et attentionnés, collant le bord de l'outre à ses lèvres, elle faisait glisser quelques gouttes dans sa gorge, les y maintenait quelques secondes avant de les avaler pour en humecter la paroi. Puis, apaisée par cette élémentaire précaution, elle reprenait les rênes de sa mule.

Quand le convoi tombait sur une oasis, on s'arrêtait et on prolongeait la détente de quelques jours. Puis, avant de repartir, s'étant rafraîchi, lavé, abreuvé, on remplissait le baril d'eau fraîche, on pliait les tentes et on remontait sur les mules.

Après le repos apaisant du soir, quand l'aube déjà chaude se levait dans une brume opaque qui collait à la peau, on s'enfonçait un peu plus dans les profondeurs d'un sable sec et brûlant. La route, inexorablement identique chaque jour, se révélait longue et ardue et c'est à peine si les voyageurs prononçaient un mot, se gardant d'ouvrir inutilement la bouche pour éviter que l'air sec vienne davantage assécher leur gorge. Un regard, un geste, un mouvement suffisaient pour se faire comprendre.

Quand, fatigué, le convoi s'arrêtait, regardant les derniers rayons brûlants tomber sur le sol qui prenait une teinte plus douce, il y avait les soirées fraîches et reposantes que chacun goûtait avec un délice sans mesure.

Parfois, la température chutait si brusquement que Neby coulait son corps sous la couverture que lui avait remise Papalavizzi pour se protéger des piqûres de scorpions. Nul doute que ces dangereux insectes l'effrayaient jusqu'à, parfois, la tenir en éveil, bien qu'elle les craignît pourtant moins que les vipères des sables. Petits reptiles à cornes qui, le jour, se prélassaient au soleil et, la nuit, sortaient à la recherche d'insectes qui constituaient leur nourriture.

Mais, on connaît la répulsion que Neby éprouvait envers tous les reptiles quels qu'ils soient, monstrueux, gras et pansus comme l'était le cobra royal d'Ipény ou menus, presque invisibles — d'autant plus qu'ils prenaient la couleur du sable — comme ceux qui se glissaient parfois sous les tentes avec une hardiesse peu commune.

Ce soir-là, Choutarna écoutait la leçon de Neby avec intérêt et attention, s'efforçant de retenir les conseils que l'adolescente lui donnait avec une extrême précision. Elle parlait déjà un peu plus correctement l'égyptien et s'obligeait à dessiner ses hiéroglyphes avec le sens attaché à chaque expression.

Neby était un excellent professeur. N'avait-elle pas déjà enseigné l'écriture et la lecture à Inéni ? Or, la fille de Kalef s'en était bien tirée, car au départ, elle savait tracer ses signes sans erreur grossière et bredouiller en lisant les mots les plus simples.

Pour Choutarna, elle avait trouvé la méthode qu'il fallait appliquer afin que la jeune fille s'intéressât plus largement à son travail. Elle ne lui apprenait que des choses quotidiennes, des mots usuels, des phrases élémentaires qui faisaient intervenir tout d'abord l'écriture hiératique.

Puis, quand Choutarna commençait à marquer un temps de fatigue, elle faisait appel à ses connaissances plus approfondies et lui enseignait l'art des hiéroglyphes.

Penchée sur son écritoire, Choutarna s'appliquait. Son épaule nue frôlait celle de Neby. Ses yeux clairs, parfois, se glissaient dans le regard doré de l'adolescente qui s'étonnait encore qu'une telle vision vînt illuminer son séjour aride et désertique.

Et comment pouvait-elle ignorer que Choutarna goûtait ce délicieux contact charnel comme un nectar incomparable venant humidifier ses lèvres sèches ? Certes, il ne fallait y voir qu'une sensuelle approche, éphémère et bénigne qui, bien souvent, se terminait par un mot, un soupir, un geste de la jeune fille. « Ah ! Dieu d'Astarté, murmurait-elle, comme tu es jeune Neby ! Pourquoi n'as-tu pas les quelques années qui te manquent pour me faire oublier l'affront que ton pays m'a fait violemment subir ? »

Mais que pouvait faire Neby si ce n'était la regarder avec de grands yeux étonnés et admiratifs ? Elle ne pouvait certes pas briser les quelques gestes hardis qu'osait sa compagne envers elle et qui réveillaient la volupté de leurs premiers émois, leurs premiers désirs.

Choutarna caressait souvent la joue satinée de Neby. Une joue qui restait décidément trop douce et trop imberbe pour ne pas attirer l'étrange complicité qui les attirait l'une vers l'autre.

Soudain, Neby redressa la tête et Choutarna, l'œil arrondi et l'ouïe soudain en alerte, lâcha son calame. Le hiéroglyphe qu'elle était en train de tracer resta inachevé et le mot qu'il représentait laissa peser lourdement le sens de toute sa portée.

— Écoute, Neby, n'entends-tu pas un bruit ?

Le sabot précipité d'un cheval ou celui d'un âne détaché peut-être ? A moins que ce ne soit le passage d'un troupeau d'antilopes ou d'oryx en quête de la prochaine oasis ? Quoi qu'il en soit, une galopade s'ensuivit. Puis, le heurt sur le sol de quelque chose qui tombe avec un bruit mat.

Prudemment, Neby et Choutarna esquissèrent un mouvement vers l'échancrure de la tente, puis avancèrent au-dehors à pas mesurés, pesés, calculés. Bruits, chocs et galopades avaient cessé.

Et ce fut l'horreur ! Quand Neby vit Toï étendu sur le sable, la gorge flanquée d'un poignard, quand Choutarna regarda de ses grands yeux effarés le corps de Papalavizzi traversé de long en large par la lance longue de quatre coudées qu'ils avaient trouvée dans le chariot, les bandits s'avancèrent.

Myriam cria à l'instant précis où l'un deux saisissait Choutarna.

— Ne la tuez pas. Laissez-la. Elle pourra vous servir là où vous allez.

Elle s'était jetée sur le plus costaud telle une panthère agressive qui attaque le chasseur inconscient ou trop sûr de lui. L'homme eut soudain un hoquet de colère et la repoussa brutalement. Mais elle s'accrocha à lui pour lui faire lâcher prise car il tenait Choutarna par les cheveux aussi solidement qu'on tient les rênes d'un cheval fougueux et combatif.

— Elle a raison, fit l'un des pillards en forçant l'homme à lâcher la jeune fille.

Ce devait être le chef de bande, car il semblait satisfait de voir les autres abandonner une aussi belle prise. Un brin vaniteux, plus fanfaron que les autres, le front bas et le cheveu rare, il observa Myriam avec des yeux aigus, petits et allongés, plissés comme la fente d'une amande grillée qui éclate. Des yeux qui, en cet instant, ne laissaient place qu'à cette forme d'avidité qui n'admettait aucun partage.

— Même toi, la vieille, fit-il en pointant l'index vers Myriam, tu peux nous être utile.

Il se mit à rire grassement et, comme son acolyte venait de lâcher Choutarna, il l'empoigna par le bras, l'obligeant à faire un demi-tour sur elle-même de façon à ce qu'elle le regarde. Comme elle se débattait, il la repoussa plus violemment encore qu'il venait de le faire avec Myriam.

A nouveau, il pointa son doigt gras et sale, un doigt qui n'avait plus ni ongle ni forme, vers la jeune femme.

— Tu me parais bien avisée, la vieille ! Mais je te materai et, si tu n'es pas soumise, tu t'en repentiras. Quant à toi, la belle ! ajouta-t-il en se retournant vers Choutarna, je te trouve très appétissante et mon heure de plaisirs ne tardera guère.

Il la jaugea, ricana, cracha sur le sol un jet de salive jaunâtre et reprit :

— J'ai d'autres choses à faire pour l'instant, mais tu ne perds rien pour attendre. Je passerai sur toi avant que tombe la nuit prochaine.

La préoccupation soudaine dont il parlait devait sans doute concerner le destin de Neby, car il se retourna vers elle, le regard mauvais. Consciente du danger, Neby s'élança. Mais elle fut vite rattrapée, et le coup qu'elle reçut en plein ventre fut si violent que des étincelles vinrent chavirer devant ses yeux. Elle tomba lourdement, essaya de se relever, geignit et resta étendue sur le sable.

Le plus petit du clan, un bandit qui n'avait plus qu'un œil, mais doué d'une adresse surprenante — sans doute était-ce là son atout capital — se pencha sur Neby, que le choc avait en partie assommée, et la menaça de son poignard.

— Toi, l'eunuque, persifla-t-il, si tu bouges, je t'embroche.

— Pourquoi le tuer ? fit Myriam les yeux rougis par la colère. C'est un scribe. Lui aussi peut vous aider.

L'homme leva les yeux, abaissa la lame luisante du poignard au-dessus de la gorge de Neby et se tourna vers le chef.

— Les bandits se cachent, reprit Myriam, sortent la nuit, ne tirent pas toujours le bénéfice qu'ils attendent du forfait qu'ils viennent d'accomplir. Parfois, un document en règle pourrait leur rendre bien des services.

— Des documents ! On s'en passe, s'esclaffa le borgne.

Il fit jouer, quelques instants, le manche de son poignard dans ses mains habiles, et ricana.

— Est-ce que je l'embroche, chef?

Neby tremblait. Elle sentait pourtant que, peu à peu, les forces lui revenaient et que, sans la pointe meurtrière de l'arme dirigée vers sa gorge, elle aurait pu se relever. Mais un seul geste malencontreux de sa part et elle risquait de se voir transpercée.

— L'embrocher ! Idiot, fit le chef. Elle a raison la vieille. Ce gamin peut nous aider. Les chevaux que nous devons voler à Kasas et revendre à Bubastis auront cent fois plus de prix si nous possédons un document en bonne et due forme.

Ils étaient cinq au total. Les trois plus forts jouaient de leurs muscles athlétiques, les deux plus petits gesticulaient moins, mais réfléchissaient peut-être plus.

Depuis que l'arme s'était éloignée de sa gorge, Neby respirait et la sueur avait beau coller encore à son dos, elle sentit ses nerfs se décontracter. Elle se leva lentement et regarda tour à tour les bandits.

L'œil du borgne la scrutait sans pitié, laissant peser sur elle une menace qu'il valait mieux ne pas oublier et, à ce moment-là, elle n'eut plus qu'une peur : qu'il arrachât sa tunique et fît voir qu'elle n'était pas plus un eunuque que la belle Choutarna.

Ses yeux s'accrochèrent à ceux de sa compagne. Elle semblait moins effrayée qu'elle. Cela lui donna un regain de courage. Peut-être était-elle plus affectée par la mort de Papalavizzi que par le danger imminent de la situation ? Le conseiller fidèle de son père était le dernier lien qui l'attachait à son pays.

S'ils s'échappaient de ce maudit piège, qu'allait-elle faire ? Retourner seule à Babylone ? Revenir à Memphis ? Le temps d'une seconde, Neby se demanda si Choutarna n'avait pas eu le pressentiment de ce qui arrivait en exigeant les leçons de langue égyptienne.

Elle vit que Choutarna la regardait. Certes, Neby tenterait de la convaincre. Rester en Égypte semblait être la première solution. Par la suite, elle aviserait. Puis tournant les yeux vers Myriam, elle admira le sang-froid avec lequel elle avait exigé la vie sauve de ses amis. Elle la remercia d'un regard et sentit qu'elle recevait ce coup d'œil comme un hommage à son courage.

Neby ouvrit largement ses narines et prit une grande bouffée d'air chaud en pleine poitrine qui acheva de la rétablir. Elle n'avait peut-être pas l'expérience d'une longue vie, bien que la sienne fût suffisamment emplie d'échecs et de déboires pour qu'elle en goûtât l'amertume, mais elle comprenait l'acharnement de Myriam à remplir la mission dont Papalavizzi l'avait investie.

Veiller sur Choutarna devenait pour Myriam l'obligation essentielle de sa vie comme lui apprendre à lire et écrire l'égyptien devenait pour Neby la sienne. La princesse les avait piégées l'une et l'autre par son affection sincère et naturelle.

Elle se releva complètement et fut surprise de sentir que son ventre la faisait encore horriblement souffrir.

Le premier soir, il fallut que Myriam déployât toutes les ruses dont son imagination était capable pour que, Mekrê, le chef de bande, laissât sommeiller Choutarna.

— Je te promets qu'au petit matin, elle sera fraîche et dispose.

Puis, elle lui avait jeté un clin d'œil qu'il avait pris pour un geste à demi complice. Ce qui avait définitivement convaincu Myriam de sa grande stupidité en croyant trop à sa prochaine victoire. Cet homme était un fat doublé d'un sot et Myriam savait manipuler ce genre d'homme.

— Les femmes sont plus consentantes lorsqu'elles ont, un tant soit peu, réfléchi à la situation. Tu es grand, fort et musclé. Tu as donc tout pour lui plaire. En s'endormant, Choutarna y pensera.

Elle rencontra les yeux crédules de l'homme et vit que son propos semblait lui plaire. Elle acheva donc de le convaincre.

— Crois-moi, c'est beaucoup mieux ainsi. Apprivoisée, une gazelle vient à toi. Après, elle ne t'oublie plus. Ne veux-tu pas t'attacher cette tendre fille plutôt que de la voir cracher sur toi et te détester ? Peut-être même au point de s'enfuir.

Hochant lentement la tête, il acquiesça. Puis, sans qu'elle pût prévoir le coup, il lui saisit durement le bras et l'approcha violemment de lui. Elle sentit son odeur forte où la crasse et la sueur dominaient.

Certes, Myriam n'avait rien pour parer cette attaque. Elle sauvait Choutarna, mais se mettait en péril. Bah ! Que pouvait faire un viol sur son corps habitué aux sévices et aux étreintes sauvages d'un époux violent qu'elle avait subi durant presque vingt ans ? Et, que ne ferait-elle pas pour que Choutarna évitât de recevoir un nouvel affront qu'elle vivrait encore plus mal que celui du naufrage qui avait entraîné tous les siens dans la mort ?

Myriam réfléchissait promptement. Elle sentait tout à coup qu'elle devait jouer serré pour son destin et celui de ses amis. Elle calcula donc rapidement ce qui composait les éléments d'une situation nouvelle.

Elle se laissa entraîner sur le sol et sentit le poids pesant du bandit qui l'étreignait sauvagement. Déjà, il arrachait sa tunique.

— Tes hommes sont repus après le repas qu'ils viennent de faire. Va leur dire d'aller se reposer. Je n'aime pas que leurs yeux traînent sur moi.

Comme il hésitait, poursuivant sa tâche avec des gestes brutaux et désordonnés, elle reprit en s'efforçant de garder son calme :

— Allons, es-tu le chef ou non ?

Il la laissa un instant respirer. Sa tunique grossière et sale était relevée et laissait apparaître un ventre gros et velu.

— Dis-leur que tu veilles et qu'ils peuvent aller dormir.

A présent, Myriam était à moitié nue. Ses cuisses frôlaient avec dégoût celles de son agresseur. Elle frissonna mais, farouche et déterminée, ne se laissa pas abattre.

— Dis-leur que demain, ce sera leur tour. Toi, tu auras Choutarna.

Une onde de délice le parcourut et sa grande carcasse tressaillit. Il cria des ordres pour que les autres aillent dormir en attendant le jour. Puis, il s'abattit lourdement sur le corps de Myriam qui n'attendait que l'instant où elle pourrait se relever gluante de honte et de dégoût.

Mais l'homme s'était endormi et quand elle vit que, dans des ronflements sonores et empestant le poisson séché dont ils s'étaient gavé, les autres chaviraient aussi dans le sommeil, elle se libéra des gros bras velus qui l'entouraient encore et se faufila sans bruit dans la tente où s'étaient réfugiées Neby et Choutarna.

Consciente de ce qu'elle avait fait, la jeune fille se jeta dans ses bras.

— Je n'aurais jamais pu, gémit-elle. J'en serais morte, je crois.

— Allons, ne perdons pas notre temps, jeta Myriam à voix basse. Ils dorment tous, profitons-en pour partir. S'ils ne s'éveillent pas, nous avons toute la nuit devant nous.

— Qu'allons-nous emmener? répliqua Neby.

— Une gourde d'eau, de la nourriture et une mule chacun.

— Pas d'arme?

— Hélas, ils les ont toutes réquisitionnées. Elles sont soit attachées à leurs ceintures, soit posées sous leurs têtes ou coincées contre leurs corps. Nous ne pouvons pas les prendre sans les réveiller. C'est trop risqué.

— J'ai mon couteau, rétorqua Neby en désignant du doigt la petite lame blanche et acérée qui sortait de la ceinture de son pagne.

— J'ai le mien aussi, fit Choutarna qui, déjà, détachait les mules pendant que Neby réunissait la nourriture et les outres en peau de chèvre qui contenaient l'eau dont elles avaient besoin pour survivre.

— Hâtez-vous. Moi, je les surveille. Si l'un d'eux bouge, je le transperce avec ça.

Elle désigna l'arme qu'elle emportait. C'était le sabre de Papalavizzi qu'elle avait saisi et caché lorsqu'elle s'était penchée sur son corps transpercé.

Tenant sa mule d'une main, Choutarna caressa de l'autre le médaillon de turquoise cerclé d'or au sceau de Babylone qu'elle venait de remettre à son cou. Un geste bien pesé, bien senti qu'elle avait eu en le détachant au moment de la cavalcade lorsqu'elle suivait sa leçon avec Neby.

— Le problème, avoua Myriam quand elle s'assura qu'ils étaient tous les trois prêts à fuir, c'est que je n'ai aucun sens de l'orientation.

— Partons du côté opposé à Gaza, puisque c'est là qu'ils doivent se rendre pour voler les chevaux dont ils ont parlé, proposa Neby. Nous ne les rencontrerons pas, car je serais fort étonnée qu'ils perdent leur temps à nous poursuivre dans le sens opposé où ils vont.

— C'est évident. Mais comment s'orienter ? se désola Myriam. Où se trouve le côté opposé à Gaza ?

— C'est à l'est. Il faut que nous reprenions le chemin qui mène à Memphis.

— Mais, gémit Choutarna, nous ne savons plus où se trouve Memphis !

Neby tendit le bras. Un sourire effleura son visage. Enfin, elle allait se rendre utile.

— C'est par là. Du côté où se lève le soleil.

— Comment le sais-tu ?

— Chaque soir, je regarde le ciel, j'étudie les étoiles et je respire le vent. Il nous indique et nous signale de multiples choses, mais il faut savoir les observer. Certes, dans ce désert trop chaud et trop sec, le souffle du vent et sa signification me sont étrangers. Mais le ciel est toujours le même et les astres ne trompent pas.

Si mon père m'a appris l'art et les secrets de l'écriture, il m'a enseigné aussi ceux d'un ciel chargé de signes révélateurs.

⁂

Trop écrasés par un sommeil alourdi de fèves, de poisson, de figues et de galettes d'orge, les bandits ne s'étaient pas réveillés.

Myriam, Choutarna et Neby chevauchaient leurs mules depuis qu'elles avaient quitté le camp. Le rythme qu'elles imposaient à leur monture était lent mais régulier. La première nuit ne fut nullement pénible. Elles décidèrent de ne pas s'arrêter la journée suivante afin de prendre suffisamment d'avance pour le cas où leurs agresseurs auraient eu l'intention de rebrousser chemin.

Ce ne fut que la troisième journée qu'elles purent descendre de leurs mules. Fatiguées de tout porter, buvant insuffisamment et les yeux agressés par le soleil, les pauvres bêtes refusèrent d'avancer et il fallut marcher dans le sable brûlant en les tirant par la longe.

C'est alors que Neby se rappela les paroles de Papalavizzi. Jamais encore elle n'avait foulé le sol du désert, le pied traînant sur l'onctuosité scabreuse du sable et le dos courbé sous le poids du soleil écrasant.

Certes, ses sandales en fibre de papyrus la protégeaient des brûlures trop excessives ou des piqûres d'insectes qui s'infiltraient sournoisement entre les orteils découverts.

Elle se tournait quelquefois vers Choutarna qui marchait en silence. Elle aussi ignorait ce qu'était une telle servitude. Car une princesse de Babylone ne voyageait qu'en litière, même en plein désert, ou parfois à dos de chameau ou de mule si les circonstances l'y obligeaient.

Elle répondait au regard silencieux de Neby, mais courbait elle aussi le dos de lassitude et d'épuisement, tirant la longe de la mule qui avançait de plus en plus lentement.

Myriam n'était guère plus loquace. Son courage et sa ténacité semblaient l'abandonner. Voilà bien un domaine qu'elle ne connaissait pas. La lente agonie dans un désert impitoyable. Le silence intransigeant qu'il fallait respecter sous peine de tomber, la gorge et les poumons brûlés au seul mouvement de bouche ouverte, au seul mot prononcé. Les yeux piqués à vif malgré le linge qui retombait bas sur les paupières.

Le soir, elles s'arrêtaient à moitié mortes de fatigue, la gourde vide tant elles avaient bu. N'ayant plus d'eau et ne trouvant aucune oasis qui leur permît de reprendre des forces, elles décidèrent de marcher la nuit et de se reposer le jour.

Les mules s'épuisaient, essoufflées et lasses elles aussi. Ce jour-là, la chaleur avait été si intense que leurs yeux étaient gonflés et enflammés, leurs paupières brûlées ne pouvaient plus s'abaisser.

Dans la hâte de fuir, personne n'avait pensé à prendre une tente pour se faire un brin d'ombre. Il est vrai que le temps d'en démonter une, promptement et sans bruit, aurait sans doute été un risque supplémentaire inutile qui, sans aucun doute, eût éveillé les bandits. Quoi qu'il en soit, les pauvres mules leur servaient d'abri quand, épuisées, les trois femmes se couchaient sous leurs flancs.

Le jour qui suivit cette extrême lassitude, elles ne se levèrent pas. Leurs jambes étaient raides, leurs respiration saccadée, leurs gestes imprécis. A quoi bon marcher, avancer, quand tout était perdu d'avance ? Dans le ciel démesurément haut et bleu, des vautours tournoyaient, repérant déjà les proies qu'elles devenaient.

A demi inconsciente, Choutarna caressait le médaillon de turquoise attaché à son cou en pensant à sa sœur qu'elle ne reverrait jamais et au pharaon qui ne serait jamais son époux.

La tête calée sous le flanc de sa mule agonisante, Neby revit son père lui insuffler ses dernières paroles

« Reste simple et honnête, mais ne sois jamais un serviteur. » Neby aurait voulu qu'une larme vînt adoucir sa paupière mourante et desséchée.

Une larme régénératrice ! Neby soupira, mais aucun souffle ne sortait ni de sa gorge ni de ses narines sèches. Le bon principe de son père ! Où cela l'avait-il menée ? A mourir lentement dans le désert !

Quant à Myriam, elle ne pensait pas, ou du moins refusait de se laisser aller à des souvenirs qu'elle détestait. A quoi bon ! La vie n'avait été qu'une succession amère de déceptions, de désillusions, de regrets. D'ailleurs, qui se rappelait d'elle dans le pays natal qu'elle avait quitté ? Quelque temps, Pappalavizzi lui avait fait croire à des jours meilleurs si elle veillait sur Choutarna. Puis, était venue l'affection de la jeune fille et l'envie pour Myriam de réussir sa mission. Le but avait été touché de près, mais pas suffisamment pour que ce jeu lui laissât un goût plus sucré en bouche. La seule chose qui la laissât quelque peu soulagée était que Choutarna avait échappé à l'acte le plus odieux qui fût et dont elle n'aurait pu se remettre.

Deux jours et deux nuits passèrent ainsi, les laissant quasiment mortes sous l'attaque du soleil. Plus tard, une éternité peut-être, c'est à peine si Choutarna sentit une présence près d'elle. Il y avait longtemps que Myriam et Neby étaient tombées dans un coma profond. Inconsciente, elle se laissa transporter et quand elle sentit l'eau fraîche couler entre ses lèvres, elle la but comme un trésor inestimable et s'endormit profondément.

Il fallut plusieurs jours avant qu'elle reprît conscience. Neby était toujours endormie et le cas de Myriam, compliqué par une mauvaise piqûre d'insecte dont on ignorait l'origine, sembla empirer les jours suivants.

Quand Choutarna put distinguer les traits du jeune bédouin penché vers elle, sa bouche aux lèvres craquelées s'entrouvrit et elle réclama à nouveau un peu d'eau, car ses poumons souffraient encore de cette morsure dont on ne réchappe pas dans le désert, lorsque personne ne vous vient en aide.

— Je m'appelle Ali, fit le jeune bédouin, en glissant le bord de la gourde entre ses lèvres. Et toi ?

— Choutarna.

— Lui, c'est Hamoud, ajouta-t-il en désignant son compagnon qui se tenait un peu à l'écart. Nous attendons une caravane qui vient de l'ouest. Puis, après, nous nous orienterons vers les hauts plateaux arabiques, là où vit notre tribu.

Il retira la gourde des lèvres de Choutarna.

— Avez-vous été agressés ?

— Tous les gens de mon convoi ont été tués. Seuls restaient Neby, mon jeune compagnon qui est aussi mon frère de cœur, et Myriam, une amie qui avait la charge de veiller sur moi. Nous avons fui les pillards, mais nous n'avons pu échapper à la cruauté du désert.

Un tel climat de confiance avait réussi à sortir Neby de son inconscience. Quand elle vit le confort du convoi qui les avait recueillis, la large tente agrémentée de tapis onctueux sous laquelle on les avait installés, les murs de toile où l'on avait accroché divers ustensiles et les femmes qui s'agitaient autour d'elles, soucieuses de leur bon réveil, elle sut que l'heure de retrouver son père et sa mère dans l'au-delà n'était pas encore arrivée. Elle cligna des yeux et Hamoud s'empressa auprès d'elle.

Neby avait repris suffisamment conscience pour remarquer qu'Ali jouait de sa prunelle de velours envers la belle Choutarna et lui parlait d'une voix teintée de prudence et de délicatesse.

Aussi prit-elle le parti de se laisser bercer par les propos plus abrupts et plus anguleux de Hamoud.

— Ce jeune écervelé que tu vois là-bas, près de ta sœur, s'appelle Ali. Moi, je suis Hamoud, le fils de son oncle.

Une onde de plaisir parcourut l'échine de Neby. Ainsi Choutarna l'avait présentée comme son frère. Cette erreur volontaire et calculée lui plut à tel point qu'elle ne songea même pas à en contester l'authenticité.

— Comment se fait-il que ton crâne soit rasé ?

— Je suis un eunuque.

Hamoud secoua la tête.

— Je croyais qu'il n'y avait pas d'eunuques en Égypte.

— Si, quelques-uns. Nous venons des plaines lointaines de l'Asie Orientale. Mais parlons d'autre chose, veux-tu ?

Puis, pour ne pas s'enliser davantage dans des propos incohérents et mensongers, elle pointa son doigt vers Myriam qui, depuis qu'elles avaient été recueillies par les bédouins, n'avait pas encore repris connaissance.

Ils l'avaient étendue sur une couche confortable et elle transpirait abondamment, les yeux fermés et la bouche entrouverte.

— Pourquoi n'est-elle pas réveillée ?

— Hélas, reprit Hamoud en hochant la tête devant sa propre impuissance, un insecte venimeux a dû la piquer. Mais que ta sœur et toi ne craigniez rien. Ses jours ne sont plus en danger. Nos femmes savent soigner ce genre de morsures auxquelles nous sommes habitués dans le désert. Ma mère lui a fait absorber un breuvage qui fait tomber la fièvre et Ben, mon oncle, lui a incisé la peau pour en extirper le venin.

— Est-ce la piqûre d'un scorpion ?

— Peut-être, bien que Ben trouve la morsure plus profonde qu'elle ne devrait être. Veux-tu boire encore un peu ?

Neby regarda son nouvel ami et lui décocha un franc sourire. Il paraissait sensiblement plus jeune qu'Ali, une vingtaine d'années tout au plus.

Les deux garçons appartenaient à une famille

bédouine, tranquille et calme, qui vivait d'échanges commerciaux, traitant des affaires en tous genres, épices et plantes divers, tapis, articles en cuivre martelé, objets de décoration très particuliers qui relevaient de l'artisanat et dont les motifs et les couleurs différaient encore de ceux des Crétois, des Cananéens ou des Chypriotes.

Les Bédouins, quand il ne s'agissait pas de tribus sauvages dont l'authenticité était à prouver, avaient un sens de l'hospitalité très poussé contrairement au millénaire précédent où Arabes et Égyptiens entretenaient entre eux une haine farouche qui engendrait bien souvent des combats sanguinaires. Cependant, les Bédouins pouvaient se détester à tel point entre hordes différentes, opposant souvent le nord et le sud, qu'elles vivaient éloignées les unes des autres, chacune sur son territoire. Quand, perchés en haut d'une dune amoncelée par la violence du khamsin ou débouchant du bout de l'horizon blanchi par le soleil, les hordes opposées se rencontraient, se mesuraient, s'affrontaient du regard, mieux valait ne pas se trouver sur leur passage.

Mais tout changeait lorsque, au loin, dans l'immense étendue du sable mortel, ils apercevaient des voyageurs étrangers tenter de maîtriser un désert qu'ils ne connaissaient pas et dans lequel le moindre faux pas les entraînait vers la mort. Les scorpions, les serpents, les sables mouvants, le khamsin, le manque d'eau qu'ils ne soupçonnaient pas les attendaient au moindre pas.

Un Bédouin savait détecter chaque danger qui rôdait au détour du chemin, maîtriser chaque élément qui venait perturber la lenteur de la route, cerner et contrôler le moindre événement. Qu'aurait pu faire un passager néophyte du désert contre leur force tranquille et séculaire ?

Les Bédouins étaient des peuplades à part entière. Fiers et sauvages, solitaires, intègres de nature, ils conservaient farouchement leurs traditions et leurs cultures comme les Égyptiens véhiculaient les leurs sans secret ni mystère.

Tribus méfiantes, mais affables lorsqu'il fallait aider un voyageur en difficulté, rusées mais loyales et droites quand elles devaient soutenir un compatriote en péril. Le bédouin ne cherchait querelle — et certes jusqu'à ce que mort s'ensuive — que lorsqu'un étranger venait odieusement troubler son repos.

Ali et Hamoud venaient d'une tribu arabe que l'on situait dans les hauts plateaux du nord. Les hommes d'un certain âge avaient presque tous une barbe touffue. Côtoyant souvent les Turcs et les Juifs, ils en avaient pris l'allure, bien que leur beauté restât plus grave et leur maintien plus noble.

De larges turbans colorés entouraient leurs visages aux yeux profondément enfoncés que des sourcils, épais et plantés bas, venaient encore obscurcir. La bouche évasée pouvait parfois être souriante, mais elle restait souvent grave.

Ali et Hamoud n'échappaient pas à cette règle de l'ethnie arabe mais leurs cheveux noirs frisés et leur teint buriné sans excès offrait une délicatesse de traits qui charmait.

— Elle n'a plus de fièvre, fit la mère d'Ali en se penchant sur le visage de Myriam. Elle devrait s'éveiller d'un instant à l'autre.

Une servante voilée changea les linges qui avaient absorbé la sueur de la malade. Une autre dont l'attitude semblait plus osée, car son voile avait glissé sur le bas de son visage laissant apparaître un nez aux délicates narines évasées, apporta un bol de thé qu'elle tendit à Choutarna.

Quant à Leïla, la jeune sœur d'Ali, vêtue d'une tunique jaune d'or qui la moulait du cou à la pointe des pieds, elle fit en sorte de lancer à Neby, fort habilement, la braise de son regard sombre. Puis, s'assurant du trouble qu'elle venait de jeter sur sa proie, elle s'approcha d'elle avec un linge frais qui dégageait un arôme parfumé.

— Veux-tu que je rafraîchisse ton corps? fit-elle en battant du cil et en prenant place à son côté.

Surprise, Neby ne répondit pas. Et, quand Leïla voulut dégager son épaule de la manche courte et évasée de sa tunique, elle se dégagea si vivement qu'apparut dans les prunelles noires de la jeune fille une ombre intense d'étonnement.

Elle n'insista pas davantage et passa le linge parfumé sur son visage.

CHAPITRE VIII

Étendues sur le dallage de marbre blanc et parlant à voix basse, les deux adolescentes se turent à l'arrivée de Maât. Elles étaient allongées sur une marche qui bordait la pièce d'eau du jardin qu'entouraient quelques tiges de papyrus et le poli du marbre où elles se prélassaient commençait à chauffer malgré l'aube qui n'était encore qu'à peine levée.

Elles s'étaient soudainement tues on ne sait pour quel motif, si bien que Maât s'en étonna et les observa quelques instants en silence.

Dissemblables, certes. Bastet était aussi brune et élancée que Sekmet était petite et rousse — ce qui, pour une Égyptienne aurait pu intriguer sur la pure ascendance thébaine de la fillette si elle n'avait été reconnue depuis plusieurs générations.

Quand Maât fut devant elles, elles prirent un air de conspiratrices gênées, presque prises en faute. Sekmet leva sur elle son grand regard doré et Bastet ses yeux fendus en amande qui, d'ordinaire, ne laissaient flotter aucune ténébreuse pensée.

— Eh bien, vous en faites des mystères, mes enfants, de quoi s'agit-il ?

— Rien, maman, décréta Sekmet en pinçant ses lèvres roses qu'elle aurait volontiers passées au henné si sa mère ne l'en avait pas dissuadée, prétextant qu'elle était trop jeune encore pour ce style de maquillage.

Indécise, Bastet prolongea l'incertitude de son regard dans celui de Maât. Devait-elle raconter cette troublante histoire à une personne adulte ou fallait-il au contraire rester enfermée dans un cercle sans issue ? Il lui semblait qu'elle ne devait plus se taire.

Bastet se tourna vers Sekmet et vit son visage hermétique. Ennuyée que son amie ne partageât pas son soudain désir de communication, elle soupira et reporta de nouveau ses yeux sur ceux de Maât. Tout dévoiler risquait d'être fâcheux. N'allait-on pas tourner ce récit en mythe, en fable ou pire ! En témoignage sans intérêt, alors qu'elles y accordaient une importance qui ne leur laissait plus de répit.

Bastet essaya de calmer son envie de parler en reportant son attention sur sa compagne et lui décocha un signe qui n'avait de valeur que pour elle, mais bien que, silencieusement, elle insistât, elle ne trouva qu'un visage fermé. Pourquoi Sekmet restait-elle aussi fermée ? A présent, Bastet en était sûre, la chose était d'une gravité qui refusait tout silence.

— Allons, fit Maât, vous avez quelque chose à me dire ? Je le sens.

— Non, mère, répéta Sekmet en allongeant ses jambes nues que frôlait un soleil matinal encore à peine levé.

Dans quelques instants, les rayons seraient si brûlants qu'elles ne pourraient plus résister à leur attaque et seraient dans l'obligation de poursuivre leur mystérieux entretien sur la terrasse ombragée.

— Je ne te crois pas, Sekmet.

Soudain, Seita fit son apparition, volubile, expansive, le corps délié et la taille déjà haute. Ses cheveux noirs et bouclés tombaient sur ses épaules nues. Elle portait la même tunique bleue que sa sœur, mais à l'inverse de Sekmet, ses bras et ses chevilles ne faisaient cliqueter aucun bracelet de valeur. Elle portait juste une ceinture en perles de verre coloré et un lien de jonc tressé dans les cheveux.

Bastet s'apprêtait à parler, mais la vue de Seita ferma ses lèvres. Maât, s'apercevant que la gêne des adolescentes grandissait, jeta d'un ton léger :

— Seita, ma chérie, tu devrais aller chercher le livre des comptes que ton grand-père m'a emprunté hier. J'en ai besoin pour vérifier les entrées des quartzs et des onyx qui sont arrivés hier de Memphis.

Seita fit la moue.

— Après, reprit Maât, quand tu reviendras, nous déjeunerons avec Bastet.

La fillette sautilla sur un pied et fit mine de ne pas entendre.

— Seita, ma chérie. Je t'ai demandé un service. Va me chercher ce livre de comptes.

— Mais maman, tu discutes. Tu n'en as pas besoin de suite.

— Seita, tu n'as pas à contester mon ordre.

D'un bond, la fillette sauta sur le marbre qui bordait le bassin, leva le visage et ne put s'empêcher d'esquisser une figure de danse. Sans doute la dernière qu'elle venait d'apprendre à l'École du palais. Elle posa un pied en équilibre sur la pointe de sa sandale dorée, courba le corps en arrière et rejeta ses bras loin derrière elle. Ses pieds s'arquèrent sur le marbre de la dalle qui l'accueillit en douceur.

Maât ne put s'empêcher de sourire. C'était là une astuce de sa fille lorsqu'elle contestait un ordre ou refusait de subir une contrainte. Elle charmait son public par une pose nouvelle, un mouvement gracieux, une attitude de danseuse récemment apprise dont elle désirait, disait-elle, connaître l'avis.

— Ta danse est charmante, Seita, mais je ne suis ni la déesse Hathor, ni la déesse Isis pour me laisser séduire au point que j'en oublie le reste. J'ai vraiment besoin de ce cahier.

Cette fois, prise dans ses derniers retranchements, la fillette capitula.

— J'y vais. Mais ne comptez pas sur moi pour déjeuner, car grand-père va sans doute me garder toute la journée.

Puis, elle décocha un coup d'œil de reproche à sa mère.

— Lui, au moins, il apprécie mes danses.

— Eh bien, c'est entendu, ma chérie, décréta Maât qui espérait justement débarrasser Sekmet et Bastet de l'impétueuse présence de Seita. Si c'est le cas, je passerai te prendre dans la soirée.

Enfin, sans un regard pour celles qui osaient ne pas se laisser distraire par ses prestations physiques, Seita partit comme une flèche.

Maât regarda sa fille disparaître derrière les gros sycomores qui menaient aux allées droites bien tracées de la résidence. Un rideau d'arbres serrés et une rangée de colonnes à têtes d'animaux conduisaient aux appartements de son père. Lorsque sa fille disparut à son regard, son esprit revint aux adolescentes.

Il y eut un long silence que personne ne voulut rompre.

L'air soufflait à présent, sec et chaud. La journée s'annonçait torride.

— Que voulais-tu me dire, Bastet ? Il me semble que tu t'apprêtais à me parler.

Bien qu'elle s'adressât à Bastet, elle regarda sa fille. Son visage avait l'air moins fermé, mais ses yeux refusaient encore de discuter. Elle prit le parti de s'asseoir auprès des jeunes filles. Sa main glissa dans l'eau du bassin que le soleil commençait à tiédir. Puis, elle regarda Bastet.

— Te faut-il l'accord de ma fille pour parler ?

— C'est au sujet... commença maladroitement Bastet.

Courage, culpabilité, honneur, fierté, tout se bouscula

dans l'esprit de Sekmet. Elle interrompit les premiers mots jetés par sa compagne et lança promptement :

— Au sujet de deux hommes qu'elle a vus dans les bosquets, près de l'hôpital.

— Oui, j'étais avec Pentou.

— Pentou ! Le fils de Nakht ? s'enquit Maât.

— Oui, parfois, il vient me rejoindre. Mais comme son père le trouve trop jeune pour fréquenter l'établissement de l'hôpital, il n'entre pas.

— Et toi, qu'y fais-tu ?

— Je connais toutes les plantes. Ma grand-mère m'a enseigné leurs pouvoirs et, avec l'aide de Djaou et sous sa surveillance, je prépare des remèdes.

— Senen, le médecin-chef de l'hôpital, est-il au courant ?

— Bien sûr. Il dit que mon grand-père était trop grand médecin pour ne pas avoir laissé son empreinte sur l'un des membres de sa famille.

Maât s'approcha de Bastet.

— Pentou et toi avez vu deux hommes, disais-tu ?

— Oui. Ils discutaient de l'ouvrier qui s'est fait brûler le pied. Celui qui travaillait chez toi, le fondeur d'or.

— Que voulaient-ils ?

Sekmet s'interposa. A présent, son visage avait pris des couleurs raisonnables et ses yeux s'animaient de cette ardeur que sa mère connaissait trop pour ignorer que le sujet qui la préoccupait n'était pas un vulgaire fait quotidien.

— Ils voulaient voler les petits outils de précision. Ceux qui servent à ciseler les scarabées pour les sceaux royaux.

La surprise de Maât n'eut d'égale que l'exaltation des jeunes filles à vouloir, à présent, se décharger du secret qui leur pesait.

— Je ne comprends pas, fit-elle en observant l'œil enflammé de sa fille qui, tout à l'heure encore, restait obstinément vide.

— Un vol, mère. Ces hommes voulaient dérober ce qui t'est le plus précieux pour travailler.

— Mais, pourquoi? Ai-je donc des ennemis qui m'en veuillent à ce point?

Bastet redressa son buste et réajusta l'une des bretelles qui recouvraient ses épaules.

— Ce n'est pas sur toi que la malveillance de ces hommes veut agir.

— Je ne comprends pas.

— C'est pourtant simple, mère, rétorqua Sekmet qui, voyant à présent que l'histoire intriguait sa mère, faisait son importante. Ces deux hommes voulaient que ton ouvrier te vole ces outils.

— Mais, il s'est enfui, certes comme un voleur. Mais, le plus étrange, c'est qu'il n'a rien emporté.

Sekmet et Bastet parurent déconcertées par cette évidence.

— Mais, il en avait l'intention.

Bastet réfléchissait. Voici un élément de taille qui lui avait échappé. Finalement, l'homme n'avait rien volé. Or, son esprit de justice criait qu'il ne fallait pas condamner aussi vite un travailleur qui, peut-être, était innocent.

— Ce n'est pas lui que je mets en doute, affirma-t-elle en pesant bien ses mots. Ce sont les deux hommes qui discutaient. Ils voulaient se servir du fondeur d'or.

Elle ramena ses genoux sous son menton. Deux genoux lisses et bruns qu'elle cala entre ses mains jointes.

— Peut-être ne voulait-il pas les aider? Peut-être est-il parti parce qu'il était menacé?

— En tout cas, les deux hommes du bosquet voulaient à tout prix dérober ce matériel, rétorqua Sekmet en imitant la pose de sa compagne.

Comme elle était de taille plus petite, elle dut fléchir le cou pour entourer ses genoux de ses bras ronds et potelés.

— Ont-ils dit ce qu'ils voulaient en faire?

— Il voulait faire de faux documents.

Maât s'était levée et faisait de grands pas sur la marche de marbre blanc qui l'avait accueillie. Elle ôta ses sandales pour sentir le contact de la pierre chaude et trempa le bout de son pied gauche dans l'eau parfumée du bassin. Certes, elle réfléchissait. Que Bastet fût à l'origine de ce récit la rassurait, car elle connaissait trop le côté sérieux et sensé de l'adolescente pour la taxer de menteuse ou de mythomane.

Mais, quoi qu'il en soit, cette histoire était étrange. Et fallait-il en montrer l'importance aux fillettes?

— Je pense que vous devez imaginer des choses qui n'existent peut-être pas.

— Mais non, mère! fit Sekmet déçue par l'envolée de cette soudaine conclusion.

Elle se tourna vers sa compagne.

— Tu vois, nous aurions dû ne rien dire.

Maât regretta aussitôt son jugement trop hâtif. Ce n'était pas ainsi qu'elle en saurait davantage. Elle vint embrasser sa fille et prit sa main dans la sienne.

— Tu as raison. Je vais vous faire confiance si vous me dites tout ce que vous savez sur cette affaire.

Sekmet soupira et sourit à sa mère.

— Si nous avons accepté de t'en parler, c'est parce que nous jugeons que cette discussion est grave. Ces hommes sont dangereux. Bastet dit qu'ils voulaient imiter le sceau du roi de Babylone.

Maât lâcha la main de sa fille. Comment avait-elle pu penser que les deux fillettes seraient assez stupides au point de trouver que cette affaire ne valait pas la peine d'être débattue?

— Imiter le sceau du roi Kadashman? dit-elle d'un ton empli d'étonnement.

— Mère, le pharaon d'Égypte n'entretient-il pas une correspondance diplomatique avec le roi de Babylone?

— Si, bien sûr. La Grande Épouse aussi est en

contact permanent avec le roi de Babylone, rétorqua-t-elle pensivement.

— N'ont-ils pas échangé des princesses contre des pierres précieuses ?

— Ta question fait intervenir un côté bien primaire et plus encore, matérialiste, Sekmet. Mais, le résultat est le même.

— Je t'ai entendu en parler avec Bek, mon père. Je sais même que deux princesses devaient arriver au palais de Thèbes et que personne n'a jamais aperçu le bout de leur nez.

Elle se leva, elle aussi, tant le marbre commençait à lui brûler la peau.

— Y aurait-il un rapprochement avec cette idée de vol ? fit Bastet. Si des hommes dérobent les outils de précision pour fabriquer un sceau royal, c'est pour effectuer de faux documents.

— Et s'ils fabriquent de faux documents, c'est pour tromper le pharaon d'Égypte !

Pour la première fois, Maât frémit. Elle ne devait plus garder cette affaire pour elle seule. Elle devait en parler.

— Hormis ton ami Pentou, dit-elle en se tournant vers Bastet, quelqu'un d'autre est-il au courant de cette histoire ?

— Pentou a juré de ne rien dire, même à Any, le fils de Mérymose, son meilleur ami.

— Et toi ? fit-elle à sa fille.

— Mère ! Je ne suis pas une rapporteuse. Je ne l'ai même pas dit à Seita.

— Je préfère qu'elle ne sache rien. Gardez cette histoire pour vous, mes enfants. Enfouissez-la dans votre esprit et n'y pensez plus.

— Pourquoi, mère ?

— Parce qu'à présent, ce n'est plus de votre ressort. Vous avez libéré votre conscience. Maintenant, c'est à moi de réagir.

— Que vas-tu faire ?

Maât ne répondit pas de suite. Elle regarda l'eau tranquille du bassin que venait de perturber le passage d'un oiseau aquatique qui, dans un cri perçant, remuait ses ailes colorées.

— La dimension de cette affaire est très importante. A présent, je dois la prendre en charge. Je ne sais pas encore de quelle façon, mais je vais y réfléchir.

⁂

Comme chaque matin, levée bien avant l'aube, Tiyi terminait de lire l'abondante correspondance qu'elle recevait des pays étrangers.

Chypre lui proposait un nouveau marché de cet excellent vin capiteux que les nobles de Thèbes appréciaient tant. La Crète lui annonçait le chargement de trois vaisseaux de produits de luxe, essentiellement des parfums et des onguents dont, seuls, les Crétois gardaient jalousement le secret de leur exceptionnelle fabrication. Le Mitanni parlait d'envoyer au pharaon une nouvelle princesse, Gilhouhebat, jeune et belle comme le jour, écrivait le roi Tushratta.

Quant à la Babylonie, Tiyi avait respiré de soulagement lorsqu'elle avait lu l'interminable lettre de Kadashman lui parlant d'une grave et importante épidémie installée en Syrie qui ravageait plus de la moitié de la population. Le roi de Babylone terminait en supposant que le convoi des deux princesses avait dû disparaître en chemin dans les affres de l'épidémie et renouvelait ses mille excuses auprès du pharaon à qui il promettait d'envoyer d'autres princesses.

C'est ainsi que, tôt le matin, Tiyi lisait son courrier et, tard le soir, elle y répondait en présence de Kherouef, son intendant et Menna son scribe. Parfois, dans la journée, elle trouvait les éléments de réponse qui lui permettaient de rester dans tous les cas de figure, réfléchie, pondérée, diplomate.

Elle se tourna vers la terrasse. Le soleil commençait à chauffer. Du sofa sur lequel elle était assise, confortablement installée devant un plateau ou elle grappillait quelques dattes et quelques grenades, elle apercevait les feuilles des acacias immobilisées dans un ciel qui n'offrait aucun souffle.

Depuis qu'elle vivait à Malgatta, elle se faisait un point d'honneur à visiter chaque jour l'étendue impressionnante de son domaine. Prairies, champs, vignobles, bosquets, rien n'échappait à l'acuité de son regard.

Elle regarda la nourrice qui berçait le petit Aménophis. Un enfant délicat et fragile. Aussi doux qu'était intransigeant son frère Thout qui, chaque jour, devenait plus volontaire et plus impétueux.

En observant l'enfant qui sommeillait à demi dans les bras de la nourrice, la bouche rose et le cou grassouillet, encore froissé des plis de la petite enfance, Tiyi se demandait encore comment ce dernier-né avait pu lui causer tant d'ennuis durant sa grossesse, alors qu'à présent il se montrait si facile à vivre.

L'enfant souriait à qui s'attardait sur son berceau. Il élevait ses petits poings en signe de joie et de contentement dès qu'il voyait une silhouette s'intéresser à sa petite personne. Il observait déjà les visages avec attention, pleurait rarement et gazouillait comme un loriot dans les branchages touffus d'un sycomore.

Cette image plaisante de son fils ramena l'esprit de Tiyi à la gracieuse fillette qu'élevait le cultivateur Ouri et sa femme Pensilhé. Certes, dans quelque temps, quand les rumeurs des inondations relatives à la récente crue seraient éteintes et qu'on ne parlerait plus des princesses babyloniennes jamais arrivées à Thèbes, l'enfant pourrait être reprise et adoptée par son frère Ay.

Elle caressa la tête duveteuse de son fils et se leva.

— Ahout ! cria-t-elle en frappant dans ses mains, que l'on apporte ma litière. Je vais aller inspecter mes champs. Cette saison du Chemou a réparé les dégâts de la crue et le blé est superbe. Les paysans vont faire un bel engrangement. Nous devrions amasser une récolte suffisante pour plusieurs saisons.

Tiyi ne demandait pas toujours sa litière dans laquelle elle emmenait parfois sa fille Satamon ou sa chaise à porteurs, plus petite mais qui ne pouvait contenir qu'elle-même.

Ce matin-là, pourtant, bien que seule, elle réclama sa litière afin d'effectuer une longue course doublée d'une journée particulièrement chargée qui l'amènerait en fin de parcours chez Pensilhé et Ouri, les cultivateurs qui élevaient la fillette trouvée dans les inondations de la crue du fleuve.

Cependant, il lui arrivait fréquemment de dire à l'homme qui conduisait les deux chevaux de sa litière de stopper. Alors, elle poursuivait à pied le chemin qui la menait à une maison de paysans qu'elle connaissait ou près d'un champ dont elle voulait inspecter le rendement.

Se sentant prête à affronter les beaux et droits sillons que lui offrait la vue éclatante des champs de blé, elle réclama au conducteur l'arrêt de sa litière. A cette époque, les corneilles volaient bas sur la terre, à la recherche de leur pitance qu'elles trouvaient généreusement dans les creux asséchés, là entre les tiges dorées qui pointaient leurs somptueux épis.

Elle vit au loin que les faucheurs travaillaient vite et bien. Des joueuses de sistres, souvent choisies parmi les filles des paysans, les accompagnaient. Elles étaient là autant pour stimuler le travail des hommes que pour écarter les rats des champs qui, en trop grand nombre, pouvaient dévaster une récolte entière.

Aux quatre coins des champs, les scribes se tenaient droits et attentifs, assis dans leur position familière, imperturbables dans leur pagne blanc, le calame en main, la tablette calée sur les genoux. Ils inscrivaient le nombre de bottes de blé qu'on liait solidement afin que les collecteurs de taxes connaissent déjà le rendement à venir.

Le blé était beau, gras et mûr. Les courtes faucilles à manche de bois embrassaient une large coupe. A peine courbés au-dessus des tiges, les hommes en prenaient une poignée dans leur main gauche et la tranchaient d'un coup sec de leur main droite, juste au-dessous des épis, laissant les tiges décapitées.

Derrière chaque homme, la femme avançait, tenant un couffin d'osier dans lequel le faucheur laissait tomber la poignée d'épis. Quand le panier était plein, la femme allait au bout du champ pour en remettre la contenance au collecteur qui l'annonçait haut et fort au scribe qui l'inscrivait aussitôt.

Il fallait travailler vite, car l'abattage effectué, si la fauche n'était pas rapidement triée et rentrée, la nuit s'infestait de voleurs et l'on perdait une partie de la récolte.

Seuls, à la tombée du soir, avant que les travailleurs ne rentrassent, épuisés de leur longue et dure journée, les enfants étaient autorisés à glaner les grains qui traînaient entre les sillons vides. Un sac était attaché à leur ceinture et s'ils le ramenaient au logis gros et plein, ils avaient droit à un mot de reconnaissance, parfois une récompense ou un baiser d'encouragement.

Quand les arpenteurs, les scribes, les fonctionnaires chargés de la surveillance des travaux jugeaient que l'avancement s'effectuait dans de bonnes conditions et, surtout dans des temps suffisants, les paysans pouvaient se désaltérer et se restaurer au pied des sycomores. Alors, venaient un ou deux joueurs de flûte qui endormaient les plus fatigués jusqu'à ce que tombassent un peu les plus durs rayons de Rê.

Puis, le travail reprenait, ardu, intense, épuisant, jusqu'à la venue de la nuit.

Tiyi s'arrêta près d'une bâtisse aux murs de boue séchée. Elle avait noué, sans façon, un foulard blanc sur ses cheveux pour se préserver du soleil et, dans la main, tenait une ombelle de papyrus pour éventer de temps à autre son visage.

La bâtisse était petite. De la paille en recouvrait le haut, débordant largement des murs afin que l'ombre s'avançât davantage. Les murs étaient confectionnés avec de la terre que l'on mouillait, puis que l'on mélangeait à de la paille pour les rendre plus consistants. Quand ils n'étaient pas recouverts de la traditionnelle chaux blanche qui rendait les bâtisses plus accueillantes, c'est qu'ils abritaient les paysans les moins fortunés.

Tiyi s'approcha de la maison. Une femme en sortait. Elle portait son bébé sur le dos et tenait en bandoulière une calebasse contenant le repas de son mari parti au champ depuis l'aube. L'enfant avait déjà dénoué le foulard de sa mère et jouait avec ses cheveux qu'il tirait sans pitié. Quand il aperçut Tiyi, il se mit à gesticuler.

— Ah! s'exclama la femme sans façon. C'est sûr, il te reconnaît.

Puis, elle ouvrit sa calebasse, mais Tiyi avança la main.

— Non, Aména. Tu m'as déjà donné un pain d'orge la dernière fois. Garde-les pour ton époux. Il en aura besoin après sa matinée de travail.

Puis, elle rabaissa son bras et glissa un regard dans l'embrasure de la bâtisse qui ne reflétait que profondeur et obscurité.

— N'as-tu pas trop chaud? fit-elle à la femme qui venait de poser son enfant sur le sol pour essuyer son front avec un pan du foulard qui tombait de sa tête.

— Ça va, fit celle-ci en reprenant son bébé. Veux-tu boire un peu d'eau?

— Non, car cela va te retarder. Je viens voir ta fille aînée. Est-elle là?

Sur le signe affirmatif de la femme, Tiyi avança vers la porte.

— Alors, ne perds plus de temps et va rejoindre ton mari. Je vais discuter avec Ankhy.

A peine entrée dans la masure, elle vit une jeune fille accroupie devant le four. Elle retournait des galettes d'orge, une à une, en prenant soin de les saupoudrer de graines de figues séchées.

Une odeur assez forte sortait du four. Il faut dire que le bois de charbon était rare et n'était utilisé que dans les résidences des nobles et des dignitaires. Les paysans qui n'avaient pas de bois faisaient sécher des excréments d'animaux, souvent ceux des chèvres, durs, longs à brûler et les mêlaient à des herbes odorantes. Cela produisait une combustion lente mais très efficace.

La jeune fille se retourna.

— Tes galettes sont délicieuses, fit Tiyi. Comment fais-tu pour les cuire ainsi ?

— Je les surveille, répliqua la jeune fille.

— Ton amoureux les aimera.

Ankhy rougit.

— Tiens, fit Tiyi, la dernière fois je t'ai promis un cercle d'argent. Cela te servira pour acheter ce que tu veux.

La reine détacha de son bras deux bracelets.

— Tu donneras l'autre à ta mère.

Puis, elle décrocha de sa ceinture un fin tissu qu'elle y avait attaché.

— Et voici un foulard en lin, comme celui que tu voulais.

— Mais, il est blanc, fit Ankhy incrédule. Que va-t-on dire si j'entre à la fabrique de Malgatta ? Ne va-t-on pas croire que je l'ai volé ?

— Non. Car dès que tes galettes seront cuites, tu vas venir avec moi. Je vais te présenter à l'intendante et lui demander de t'engager dès à présent.

Cette fois, Ankhy précipita ses gestes et les galettes furent soi-disant cuites en un tour de main. Craignant que Tiyi ne revînt sur ses paroles, elle se hâta de les empiler, puis de les ranger dans l'unique placard qui faisait face à la table de bois.

— Si je t'ai promis cette place, reprit la reine en souriant, c'est parce que tu es sérieuse, travailleuse et que tu désires effectuer d'autres travaux que ceux du ménage. Par ailleurs, ton salaire aidera considérablement ta famille.

Ankhy avait retrouvé son calme. Ses mains ne tremblaient plus et son esprit redevenait clair.

— Je serai une bonne ouvrièrc, fit-elle d'une voix tranquille.

Elle planta son regard direct dans celui de la reine, se tut quelques instants et, s'assurant du visage souriant que celle-ci arborait en toute confiance, ajouta plus hardie encore :

— Il faudrait que chacun soit à la place qui lui convienne.

Tiyi soupira. Cette jeune fille était intelligente et sage. Engagée à la fabrique de tissage, si elle savait s'y prendre, peut-être pourrait-elle monter dans cette hiérarchie complexe dont elle connaîtrait bientôt les rouages.

Avant de sortir, Ankhy s'assura que le four s'éteignait doucement afin de ne pas consommer inutilement et passa sa main sur sa tunique pour en défroisser les mauvais plis.

— Tu as le temps de te changer, fit Tiyi.

Une lueur joyeuse passa dans les yeux de la jeune fille et elle courut aussitôt vers le coffre de bois, le seul d'ailleurs qui, avec deux petites tables, deux tabourets, le placard et une rangée de paillasses étalées au fond, derrière le four, agrémentait le mobilier de cette unique pièce.

Tiyi la regarda. Ankhy semblait ne pas se préoccuper de sa nudité lorsqu'elle fit tomber à terre le vêtement gris et froissé qu'elle portait. Elle sortit du coffre, d'un geste presque vainqueur, une tunique propre, de lin grossier, un peu rêche et de couleur brune — comme l'étaient souvent les robes des paysannes — et l'enfila promptement.

Puis, coquettement, elle noua le foulard de Tiyi sur ses cheveux noirs ramenés en un chignon serré sur sa nuque.

Sur le chemin qui menait à la fabrique de Malgatta, elles rencontrèrent une jeune glaneuse qui, nonchalamment, retirait une épine de son pied. A côté, un homme dormait sous un sycomore.

— Il se repose déjà, ton ami ? fit Ankhy d'un ton moqueur.

Apparemment, Ankhy la connaissait pour lui parler ainsi. La jeune fille ainsi apostrophée se mit à rire et pointa triomphalement l'épine entre son pouce et son index.

— A présent, nous pouvons y aller, fit-elle en secouant son ami qui s'éveilla brusquement en grognant.

— L'aube est déjà bien avancée, ne va-t-il pas subir les remontrances du collecteur de blé ? fit Tiyi en se tournant vers la jeune femme.

— Bah ! fit le jeune homme en reprenant ses esprits. Je travaillerai deux fois plus vite et j'effectuerai ma part de besogne.

Dans les champs, les paysans qui rencontraient Tiyi ignoraient bien souvent qu'il s'agissait de la Grande Épouse Royale. Ils la prenaient plutôt pour une femme de la haute noblesse, épouse de grand dignitaire vivant à la cour de Médineh-Habou ou de Malgatta.

Cet état des choses plaisait à Tiyi et elle se gardait de détromper les simples gens sur son compte. En effet, elle pensait à juste titre que la suppression du protocole et l'ignorance dans laquelle ces gens se trouvaient permettaient de bien plus authentiques propos qu'elle s'empressait de comprendre, de soupeser et de juger au mieux des intérêts de chacun, riches et pauvres.

La justice de Tiyi était ainsi faite.

*
**

Quand elles arrivèrent près de la place qui débouchait sur la route menant à la fabrique, elles furent arrêtées par un de ces menus faits quotidiens qui, souvent, prenaient des proportions allant du simple au pire selon le cas qui se présentait.

Cette fois-ci, le fouet cingla énergiquement le dos de Sethy et l'homme sentit la douleur traverser son corps. Avant qu'il ne réagisse, un autre coup l'atteignit sur les reins.

— Par tous les dieux ! s'écria Tiyi. Qu'a fait cet homme pour subir un tel traitement ?

Le tourmenteur, un homme bien charpenté au bras solide, suspendit le geste qui amorçait le coup suivant. Il reconnut la reine et se courba en un salut profond.

— Qu'a fait cet homme ? reprit Tiyi en regardant le supplicié qui reprenait son souffle.

— Il a volé un baril de bière, Majesté.

— Un baril de bière ! Mais, a-t-il reçu le compte qui lui revient ?

— Assurément, Majesté, fit l'homme qui, à présent, tenait son fouet abaissé.

Une femme se précipita sur Tiyi. C'était Maï, l'épouse de Sethy. Elle se jeta aux pieds de la reine et s'agrippa violemment au bas de sa tunique.

— C'est injuste, Majesté.

Elle pointa le doigt en direction du tortionnaire.

— C'est lui ; Ken le collecteur d'impôts, qui nous vole sans cesse. Il s'en est pris à Sethy parce qu'il lui répond avec audace et que ses yeux ne se détournent pas des siens. Il le menace avant même de savoir s'il est en tort. Il nous extorque la totalité des produits auxquels nous avons droit, ne nous laissant qu'une partie insuffisante à notre survie.

Avant que Tiyi eût le temps d'ouvrir la bouche, le fouet cingla de nouveau sur le dos nu de Sethy. Il cria.

— Voyez, Majesté, s'écria Maï, il n'attend même pas votre assentiment. Il s'en moque. Cet homme est un pervers, un malade, un sadique. Il veut tuer Sethy sous son fouet. Quand il en aura fini avec lui, il s'en prendra à un autre.

— Où est le scribe qui s'occupe de cette affaire? demanda Tiyi et où se trouve le rapport qui juge cet homme?

— Il n'y a aucun scribe ni aucun rapport, cria Maï, les joues rougies par la colère et l'œil noir de haine pour le collecteur. C'est vrai que Sethy a volé le baril de bière, mais cet homme a pris tout notre blé et nous voulions vendre la bière pour racheter du blé.

— Tais-toi, femme! hurla-t-il en élevant son bras pour frapper Sethy.

— Arrête! hurla la reine à son tour, et présente-moi le rapport de cet homme.

— C'est inutile, Majesté. Cet homme est un brigand et mérite la mort. Si ce n'est sous ma propre main, il faut que cela soit sous la vôtre. Ce vaurien est dangereux.

— Dangereux! Pour avoir volé un baril de bière?

— Aujourd'hui, il vole du blé, de la bière. Demain, il pillera les tombes sacrées de vos temples de Thèbes. Cette graine de bandit, Majesté, doit croupir à l'ombre de vos prisons.

Tiyi fit un pas en avant et s'approcha de Ken qui, un mauvais sourire aux lèvres, soupesait la satisfaction des badauds qui commençaient à s'accumuler.

— Jamais encore, rétorqua-t-elle, je n'ai accusé sans preuves.

Ken ricana et pointa son fouet en direction de l'attroupement qui se faisait de plus en plus compact.

— Sans preuves! vociféra-t-il. Qui dans cette assemblée ose dire que cet homme n'a pas volé un baril de bière?

— Allons, fit Tiyi en haussant le ton. Ne te fais pas

plus bête que tu ne l'es. Si tu voles toi-même tes sujets, ils te voleront à leur tour. Ce n'est là que logique et certitude.

Tiyi observa la foule. Certes, tous les paysans qui se trouvaient là ne riaient pas. Certains se disaient que si aujourd'hui la foudre tombait sur un des leurs, demain ce serait peut-être leur tour. La justice des riches était si étrange !

Quant aux commerçants qui s'étaient frayés un passage dans la foule et qui craignaient toujours pour leurs marchandises, ils attendaient, flegmatiques mais l'œil allumé d'un intérêt croissant, se disant qu'un voleur de moins sur cette terre d'ici-bas serait un avantage de plus pour eux.

Quoi qu'il en soit, pour chacun d'eux, commerçants et paysans, la punition publique était un spectacle comme un autre auquel ils étaient habitués.

Tiyi s'avança près de Ken et voulut lui retirer le fouet des mains. Pour ne pas lui céder, il le bloqua un instant entre ses doigts durs et puissants et plongea ses yeux dans les siens.

Son regard incolore avait la lueur féroce qu'ont les crocodiles quand ils s'apprêtent à trancher en deux le corps d'un homme en périlleuse posture dans le Nil.

— Lâche ce fouet ! ordonna-t-elle.

Il fut surpris par le ton sec de l'injonction. Il affronta pourtant le regard de sa souveraine. Puis, ses yeux cruels quittèrent enfin ceux de la reine et ses doigts peu à peu se desserrèrent.

— Pour qui travailles-tu ?

— Pour le Grand Intendant Iouni.

— Iouni ! fit-elle en fronçant les sourcils. Celui qui habite sur la place du marché et dont la terrasse de la maison donne sur les grands sycomores ?

Elle eut un sourire ambigu et se gratta le front.

— On dit qu'il est très riche, reprit-elle, et que, par police interposée, il arrête les petits marchands ambulants qui offrent leurs grains d'orge contre un oignon, un melon ou quelques poireaux. Mais, dis-moi, n'est-ce pas Khaemhat son chef hiérarchique ?

Ken ne répondit pas. A présent, il restait immobile, les yeux perdus dans le vague. C'était une astuce que seul son proche entourage connaissait et qui lui permettait de réfléchir quand il sentait que la force de sa colère dépassait les limites tolérées.

Pour Tiyi, ce silence était évocateur. Khaemhat ! Ce fourbe de Grand Directeur des Greniers à Blé de Thèbes ! Ce voleur impénitent qui n'en était pas à son premier crime pour engraisser son ventre et Tî, son épouse, pour coller et recoller sur son visage vieillissant les onguents les plus chers et les plus rares.

Malgré ses yeux soudainement vides et absents, le menton de Ken tremblait d'impuissance et de rage. Déjà, il concoctait sa vengeance.

— C'est bon, fit Tiyi, je vais t'envoyer un préposé de mon scribe personnel qui fera un rapport complet sur l'état de ton supplicié. S'il est prouvé qu'il te vole pour compenser la perte que tu lui fais sans cesse subir, il sera gracié et tu seras puni. Si c'est le contraire, Sethy fera de la prison.

Puis, elle se retourna vers Maï.

— Garde le baril de bière et rentre avec ton époux en attendant le jugement.

***

Ankhy n'avait rien dit de toute cette scène. Mais, pourquoi aurait-elle réagi ? Les paysans avaient l'habitude de ces représailles qui amenaient du piment à leur vie monotone. Certes, ils déploraient que l'événement aille jusqu'à ce que mort s'ensuive, mais lorsque le pénitent ne s'en tirait qu'avec une légère bastonnade ou quelques égratignures sur le dos, ils s'en amusaient et en parlaient pendant des jours.

Tiyi et sa compagne firent en silence le trajet qui les séparait de la fabrique. Au loin, à l'arrière des ateliers dont on commençait à apercevoir les toitures plates, les champs de lin s'étendaient à perte de vue, se mêlant à l'azur agressif du ciel.

En Égypte, le lin poussait haut et dru, les fleurs présentaient leurs petites boules bleues à l'extrémité de leurs longues tiges. L'éclosion de ces fleurs était un tel spectacle pour celui ou celle qui le regardait qu'on avait l'impression d'être plongé dans un autre monde. A l'aube, c'était une grande vague d'un bleu délicat, presque violet qui, le soir, tournait au rose intense, puis au pourpre lorsque le soleil se couchait.

— Regarde comme ces champs de lin sont parfaits, les dieux les ont rendus presque irréels, dit Tiyi à sa compagne. Regarde, Ankhy ! Les tiges sont si hautes et si fragiles qu'un balancement imperceptible les frôle tout en souplesse.

— C'est vrai, répliqua Ankhy, on dirait que les fleurs elles-mêmes sollicitent le vent pour les caresser. C'est dommage de les extraire aussi brutalement.

En effet, sur la droite, les champs étaient encore intacts.

Mais, sur la gauche, on apercevait les ramasseurs qui les arrachaient par poignées. Ils saisissaient les touffes à pleines mains en prenant soin de ne pas casser les fibres. Puis, d'un coup sec, ils les retournaient, les secouaient pour en faire tomber les mottes de terre qui y étaient collées. Puis, enfin, s'assurant que les fleurs n'étaient pas séparées des tiges, d'un grand coup sec, ils les égalisaient par le bas.

Quand les bottes étaient soigneusement liées en leur centre, tiges d'un côté, fleurs de l'autre, on les apportait aux ateliers où elles subissaient un martelage à l'aide de petits maillets en bois jusqu'à ce que la partie ligneuse se détache et se désagrège. C'est alors que commençait le travail des fileuses.

A Malgatta, les fabriques étaient séparées en deux parties, la section filage et la section tissage.

Quand Tiyi et sa compagne pénétrèrent dans la première salle de l'atelier de filage, une femme d'une quarantaine d'années, grande, svelte, le regard direct et le geste assuré, s'avança. Elle se prosterna devant Tiyi et fit un bref salut à la jeune fille qui l'accompagnait.

— Je te présente Ankhy dont je t'ai parlé lors de ma dernière visite. Tu dois lui enseigner les bases de la filature, car elle ne connaît rien du travail que tu vas lui apprendre.

Elle posa une main rassurante sur l'épaule de la jeune fille qui se mit à rougir, car l'émotion la prenait tout entière.

— Elle est sérieuse et intelligente. Elle devrait te satisfaire, assura la reine en pressant amicalement l'épaule d'Ankhy.

Pennefert hocha la tête et Tiyi parut satisfaite. Elle n'avait pas mis cette femme compétente à la tête de sa fabrique sans connaître et apprécier sa grande maîtrise en matière de gestion, doublée, il est vrai, d'une grande psychologie lui permettant de diriger ce bataillon de femmes qui, certes, n'était pas toujours de tout repos.

— Majesté, je ne peux que vous faire confiance. Cette jeune fille apprendra dès aujourd'hui les rudiments qui concernent la technique du lin et ses diverses applications.

— Alors, commençons par la visite de tes ateliers et voyons ce que l'on fait du lin dès qu'il est lié en bottes.

Elles pénétrèrent dans une longue salle au plafond bas et aux murs blanchis à la chaux où de multiples clous, pointes, rivets et chevilles étaient fixés. Par la porte grande ouverte, la lumière du jour entrait, mais dès qu'il faisait sombre, on allumait des torches qui éclairaient l'ensemble de l'atelier.

Assises sur le sol, les jambes croisées et le buste un peu courbé sur leur besogne, les femmes ne levèrent pas le nez à l'approche des deux visiteuses.

Devant elles, les piles de fibres de lin, toutes égales en épaisseur s'étalaient en offrant à l'une des extrémités la teinte bleutée de leurs fleurs qu'une jeune fille détachait des tiges en prenant soin de recueillir les graines que l'on utilisait dans la préparation de certains remèdes.

Les femmes portaient une tunique courte et blanche laissant leurs genoux à découvert. Pieds nus, elles murmuraient une sorte de mélopée qui arrivait aux oreilles d'Ankhy comme un continuel bourdonnement. Leurs coudes s'agitaient et leurs doigts agiles se déplaçaient à une vitesse vertigineuse.

Elles saisissaient les brins secs des tiges et les enroulaient autour de leurs genoux, puis elles coupaient au centre, par deux fois, de façon à obtenir des mèches assez lâches que d'autres femmes roulaient en boule et plaçaient dans des récipients suspendus fermés par un couvercle et percés d'un trou. C'est par cet orifice que l'on tirait les mèches et qu'on les filait sur des fuseaux qu'un troisième groupe de femmes tenait dans chaque main. Pour un filage parfait, il fallait de longues fibres.

Quand Ankhy passa près des jeunes filles, elle prit soin de remarquer que l'orifice des récipients laissait sortir un fil très fin qu'elles maniaient avec une grande dextérité. Elle croisa le regard d'une adolescente qui laissa filer une trop grande mèche, la rattrapant de justesse avec l'aide de sa compagne de droite.

— Ahmès, fais attention à ton travail, lança Pennefert mécontente. Tu sais fort bien que tes mèches ne doivent pas dépasser une certaine mesure.

La jeune fautive baissa le nez et murmura des excuses qui semblèrent contenter Pennefert.

Dans l'autre partie des ateliers, commençait une besogne délicate et complexe effectuée par les ouvrières les plus anciennes et les plus expertes, celle de préparer le travail sur les chevilles enfoncées dans le mur.

Le fil de la trame était glissé à travers une chaîne et

serré au moyen d'un essieu en bois recourbé. Les chaînes de tissus étaient tendues horizontalement sur des cadres rectangulaires entre deux supports fixés au sol. Deux bâtons servaient à former le pas tandis que le tassement du fil de la trame s'opérait au moyen d'un grand peigne.

Tiyi savait — pour les avoir visitées maintes fois — que nombre de fabriques de tissage thébaines n'employaient que des hommes, laissant le filage aux femmes. Mais, dans ses propres ateliers d'où sortaient les tissus de lin les plus fins, allant parfois jusqu'à la transparence, et les plus subtilement colorés, on ne voyait que des femmes.

La confection du lin s'étageait dans divers degrés de finesse. De toute évidence, c'était le principal tissu porté en Égypte par la classe supérieure. Tandis que la classe moyenne, celle des commerçants, des artisans, des scribes subalternes, utilisait un lin qui, sans être de grossière texture, avait une finesse moins apparente.

La laine aussi était tissée. Elle se portait en large tunique par-dessus les minces robes des femmes pour les protéger de la fraîcheur nocturne quand la saison d'Akhit venait souffler son vent impulsif qui annonçait la crue.

La soie importée de Chine et le coton venu de l'Inde étaient alors inconnus en Égypte, ils ne furent découverts qu'à une époque plus tardive, celle des Ptolémées et des Gréco-romains.

Bien qu'elle fût sage, pondérée et intelligente, Tiyi était une jolie femme, une reine coquette à l'affût d'une mode nouvelle. Elle marqua son époque, en cette fin de dix-huitième dynastie, par un changement considérable qui concernait la mode.

La jupe de lin traditionnelle, étroite et longue, qui tombait des hanches aux genoux avait fait place à un costume plus élaboré. A présent, elle se portait plus longue, plissée à l'amidon, bien que moulante, et accompagnée d'une riche tunique agrémentée de manches larges et flottantes. La couleur souvent blanche pouvait être parfois d'un jaune d'or ou d'un bleu lapis-lazuli.

De cette mode nouvelle, Tiyi et ses suivantes en avaient adopté toutes les formes. Elles portaient tuniques et corsages entièrement plissés. Les manches, durcies par l'amidonnage, ce qui donnait un travail compliqué aux blanchisseurs, étaient recourbées sur le haut comme lc toit d'une pagode.

La mode féminine si longtemps portée avec l'une des épaules découverte et l'autre attachée par une fine bretelle semblait s'éteindre lentement. Mais elle devait réapparaître quelque cinquante ans plus tard.

Un costume plus mondain existait encore. Mais il n'était porté qu'à la cour par les femmes de haute noblesse et, peut-être même, uniquement par les Thébaines. Ce costume d'apparat formait un tout. Un élément n'allait pas sans l'autre.

Ces Thébaines-là, épouses de hauts dignitaires, se coiffaient d'une très longue perruque en cheveux naturels, collés à la cire d'abeille et lustrés à l'huile de lin. Ces perruques au coût très élevé descendaient jusque dans le dos et formaient deux larges pans qui, devant, recouvraient leur poitrine souvent nues. Les cheveux courts coupés au carré avaient eux aussi fait place à ces longues perruques que l'on coiffait parfois frisées et relevées sur le haut de la tête.

Bien sûr, haut planté sur cette chevelure aux artifices extrêmement compliqués, le cône d'onguent trônait, laissant couler son essence parfumée dans le cou tout d'abord, puis le long du corps, s'arrêtant sans doute dans le creux des seins, là où il devait embaumer le plus.

La robe d'apparat était fixée par une agrafe juste au-dessous des seins cachés par la chevelure et une multitude de grains de cornaline et de lapis-lazulis. Une robe étroitement moulée sur leurs cuisses que l'on devinait à travers le lin diaphane retombait également en plis élégants autour de leurs chevilles.

Les pieds, autrefois nus, étaient chaussés d'élégantes sandales en cuir souple et parfois tressées en fils d'or.

Pour achever cet ensemble, rien n'allait sans le maquillage, complexe lui aussi. Poudre de galène et de malachite, parfois poudre de turquoises, khôl, henné, nuages de musc ou de jasmin, rien n'était laissé de côté pour la beauté des Thébaines.

*
**

Quand Tiyi regagna ses appartements personnels, un peu lasse de sa journée et décidée à se laisser aller aux soins de ses vigilantes servantes, ce qui, en l'occurrence, consistait en une longue baignade parfumée, un massage de détente plus interminable encore où l'on prenait le temps de passer tout son corps à l'onguent le plus parfumé qui fût et, pour terminer, une légère collation à l'eau citronnée accompagnée de quelques fruits frais, quand Tiyi crut son heure de repos arrivée, Ahout annonça Maât, la fille de Mériptah, l'orfèvre.

Tiyi haussa le sourcil. Certes, elle se sentait dispose. La raideur qu'elle avait dans la nuque s'était volatilisée, la lourdeur de ses jambes — tant elle avait marché — semblait s'atténuer et son dos reprenait une élasticité qu'elle accueillait avec plaisir. Elle se prit même à penser qu'avec un brin de courage supplémentaire, elle pourrait peut-être, après avoir reçu Maât, commencer la correspondance qu'elle se devait d'écrire aux ambassadeurs étrangers dont elle venait de recevoir les lettres.

— Maât, jeta Tiyi d'un ton surpris, la fille de l'orfèvre ? Fais-la entrer.

Ahout disparut telle une gazelle silencieuse, flairant au passage l'inhabituel instant de la situation.

Quand la large porte en bois d'acacia recouvert de plaques d'or s'entrouvrit sur la jeune femme, laissant flotter un parfum délicat de jasmin dont elle avait dû embaumer son corps, Tiyi la regarda s'avancer.

Les yeux baissés, Maât se courba profondément devant la reine.

— Je suppose que l'affaire est importante pour que tu veuilles me voir à cette heure ?

— Oui, Majesté. Je crois que le problème est de taille.

Tiyi s'approcha de la jeune femme et, d'un geste amical, lui redressa doucement le buste que le protocole exigeait de garder baissé jusqu'à ce que la reine ordonnât de le relever.

— Sais-tu, Maât, que si tu n'avais pas reçu de ton père la charge du travail qui te passionne et qui te revient de droit, j'aurais exigé que tu fasses partie de mes suivantes. Tu me plais et je t'apprécie beaucoup et c'est pour cette raison que j'ai accepté de te voir si tardivement.

Elle planta droit ses yeux dans ceux de sa compagne, un peu déstabilisée par cette entrée en matière.

— Alors, de quoi s'agit-il ? poursuivit Tiyi sans attendre.

— Majesté, commença Maât, troublée à l'idée de jeter des mots qu'elle ne savait comment présenter. C'est au sujet de la fille de Ramose.

— La petite Bastet qui, plus tard, veut être médecin ! La fille de mon cousin Ramose.

— Oui, Majesté. Bastet est aussi l'amie de l'une de mes filles, Sekmet, l'aînée.

Tiyi entraîna sa visiteuse près d'un sofa qui étalait sans pudeur ses nombreux coussins moelleux décorés d'oiseaux et de fleurs multicolores.

— Et alors ? fit-elle en lui désignant le siège confortable qu'elle lui présentait.

Maât prit place et tourna son buste vers la reine.

— Alors, un jour Bastet s'est confiée à Sekmet. C'était à la fin de la crue dernière, elle sortait de l'hôpital avec Pentou le fils de Nakht.

— Le Grand Conseiller et Porte-Étendard du pharaon !

Maât acquiesça et poursuivit, s'efforçant de rester claire et précise.

— Ce soir-là, ils ont surpris la conversation de deux hommes cachés dans les fourrés qui bordent les murs de l'hôpital, juste à cet endroit où, paraît-il, un énorme tronc de palmier-dattier dissimule un bosquet petit, étroit, mais assez touffu.

Tiyi observait Maât, préférant ne plus l'interrompre.

— Ils discutaient à voix basse quand Bastet et Pentou sont passés près du tronc, frôlant de leurs corps silencieux l'écorce de l'arbre coupé. Mais, d'après Bastet, leurs chuchotements restaient parfaitement audibles et les deux adolescents ont tout entendu.

— Ce bosquet était-il donc aussi touffu pour dissimuler deux cachottiers qui complotent ? jeta la reine en plaisantant.

Mais, s'avisant de l'attitude en partie tragique que Maât arborait avec gravité, Tiyi se dit que l'humour n'avait peut-être pas sa place dans ce que la jeune femme allait lui confier.

— Oui, Majesté. Les jardins de l'hôpital à l'enceinte bordée de verdure peuvent fort bien servir de lieux de conspiration.

— Es-tu sûre qu'il s'agit de complot ?

— Certaine.

— Par le dieu Râ tout-puissant ! Tu m'as l'air bien convaincante et je m'aperçois qu'il n'y a peut-être plus lieu de rire. Va ! Poursuis ton récit. Que voulaient ces deux conspirateurs ?

— Le plus jeune des deux était passé voir à l'hôpital l'un de mes artisans, un ouvrier qui s'est renversé un creuset d'or en fonte sur le pied.

— Que lui voulait-il ?

— Qu'il me vole du petit matériel, des outils de précision, ceux qui nous servent à ciseler les sceaux.

Tiyi releva le sourcil et ses lèvres s'arrondirent en un étonnement extrême qui la fit blanchir aussitôt. En effet, l'histoire se durcissait.

— De faux documents ! s'exclama-t-elle.

— Oui, Majesté. De fausses lettres pour tromper votre confiance.

— Mais, pourquoi ? Dans quel but ?

Et soudain, elle fit un grand bond en avant, comme si la queue d'un scorpion agressif menaçait de la surprendre et que son dard venimeux pointait vers elle. Accoudoirs du sofa, coupe d'eau fraîche, grenades mûres et coussins moelleux la laissèrent indifférente.

Voilà que, brusquement, elle sortait du labyrinthe dans lequel elle s'était fourvoyée sans même s'en rendre compte.

La complexité des événements s'éclaircissait tout à coup et les maillons s'enchaînaient avec une précision étonnante. Tout se démêlait, s'expliquait, mais aussi paradoxal que cela pût paraître, tout allait se heurter et se compliquer de façon plus étrange encore.

De faux documents ! Malgré son grand sang-froid et son attitude imperturbable, Tiyi se mit à frissonner. Chaque détail lui revenait en mémoire. L'arrivée fantomatique des princesses, le naufrage, la fillette trouvée dans la boue des marais, le médaillon gravé au sceau du roi de Babylone, l'étrange silence de son frère Anen et celui des autres prêtres d'Amon ! Pourquoi l'atmosphère — déjà feutrée — de Karnak s'était-elle subitement entourée d'insondables mystères ? Pourquoi les rites et les processions habituels étaient-ils sans cesse retardés, si ce n'était pour éviter ainsi les regards d'un monde extérieur qui pourraient y trouver la faille révélatrice, l'ouverture d'un sinistre piège ?

Pourquoi son frère Anen avait-il subitement cessé ses agressions permanentes envers Ay ?

A travers la baie de la pièce, la reine jetait un regard fixe vers le ciel qui commençait à se marbrer des longues traînées rougeâtres que le soleil couchant apportait.

— La voici l'explication, murmura-t-elle.

— Majesté ! supplia Maât d'une voix incertaine. Si vous pouviez m'expliquer certaines choses, je pourrais peut-être vous aider davantage.

— C'est vrai. Mais avant que je t'expose les faits les plus marquants, j'aimerais que tu me confirmes ton antipathie pour les prêtres d'Amon. Pourquoi ne les aimes-tu pas ?

— Parce qu'ils ne m'acceptent pas.

— Je sais, ils refusent qu'une femme exerce ton métier.

— Ils ont tout fait pour convaincre mon père de prendre un associé à ma place. Ils cherchent le moyen de me déstabiliser.

— Peut-être aussi détournent-ils de toi des commandes qui te reviennent. Avec de faux documents, on peut tout brouiller.

Ce fut à Maât de rester béate d'étonnement. Tiyi vit sa peau pâlir et les doigts de sa main gauche se crisper sur l'accoudoir du sofa.

— Je n'ai pensé qu'à votre désagrément, Majesté. Pas un moment je n'ai soupçonné qu'un sceau qui était faux pouvait aussi me faire du tort.

— C'est pourtant le cas. Sais-tu avec qui travaille le Grand Prêtre Ptahmose ?

— Principalement avec les orfèvres du centre de Thèbes. Mais, je sais qu'il passe aussi de nombreuses commandes avec ceux de Coptos et de Memphis.

— Eh bien, je crois, ma pauvre Maât, que dorénavant les prêtres de Karnak t'ennuieront sérieusement. Mais, dis-moi, cette antipathie qui te pousse contre Karnak ne concerne-t-elle que ton métier ?

Maât regarda la reine. Où voulait-elle en venir ?

— Voulez-vous suggérer, Majesté, qu'il pourrait y avoir une autre cause ?

— Oui. Les prêtres d'Amon sont particulièrement vigilants avec toi.

Maât soupira et, lentement, acquiesça de la tête. Allons ! Pourquoi cacherait-elle à la reine ce que tout le monde savait ?

— Vous avez raison. Bek, mon époux les exècre aussi. Mais, vous en connaissez la raison puisque c'est vous, Majesté, qui, avec la plus grande des bienveillances, sollicitez son travail.

— Ton mari est un hérétique, Maât.

A ce mot, la jeune femme frissonna.

— Mais un hérétique que non seulement je tolère, mais que je comprends. C'est pour cette raison que je fais appel à ses dons et à ses grandes capacités de sculpteur. Bek est un artiste d'envergure, sa dimension dépasse celle de tous les autres. Son art, ses formes, ses idées ouvrent l'accès vers une nouvelle pensée religieuse, une voie qui écarte l'au-delà pour ne mettre en cause que la réalité du quotidien sur cette vie terrestre. Ses sculptures me font réfléchir. Voilà pourquoi je les aime. Mon frère répercute dans tout Karnak, et bien audelà, que Bek devrait être destitué de son titre de Grand Intendant des Travaux Royaux de Malgatta.

— Votre frère Anen, Majesté, nous déteste et je le lui rends bien.

Tiyi sourit. Ce propos de la part de sa compagne ne l'étonnait guère.

— Je le sais et c'est pour cette raison que tu m'aides.

Puis, se tournant vers la porte, elle cria :

— Ahout ! Fais venir Kherouef et trouve-moi de suite Menna. Et, s'ils se sont éloignés du palais, qu'on aille les chercher. Mes coursiers personnels attendent à la porte du palais.

Elle s'avança dans l'embrasure de la grande porte et aperçut Mouti, son autre servante qui, assise en tailleur, semblait attendre les consignes suivantes de la reine.

— Quant à toi, fit-elle en pointant le doigt sur sa poitrine, je veux que tu me trouves Ramose et que tu me l'amènes dans les minutes qui suivent.

***

Bastet hésita. Non, elle n'irait pas chez son père. Ipuia la seconde femme de Ramose lui avait fait une scène exécrable et le motif en était incompréhensible puisque, en accord avec tous, il avait été décrété qu'elle pouvait se rendre le soir à l'hôpital.

Or, Ipuia affirmait à présent qu'elle ne tolérait plus ces retards excessifs et que Bastet devait se conformer aux horaires de l'organisation de la maisonnée qu'elle dirigeait avec autorité.

Bastet enrageait de voir comment son père se laissait mener par cette femme trop volontaire qui voulait tout régenter dans la maison où, depuis sa petite enfance, elle avait vécu plutôt sereinement. L'adolescente avait donc pris sa décision. Elle demanderait à vivre, désormais, avec sa grand-mère qui, elle aussi, avait son mot à dire.

Mais, quand elle arriva chez Ahotep, elle fut surprise de voir que son père l'attendait dans une attitude extrêmement contrariée.

— Décidément, Bastet, tu en prends trop à tes aises.

Il se leva de son siège, levant les bras au ciel, vint à elle avec un air courroucé.

— Mais, père, il n'est pas plus tard que d'habitude.

Ramose abaissa les bras et secoua l'épaule de sa fille.

— Tout d'abord Inhit n'était pas avec toi et ensuite pourquoi as-tu décidé de venir, ce soir, chez ta grand-mère ? Elle n'était pas au courant.

— Ramose ! tenta d'intervenir Ahotep. Tu sais bien que la petite peut venir me voir quand elle le veut.

— Pendant ses jours de congé. Mais en temps ordinaire, elle doit nous prévenir.

Il secoua à nouveau l'épaule de Bastet.

— J'ai vu Inhit. Elle m'a dit que, parfois, tu rentrais seule.

De colère, les joues de l'adolescente devinrent cramoisies. Elle savait qu'Inhit n'avait pas pu affirmer un tel mensonge.

— C'est faux, père. Je rentre souvent avec Pentou.

Excédé, Ramose se rejeta en arrière et défia sa fille du regard.

— Pentou! Pentou! C'est un garçon. Toi, tu es une fille.

— Justement, père, Je ne crains rien avec lui. Il est aussi fort que tu l'étais à son âge.

Le Grand Intendant du pharaon haussa l'épaule. Il semblait à bout d'arguments. Ahotep en profita pour glisser d'un air innocent :

— Et puis, mon fils! Il n'est pas si tard, et ta fille a voulu prendre de mes nouvelles. La dernière fois qu'elle est passée, je ne me sentais pas très bien.

De nouveau, Ramose haussa l'épaule.

— Je n'aime pas que ma fille traîne le soir, seule dans les rues de Thèbes, même en compagnie de l'un de ses amis.

— Ce que tu dis est faux, s'écria Bastet hors d'elle. Ce n'est pas toi qui parles ainsi, père, c'est Ipuia. Peu lui importe l'heure à laquelle je rentre.

— Tu oublies que nous avons déjà dîné quand tu rentres et c'est très désagréable.

D'un geste souple, Bastet vint se planter devant son père et l'affronta du regard. Ses yeux jetaient des éclairs sombres comme le charbon de bois lorsqu'il n'est pas encore complètement allumé.

— Après la mort de ma mère, tu as décidé toi-même qu'Inhit devait s'occuper de moi. Elle le fait avec tout l'amour qu'elle me porte.

Comme il voulait la reprendre, elle lui coupa le souffle par la rapidité de son argument :

— D'ailleurs, tu as décrété aussi que tes importantes et multiples charges auprès du pharaon t'empêcheraient sans doute de veiller sur moi en quasi-permanence, d'où ton acceptation à me laisser auprès de ma grand-mère comme bon nous semblerait.

— Elle a raison, chuchota Ahotep. C'est ton épouse qui veut changer cet état de faits.

Dans l'encoignure de la porte, Bastet vit la tête d'Inhit qui tentait de s'imposer. Elle courut à elle et la ramena en la tenant solidement par le bras. Puis, elle la poussa vers Ramose.

— Dis-lui que tu t'es toujours occupée de moi avec le même amour et la même patience que si tu avais été ma propre mère.

La servante ne paraissait nullement effrayée, bien au contraire. Elle secoua la tête dans un signe énergique et affirmatif, laissant retomber ses bras dénudés le long de son corps arrondi.

— C'est vrai, assura-t-elle. Je garde toujours un œil vigilant sur votre fille, Grand Intendant. Et, depuis qu'elle est née, je m'occupe de son bien-être quotidien qui regroupe sa toilette, son linge, ses repas...

Furieux, Ramose la coupa net :

— Ses repas ! Justement, parlons-en de ses repas. A présent qu'elle est grande, elle doit dîner avec nous !

— Père, s'écria Bastet en frappant son pied sur le sol. Tout à l'heure, tu disais que j'étais trop jeune !

— Cela suffit, Bastet. Cesse de me provoquer.

— Je ne te provoque pas. J'affirme simplement qu'Ipuia essaye de te convaincre que je dois abandonner l'idée d'être médecin.

— C'est faux.

— C'est vrai.

Ce n'était pas la première fois que Bastet faisait front à son père depuis qu'il s'était remarié. Aussi réitéra-t-elle avec énergie :

— C'est Ipuia. Elle veut que je sois une jeune fille ordinaire.

— Ordinaire !

Bastet eut soudain l'impression qu'elle se calmait. Ses tempes ne battaient plus aussi fortement et elle se sentit tout à coup triste.

— Oui. Elle voudrait me chercher un mari, afin que tu n'aies plus l'attention tournée vers moi. Elle est jalouse, père. Je le sais.

— Ma chérie, fit Ahotep en prenant l'adolescente dans ses bras. Je crois que tu te fais de mauvaises idées. Ipuia est simplement énervée à l'idée de l'enfant qu'elle attend.

— Justement, soupira Bastet, qu'elle se préoccupe de cet enfant-là et qu'elle me laisse tranquille. Je n'ai pas besoin d'elle. Et, toi non plus père, tu n'as pas besoin de moi.

Elle se serra entre les bras de sa grand-mère et se mit à pleurer. Ahotep la berça, la consola, lui susurra dans l'oreille des petits mots qui l'apaisèrent, tandis qu'Inhit jetait des yeux noirs et furieux en direction du Grand Intendant.

Devant les pleurs de sa fille, Ramose parut gêné.

— Nous ne voulons que ton bien, jeta-t-il d'un ton adouci.

— Ce n'est ni mon bien ni mes goûts.

Ahotep posa la main sur l'épaule de sa petite-fille.

— T'interdire de pratiquer la médecine, si tel est ton destin, Bastet, je ne le tolérerai pas.

Elle regarda Ramose et poursuivit :

— Ton père non plus d'ailleurs. Nous en avons parlé maintes fois. Il ne m'a jamais contredite et tu le sais.

Ramose hocha la tête.

— Il conteste simplement le fait que, le soir, tu rentres trop tard. Avoue qu'il n'a pas tout à fait tort.

Mais, bien que calmée, Bastet n'était pas pour autant consentante.

— De toute façon, c'est avec toi, grand-mère, que je veux rester. Alors, c'est toi qui me diras ce que je dois faire ou non.

— Évidemment, rétorqua Ramose d'un ton acide, elle fait tout ce que tu veux.

Bastet secoua la tête et, de la main, sécha ses pleurs.

— Elle fait ce qui est bien pour moi. Pas Ipuia. Elle joue à l'épouse abusive, autoritaire. Peut-être même qu'elle te fait du chantage pour le cas où tu serais trop faible avec moi.

— Bastet! Tu vas trop loin!

Mais, prenant la décision de ne plus discuter, l'adolescente tourna les talons, s'en fut vers la porte et la claqua derrière elle. Ahotep la suivit.

— Écoute-moi. Inhit va te baigner, te masser et te décontracter. Après nous reparlerons avec ton père. Je crois qu'il a besoin, lui aussi, d'aller prendre l'air.

— Reparler! Mais, j'ai tout dit.

— Il veut te soumettre un projet.

— Un projet. Dieu de Toth! Nous n'avons donc pas tout dit.

— Je croyais qu'il ne t'avait jamais contredite au sujet de la médecine que je veux exercer plus tard?

Elle soupira.

— Que veut-il? Ou plutôt que désire Ipuia?

— Que tu entres au clergé féminin.

Bastet en eut le souffle coupé. Ce fut tout à coup comme un bouillonnement interne qui ne cessait de croître. Ses petites vapeurs de tout à l'heure, agrémentées de pleurnicheries, n'avaient rien à voir avec l'agitation intense qui déferlait en elle.

Alors, elle rebroussa chemin, traversa la loggia, revint dans la pièce que n'avait pas encore quittée son père et se planta devant lui.

— Le clergé féminin!

— Mais, Bastet, c'est une profession pour les jeunes filles qui ont de l'instruction.

— De l'instruction!

— Karnak a besoin d'officiantes pour servir la déesse Hathor.

— Servir la déesse Hathor !

Elle était sidérée au point qu'elle ne pouvait plus que bêtement répéter les mots qu'avançait son père.

— Faire partie du clergé féminin, reprit Ramose, est une profession très bien rétribuée par le temple d'Amon.

— Pourquoi aurais-je besoin d'être bien rétribuée ? s'exclama Bastet. Veux-tu donc donner tous tes biens à Ipuia ? Ne me resterait-il plus que ceux de ma mère ?

— Bastet ! intervint encore sa grand-mère.

— Dis-le, mais dis-le ! fit-elle en frappant de ses poings le buste de son père. Voilà votre idée. Faire d'une pierre deux coups. Me caser professionnellement et m'installer conjugalement. Et, bien entendu, dans le sens de la bonne société de Thèbes.

— Mais... fit Ramose en saisissant les poings serrés de sa fille qui martelaient sa poitrine recouverte d'une riche tunique blanche et plissée.

— Ainsi, hurla Bastet, je séduirai l'un des Grands Prêtres d'Amon qui me fera beaucoup d'enfants lesquels, à leur tour, deviendront d'autres Grands Prêtres !

— Tu dis des sottises.

— Non, je ne dis aucune sottise. Le clergé féminin n'enferme que des subalternes, à l'exception peut-être d'Ipény qui fait peur à tous, y compris son époux, avec les cobras royaux qu'elle élève. Que serais-je d'après toi ? Servante d'un dieu ? Adoratrice d'Hathor ? Grande Prêtresse ?

Elle ricana froidement.

— Pleureuse funéraire ? Joueuse de sistre ? Chanteuse d'Amon ?

— Ma petite fille, tenta d'expliquer Ramose en gardant les poings de sa fille dans ses grandes mains carrées, je ne pensais ni aux chanteuses ni aux musiciennes des temples, pas plus qu'aux vierges qui sont danseuses sacrées et qui servent à raviver les appétits sexuels des dieux. Il y a les Grandes Trésorières, les Intendantes, les directrices, celles qui ont des charges administratives très élevées.

— Je ne veux pas de l'administration d'un temple, je veux celle d'un hôpital.

Puis, elle se détacha de son père et se retourna.

— Inhit, prépare mon bain.

Fatigué de cette violente algarade avec sa fille, Ramose se laissa tomber dans un sofa et attendit qu'elle veuille bien revenir sur sa décision entêtée.

De son côté, dès que Bastet mit le pied dans l'eau de son bain, elle sentit sa colère s'évanouir. Elle s'était laissée dévêtir par Inhit avec une inconscience quasi comateuse. Quand elle sentit l'eau fraîche couler sur son corps, elle oublia complètement sa fureur.

Puis, quand elle s'étendit sur la banquette de marbre recouverte de nattes et qu'Inhit répartit sur elle les onguents et huiles odoriférantes, elle se laissa complètement aller.

Elle regardait mollement ses coffrets de toilette. Ils étaient plus beaux et plus riches que ceux qu'elle avait chez son père. Récipients et fioles à parfums, pots d'albâtre pour les crèmes, coupes d'ivoires pour les épingles. Il y en avait de toutes les formes, avec des têtes de canards, de chiens, de lions, d'autres en forme de graines de lotus, des miroirs à manche d'argent ciselé et surmonté d'un disque d'or, des boîtes à onguents, des peignes, des démêloirs décorés avec des perles de verre.

C'est à peine si Bastet entendit le branle-bas de l'autre côté de la pièce. Quelque temps plus tard, Ahotep vint la prévenir que son père n'aurait pas à reparler avec elle, du moins pour ce soir, car un coursier était venu le chercher pour se présenter au palais de Malgatta où la Grande Épouse Royale le réclamait d'urgence.

CHAPITRE IX

Le vent nocturne frappait le visage de Ramose et semblait calmer ses nerfs soumis à dure épreuve. Il ne cessait de penser à la discussion orageuse qu'il venait de soutenir avec sa fille et, certes, il regrettait qu'elle se fût terminée de la sorte.

Mais, pourquoi l'avait-elle excité ainsi ? Ramose savait que Bastet n'était pas faite pour suivre un destin ordinaire et il cherchait déjà la manière dont il annoncerait à Ipuia qu'il n'était plus question qu'elle aille s'enfermer dans un temple, fût-il celui d'Amon.

Il serra les dents en même temps que les rênes de ses chevaux, claqua leurs flancs de son fouet afin qu'ils courent plus vite et se dit que Bastet accomplirait le destin que les dieux lui assignaient, même si les circonstances devaient en faire une femme médecin ou une intendante d'hôpital comme elle semblait le penser.

La route qui menait à Malgatta amorça la dernière courbe et Ramose aperçut le lac aux proportions gigantesques sur lequel on avait transposé l'atmosphère d'un port artificiel avec ses deux grandes activités que l'on différenciait à chacune de ses extrémités.

Côté est, on voyait des passeurs, des chalands, des barques, des embarcations aux chargements alourdis de bois, de blé, de barils d'huile ou de vin, de denrées alimentaires diverses que l'on véhiculait jusqu'à Malgatta.

Côté ouest, on comptait les navires de plaisance qui appartenaient aux dignitaires dont les épouses faisaient partie de la suite royale. De belles constructions navales à la coque en bois de sycomore et aux cabines luxueuses montées sur des supports qui soutenaient les dais et taillées dans le riche bois du Liban.

Ramose attarda son regard sur les belles embarcations dont les teintes chatoyaient sous le soleil couchant et remarqua le bateau de plaisance que Nakht venait d'offrir à son épouse.

La poupe et la proue, terminées par une tête de lionne, se relevaient somptueusement comme la queue d'une lyre et le bastingage s'avançait sur le lac comme s'il voulait, à tout instant, se frayer un chemin en direction du fleuve.

Certes, c'était là une embarcation splendide. Nakht ne s'était pas moqué de Taoui, son épouse. Quand Ipuia avait vu le navire narguer les eaux tranquilles du lac de Malgatta, elle avait aussitôt demandé à Ramose d'y mouiller le sien qui végétait en solitaire, disait-elle, ancré sur le bord du Nil au pied de la terrasse de leur grande résidence.

Tenant fermement ses chevaux, il contourna l'immense lac et jeta un dernier coup d'œil sur les embarcations qui oscillaient tranquillement au gré du vent nocturne, puis bifurqua sur sa droite, là où se trouvaient les appartements de la reine.

Inquiet ? Certes, Ramose pouvait l'être. Pourquoi la reine Tiyi le demandait-elle en l'absence du pharaon qui, actuellement, se trouvait en déplacement officiel à Memphis ?

Il ralentit l'allure de son char, car il amorçait la grande allée ornée de plus de cent vingt statues de taureaux et de béliers qui menait au palais.

Quand il arrêta ses chevaux, des gardes se présentèrent, tuniques rigides tombant aux genoux, leurs lances et casques abaissés. Apparemment, on l'attendait de pied ferme. Il tendit les rênes au palefrenier qui s'avançait et jeta ses ordres d'un ton bref :

— Ils ont mené vive allure. Donnez-leur de l'eau, ils ont soif.

Puis, il entra au palais par la grande porte aux colonnes de pierres qu'avait sculptées son cousin Bek en fresques florifères et, suivant à grands pas rapides les gardes précédés des servantes, il vit que la discussion se tiendrait dans l'une des chambres particulières de la Grande Épouse.

Kherouef, le Grand Intendant et Menna, le scribe, étaient assis chacun sur un tabouret pliant face à la reine qui, sur un sofa moelleux, s'était installée à côté d'une jeune femme que Ramose reconnut. C'était Maât, la fille du grand orfèvre Mériptah.

— Nous t'attendions avec impatience, fit Tiyi en se levant.

Ramose se courba profondément.

— Allons, pas de protocole excessif entre nous. Nous avons mieux à faire. Pourquoi as-tu tant tardé à venir ?

— Majesté, j'avais quitté mon domicile pour aller voir ma fille qui était chez sa grand-mère.

— Ah ! Ta fille, justement, il va en être question.

Étonné, Ramose releva son buste. La reine le fixait de ses yeux allongés, noirs, brillants. Un regard qui n'admettait aucun mensonge, aucun compromis. Ramose affronta quelques instants l'ardeur de ces yeux-là qu'il ne voulait pas mécontenter par un propos maladroit.

Il prit le parti d'attendre.

— On dit que ta fille est sage, Ramose. Et Maât, la fille de l'orfèvre Mériptah qui est ici, à mon côté, le dit aussi. Elle a confiance en elle et ne la prend pas pour une petite vantarde.

De plus en plus étonné, Ramose ne voyait pas où Tiyi voulait en venir. Aussi préféra-t-il ne rien répliquer.

— Sais-tu que Sekmet, sa fille aînée est l'amie de Bastet ?

— Je le sais, Majesté. Elles se fréquentent beaucoup et s'estiment mutuellement. C'est ton avis, je suppose, dit-il en se tournant vers Maât.

— C'est aussi mon avis.

Ramose s'efforçait de rester calme, mais cette affaire commençait à le tracasser. Par tous les dieux ! Cette discussion qu'il venait d'avoir avec Bastet sur son avenir lui paraissait tellement bénigne, à présent qu'il se trouvait devant la reine qui semblait remettre en cause les qualités de sa fille. Il se devait de réagir plus vite qu'il ne pensait. Il ouvrit la bouche pour jeter les mérites qui auréolaient Bastet, mais Tiyi, cette fois, lui coupa la parole.

— La crois-tu capable de mentir ? fit-elle d'un ton détaché.

— Mentir ! Non, Majesté. Bastet est ambitieuse, coléreuse, autoritaire, mais elle est franche, droite et incapable de mensonge.

Tiyi se tourna vers Maât et lui fit un signe dont l'une et l'autre devaient connaître la signification.

— Ramose, va me chercher ta fille, ordonna-t-elle soudain. J'ai besoin de parler avec elle.

— Majesté ! protesta Ramose en cillant les paupières.

— Si elle n'a pas menti, elle ne doit pas me craindre. Bien au contraire, je la féliciterai à l'issue de notre entretien.

Puis, elle se tourna vers Menna, son scribe.

— Et toi, demande aux gardes qu'ils me ramènent Ahmose, le porteur de sceaux. A cette heure, on le trouvera chez lui. Sa maison n'est pas loin d'ici. Il devrait être là dans une heure ou deux.

Pour la seconde fois, Ramose tendit les rênes de ses chevaux au palefrenier, réitérant son ordre de leur donner à boire.

Les écuries de Malgatta n'étaient pas loin, mais cette fois Ramose n'eut pas le réflexe de regarder en direction des grands boxes d'où sortait l'odeur de paille fraîche tant l'inquiétude lui serrait la gorge.

Bastet semblait s'être complètement calmée. Il faut dire que le côté insolite de la situation l'y engageait fortement et à voir la crainte qui se reflétait sur le visage de son père, cela demandait réflexion.

Le trajet s'était effectué en silence. Pour la convaincre de la gravité des choses, Ramose lui avait juste expliqué qu'il s'agissait d'un éventuel propos mensonger qu'elle aurait pu tenir en présence de Maât et de sa fille.

Un tel entretien, si court fût-il, l'avait laissée tout d'abord perplexe puis surprise, au point qu'elle avait presque pris peur. Mais, quand son père lui avait dit que la reine réclamait aussi le porteur de sceaux, les yeux de Bastet s'étaient détendus.

Ramose n'avait plus rien dit, se contentant de mener rapidement ses chevaux. Serrée contre son père sur la plate-forme de l'étroite coque qui constituait le char, la jeune fille se taisait.

Quand elle se trouva devant le palais — Bastet n'était encore jamais venue à Malgatta — elle fut prise à la fois d'une admiration réelle pour la beauté du site et d'une angoisse pointue dissimulée, à l'idée des justifications qu'elle devrait, dans un instant, présenter à la reine.

Alors, elle s'assura mentalement et rapidement de l'exactitude des mots jetés par les malfaiteurs cachés dans les bosquets de l'hôpital et se persuada que toute vérité était bonne à dire.

Bastet n'était certes pas au bout de ses surprises. Lorsqu'elle eut accompli son salut protocolaire, on la fit asseoir sur un tabouret pliant, face à la reine et, pour ne pas l'effrayer, Tiyi se tourna vers Ramose et lui proposa de s'installer à son côté.

Malgré l'émotion qui l'étreignait, l'adolescente avait décidé de rester naturelle, car ce n'était là qu'une petite assemblée se tenant assez secrètement dans les appartements privés de la reine.

Elle connaissait le visage de Kherouef pour l'avoir vu à quelques représentations officielles, mais elle n'avait jamais remarqué celui du scribe Menna qui, tourné vers elle, la regardait d'un air arrogant.

Quant au Porteur de Sceaux, sa silhouette lui était complètement inconnue. Ahmose était petit, assez malingre, le visage pâle et le menton saillant. Ahmose était un de ces hommes discrets, presque invisibles, au point qu'on ne le remarquait jamais, sauf quand on lui adressait la parole et qu'il se voyait dans l'obligation de répondre.

Assis à droite, en retrait de la reine, il portait ses yeux sur Bastet. Vêtu d'un long pagne plissé, resserré à la taille par une ceinture de cuir qui le rendait plus maigre encore, Ahmose se disait qu'il ne parlerait que si la reine lui adressait la parole.

Enfin, Bastet s'était tournée vers Maât qui, de la tête, lui avait adressé un petit signe de sympathie.

Les deux mains posées sur ses genoux, Tiyi paraissait sereine. Pas un instant elle ne mit en doute les paroles de l'adolescente, allant même jusqu'à questionner Kherouef des suites à donner sur la sanction qu'il fallait prendre au sujet des deux malfaiteurs.

— Pèse bien tes mots, Bastet. Es-tu sûre qu'ils ont parlé de faux documents ? s'enquit Kherouef en venant se planter devant la jeune fille.

— J'en suis certaine. Ils l'ont dit plusieurs fois. Les sceaux reproduits sur scarabées devaient servir à signer des lettres destinées à la Grande Épouse.

— Peux-tu affirmer également, fit Tiyi en prenant la relève, que ces hommes ont jeté le nom de celui dont ils voulaient usurper le nom ?

— Majesté, j'affirme qu'il s'agissait du roi Kadashman, le roi de Babylone.

Elle regarda son père et quant elle vit qu'il paraissait plus effrayé qu'elle, elle lui sourit, prit sa main et la mit sur la sienne. Sous l'intensité du regard de Tiyi, Ramose n'osa lever les yeux sur sa fille, mais il pressa doucement sa main pour lui prouver qu'ainsi l'harmonie entre eux était retrouvée.

— Saurais-tu retrouver ces hommes ?

— Je crois.

Tiyi se retourna vers Ahmose.

— Qu'as-tu à dire ?

— Majesté, je dois avouer que je trouve cette enfant bien jeune pour soulever de telles hypothèses.

— Mais, ce ne sont pas des hypothèses ! se récria Bastet. Ce sont des affirmations.

Ramose crut bon de s'interposer. Il se leva et agita les bras en direction d'Ahmose.

— Ma fille n'est plus une enfant. Dès la crue prochaine, elle suivra l'école à la Maison de Vie du temple d'Héliopolis pour y faire des études de médecine.

Ahurie, Bastet écarquilla les yeux et observa son père. Dieu d'Isis ! Elle avait envie de lui sauter dans les bras et de le remercier. Une telle affirmation devant un public de si haute marque ne pouvait se rétracter.

Tiyi s'approcha d'elle et la prit par les épaules.

— La vie sera dure pour toi. Il y a peu de filles à la Maison de Vie d'Héliopolis. Peut-être seras-tu d'ailleurs la seule à y suivre l'enseignement ? On dit que les prêtres-scribes sont des maîtres très durs.

Elle se tourna vers Ramose.

— As-tu pensé aux problèmes qu'elle rencontrera en dehors des heures d'enseignement. Où mangera-t-elle ? Où dormira-telle ? Avec les autres garçons ! Tout ceci me paraît impossible. Elle fit quelques pas en réfléchissant et revint vers Bastet.

— Que dit Ahotep, ta grand-mère ?

— Nous n'en avons pas encore parlé, murmura l'adolescente. Cela me paraissait si lointain et je n'avais pas encore l'accord définitif de mon père pour suivre ces études.

— Et bien tu l'as, maintenant. Alors, écoute-moi. Je mettrai à ta disposition quelques pièces de ma résidence personnelle d'Héliopolis. Tu pourras t'y installer avec ta grand-mère et tes servantes et suivre les cours tranquillement sans te faire agresser par tes compagnons de classe.

Puis, elle revint à Ahmose et pointa son doigt vers lui.

— Considère que cette adolescente, bientôt jeune fille, ne s'est pas trompée. Qu'as-tu à dire ?

— Qu'il faudrait tout d'abord être sûr de l'existence de ces hommes.

— Connais-tu leurs noms ? demanda Kherouef à Bastet.

— C'est la seule chose que je ne puis révéler sans être sûre. Et, pour ne pas commettre d'injustice, je n'avancerai aucun nom.

— Les reconnaîtrais-tu ?

— Avec l'aide de Pentou, peut-être.

— Erreur, fit encore Ahmose sur la défensive. Ensemble, ces deux jeunes gens ne pourraient que s'affronter. Rien de bon ne sortirait de cette reconstitution.

— Je crains que tu te trompes, Grand Porteur de Sceaux, fit Bastet un peu ironique, car les noms que nous avons en tête, mais que nous ne dirons pas, faute de preuves, pourraient coïncider avec l'image qui nous reste d'eux.

— Alors, il faut faire cette reconstitution !

— Sans attirer l'attention, Majesté, c'est impossible, fit Kherouef. C'est un travail de policier.

Menna, qui transcrivait sur sa tablette de scribe tout ce qui était dit mais n'avait pas encore parlé, prononça d'une voix fluide, tout en observant l'attitude assurée de Bastet :

— Il nous faudrait l'aide de Mahou. Je puis vous assurer, Majesté, de sa profonde discrétion.

— Soit, fit Tiyi. Où se trouve-t-il ?

— Actuellement, dans le nord de l'Égypte avec une garnison formée par le Grand Capitaine d'Armée, votre frère, Majesté.

— C'est bon, dès son retour, je verrai cela avec lui.

***

Dans la belle et grande maison de Pensilhé qu'Ay et Teyi avaient construite pour abriter sa famille et la petite Néfertiti, Ouri aimait à prendre des attitudes de maître, sans oublier pour autant qu'il était l'un des employés du propriétaire de ce domaine.

Parfois, Ouri se prenait à penser et les conclusions de ses réflexions allaient toujours dans un sens identique.

Qu'avait-il fait pour se distinguer au point que le Grand Intendant, Général en Chef du pharaon Aménophis, le récompensât aussi généreusement ? Qu'avait-il fait sinon trouver un jour une enfant dans la boue noirâtre et gluante du Nil en crue ? Vers quel destin s'était-il engagé quand, ne sachant que faire de cette fillette, il l'avait apportée à l'épouse du Grand Ay ?

— Il faut finir les champs qui bordent la colline, répondit Ouri en saisissant la calebasse où Pensilhé avait enfermé le repas des deux hommes. S'il nous est possible de terminer, nous travaillerons tard.

Pensilhé tenait Néfertiti dans les bras et la berçait doucement. Vive, gracieuse, ses yeux allongés en amande, son fin visage éclairé par le soleil du matin, elle souriait et tendait ses bras à Ouri.

— Elle est affectueuse, cette petite, fit-il en s'approchant de sa femme. Sehotep ne lui arrive pas à la cheville. Il ne fait que grogner et gémir. C'est à croire que tu ne lui donnes pas assez de ton lait.

Puis, il se mit à rire.

— Ouri, reprocha Pensilhé, comment peux-tu comparer cette fillette qui est de noble origine avec notre garçon, pauvre fils de paysan? Sans doute le ressent-il déjà dès à présent.

Ouri posa ses mains sur les épaules de sa femme, les descendit et entoura sa taille arrondie en la pressant contre lui. Puis, en guise d'adieu, il lui plaqua un baiser sur la bouche.

— Ne crains rien, je n'échangerai jamais notre dernier fils contre cette petite peste qui distribue ses sourires aussi facilement qu'elle respire.

— Elle est tout de même gentille, cette petite peste, fit Pensilhé en embrassant l'enfant sur le front. Et ne dis pas qu'elle t'est indifférente. Elle t'a prise, comme les autres, au piège de son affection débordante.

Satisfaits, ils la regardèrent à nouveau, mais Sehotep décida tout à coup d'imposer sa présence. Il se mit à jaser comme un oisillon en perdition. Aussitôt sa mère remit Néfertiti entre les bras de son époux et saisit son fils dans les siens. Il gesticula un instant, puis sembla se réjouir de se voir câliner à la place de celle qui usurpait ainsi sa place. Pensilhé le berça et l'agitation de Sehotep redoubla.

— Mon petit, fit-elle à l'enfant qui babillait dans ses bras. N'oublie jamais que tu devras une gratitude infinie à ta sœur d'adoption.

Puis, elle déposa l'enfant dans son couffin et reprit Néfertiti.

— Allons, embrasse ta mère, dit Ouri à son fils, cette fois nous partons.

— Père, s'écria Maêly tout à coup, je peux venir avec toi pour t'aider au travail?

— Non, Maêly, rétorqua sa mère, il faut que tu sèches et sales le poisson que nous avons acheté hier aux pêcheurs. Sinon, il va s'abîmer et nous n'en aurons pas suffisamment pour aller jusqu'à la saison d'Akhit.

Mécontente, Maêly tapa du pied sur le sol.

— Mais Kory y va bien, lui !

— Kory est l'aîné. Il doit aider son père.

— Oh ! Ne peut-on faire une exception pour une fois ?

— Une exception ? fit sa mère étonnée.

— Oui. C'est toujours moi qui écosse les fèves, cuis la soupe et fais la cuisine pour le repas du soir, c'est Naï qui arrache les légumes du jardin, Nedjet et Thanis qui gavent les sarcelles et les oies quand elles ne s'amusent pas dans nos jambes et toi, si tu ne berces pas Sehotep, c'est Néfertiti qui occupe tous tes instants.

— Mais, c'est l'ordre des choses, Maêly, les filles aident leur mère et les garçons vont au champ.

— Je connais beaucoup de pères au village, ronchonna la fillette qui, faute d'avoir des fils, emmènent leurs filles aux champs.

— Justement, chez nous les dieux nous ont favorisés. Ton père a Kory et, plus tard, il aura Sehotep. Tandis que moi, j'ai mes filles jusqu'au jour où elles se marieront et partiront à leur tour fonder leur famille.

— Mère, fit Naï qui venait d'entrer dans la pièce, Maêly a raison. Si l'une de nous voulait effectuer un autre travail que celui qu'on lui demande, pourquoi ne la laisserait-on pas faire ?

Pensilhé se mit à rire.

— Quand on laisse ta sœur dans les champs, ce n'est pas pour aider, c'est pour regarder les garçons qui travaillent. Ils n'aiment pas ça et ta sœur ne fait que les perturber.

— Peut-être que Maêly n'est pas sérieuse, rétorqua Naï. Mais, en ce qui me concerne, je sais que je n'arracherai pas des légumes toute ma vie.

— Et qu'aimerais-tu faire ?

— J'aimerais savoir lire.

— Savoir lire ! Qui t'a mis ces idées dans la tête ?

— Personne.

Pensilhé soupira. Son petit monde avait de curieuses

idées depuis que leur vie avait pris un tour différent et que la nourriture ne manquait plus sur la table.

Ouri parlait d'acheter une barque pour aller pêcher dans les marais du Nil alors qu'il ne savait manier ni filet ni harpon pas plus qu'il ne savait ramer ou se tenir en équilibre sur une barque oscillante.

A coup sûr, Pensilhé le voyait déjà noyé ou happé par l'un de ces pernicieux crocodiles qui attendaient toujours ce genre d'incident pour rôder dans les parages. Et Kory qui, têtu comme une mule, réclamait à suivre son père alors qu'il ne savait pas nager ! Quelle plaisanterie ! Kory disait aussi que le père d'un de ses compagnons leur prêterait un harpon pour chasser le héron.

Pensilhé hocha la tête. Et maintenant, c'était Naï qui se mettait en tête d'apprendre à lire ! Et Maêly qui ne voulait plus rien faire et qui ne pensait qu'à sortir, se tracassant plus de sa toilette que du repas du soir ! Était-il donc si loin ce temps où, d'une voix plus forte que celle de ses sœurs, elle réclamait du pain ou de la soupe que Pensilhé n'avait pas ?

Quant aux petites, Nedjet et Thanis, elles ne pensaient plus qu'à se gaver comme les oies et croquaient à pleines dents les grains d'orge qu'elles jetaient aux volatiles.

Pensilhé regarda sa fille.

— Ma pauvre petite, qui t'apprendra à lire ?

— Je demanderai au scribe-arpenteur. Il est gentil avec moi et...

— Il est gentil avec toi ! s'exclama sa mère en esquissant un sursaut contrarié. Que veux-tu dire ?

Naï se mit à rougir.

— Naï, tu me caches quelque chose. Cet homme est vieux. Il a plus de quarante ans. Et ce n'est pas l'un de nos amis que je sache. Pourquoi serait-il gentil avec toi sans que nous lui en donnions le droit ?

Pensilhé saisit sa fille par les épaules et la fixa dans les yeux.

— T'a-t-il parlé, touchée, proposé quelque chose ?

Naï se mit à rire.

— Mais non, mère. Je l'ai simplement aidé une fois à compter les bornes du champ où nous étions. Il n'y a pas à s'inquiéter.

— Compter ? Mais tu ne sais pas compter !

— Si, jusqu'à dix.

Et la fillette écarta les dix doigts de ses mains. Pensilhé leva les yeux au ciel. Ah ! Elle ne se trompait pas quand elle pensait que son petit monde avait changé. Par tous les dieux dont elle ne connaissait même pas les noms, quand s'arrêterait-il de lui causer tous ces tracas ?

Devant l'insoumission de ses filles, Pensilhé soupira. Elle s'approcha de sa cadette.

— Et toi, Maêly, que veux-tu au juste ?

— Saler le poisson demain et accompagner mon père dans les champs.

— Écoute, Maêly, je te propose autre chose. Tu t'occupes du poisson aujourd'hui, car il ne peut attendre plus longtemps la salaison et demain, nous irons tous aux champs. Je préparerai un repas froid et nous ne rentrerons que le soir. Naï et toi, vous glanerez du blé et si votre récolte est bonne, vous serez récompensées. Nedjet et Thanis joueront à l'ombre d'un sycomore et moi je m'occuperai des deux petits.

La solution ne plut qu'à demi à Maêly, car en fait, elle voulait être seule avec son père pour se promener à sa guise sans garde vigilante sur le dos. Elle dut cependant accepter la proposition de sa mère d'autant plus que son père et son frère se dirigeaient déjà vers le chemin qui menait aux champs situés à plus de cinquante coudées de leur logis.

Soudain, Thanis entra comme une furie dans la pièce, talonnée par Nedjet. Elles sautaient d'une jambe sur l'autre tant elles étaient exaltées. Les longues tresses noires qu'elles se faisaient mutuellement chaque matin s'agitaient dans leur dos. Comme toutes les petites filles de leur âge, elles étaient nues, à l'exception d'une large ceinture qui retombait sur leurs hanches étroites et menues.

— Une litière ! Une litière ! s'écria Nedjet.

— Avec deux chevaux ! poursuivit Thanis tout aussi excitée que sa sœur.

— C'est Theyi, notre maîtresse ! s'agita Pensilhé. Par tous les dieux ! Et cette maison qui n'est pas en ordre. Vite, Naï, nettoie la table basse où traînent encore les restes du repas de ce matin. Maêly, balaie le sol et range les nattes. Cela fera plus net.

Elle tapota son pagne pour en défroisser les plis inutiles et, des yeux, fit le tour de la pièce qui, malgré ses craintes, offrait une propreté et un ordre impeccables.

— Les petites, allez au-devant de Theyi et saluez-la très poliment. Pendant ce temps, je vais vérifier que Néfertiti est irréprochable.

Par l'ouverture de la fenêtre, elle aperçut ses filles qui abordaient Theyi dans un salut trop rapide. Combien de fois, pourtant, leur avait-elle fait la leçon ? On salue très bas une dame de la noblesse ! Et on ne la regarde pas dans les yeux lorsqu'on lui parle !

Inquiète, elle laissa flotter son regard sur ses filles, mais elle fut pleinement rassurée quand elle vit la jeune femme les embrasser sans façons.

Comme à l'habitude, Theyi était accompagnée de Khiriat, sa jeune servante qui n'était guère plus âgée que Naï, sa fille aînée. Bien sûr, Ouri lui avait raconté que c'était Khiriat, qui, le jour où il avait trouvé l'enfant noire et gluante dans la boue des marais, avait lavé la petite pour la rendre rose et fraîche à sa maîtresse.

D'une main, Khiriat portait l'ombelle de papyrus qu'elle agitait dans un rythme lent et régulier au-dessus de Theyi. Ces grandes ombelles servaient aussi à écarter les mouches et autres insectes qui voletaient près des visages. De l'autre main, elle tenait un panier tressé fermé par une targette de jonc.

De la fenêtre, Pensilhé observait l'ombelle qui se balançait doucement et, soudain, elle vit Thanis prendre le panier d'osier. Sur ce point aussi, elle avait fait la leçon à ses filles, leur interdisant une trop grande familiarité avec Khiriat. De trop libres attitudes envers ces gens de haute condition pouvaient un jour se retourner contre elles.

Mais Pensilhé dut abandonner ses réflexions qui, de toute manière, n'étaient prises en compte que par elle-même et regarda le petit groupe s'avancer vers la maison.

Khiriat était vêtue d'une tunique longue et blanche, mais sa maîtresse portait une ample robe bleue sur laquelle venait simplement s'ajouter un petit collier de cornalines. Arrivées près de la porte de la maison, la servante abaissa l'ombelle et elles entrèrent.

Aussitôt Theyi tourna son regard vers le couffin d'osier que Pensilhé avait posé dans un angle calme de la pièce. En le voyant de loin, Theyi eut un sourire et s'exclama :

— Ma bonne Pensilhé ! Il me tardait vraiment de venir voir ma petite Néfertiti. Comment va-t-elle ?

— Elle pousse comme une tige de papyrus aux côtés de Sehotep. Ce sont l'un et l'autre de beaux enfants.

Puis Theyi embrassa les deux aînées qui se trémoussaient de plaisir à l'idée des cadeaux qu'elle et sa servante n'oubliaient jamais de leur apporter.

Et, pendant que Khiriat déballait les présents, Theyi n'y tenant plus se dirigea vers le couffin et saisit Néfertiti dans ses bras. Ciel ! Qu'elle était jolie sa petite fille qui la fixait de ses grands yeux. Que ses joues étaient roses et que ses prunelles claires étaient vives ! Elle avança le doigt sur sa bouche et suivit avec ravissement le contour des petites lèvres fines et parfaitement dessinées. Ah ! Comme elle aimait déjà cette enfant et combien il lui tardait de pouvoir l'emmener avec elle pour l'élever dans le bonheur le plus simple et le plus complet.

— Cette enfant est belle et bien portante. Ah ! Pensilhé je crois que je la reprendrai assez vite.

— Pas avant que mon lait ne s'épuise, fit Pensilhé en désignant ses seins alourdis. Et, croyez-moi, il y en a encore pour deux ou trois saisons. Si ces enfants sont beaux, c'est parce que mon lait leur convient.

— Rassure-toi, je ne risquerai pas la santé de cette fillette en te l'ôtant trop vite. Nous attendrons jusqu'à la crue prochaine et même la suivante s'il le faut. Je ne ferai rien qui risquerait d'entraver l'excellente forme de cette enfant.

Entre ses bras, Néfertiti gazouillait comme une grive dans son nid. Elle ne put s'empêcher de tâter son petit ventre, ses fesses dodues et roses, le haut de ses cuisses potelées et, satisfaite de voir qu'elles étaient sèches et propres, d'une netteté irréprochable, elle soupira d'aise.

Certes Theyi était heureuse. Enfin, elle pourrait bientôt élever cette enfant comme le faisaient nombre d'autres femmes épanouies dans la maternité.

Theyi, l'épouse d'Ay, le Grand Général de toutes les Armées, le Grand Intendant des Écuries Royales, le conseiller, l'ami du pharaon ! Tous ces titres immensément puissants ! A quoi servaient-ils si Theyi ne pouvait pas être mère ? Pourquoi avait-il fallu que la déesse Hathor, dans sa générosité infinie, lui refusât cette ultime jouissance ? Theyi lui avait apporté tant d'offrandes au temple d'Amon ! Des joyaux, des coffrets de parfums, des encens, des gazelles offertes par Ay au retour de ses chasses dans le désert, des pièces de lin fin et pur que l'on tisse dans les ateliers les plus sélectionnés d'Égypte.

Mais Hathor n'avait pas eu pitié de Theyi et son ventre n'avait jamais été fécond. Quant à l'adoption, si la jeune femme en avait soulevé quelquefois l'idée auprès de son époux, celui-ci était resté assez peu convaincu. Il avait fallu ce naufrage — un mystère qui restait sans doute à élucider — et cette princesse asiatique échouée sur les rives embourbées du Nil pour qu'il acceptât d'élever la fillette.

A présent, Theyi était réconciliée avec la déesse. Dans quelque temps, Néfertiti serait entièrement à elle. Elle pourrait la regarder, la caresser, l'embrasser à tout instant de la journée.

Elle pourrait l'élever dans le milieu qui convenait à sa haute origine, entourée de luxe et d'opulence. Alors, les années se suivraient, douces et paisibles, et Néfertiti deviendrait une belle adolescente, la plus jolie sans doute de toute la région, peut-être même de l'Égypte.

Puis la reine la réclamerait un jour, mais c'était dans l'ordre des choses et Theyi le savait. Il en aurait été de même avec une fille de sa chair et de son sang car en principe, les jeunes filles de la haute noblesse étaient élevées au palais pour former de belles et intelligentes épouses que les futurs hauts dignitaires épousaient. C'était une sorte d'école où les adolescentes apprenaient la bonne éducation en même temps que le chant, la musique, la danse et il n'était pas exclu que les plus douées apprissent à lire et à écrire.

Plus tard, Néfertiti irait donc elle aussi à Malgatta. Mais, pour l'instant, Theyi avait tant de choses à faire avec cette enfant qu'elle refusait de penser à un avenir trop lointain.

*
**

Les enfants du pharaon étaient tous là, serrés les uns contre les autres. La Grande Épouse Tiyi jetait de temps à autre un œil attendri sur sa royale progéniture.

Au palais de Médineh-Habou où se poursuivaient les fêtes du Jubilé dont le début venait de se dérouler à Karnak, au temple d'Amon, la liesse était de rigueur et les enfants du pharaon n'en étaient pas exclus. Certes, ils n'avaient pas tous suivi l'intégralité des processions. Seuls, les trois aînés avaient assisté depuis le début à cette grande fête qui avait pour but de couronner, une nouvelle fois, leur divin père, le Grand Aménophis III.

Pour faire suite restaient les chants, les danses, les jeux et les banquets qui consacraient la fin de ce Jubilé et surtout, la présentation des plus jeunes enfants d'Aménophis et de la Grande Épouse qui avaient été réclamés par la foule. C'était là l'occasion pour le peuple de voir et d'observer la famille du pharaon réunie et s'assurer en même temps que chacun des membres royaux tenait son rang en parfaite santé de corps et d'esprit.

C'est donc pour cette unique raison qu'ils se trouvaient réunis tous les cinq, entre leurs parents qui avaient revêtu leurs atours de prestige. Ils ouvraient grands les yeux, jugeaient la foule, souriant comme il se devait et hochaient la tête quand un léger incident survenait puisque, ce jour-là, la générosité et la bienveillance royale devaient tout excuser.

Ces fêtes qui ne se passaient, en principe qu'une seule fois durant le règne d'un pharaon, parfois deux, quand le roi vivait vieux et que son règne était long, duraient plusieurs semaines. Tout le pays était en fête. Certains jours étaient décrétés fériés. Le pharaon offrait à la foule des présents et l'État distribuait du blé, du vin, de l'huile et de la bière.

A l'aube du Jubilé, on graciait les prisonniers dont les peines étaient mineures, on allégeait celles dont les délits restaient majeurs, et on remettait à plus tard les peines de mort.

En ce jour de fête les enfants royaux respiraient la gaieté. En bout de file, se trouvaient Thoutmosis et Satamon, les deux aînés. Le garçon redressait son buste comme s'il portait déjà sur la tête la couronne des Deux Pays. La fillette, délicate, douce et réservée ne cessait de regarder son cadet Aménophis qui, apparemment, n'aimait guère ce genre de festivités solennelles. Il baissait la tête et refusait de regarder les Grands Prêtres qui, dans un rythme parfait, balançaient leurs encensoirs d'où sortaient des vapeurs de myrrhe qui partaient en lourdes volutes dans l'espace.

Au passage des prêtres — la seule fois où l'enfant avait levé les yeux — il avait volontairement heurté le regard foudroyant du Grand Prêtre Anen qu'il n'aimait pas et qui le lui rendait bien.

Enfin, Isis et Khétaneb, les jumelles qui, du haut de leurs quatre ans, conscientes du rôle qu'elles devaient jouer, balançaient dans l'air leurs petites mains potelées en témoignage de leur joie. Derrière elles, les nourrices suivaient afin d'intervenir si un incident s'apprêtait à surgir. Mais d'incident, il n'y en eut pas, car la famille royale attendait depuis trop longtemps les fêtes de ce Jubilé pour satisfaire l'Égypte.

Un jubilé servait à réaffirmer les pouvoirs du pharaon sur son peuple et à recevoir, une nouvelle fois, la grâce des dieux afin de poursuivre, en toute sérénité, son règne de pharaon.

Les jours précédents, les processions s'étaient déjà déroulées au grand temple d'Amon. On avait suivi l'allée menant au temple de Louxor. Puis, on s'était arrêté au reposoir de la Barque Sacrée.

La Barque Sacrée symbolisait les voyages du dieu Amon-Rê. L'embarcation couverte d'or était portée, tout au long de la procession, sur les épaules d'une trentaine de prêtres. Au centre, un dais protégeait la statuette du dieu et, à ses deux extrémités, figurait une tête de bélier représentant Amon surmonté du disque solaire de Rê. Les prêtres déposaient la barque dans le reposoir où elle était gardée et veillée nuit et jour par des gardes vigilants.

Un peu plus tard, alors que les prêtres-lecteurs, dans un silence à peine troublé par de légères incantations, avaient lu leurs hymnes et leurs prières, la procession était arrivée dans la cour bordée par les sphinx de pierre, celle qui menait au Lac Sacré.

Les Lacs Sacrés étaient toujours creusés sur les axes des processions. Celui du temple de Mout, disposé en un demi-rectangle, coupé au centre et derrière lequel s'étendaient de vastes palmeraies, restait toujours accueillant, cerné par ses eaux bleutées et tranquilles.

Des barques en sillonnaient la surface, pour observer le mouvement des eaux, car le niveau correspondait avec la nappe phréatique et variait en fonction des crues du Nil. Ces dernières étaient d'ailleurs surveillées par des nilomètres que l'on disposait à tous les coins du lac. Ce qui permettait aussi à l'administration d'Amon de fixer le montant des impôts, puisque ces nilomètres indiquaient la fertilité plus ou moins grande que devait apporter l'inondation.

C'est dans les Lacs Sacrés que les prêtres faisaient leurs ablutions rituelles et, quand se déroulait une procession, chacun devait s'y purifier afin de pénétrer dans le temple.

Alors que Thoutmosis et Satamon s'étaient courbés avec grâce dans l'eau divine et rafraîchissante pour accomplir leur devoir, on vit soudain Aménophis refuser d'y faire ses onctions sacrées, prétextant qu'il les avait déjà faites dans le lac de Malgatta. Malgré les injonctions de sa mère, l'œil courroucé des prêtres et l'affolement des suivantes, rien n'y fit. L'enfant refusait catégoriquement d'entrer dans l'eau sainte.

Thoutmosis haussait les épaules. Depuis longtemps, il ne cherchait plus à comprendre son frère, trop énigmatique pour lui, trop velléitaire pour tout ce qui concernait les questions religieuses. Le jeune Aménophis semblait refuser tout ce qui touchait aux prêtres d'Amon, aux temples de Karnak, aux traditions de l'Ancien et du Moyen Empire.

Mais bah ! Peu lui importait. Ce n'était pas lui qui, un jour proche, serait pharaon d'Égypte puisqu'il n'était que le cadet.

Satamon, quant à elle, s'était religieusement baignée

dans le Lac Sacré afin d'attirer les grâces de la déesse Mout, épouse d'Amon et déesse thébaine, puisque le Lac Sacré se trouvait tout près de son temple, lequel était en permanence empli d'offrandes les plus variées et les plus somptueuses.

Puis, la procession avait quitté la longue et interminable allée de Mout et on était entré dans le domaine d'Amon par la porte du dixième pylône. Ce fut là qu'Aménophis eut un vertige. Un malaise complètement incompréhensible. Il était tombé raide, les yeux fixes, la bouche ouverte.

Le médecin de Malgatta qui suivait la procession parmi les dignitaires avait diagnostiqué une trop forte exposition solaire. Mais Tiyi pressentait une astuce de son fils pour éviter de participer aux suites de ce Jubilé.

Non, Tiyi n'était pas dupe. Elle connaissait trop le petit Aménophis pour savoir, qu'au contraire, il supportait le soleil et la chaleur mieux que ses frères et sœurs ou compagnons. Un sourire de connivence avec le médecin écarta donc définitivement l'enfant des processions à venir.

Passée la porte du dixième pylône, la procession s'en fut vers l'édifice d'Aménophis II, puis vers le temple d'Opêt qui n'en était pas très loin, où l'on déposa des encens et des parfums.

A l'heure où le zénith frappait, on arriva sur l'autre Lac Sacré, celui de Karnak, qui jouxtait les septième et huitième pylônes. Au pied des édifices, le pharaon Thoutmosis III avait fait ajouter un kiosque bordé de piliers avec un reposoir d'albâtre qui dominait le lac. L'ombre des palmiers, des sycomores et des acacias abritait une volière où grues, cigognes, autruches et divers oiseaux s'ébattaient dans des cris confus.

Un instant, les membres de la procession s'arrêtèrent. On s'éventa, on se désaltéra d'eau fraîche afin d'ôter la moiteur sèche plaquée au fond des gorges.

Le Lac d'Amon était plus petit que celui de Mout,

mais plus ombragé. Il offrait des bosquets de papyrus où des oies sacrées venaient s'ébattre. Le jeune Thoutmosis qui semblait vouloir rattraper les maladresses de son frère réclama à faire ses secondes ablutions sous les yeux ravis des grands prêtres.

Il fallait bien que la sagesse de l'un vînt équilibrer l'inconstance de l'autre. D'ailleurs le pharaon qui n'avait pas été sans remarquer le caprice de son cadet avait jeté un œil fier à son aîné, l'encourageant à poursuivre ses performances religieuses.

Après cette pose qui avait ragaillardi les plus faibles et les plus touchés par la chaleur, et comme on se trouvait tout près de la zone d'habitation des prêtres — celle-ci se tenait sur la droite du Lac Sacré de Karnak — on vit déambuler, comme s'ils sortaient d'une ruche bien garnie, tous les petits prêtres-scribes, les petits prêtres-porteurs d'offrandes, les petits prêtres fiscaux, administratifs, jardiniers, cuisiniers, blanchisseurs. Car à l'intérieur des murs de Karnak, il fallait être scribe pour effectuer la moindre des menues tâches quotidiennes.

Toute une foule de prêtres se bousculait. Ils se heurtaient, se rencontraient, se faisaient de fausses politesses agrémentées de sourires factices et enfin venaient se prosterner devant le pharaon et son héritier.

Enhardi par son père qui l'avait présenté à la foule, le jeune Thoutmosis s'était senti couvert de gloire avant même de sentir sur sa tête peser la couronne. Aux côtés d'Aménophis, son père, il avait même accepté de montrer, avec un brin de dédain — car il fallait que la marque de puissance se gravât déjà sur son visage — sa jeune autorité à cette population religieuse qui se courbait servilement devant lui.

Pendant que les petits prêtres-scribes laissaient enfin la place pour vaquer à leurs occupations quotidiennes, la procession avait atteint son apogée dans le temple d'Amon où les rites s'étaient déroulés.

Le pharaon revêtu de son pectoral portait la double couronne, symbole de l'unification de la Basse et de la Haute Égypte, large bandeau rouge sous la mitre blanche qu'il arborait avec la plus grande autorité. Dans ses mains, il tenait la crosse et le fléau alors que la Grande Épouse, dont la tête était surmontée de l'uraeus, la couronne au cobra, serpent sacré d'Égypte, tenait dans sa main droite la croix d'Ankh, croix de la verdeur et de la vie.

A l'intérieur du temple d'Amon, l'ombre se faisait rafraîchissante et l'on put s'y reposer le temps des offrandes, des lectures religieuses, des récitations d'hymnes sacrés et des chants incantatoires.

Restait le domaine de Montou, le plus ancien, celui qui donnait accès au premier pylône. Mais avant d'y arriver, il fallait passer devant les obélisques de la pharaonne Hatchepsout et le temple de Maât en grès rose.

Le temple de Maât, déesse incarnant l'ordre et la justice, construit par la pharaonne Hatchepsout, à l'est du cinquième pylône, comportait de nombreuses salles à ciel ouvert où elle avait fait élever ses deux obélisques.

Au temps de Thoutmosis III et d'Aménophis II, les pharaons qui avaient succédé à cette grande reine régnante, les processions rituelles évitaient ce passage. La femme du pharaon avait soi-disant usurpé le trône à son neveu, ne le laissant régner qu'après sa mort. Une telle pratique, dans leur esprit, devait s'effacer des mémoires.

Mais, les dix-huit ans pendant lesquels Hatchepsout avait régné en toute sagesse, restructurant les villes saccagées par les Hyksos au temps de ses aïeuls, reconstruisant les temples, les sanctuaires, favorisant le commerce avec les pays étrangers, surtout par ses accès au Pays du Pount, développant les arts, la culture, l'artisanat, tout cela avait subjugué le pacifique Thoutmosis IV qui avait aussitôt rétabli l'itinéraire ancien des processions rituelles.

On s'arrêta donc devant les obélisques qu'avait élevés Hatchepsout. Ils s'élançaient impunément dans le ciel, offrant leurs pointes d'électrum au soleil.

Puis, on contourna le temple d'Osiris où des offrandes variées furent déposées en nombre, on longea la cour des obélisques du premier Thoutmosis, la chapelle haute, le temple de Ptah et, par la grande allée des béliers, on accéda au domaine de Montou.

Sous un dais aux couleurs vives porté par six gardes et dont le haut était ensemencé de pétales de fleurs pour embaumer l'air qu'elles traversaient, les Secondes Épouses et premières concubines d'Aménophis, toutes des princesses asiatiques, marchaient à côté de leurs suivantes éventant des palmes. Les têtes de ces dernières, dépourvues de perruques, dépassaient souvent du dais qui ombrageait les princesses.

Oui ! Des princesses presque toutes asiatiques, venant des pays du Mitanni, de Babylone, du Hatti, du Naharina, de la Syrie occidentale et orientale. Elles se distinguaient par leurs tenues colorées et leurs cheveux dénoués. Leurs robes n'étaient pas moulantes comme celles des Thébaines. Elles flottaient librement autour de leurs corps, laissant deviner des formes fort agréables.

Il va sans dire que les prêtres d'Amon les regardaient d'un mauvais œil. Autrefois, ces princesses ne quittaient pas le harem. Seules, les concubines thébaines avaient le droit de conserver leur fortune, leur patrimoine et le privilège de sortir du palais.

Moutmouia, la Grande Épouse mitannienne qui avait épousé Thoutmosis IV n'était plus. Son corps avait été momifié à la saison dernière et Tiyi ressentait parfois la perte de cette femme qu'elle avait aimée et qui l'avait soutenue dans bien des épreuves. Elle avait eu un soupir attristé lorsqu'elle avait aperçu le défilé des princesses asiatiques qui lui rappelait si fortement Moutmouia.

Ces journées avaient été si épuisantes qu'elle avait

appelé plusieurs fois dans son esprit les moments plus réjouissants de la suite du Jubilé qui devaient se dérouler à Médineh-Habou.

Mais, avant ce délassement général, restaient encore les offrandes des Grands Prêtres de province représentant les dieux des anciennes capitales politiques, d'abord le plus vieux d'entre eux, Rê, celui d'Héliopolis, puis Horus le dieu de Thinis, Ptah, le dieu de Memphis et Thot, celui d'Hermopolis.

Ils étaient tous présents. Même Hépou, Vizir du Sud et Grand Prêtre de Soleb qui représentait le dieu en Afrique — puisque le dernier Jubilé s'était déroulé en Nubie, là où la 3e cataracte s'étendait jusque dans les pays du Koush — s'était lui aussi déplacé afin de présenter ses dons.

Hépou, Ay, Houy, Anen et Ptahmose, les grands représentants des dieux s'étaient inclinés, en compagnie des plus hauts dignitaires, dans leurs temples respectifs et avaient déposé les présents revenant à leurs dieux.

Enfin, les processions se terminèrent au temple de Montou où les deuxième, troisième et quatrième pylônes imposaient leurs gigantesques masses de pierre.

Puis, on prit la direction ouest et l'on sortit de Karnak par le débarcadère.

AVERTISSEMENT

Cette suite d'ouvrages qui s'intitule *Les Thébaines* comporte sept parties :

*La Couronne insolente**

*De roche et d'argile***

*Vents et parfums****

*L'Ombre du Prince*****

*La Seconde Épouse******

*Les Dieux indélicats*******

A paraître : *Le Chant de la Terre********

La saga *Les Thébaines* est une reconstitution historique et romanesque qui met en scène les femmes égyptiennes au cœur du peuple des pharaons de la XVIIIe dynastie.

Les personnages fictifs se mêlent aux personnages réels, restituant ainsi, avec la plus grande rigueur possible, l'atmosphère de l'époque, les événements authentiques et, bien sûr, l'histoire de ces femmes qui revendiquent leur liberté dans les diverses classes sociales auxquelles elles appartiennent. Tout en décrivant leur vie quotidienne, rien n'est laissé au hasard dans cette immense fresque car se déchaînent, en parallèle, les grands fléaux de l'époque : sécheresse, famine, crues dévastatrices, esclavage, etc. pour donner une vision réaliste de ce que fut cette période de l'Égypte ancienne.

Le tome 7 des *Thébaines — Le Chant de la Terre —* complétera cette saga sur la XVIIIe dynastie de l'Égypte ancienne en poursuivant le règne de la grande reine Tiyi dont le fils Akhénaton, qui épousera la belle Néfertiti, entraînera l'Égypte dans un chaos religieux total.

DÉESSES ET DIEUX DE L'ÉGYPTE ANTIQUE

AMON : dieu de Thèbes.
ANOUKIS : dieu de la première cataracte (île de Sehel).
ANUBIS : dieu à tête de chacal / dieu des nécropoles, temple de Denderah.
ATON : dieu du disque solaire.
BASTET : déesse à tête de chat.
BES : dieu nain/dieu qui préside à la naissance.
HAPY : dieu hermaphrodite / dieu du Nil.
HATHOR : déesse à tête de vache symbolisant la vie terrestre.
HORUS : dieu à tête de faucon symbolisant les rois des premières dynasties.
ISIS : l'initiatrice, la première des déesses / épouse d'Osiris et mère d'Horus.
KHEPRI : le dieu scarabée / dieu de l'aube.
KNOUM : dieu à tête de bélier / dieu des potiers, dieu de Philaé.
KONSOU : fils d'Amon.
MAAT : déesse de la justice.
MIN : dieu de la fécondité, pourvu d'un énorme phallus.
MOUT : épouse d'Amon.
NEKBET : déesse vautour, maîtresse des oueds désertiques.
NEITH : déesse issue de l'eau.
NEPHTYS : sœur d'Isis et amante d'Osiris / mère d'Anubis.
NOUT : déesse des étoiles.
OSIRIS : dieu des morts.
PTAH : dieu des artisans / temple de Memphis.

RÊ ou **RÂ** : dieu soleil.
SATIS : déesse de la première cataracte / fille d'Anoukis.
SECHAT : déesse de l'écriture / épouse de Thot.
SEKHMET : déesse à tête de lionne / déesse de la défense.
SELKIT : déesse scorpion.
SETH : dieu du désert / dieu du mal, des forces obscures.
SOBEK : dieu crocodile.
THOT : dieu à tête d'ibis / dieu de la connaissance / dieu d'Héliopolis.
THOUERIS : déesse hippopotame / préside à l'accouchement.

GLOSSAIRE

ABYDOS : ville de Haute Égypte où réside le dieu Osiris.
AMON : dieu installé par les princes thébains à la libération de l'Égypte envahie par les Hyksos.
ANKH (croix d') : amulette, symbole de vie.
APIS : taureau sacré.
ATON : ou dieu soleil qui remplaça le dieu Rê ou Râ au temps d'Aménophis IV ou Akhénaton.
BÂ : oiseau à tête humaine.
BARQUES SOLAIRES : nefs cosmiques qui permettaient de passer de la vie terrestre à la vie de l'au-delà.
BUBASTIS : ville de la Basse Égypte, située dans le delta du Nil.
CALENDRIER : l'année se décomposait en douze mois. Chaque mois comptait trente jours divisés en trois décades : Périt, Chemou, Akhit.
CANOPE : vase dans lequel on enfermait les viscères du mort momifié.
CHADOUF : système d'arrosage des terres.
CLEPSYDRE : horloge.
DEIR-EL-BAHARI : temple de la pharaonne Hatchepsout.
DEIR-EL-MEDINEH : nécropole de la Vallée des Rois / village des artisans.
EDFOU : ville entre la Basse et Haute Égypte.
ELECTRUM : métal fait d'un mélange d'or et de cuivre fort prisé des Égyptiens.
ÉLÉPHANTINE : ville près de la 1re cataracte.
ESNA : ville située sous Thèbes et Karnak.

HAREM : lieu réservé aux femmes dans les maisons de maîtres, qui n'étaient pas des gynécées à la grecque.
HERMOPOLIS : ville de la Basse Égypte où réside le dieu Thot.
HIÉRATIQUE : système d'écriture simplifiée.
HIÉROGLYPHE : signe idéographique de l'écriture sacrée.
HYKSOS : peuplades de l'Est ayant envahi l'Égypte au Moyen Empire.
ISIS : déesse initiatrice / nœud d'Isis : amulette, symbole.
KÂ : âme, force vitale, énergie spirituelle, rejoint les dieux dans l'au-delà.
KARNAK : temple de Thèbes, où réside le dieu Amon.
LIBYE : désert à l'ouest du delta.
MEDINET-HABOU : nécropole et village dans la Vallée des Rois et la Vallée des Reines.
MEMNON (de) : colosses édifiés sous Aménophis III.
MEMPHIS : ville de Basse Égypte où réside le dieu Ptah.
OBÉLISQUE : monolithe de forme quadrangulaire, symbole solaire gravé de hiéroglyphes à la gloire des pharaons.
OUDJAT (l'œil d') : œil fardé, amulette, symbole / œil du dieu de la voyance.
PHILAE : île de la 1re cataracte où réside Knoum, le dieu des potiers.
POUNT : pays d'Afrique qui, actuellement, pourrait être la Somalie ou l'Éthiopie.
PSHENT : double couronne / large couronne rouge sous la mitre blanche.
PYRAMIDES : élément principal du complexe funéraire pharaonique, Saqqarah fut la première de ces constructions, puis suivirent Khéops, Khéphren et Mykherinos.
SCARABÉE : symbole, amulette de l'éternel retour / cachet servant de sceau.
SCRIBE : fonctionnaire chargé de la rédaction des actes administratifs, religieux ou juridiques.
SPHINX : Monstre mythique, à corps de lion et à tête humaine, préposé à la garde des sanctuaires funéraires sous forme de statue.
TANIS : ville de la Basse Égypte, située dans le delta.
THÈBES : capitale de l'Égypte de la XVIIIe dynastie, située entre la Haute et la Basse Égypte.
URAEUS : couronne au cobra / serpent sacré.

BIBLIOGRAPHIE

— *Habitation des prêtres dans le temple d'Amon* de Pierre Anus (extrait de la revue Kémi), 1971.
— *Karnak / Égypte / Domaine du divin* de J. Lauffrey
Préface Desroches Noblecourt — C.N.R.S.
— *Les Bâtisseurs de Karnak* de Jean-Claude Golvin et Goyon
Les Presses C.N.R.S., 1987.
— *Les secrets des bâtisseurs égyptiens* de Manuel Minguez Tallandier.
— *L'art de l'Égypte* de Kazimierz Michalowski
Éditions Citadelles Paris / Mazenod / 1994.
— *Le Nil* de Bruce Brandier
National Geographic Society / Flammarion, 1977.
— *La Vallée des Reines / tombes royales identifiées*
Fontaines les Dijon.
— *La Vallée des Rois* d'Otto Neubert
Robert Laffont, 1977.
— *L'archéologie et l'histoire de la Vallée des Reines*
Les dossiers d'archéologie / Fontaines les Dijon.
— *Her-Back Pois Chiche* de Schwaller de Lubicz
Éditions Champs Flammarion / Visages vivants de l'ancienne Égypte et
— *Her-Back Disciple* de Schwaller de Lubicz
Éditions Champs Flammarion / Visages vivants de l'ancienne Égypte, 1955.
— *Contes et récits de l'Égypte ancienne* de C. Lalouette Flammarion, 1995.

— *Les contes populaires de l'Égypte ancienne* traduits et commentés par Jean Maspero
Éditions Maison-Neuve et Larose, 1988.
— *Les créateurs d'éternité* (chronique du village des Artisans de la Vallée des Rois) de John Romer
Édition Philippe Lebaud, 1984.
— *La restauration du Village d'Artisans*
Les dossiers d'archéologie / Fontaine les Dijon.
— *L'esprit du temps des pharaons* de Erik Hornung
Édition Philippe Lebaud
— *Le temple de l'homme / Étude de la pensée pharaonique*
Dervy livres.
— *Le livre de l'Égypte ancienne* du British Museum
Collèctions Égyptologie, Mythes et civilisations.
— *Au temps de Babylone* de Harry W.F. Saggs
Éditions Ph. Lebaud, 1995.
— *L'Égypte interdite*
Sciences et Avenir / décembre 1999 / n° 634 bis.
— *Éternelle Égypte* de Newby / photos de Maroon, Fernand Nathan.
— *Connaissance de l'Égypte ancienne* de J. Sturm
Bruxelles, 1996
— *La nouvelle Égypte ancienne*
Sciences et Avenir / n° spécial / n° 30.
— *l'Égypte des pharaons*
Édition Géo / novembre 1989 / n° 129.
— *Les Égyptiens / l'Empire des pharaons* de Cyril Aldred
Éditions Armand Colin / Coll. Civilisations, 1985.
— *Nefertiti* de Philippe Vandenberg
Éditions Belfond, 1987.
— *Dictionnaire de l'Égypte ancienne* / Encyclopédie Universalis
Éditions Albin-Michel, 1988.
— *Naissance de l'écriture, cunéiformes et hiéroglyphes*
Réunion des Musées nationaux, 1982.
— *L'Égypte* de Janine Monnet
Éditions Fernand Nathan, 1963.
— *Une nécropole de Thèbes-ouest* de Ch. Leblanc
Documentation Le Caire.
— *Les momies* de Ange-Pierre Leca
Librairie Hachette / Coll. Marabout Université, 1976.

— *Le Livre des Morts des anciens Égyptiens* par Grégoire Kolpatchy
Dervy Livres.
— *La médecine égyptienne* de Ange-Pierre Leca
Éd. Dacosta, 1971.
— *Parfums et aromates de l'Antiquité* de Pierre Faure
Fayard, 1991.
— *La vie quotidienne en Égypte au temps de Ramsès* de Pierre Mentet
Éd. Hachette, 1946.
— *Voyage dans la Haute et Basse Égypte* de Denon Vivant
Éd. Pygmalion, 1990.
— *Voyage en Égypte et en Nubie* de G. Belzoni
Éd. Pygmalion, 1979.
— *Atlas de l'Égypte ancienne* de J. Baines
Éditions du Fanal, 1990.
— *La Pharaonne de Thèbes Hatchepsout fille du Soleil* de Francis Fèvre
Presses de la Renaissance, 1986.
— *La civilisation égyptienne* de Adolph Erman et Hermann Ranke
Éd. Payot / Coll. Histoire / 1948.
— *Thèbes ou la naissance d'un empire* de Claire Lalouette
Éd. Fayard, 1986.
— *La littérature égyptienne* de Claire Lalouette
Paris PUF / Coll. « Que sais-je ? » / 1982.
— *La sagesse vivante de l'Égypte ancienne* de Ch. Jacq
Robert Laffont, 1998.
— *Textes sacrés et textes profanes de l'ancienne Égypte* de Claire Lalouette
Éd. Gallimard / Coll. Unesco / 1984.
— *Les prêtres de l'ancienne Égypte* de Serge Sauneron
Éd. Perséa, Paris 1988.
— *Les Épouses des pharaons* de Léonard Cotrell
Éd. Robert Laffont, 1968.
— *Les Égyptiennes* de Christian Jacq
Éd. Perrin, 1996.
— *La femme au temps des pharaons* de Christiane Desroches Noblecourt
Éd. Stock / Coll. Dirigée par Laurence Pernoud / 1986.
— *Les Pharaons / les noms / les thèmes / les lieux* de Pascal Vernusct Jcan Yoyottc
Ma Éd., 1988.

— *Découvertes et mystères de l'Égypte ancienne*
— *Le Nil au temps des pharaons*
Historia spécial n° 9612.
— *L'Art égyptien / Encyclopédie d'aujourd'hui* par Serge Donadon
Livre de Poche, 1993.
— *L'Égypte des pharaons*
Historia spécial / n° 495 / mars 1988.
— *L'ombre d'Égypte / Le peuple de Pharaon*
Guide archéologique du musée « Malgré Tout »
Éd. du Cédarc / Belgique / 1999.
— *Égypte, merveilles du monde* / texte de Claudio Barocas
Éd. Nathan, 1976.
— *Voyage en Égypte ancienne* de Jean-Claude Golvin
Éd. Actes Sud / Coll. Errance / Paris, 1999.
— *Dictionnaire de la civilisation égyptienne* de Georges Posener
Éd Hazan, Paris.
— *Le trésor des Pharaons / La joaillerie égyptienne de la période dynastique* par Cyril Aldred
Tallandier.

Du même auteur

LE PAYS D'ALICE EST À QUELQUES DÉRIVES D'ICI – *Poèmes, Préface de Denise Miège* – Editions Millas-Martin

RETENDRE LA PEAU DES PAVÉS – *Poèmes, Préface d'Andrée Appercelle, Illustrations de l'auteur* – Éditions La Bruyère

LEONOR FINI OU LES MÉTAMORPHOSES D'UNE ŒUVRE – *Biographie, étude de l'œuvre* – Éditions Le Sémaphore. Traduit en italien aux Éditions L'Altra metà dell Arte.

DHUODA LA CAROLINGIENNE – *Roman historique* – Éditions Le Sémaphore.

LES THÉBAINES
*La Couronne insolente**
*De roche et d'argile***
*Vents et parfums****
*L'Ombre du Prince*****
*La Seconde Épouse******

À paraître :

*Le Chant de la Terre*******

En préparation :

Collection *Les amours de*
George Sand
Isabeau de Bavière
Sarah Bernhardt
Aliénor d'Aquitaine
Colette
Ninon de Lenclos

Composition réalisée par EURONUMÉRIQUE

IMPRIMÉ EN ALLEMAGNE PAR ELSNERDRUCK
Dépôt légal Édit. : 24549-10/2002
LIBRAIRIE GÉNÉRALE FRANÇAISE - 43, quai de Grenelle - 75015 Paris.
ISBN : 2-253-15357-5
31/5357/4